사랑, 증오,
그리고
복수

사랑, 증오, 그리고 복수

초판 1쇄 찍은 날 § 2006년 1월 6일
초판 1쇄 펴낸 날 § 2006년 1월 16일

지은이 § 류은수
펴낸이 § 서경석

편집장 § 문혜영
편집책임 § 이종민
편집 § 한지윤

펴낸곳 § 도서출판 청어람
등록번호 § 제1081-1-89호
등록일자 § 1999. 5. 31
어람번호 § 제5-0076호

주소 § 경기도 부천시 원미구 심곡1동 350-1 남성B/D 3F (우) 420-011
전화 § 032-656-4452 팩스 § 032-656-4453
http://www.chungeoram.com
E-mail § eoram99@chollian.net

ⓒ 류은수, 2006

ISBN 89-5831-929-1 03810

사랑, 그리고 증오, 복수

류은수 지음

도서출판
청람

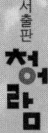

각성(覺醒)

—정신적 방황에서 자신이 갈 바를 깨달음

아직 채 밝아지지도 않은 어둑한 세상에 한 소녀가 희망원의 문을 밀고 바깥으로 천천히 걸어나왔다. 새벽 이슬도 닿지 않은 소녀의 이마 위엔 굵은 땀방울이 아롱져 흘러내리고 있었다. 안색은 창백했고 숨결은 막 달음박질이라도 한 양 거칠게 흩어져 있었다. 입고 있는 얇은 자리옷은 밤사이의 악몽을 대신 말하듯 흠뻑 젖어 있었다. 그러나 소녀는 그러한 사실은 아랑곳하지 않고 천천히 새벽 공기를 가르며 깊은 호흡을 내쉬면서 거칠어져 있는 숨결을 가다듬었다. 그리고 운동장 한 켠에 놓인 그네로 다가가 새벽 이슬로 축축이 젖어 있는 그네 위에 가만히 주저앉았다. 균형을 잡기 위해 잡은 쇠사슬의 차가움에 정신이 번쩍 들 만도 했지만 어딘가를 향한 소녀의 동공은 몽롱하기 그지없었다.

오늘밤도 그 꿈을 꾼 것이다. 귀 따갑게 울려 퍼지는 타이어 마찰음과 어디선가 들려오는 소름 끼치게 끔찍한 여자의 웃음소리, 전신을 타고 흐르는 아픔, 바로 코앞까지 밀려든 매캐한 연기 냄새와 죽음에 대한 강한 공포, 그리고 강렬한 분노.

분노, 그렇다. 언제나 꿈에서 깨어날 즈음이면 느끼는 감정은 분노였다. 그리고 그 속에 배여 있는 안타까움에 잠이 깰 때면 늘 혼란스러웠다. 격렬한 증오와 안타까움에 허덕이다 잠에서 깨어나면 땀에 흠뻑 젖어 있는 자신을 보곤 한다. 언제부터라고 정확히 말할 수는 없지만 매일같이 찾아오는 그 순간들 때문에 잠드는 것이 두려웠다. 하지만 잠들면 그를 볼 수 있어서 그 악몽을 견뎌냈다. 얼굴이 희미해서 누군지 잘 보이지는 않지만 희미한 윤곽이라도 볼 수 있다는 사실에 꿈속에서나마 설레었다. 그는 누굴까?

가만히 흩어졌던 숨결을 고르며 꿈속의 남자에 대해 고민하는 동안 어느새 여명이 비추기 시작했다. 점점 밝아져 오는 새벽빛에 소녀의 동공에도 빛줄기가 찾아들기 시작했다. 겨우 밤새 괴롭히던 악몽의 잔재에서 빠져나온 것이다. 매일 벌어지는 일이었다. 기억할 수 없을 때부터 계속되어 온 그 꿈들은 그녀에게 살아야 하는 어떤 이유에 대해 암시하는 듯하였다. 하지만 몸속 깊은 곳에서부터 떨려오는 두려움과 죽음에 대한 공포는 아직 여섯 살의 어린 소녀가 감당하기에는 벅찬 것이었다.

찌릉찌릉.

어름어름 새벽빛이 밝아져 온 세상이 다 뚜렷해져 갈 즈음, 새벽의 정적을 깨고 한 대의 자전거가 쏜살같이 달려와 운동장이라고 하기엔 작고 마당이라고 하기엔 넓은 희망원의 안에다가 신문을 던지고 사라졌다. 가만히 앉아 신문 배달하는 이가 사라질 때까지 기다린 희수는 점점 더 밝아져 오는 세상을 느끼며 떨어진 신문을 주우러 다가갔다. 땅에 떨어진 신문을 주우려 허리를 굽힌 순간 그대로 세상이 멈추고 말았다. 그녀의 손끝에 닿은 것은 어떤 사진이었다. 반쯤 접힌 사진이지만 남자의 얼굴은 거의 다 드러나 있었다. 가슴속에서 치미는 거센 감정에 스스로도 놀라 손끝이 바들바들 떨렸다. 경련이라도 일어난 듯한 반응이지만 희수는 억지로 신문을 집어 들고 남자의 사진을 좀 더 자세히 보기 위해 펼쳐 들었다.

〈한영그룹의 황태자, 정계와 연을 맺다.〉

신문 1면에 크게 보도된 기사는 한영그룹의 후계자인 현민욱과 현 국회의원 정종철의 딸, 정미란과의 결혼 발표였다. 환하게 웃고 있는 여자와는 대조적으로 남자의 입가는 굳게 다물어져 있었고, 사진이지만 그의 눈빛은 이미 따스함을 잃어버린 얼음만이 남아 있음을 알 수 있었다. 돌처럼 굳은 표정의 남자와 세상을 얻은 듯한 여자의 사진은 묘한 대조를 이루고 있었다.

새벽 안개를 먹어 습기가 눅눅한 신문의 사진을 어루만지는 희수는 뇌리로 번개가 치고 가는 것 같은 충격을 받았다. 답답하게 가려져 있던 눈앞이 맑아지며 환하게 빛나는 것이 보였다. 그동안 자신을 괴롭혀 왔던, 살아야 하는 이유를 드디어 찾은 것이었다.

"당신이구나, 내가 태어난 이유가……."

그동안 윤곽만 보았던 꿈속의 남자가 이 남자임을 알아볼 수가 있었다. 그와 함께 운명이란 단어만이 머리 속에 남아 있었다. 그토록 자신을 괴롭혀 왔던 이유 모를 갈증이 한순간에 해소되는 기분이었다. 비록 사진 속이긴 해도 그 역시 희수를 보며 반가워하고 있다고 느껴졌다. 희수는 그를 보고는 반가움과 그 옆에 선 여자를 향해서는 살이 떨릴 만큼 극심한 분노를 느꼈다. 다정하던 눈빛은 차가운 열기로 변해갔다. 부드럽게 휘어졌던 입꼬리는 굳게 한일 자로 다물어졌다.

"기다려요. 내가 당신 앞에 설 때까지 날 기다리고 있어야 돼요."

연인에게 향하듯 다정한 목소리로, 철천지원수를 바라보는 것처럼 살벌한 시선으로 희수는 사진 속의 남녀를 바라보았다.

어느덧 주변은 새벽의 푸름이 사라지고 어둠이 짙어지는 빛줄기가 세상을 환히 비추고 있었다. 떠오르는 태양을 온몸으로 느끼며 희수의 눈빛은 그 어느 때보다도 더욱 영롱하게 빛을 발하고 있었다.

$$\int$$

상처(傷處)
—다친 자리

잠결에 뺨을 스치는 서늘한 손길을 느끼고 눈을 뜨자 눈물로 얼룩져 있는 어머니의 얼굴이 보였다.

"어머니?"

반쯤 열린 문틈으로 새어 들어오는 눈부신 형광등 빛을 등지고 계시는 어머니는 그를 내려다보며 하염없이 눈물을 짓고 있었다. 언제나 슬픈 빛이 가시지 않는 어머니지만 오늘밤은 왠지 불길하게 다가왔다.

"아버지께서는 아직 안 들어오셨어요?"

현주는 이제 겨우 여덟 살의 어린 아들에게서 풍기는 조숙함이 사무치게 서러웠다. 조금은 더 어리광을 부려도 될 나이지만 남편이 그것을 용서치 않았다. 한밤중에 자다 말고 일어났지만 잠시 눈을 비비고는 금세 차분하게 말을 건네는 아들에게서 남편의 그림자가 보여 가슴 한 켠이 서늘하게 내려앉았다.

"언제나 늦으시잖니."

무언가를 참듯 현주의 목소리는 낮게 잠겨 있었다.

"우셨어요?"

"아, 아니야."

아들의 말에 어머니는 화들짝 놀라며 아직 그녀의 속눈썹에 매달려 있는 눈물을 거칠게 밀어냈다. 민욱은 아이답지 않은 차분함으로 어머니의 손을 마주 잡았다.

"울지 마세요."

"안 운다니까."

곱게 눈을 흘기시는 어머니의 모습에 안도감이 들었다. 평소 때와 같은 어머니의 모습이기 때문이었다.

"왜 안 주무세요?"

"갑자기 우리 아들이 보고 싶어서."

거실에서 새어 들어오는 빛에도 눈이 익숙해지며 방 안의 어스름한 윤곽이 익숙해지자 민욱은 벽에 걸린 시계를 확인했다. 밤 열두 시 반. 할아버지의 엄한 후계자 교육에 자꾸만 귀가 시간이 늦어지는 아버지셨다.

"할아버지께 아버지를 좀 일찍 퇴근시켜 달라고 말씀드려 볼까요?"

"아, 아니야. 절대로 그런 말씀 드리면 안 된다."

정색을 하며 고개를 저으시는 현주의 표정은 두려움이 가득했다. 할아버지라는 말만 들어도 현주는 숨이 막히는 듯한 표정을 지으셨다.

"민욱아."

"네, 어머니."

현주는 남편과 똑 닮아 있는 아들이 불편했다. 자신의 배로 낳은 아이지만 그녀의 시아버지와 남편을 그대로 닮아 있는 모습에 가끔 소름이 돋곤 했다. 하여 둘째를 낳아볼까 하는 생각도 했지만 더 이상은 버틸 자신이 없었다. 사랑하지 않는 남자의 곁에서 평생을 보내고 싶지 않았다. 아직 어린 아들이 눈에 밟혔지만 아이를 데리고 도망칠 수도 없었다. 남편의 판박이 같은 아들을 볼 때면 자신도 모르게 남편에게 느끼는 증오가 똑같이 느껴져 스스로도 깜짝 놀랄 때가 많았다. 그래서 미안하고 안쓰러웠다. 더 이상 자신이 없을 이 집안에서 이 아이가 제대로 커갈지 걱정도 들었지만 그의 아들이니까 잘해낼 것이라 애써 위로했다. 자식을 버린 어미를 원망하겠지만 이해해 주리라 바라지는 않았다. 그저 잘 커주기만을 바라며 독하게 마음을 먹었다.

"언젠가 말이다, 사랑하는 여자가 생긴다면 부디 아껴주거라. 사랑은 돈이나 권력으로 가질 수가 없는 것이란다. 사람은 마음으로 움직이는 것이란다. 알았니?"

민욱은 느닷없는 어머니의 말에 고개를 갸웃거렸지만 필사적인 그녀의 눈빛에 가만히 고개를 끄덕거렸다.

"특히 절대로 여자를 상대로 폭력을 휘두르지 말거라. 넌 장차 모든 것을 가진 남자가 될 거야. 그러니까 절대로 여자를 상대로 폭력 같은 것을 휘두르면 안 돼."

"네, 어머니."

똑 부러지게 대답하는 아들의 모습에서 과연 이 아이가 그녀의 말을 정말로 이해했을지 의문이 들었지만 현주는 더 이상 지체할 시간이 없었다.

"그래, 착하구나. 그럼 이만 자거라."

민욱은 자신을 누이려는 어머니의 손길이 떨리고 있다는 것을 깨달았다.

"어머니, 무슨 일 있으세요?"

"으응? 아니야, 아무 일도 없단다."

부정하는 어머니의 목소리도 불안하게 떨리고 있었다. 그때 민욱은 안 좋은 예감을 받았다. 갑자기 늦게 돌아오시는 할아버지나 아버지가 서둘러 오시기를 간절히 바랐다.

"어머니, 아버지께서 오실 때까지 제가 곁에 있어드릴게요."

자리에 눕힌 아들이 다시 일어나려 하자 현주는 황급히 아들의 어깨를 침대 위에 눌러 고정시켰다.

"아니야, 괜찮아. 넌 그냥 다시 자렴."

불안한 마음에 거칠게 나온 어머니의 고함 소리에 민욱의 눈동자가 휘둥그레졌다. 아들의 놀란 표정에 현주는 자신의 실수를 깨닫고 어설프게 미소를 지으며 무마시키려 애를 썼다.

"미안하다, 놀라게 해서. 엄마는 정말 괜찮으니까 그만 자렴. 그리고 민욱아."

"네, 어머니?"

거실의 빛을 등지고 있는 어머니의 얼굴엔 짙은 음영이 드리워져 있었지만 그녀의 눈동자에서 반짝이는 눈물은 또렷이 보였다.

"엄마는 너만은 정말로 사랑한단다. 그건 잊지 말아다오."

가슴 위까지 덮인 이불을 리듬감있게 토닥이는 어머니의 손길에 민욱은 차츰 몰아냈던 수마에게 휩싸여 무거운 눈꺼풀을 아래로 떨어뜨렸다. 아직 어린 그가 눈을 뜨고 견디기엔 너무 늦은 시각이었기에 다정한 어머니의 손길에 너무도 쉽게 잠 속으로 빠져들고 말았다. 어머니의 말씀 중 '너만은' 이라는 말이 주는 어감이 주는 위화감도, 늦은 시각인데도 외출복을 입고 계신 이유도 더 이상 생각하지 못한 채 깊이, 깊이 잠들고 말았다.

아직 빛도 안 비추는 새벽에 소란스러움을 느끼며 겨우 눈을 비비며 방을 나서자 집 안이 상당히 소란스럽다는 것을 깨달았다. 가만히 방을 나선 민욱은 계단 위에서 일층 거실을 내려다보았다. 잔뜩 화가 나 있는 할아버지의 고함 소리가 집 안을 쩌렁쩌렁 울리고 있었다.

"도대체 네놈들은 뭐 하는 놈들이야? 왜 그깟 여자 하나 못

잡아? 그리고 아범을 쫓아간 놈들에게선 왜 연락이 없는 거야?"

살벌한 할아버지의 분위기에 민욱은 다시 잠들기 전에 느꼈던 위화감이 묵직한 불안으로 다가왔음을 알게 되었다.

"할아버지, 무슨 일인가요?"

"미, 민욱아, 깼냐? 아무 일도 아니니 넌 올라가서 다시 자거라."

이층 계단 위에서 들려오는 아이의 목소리에 현 회장은 당황한 표정을 감추지 못하고 어설픈 손짓으로 아이에게 올라가라 말했다. 그러나 아이는 고집스럽게 고개를 저었다.

"어머니께 무슨 일이 생겼나요? 아버지는 어디 계세요?"

아이에겐 무리인 새벽녘임에도 총기가 반짝이는 손자 녀석을 바라보며 현 회장은 마뜩찮은 며느리가 후계자 하나는 확실히 낳았다며 내심 흡족한 마음이었다.

"할아버지?"

어느새 계단을 다 내려온 민욱이 현 회장의 곁에 서서 그를 불렀다. 잠시 손자에 대한 흐뭇함으로 생각에 빠져 있던 현 회장은 의젓한 모습이지만 불안한 표정을 지우지 못한 손자의 얼굴에서 며느리의 모습도 보이자 살짝 눈살을 찌푸렸다.

"민욱아, 넌 걱정할 일이 없으니까……."

"어머니께서 어디 가신 건가요? 아버지랑 함께 가신 거예요?"

민욱은 어머니가 사라진 게 자기 때문이란 생각이 들어 죄책감에 휩싸였다. 분명 그때 어머니에게서 느꼈던 위화감을 왜 간과했는지 자책하며 무슨 일이 벌어질 것 같은 두려움에 눈물을 글썽거렸다.

"현민욱! 넌 장차 한영그룹의 주인이 될 아이야. 함부로 눈물 따위를 보이지 마라."

매섭게 호통 치는 할아버지의 말씀에 민욱은 목 위까지 치밀어 오른 울먹임을 삼킬 수밖에 없었다.

"네. 네, 할아버지."

"뭐 하는 거야, 당장 애를 데리고 올라가지 않고?"

현 회장은 애꿎은 가정부에게 호통을 쳤다. 한 켠에서 어쩔 줄 몰라 동동거리던 가정부가 현 회장의 호통에 찔끔 놀라며 서둘러 민욱의 팔을 잡아 이끌었다.

"도련님, 이만 올라가세요."

가정부의 이끎에 민욱은 주춤거리며 발걸음을 옮겼다. 그때였다. 날카롭게 울려 퍼지는 전화벨 소리가 가슴에 섬뜩하게 들려왔다. 바로 곁에 있던 현 회장은 황급히 전화기를 집어 들었다.

"민욱 아범이냐? 뭐? 뭐라고!"

수화기 너머에서 들려오는 말에 현 회장이 기함하며 자리에서 벌떡 일어섰다. 하지만 곧 무릎이 후들거려 도로 주저앉고 말았다. 수화기 너머에서 사람의 말소리가 들리는 듯했지만 현 회장의 넋 나간 정신에는 아무 말도 들어오지 않았다.

"할아버지?"

보다 못한 민욱이 불안하게 일렁이는 가슴을 안고 조심스럽게 현 회장을 불렀다. 그의 목소리를 못 알아들은 듯해 다시금 큰 소리로 현 회장을 불렀다.

"할아버지, 무슨 일이에요?"

그러자 소리에 반응했는지 현 회장의 고개가 천천히 민욱 쪽으로 돌아보고 있었다. 충격으로 흐트러진 현 회장의 모습에 민욱의 가슴이 덜컥 주저앉았다.

"하…… 할아버지, 무슨 일이 생긴 건가요?"

두려움을 고스란히 내보이는 민욱의 얼굴을 물끄러미 바라보던 현 회장은 불현듯 그의 어깨를 거칠게 붙잡았다. 그리고 얼굴을 바짝 들이밀며 단호하게 말했다. 붉게 일렁이는 할아버지의 시선에서 민욱은 본능적으로 무언가가 잘못됐다는 것을 깨달았다.

"민욱아, 이제부터 네가 한영을 이끌어야 한다. 앞으로 네가 내 뒤를 이어야만 해. 알겠니?"

"할아버지?"

"방으로 가 있거라. 나는 잠시 나가봐야 하니까."

"저도, 저도 같이 갈래요."

고집스러운 손자의 표정을 잠시 멍하니 바라보던 현 회장은 금세 표정을 가다듬었다. 언제나처럼 깐깐하고 고집 센 표정으로 돌아온 현 회장은 사뭇 고뇌에 찬 시선으로 민욱을 바라보다 무언가 결심을 하고 고개를 끄덕였다. 현 회장이 동행을 승낙하자 민욱의 표정이 안도로 바뀌었다. 그러나 그것도 잠시, 가슴을 억누르는 두려움이 자꾸만 커져 가 상상하기도 싫은 일들이 떠올랐다. 그러나 고갯짓으로 거칠게 털어내고는 아무렇지 않은 표정으로 현 회장의 뒤를 따랐다.

현 회장을 따라 차에 올라탄 후 민욱은 문득 현 회장의 무릎 위에 놓인 주먹이 부들부들 떨리고 있다는 것을 알아차렸다. 손등 위로 푸르스름한 핏줄이 확연히 드러날 만큼 힘껏 주먹을 쥐고 있었던 것이다. 아무런 내색도 하지 않았지만 굳게 다문 입술과 불끈 쥐어진 주먹에서 충분히 좋지 않은 상황임을 알아차릴 수가 있었다. 할아버지의 긴장감이 전해진 듯 민욱의 가슴속에도 커다란 돌덩이가 숨을 쉴 수 없을 만큼 얹어진 듯한 기분이 들었다.

"어깨에 힘을 풀고 자연스럽게 가슴을 펴거라. 시선은 아래로 흘리지 말고 위를 보거라. 그리고 남들에게 네 기분을 들키지 않도록 감정을 다스리거라. 너는 앞으로 한영을 이끌 사람이야."

부드러우면서도 힘있게 다그치는 할아버지의 말씀에 민욱은 긴장으로 웅크렸던 가슴을 활짝 폈다.

"그래, 잘했다."

정면만을 응시한 채 시선을 민욱 쪽으로 돌리지도 않았지만 현 회장은 민욱이 자신이 말한 대로 했음을 알았다. 살짝 시선을 돌려 곁에 앉은 손자를 훔쳐보았다. 아들의 어릴 적 모습이 그곳에 있자 조금 전에 접한 소식이 거짓말인 것 같았다. 왈칵 눈시울이 뜨거워지자 얼른 손자에게서 시선을 떼고 먼 곳을 바라보며 가라앉기를 기다렸다. 조금 전에 들어온 소식이 잘못된 것이길 쉴 새 없이 빌고 또 빌었다. 민욱에게 한 말은 스스로에게 한 말이나 다름이 없었다. 하나뿐인 아들의 사고 소식이 잘못된 것이길 간절히 빌고, 또 빌었다.

어느덧 연락이 온 병원에 다다르자 기다리고 있던 경호원들이 침통한 모습으로 현 회장과 민욱을 마중했다.

"아범은 어디 있는가?"

현 회장의 물음에 물기가 묻어 있다고 느낀 것은 착각이었을까? 현 회장의 질문에 좀처럼 대답하는 이가 없자 현 회장이 역정을 내며 그들을 헤치고 병원 안으로 들어갔다.

"왜들 대답하는 이가 없어? 내 아들이 어딨냐니까? 아니, 내가 직접 찾아 나서야겠다."

성큼 병원 안으로 들어서는 현 회장을 바삐 모시며 경호원들은 어느 방향으로 그를 안내했다. 폭이 큰 어른들의 걸음을 묵묵히 따라가는 민욱은 병원 입구에 들어서자 풍겨오는 역한 소독약 냄새에 얼굴을 찡그렸다. 소독약 냄새와 더불어 짙은 죽음의 향이 느껴졌던 것이다. 욕지거리가 나오는 것을 가까스로 참으며 뛰다시피 걸음을 옮기는 할아버지의 뒤를 힘겹게 따라나섰다.

숨이 차 오를 즈음 어른들의 걸음이 멈추었다. 하얀 가운을 입고 있는 의사가 부담스러워하는 표정으로 현 회장을 맞이하면서 침통한 목소리로 위로의 말을 건넸다.

"구급요원들이 도착했을 때는 이미 두 분 다 숨을 거둔 상태였습니다."

"이 안에 내 아들이 있다는 말인가?"

언제나 분명하고 흔들림없던 현 회장의 목소리가 가늘게 떨렸다. 현 회장은 안내된 병실 안으로 들어서려다 곁에 바짝 선 민욱을 발견하고는 후들거리는 무릎에 힘을 주고 허리를 곧추세웠다. 그리고 부드럽게 민욱의 어깨를 밀며 병실 안으로 들어섰다.

병실 안으로 들어서자 두 개의 침대 위에 두 구의 시신이 가지런히 놓여 있었다. 다행히 하얀 천으로 덮여 있어 민욱은 차갑게 식은 부모님의 얼굴을 보지 않아도 되었다. 그러나 시신에서 뿜어져 나오는 서늘한 기운을 느꼈는지 온몸이 가볍게 떨려왔다. 손자의 떨림을 감지한 현 회장은 그가 느끼는 두려움에 안타까움을 느끼면서도 날카롭게 현실을 일깨워 주었다.

"보거라, 민욱아. 네 부모님이다. 이제 다시는 네 아비를 만날 수가 없단다. 그것이 죽음이란 것이다. 그러니 명심하거라. 넌 절대로 네 아비처럼 여자에 빠져 자신을 망치는 일만은 해선 안 돼. 절대로 여자에게 마음을 주지 말거라. 네 아비처럼 광기 어린 사랑 따윈 절대 하지 말거라."

어깨에 놓인 할아버지의 손이 뜨겁게 느껴졌다. 그리고 머리 위에서 울려 퍼지는 할아버지의 분노에 찬 말들이 왜인지 서럽게 느껴졌다. 다시는 부모님을 볼 수 없다는 할아버지의 말이 거짓말 같아 어깨 위의 손을 뿌리치고 침대로 다가가 얼굴 위에 덮여 있던 하얀 천을 거칠게 걷어버렸다.

"민욱아!"

그의 행동에 놀란 현 회장이 황급히 말렸지만 민욱은 이미 싸늘하게 식어 눈을 감고 있는 아버지의 시신을 본 뒤였다. 그가 부르면 눈을 뜰 것만 같은 아버지의 모습에 민욱은 잔뜩 잠긴 목소리로 아버지를 불러보았다.

"아…… 아버지? 민욱이에요. 눈 떠보세요."

"현민욱!"

"할아버지, 왜 아버지께서 눈을 뜨지 않으시는 거죠? 언제나 제가 부르면 저를 돌아봐 주셨는데 왜 일어나지 않으시는 거예요?"

마찬가지로 고통이 묻어 있는 현 회장이 민욱의 행동을 만류하자 민욱이 눈물이 가득한 얼굴로 그를 돌아보았다. 순간 현 회장은 말을 잊고 말았다. 한영의 뒤를 이를 아이지만 아직은 여덟 살짜리, 어머니의 따뜻한 보살핌과 아버지의 든든한 팔이 필요한 어린 소년이라는 사실을 잠시 망각하고 만 것이다. 현 회장은 의젓함을 잃어버린 채 낯선 현실에 적응하지 못하고 헤매는 손자를 가만히 안아주었다.

"할아버지, 저쪽은 어머니가 누워 계신 건가요?"

아버지가 누워 있는 침대 옆에 하나의 침대가 더 놓여 있었다. 그리고 거기에도 마찬가지로 하얀 천이 뒤덮인 시신이 누워 있었다. 아직 죽음이라는 단어와 현실이 낯설게만 느껴지는 어린 민욱에게 부모님의 사망 소식은 너무도 크나큰 충격으로 다가왔다.

"왜 어머니와 아버지가 여기 누워 계신 건가요?"

반쯤 넋이 나간 상태에서 민욱은 현실을 부정하는 듯한 태도를 보였다. 손자의 눈물 맺힌 얼굴을 들여다보는 현 회장의 눈가도 촉촉이 젖어들었다.

"왜……?"

점차 힘을 잃고 있는 민욱의 목소리는 자조적으로 변해갔다. 부모님의 죽음을 이해하려 애를 쓰는 모습에 현 회장은 아이가 안쓰러웠지만 반면에 크게 될 재목이라 여기며 뿌듯해했다.

"민욱아, 이제부터 네가 아버지 대신에 한영을 이끌어가야 한다. 앞으로 네가 정신을 똑바로 차리지 않으면 안 돼. 보통 집 아이들처럼 평범한 삶도 네겐 허락되지 않을 거다. 하지만 이 할아비가 이것만은 약조하마. 대신에 세상은 모두 네 것이 될 거다. 네가 원하는 것은 모두 얻게 되는 힘을 갖게 해주마. 그러니까 앞으로는 이 할아비의 말을 잘 들어야만 해. 알겠니?"

아직도 부모님의 죽음을 쉽게 받아들이지 못하는 아이의 고개가 반사적으로 끄덕거려졌다. 하지만 현 회장은 그것만으로도 충분하다 여기며 아이를 힘껏 품에 끌어안았다.

"하지만 지금 이 순간만큼은 울어도 된다. 마음껏 울어도 돼."

그제야 막혀 있던 아이의 눈에서 닭똥 같은 눈물이, 다물어져 있던 입술에서 절규하는 울음소리가 새어나오기 시작했다. 울어도 된다는 말에 겨우 부모님의 상실을 깨닫게 된 민욱은 처음이자 마지막으로 현 회장의 품에서 기력을 다할 때까지 울고 또 울어댔다. 그렇게 할아버지의 품에서 슬픔을 토해내느라 자신의 어깨 위로 번져 가는 뜨거운 느낌이 무엇을 의미하는지 알아차릴 수가 없었다. 왜 자신을 끌어안고 있는 할아버지의 어깨가 심하게 흔들리는지도 알아차리지 못했다. 울다 지쳐 쓰러지는 바람에 자신을 끌어안고 나오는 할아버지의 붉게 충혈된 눈도 보지 못했다.

장례식이 치러지기 전까지 며칠 동안 민욱은 의욕없이 멍하니 침대에만 앉아 있었다. 그동안 현 회장도 아들과 며느리의 장례 문제와 기타 여러 가지 문제로 바빠 잠시간 민욱을 내버려 두었다. 하지만 장례식 날짜가 되자 현 회장은 일층 거실에서 아무 반응이 없는 손자의 방을 물끄러미 올려다보았다. 아직도 슬픔과 충격에서 헤어나지 못하는 손자를 다그쳐야 한다는 사실이 안타까웠지만 아들 내외의 죽음으로 회사가 술렁이고 있는 것을 다잡아야만 했다. 자신들은 아직 건재하다는 것을 모두에게 확실히 증명해야만 했다. 그러기에 현 회장은 마음을 독하게 먹고 손자를 불러오기로 결심하고 자리에서 일어섰다. 그리고 이층을 향하려다 가정부가 준비한 정장을 입고 나타난 민욱을 보고 깜짝 놀라고 말했다.

"민욱아."

"오늘이죠, 할아버지?"

표정이 드러나지 않은 아이의 단정한 모습에 현 회장은 저도 모르게 전율을 느꼈다. 생각보다 배포가 더 큰 녀석이라 여기며 내심 놀람을 감추지 못했다.

"그래, 이제 좀 괜찮은 거냐?"

민욱은 대답 대신 차갑게 가라앉은 시선을 들어 현 회장을 바라보았다. 여덟 살 소년 같지 않은 무심함이 소름 끼치게 다가오겠지만 현 회장은 이런 인물이어야 한영을 이끌어 나갈 재목이라며 내심 크게 감탄하였다.

앞서 집을 나서는 아이의 작은 어깨에서 느껴지는 자긍심과 위압감이 현 회장의 가슴을 뿌듯하게 만들었다. 하지만 그는 모르고 있었다. 자신의 부모의 죽음에 관한 진실을 앎으로써 얼마나 아이가 어머니를 잡지 못했다는 자책감에 스스로를 죽이고 또 죽였는지, 후회에 후회를 거듭했는지 전혀 모르고 있었다.

사랑한 여자를 강제로 붙잡아둔 남자, 그리고 기어이 떠나가려는 여자. 둘의 아슬아슬한 심야의 추격전을 언론은 흥미 위주로 떠들어댔고 현 회장이 없는 틈에 그 기사들을 접한 아이의 괴로움이 얼마나 큰 것인지 아무도 눈치채지 못했다. 심지어 아이 자신조차도 알아차리지 못했다.

2
회상(回想)
─지난 일을 돌이켜 생각함

"개자식. 쓰레기만도 못한, 버려지도 침 뱉을 더러운 놈."

혜수는 울지 않으려고 이를 악물었지만 서러움에 눈물이 속수무책으로 줄줄 흘러내렸다. 떨리는 손길로 대충 걸쳐 입은 터라 1월의 매서운 바람이 혜수의 헝클어진 옷 틈새로 사정없이 파고들었다. 그러나 혜수는 너무나 큰 충격에 추위조차 느낄 수가 없었다. 이리저리 얻어맞은 것처럼 온몸이 욱신거리고 쓰라렸다. 하지만 그가 강제적으로 쑤셔 넣은 주머니 속 세 장의 수표가 몸보다 마음을 더욱 아프게 만들고 있었다.

혜수는 오늘밤 지독한 꿈을 꾸고 있다고 중얼거렸다. 자고 일어나서 식은땀 한번 훔치면 그만인 그런 악몽을 꾸고 있다고 스스로를 위로했다. 아침이 돌아오면 주머니 속의 삼백이란 돈이 다시 사라질 것이라고 그렇게 애써 위로했다.

다리 사이로 흘러내리는 축축한 남자의 정액 느낌이 내일이면 사라질 것이라고 믿고 또 믿었다. 하지만 무거운 발걸음을 잠시 멈추는 자신의 뒷모습을 놓치지 않는 시선 때문에 그 작은 위안마저 물거품이 되어버렸다.

현민욱. 오만 방자하고 인간이 덜 된 미친놈.

혜수는 떨리는 손을 주머니에 넣어 베일 것같이 날카로운 수표 끝을 어루만졌다. 생각 같아서는 이따위 더러운 돈을 놈의 면상에다가 날려주고 싶었지만 홀로 고생하시는 어머니와 아직 등록금도 못 낸 동생을 생각하자 차마 그럴 수가 없었다. 밀려오는 서러움에 수표를 콱 움켜쥐었지만 분이 쉬이 풀리지 않았다. 아직 느껴지는 그의 시선에 혜수는 뒤도 돌아보지 않고 아무 일 없었다는 듯이 꿋꿋이 발걸음을 옮겼다.

힘겹게 달동네를 오르는 혜수의 뒷모습을 룸미러로 바라보며 민욱은 천천히 담배에 불을 갖다 대었다. 알싸한 연기가 폐로 스며들며 노곤한 육체를 풀어주었다.

"건방진 계집."

민욱은 멀어져 가는 혜수의 뒷모습을 끝까지 노려보며 못마땅한 듯 중얼거렸다. 문득 느껴지는 뺨의 통증에 룸미러에 슬쩍 얼굴을 비쳐 보았다. 혜수가 남겨놓은 줄에 붉은 피가 배어 있었다.

하지만 그만한 수확은 있었다. 이혜수의 처녀와 처음 느끼는 지독한 오르가즘. 가진 건 쥐뿔도 없는 주제에 뭐가 그리도 잘났는지 콧대만 높은 계집이었지만 속살 맛은 일품이었다. 몸을 열고서도 치열하게 반항하는 그녀와의 정사는 한마디로 전쟁이었다. 그리고 자신은 그 전쟁의 승리자였다. 좀처럼 쉽게 안 넘어오는 그녀를 세 번이나 가지고도 지칠 줄 모르는 자신의 욕심에 스스로도 놀라워했다.

"크크크."

민욱은 참을 수 없는 즐거움에 소리 내어 웃었다. 꽤나 즐거웠다고, 생활비에 보태라고 자신이 수표를 꺼내 들자 그 검은 눈에서 불꽃을 튀기는 모습은 무척이나 매혹적이었다. 작은 주먹을 꼭 움켜쥐고 자신을 갈아먹는 상상을 하는 것처럼 이를 바득 가는 그녀의 모습에 다시 흥분하고 말았다.

뻣뻣하게 굳은 그녀의 허벅지를 다시금 벌리자 그 작은 손이 매섭게 자신의 뺨을 때렸다. 생전 처음 맞아보는 따귀는 아주 기분 나쁜 것이었다. 조금은 다정하게 대해주기로 했던 민욱의 결심은 온데간데없이 사라지고 차갑게 비웃으며 그녀의 복부로 주먹을 내려쳤다. 불시의 일격에 거친 기침을 내뱉으며 한순간 몸의 힘을 풀어버린 틈을 타 민욱은 다시 좁고 따뜻한 혜수의 안으로 들어갔던 것이다.

몸을 비틀며 필사적으로 자신을 밀어내려는 혜수의 움직임에 점점 더 달아오르며 민욱은 그녀의 팔꿈치 부분을 잡아 강제로 고정시켰다. 자신의 몸 아래에서 미꾸라지마냥 팔딱이는 혜수의 행동에 더욱 강하게 느껴지는 쾌락에 살짝 감은 그의 눈꺼풀이 미세하게 흔들렸다.

소리 내지 않으려 입술을 질끈 깨물었지만 새어나오는 신음소리는 어찌할 수 없는지 절망스럽게 일그러지는 혜수의 얼굴을 내려다보는 것도 만족스러웠다. 그의 숨결이 자신의 얼굴 가까이 닿는 것도 혐오스러워하며 표독스럽게 눈을 부릅뜨고 그를 노려보았다. 민욱은 그런 그녀의 시선을 도전적으로 되받아치며 허리를 거칠게 움직이자 금세 그녀의 눈동자에 아픔으로 인한 눈물이 고였다. 그렇지만 끝까지 눈을 부릅뜨며 그를 바라보는 그 건방진 시선이 그의 정복욕을 강하게 자극하고 있었다. 민욱은 입가에 피어오르는 차가운 미소를 지우지 않은 채 끝까지 혜수를 바라보며 그녀를 능욕했다. 그의 시선에 더 더욱 모욕을 느낀 혜수는 울지 않으려고 정말 이를 아득 깨물었다. 죽여 버리겠다고, 언젠가 힘이란 게 생기면 기필코 이 남자를 죽여 버리겠다고 오장육부가 뒤집어지도록 독한 마음을 품고, 또 품었다.

민욱은 생각하면 할수록 다시금 입맛이 돌았다. 지금이라도 돌아서서 가는 그녀의 머리채를 끄잡아서 땅에 패대기친 다음 길거리에서 발가벗겨 능욕하고 싶은 사악한 욕망이 꿈틀거렸다. 그러나 룸미러로 보이는 그녀의 뒷모습은 무너지지 않으려는 오기로 똘똘 뭉쳐 있었다. 게다가 자신 역시 그녀와의 처절한 정사 덕에 지치지 않았다면 거짓일 것이었다.

하지만 자꾸만 떠오르는 그 달콤한 맛이란 참을 수 없었다. 한 번 맛보았으면 됐지 왜 자꾸만 탐하고 싶어지는지 알 수가 없었다. 슬쩍 룸미러를 훔쳐보았다. 문득 자신의 행동에 실소가 터져 나왔다. 자신이 훔쳐본들 그녀가 알 리 없는데 뭔가 켕기는 사람같이 행동하는 자신의 모습이 우습게 느껴졌다. 그러나 쓰러지지 않으려 한 걸음 한 걸음 단단히 내디디는 그녀의 행동이 자꾸만 눈에 밟혔다. 심장 한구석이 그녀의 원망스러워하는 눈빛에 자꾸만 고통을 호소했다.

민욱은 자꾸만 밀려드는 잡념에 짜증이 나 머리를 거칠게 뒤흔들었다. 어차피 계집은 다 거기서 거기일 뿐, 다를 건 하나도 없다. 그러나 그의 내부에서 악마의 목소리처럼 은근히 피어오르는 속삭임이 들렸다. 그녀는 다르다고, 이미 자신도 알고 있다고 뭔가 계속 그의 내부에서 소곤거렸다.

"에잇! 아냐!!"

민욱은 거칠게 경적을 오른 주먹으로 내려쳤다.

고요하기만 하던 골목길에 요란한 소리가 나자 혜수가 화들짝 놀라 등을 움츠린 채 두려운 시선으로 슬쩍 뒤를 돌아보았다. 그러나 차는 아무런 일도 없었다는 듯이 가만히 그 자리에 서 있었다. 뒤이은 정적이 더 두려운 법. 혜수는 슬금슬금 얼어붙은 발걸음을 좀 더 빠르게 재촉했다. 그가 다시 자신을 잡지나 않을까 하는 두려움이 앞섰던 것이다.

민욱은 그토록 그녀가 뒤돌아보기를 바랐다는 것도 깨닫지 못한 채 고개 숙여 핸들에 기댄 채 생각에 잠겼다.

그녀를 처음 만났던 것은 작년 여름이 성큼 다가서던 초여름 쯤이었다. 할아버지와 친분이 있는 정 의원 댁에 식사 초대를 받아 갔을 때 잠시 놀러왔던 혜수와 처음 만났었다.

"안녕하십니까?"

한국대 경영학과를 수석으로 입학한 뒤 이 년간의 재학 시절 내내 수석을 놓치지 않은 그였다. 덕분에 현 회장의, 그에 대한 자랑이 날이 갈수록 더해져 지인들의 부러움을 사고 있었다. 이 번 겨울방학 동안 영국으로 연수를 다녀온 뒤 현 회장은 일부러 그를 정 의원의 사무실로 인사를 보냈다. 그를 호들갑스럽게 반기던 정 의원의 느닷없는 초대에 얼떨결에 집으로 따라나선 민 욱이었다. 현 회장이 건네라고 한 도자기를 감격스러운 표정으로 받아 들던 이 여사는 호들갑을 떨며 이층을 향해 소리쳤다.

"미란아, 어서 내려와 봐. 애, 미란아!"

이층 계단 위에서 고개를 빼꼼이 내밀던 미란이 그를 발견하고는 환하게 웃으며 서둘러 내려왔다.

"민욱 오빠, 어서 오세요. 언제 왔어요?"

"방금."

강아지가 주인을 반기는 것처럼 갖은 애교를 떨며 다가서는 미란을 적당히 다루며 민욱은 정 의원이 이끄는 대로 자리에 앉았다. 미란이 쪼르륵 다가가 그의 옆 자리를 얼른 차지하고 앉았다. 그런 모습에 정 의원과 이 여사는 내심 그림이 된다며 흐뭇해했다.

"어머나, 어쩌나. 당신이 현 군을 데려올 줄 알았다면 미란이 친구는 어쩌죠?"

"음? 미란이 친구가 왔나?"

이 여사가 손뼉을 치며 안타까워하자 정 의원이 살짝 얼굴을 찌푸렸다.

"토요일이라서 잠시 놀러온 거예요. 금방 갈 거예요. 그렇지?"

정 의원이 안색을 찌푸리자 이 여사가 얼른 그의 비위를 맞추며 미란에게 눈짓을 보냈다. 미란은 민욱이 온 것은 좋지만 모처럼 놀러온 친구를 금방 보내야 한다는 사실에 기분이 상해 뾰로통하게 입술을 내밀었다.

"네, 알았어요."

미란은 시무룩하게 자리에서 일어서다가 다시 민욱의 곁으로 다가왔다.

"오빠, 이따가 대학 이야기 좀 해주세요."

"그래, 알았어."

여전히 무뚝뚝한 표정이지만 그녀의 부탁은 거절하지 않았기에 미란은 금세 환하게 얼굴을 밝히며 이층으로 뛰어갔다. 쿵쾅거리며 계단을 올라가는 미란의 행동에 정 의원은 얼굴을 찌푸리며 혀를 찼다.

"저, 저…… 쯧쯧. 여자 아이가 왜 저렇게 경망스러운지. 현 군이 이해하게."

"아닙니다. 활발해서 보기 좋은데요."

"그래, 할아버님은 건강하시고?"

"네, 염려해 주신 덕분에 정정하십니다."

"그래, 현 회장님이야 현 군 같은 후계자가 있어서 아주 든든하시겠군."

"정 의원님도 훌륭한 아드님이 있으시잖습니까? 저희 학교 법대 선배님이라 들었습니다만?"

아들 이야기가 나오자 정 의원은 얼굴을 굳히며 손사래를 쳤다. 한국대 법대를 나왔어도 번번이 사법고시에서 미끄러져 그의 체면을 엉망으로 만들었기에 생각만 해도 치가 떨렸다.

"그놈이야 평범하지. 어찌 된 게 내 자식놈들 중에 쓸 만한 것들이 없어."

자식을 폄하하면서 슬쩍 이 여사를 노려보자 이 여사는 황급히 죄스러운 듯 고개를 숙였다. 그녀는 아들을 낳았어도 시원찮게 못 키워냈다고, 딸아이는 조신한 구석이 없고 경망스럽다고 늘 투덜거리는 남편에게 언제나 죄를 짓고 사는 기분이었다.

"아빠, 제 친구 혜수예요."

이층에서 내려온 미란은 뒤에 거북스러운 듯 불편한 표정을 짓고 있는 친구를 앞에 내세웠다. 정 의원은 슬쩍 몸을 돌려 혜수의 위아래를 살폈다. 그러다 혜수의 미모에 눈빛이 위험하게 변하는 것을 감지한 민욱은 혐오감에 이를 악물었다. 제 자식 친구에게 저런 더러운 눈빛을 보내는 사내라니, 역겨웠다. 그러나 정 의원의 시선을 따라 혜수에게 눈길을 던진 민욱 역시 그대로 숨이 멈춰 버렸다.

사복으로 갈아입은 미란과는 달리 하복을 입고 단아한 자세로 걸어나오는 혜수의 모습은 마치 여왕처럼 기품있어 보였다. 미란보다 오히려 혜수가 더 정 의원의 딸처럼 보일 정도였다. 이 여사도 그런 사실을 느꼈는지 조금 불편한 시선으로 혜수를 슬쩍 흘겨보았다. 통통하니 아직 젖살이 빠지지 않은 미란과 달리 갸름한 얼굴 선과 단아한 이마, 부드럽게 휘어진 콧대, 쌍꺼풀이 없음에도 얼굴의 대부분을 차지한 큰 두 눈, 앵두같이 앙증맞은 붉은 입술과 뽀얀 피부는 어쩌면 흔할지 모른다. 그러나 민욱이 본 것은 그 커다란 눈동자 속에서 번뜩이는 서늘한 칼날이었다. 여리여리한 외모와 달리 거친 칼날을 품고 있는 그 모습이 훨씬 마음을 끌었다.

"네가 혜수구나. 우리 딸한테 이야기는 많이 들었다. 네가 그렇게 공부를 잘한다며? 우리 미란이 공부를 봐준다니 좀 부탁하마. 내 학교에 잘 얘기해서 네 장학금은 넉넉히 줄 테니까."

그 말에 민욱은 혜수라는 아이가 차갑게 눈을 번득이며 분기에 살짝 입술을 깨무는 것을 보았다. 자존심이 상당히 강한 아이 같아 재밌게 느껴졌다.

"감사합니다."

붉은 입술이 살짝 벌어지며 흘러나오는 목소리조차 냉기가 가득한데 다른 사람들은 아무도 눈치채지 못한 것 같아 민욱은 혼자 즐겁게 그 상황을 지켜보았다.

"혜수가 주말마다 저 공부 도와준다고 그랬어요. 그러니까 아빠, 아빠가 우리 혜수 학교 잘 다닐 수 있게 꼭 도와주셔야 해요."

"흠흠, 오냐, 알았다. 그리고 미란아, 손님이 와 계시는데……."

정 의원이 헛기침을 하며 민욱 쪽을 가리키며 말끝을 흐리자 미란은 호들갑을 떨며 그에게 혜수를 소개시켜 주었다.

"맞다. 민욱 오빠, 이쪽은 이혜수라고 제 친구예요. 혜수야, 인사해. 민욱 오빠라고 내가 종종 얘기했지? 우리 민욱 오빤 대단한 집안 아들이다. 너도 한영그룹이라고 알지?"

미란이 호기롭게 소개를 해도 혜수는 담담한 시선, 아니, 그에게도 싸늘한 조소를 보내며 살짝 고개를 끄덕거렸다. 아무렇지 않게 돈 자랑을 해대며 남의 자존심을 긁어대는 정 의원의 가족과 같은 취급을 당하자 순간 불쾌감이 치솟았다. 미란이 마치 혜수에게 들으란 듯이 일부러 그의 집안에 대해 말을 하자 그는 분명히 보았다. 그에게 시선을 던진 그녀의 눈동자 속의 오만한 조소를…….

"미란아, 이만 친구는 보내야지."

이 여사는 혜수를 바라보는 정 의원과 특히나 민욱의 시선에 불안감을 느끼며 서둘러 혜수를 돌려보내려 미란을 떠밀었다.

"그럼 전 이만 가보겠습니다."

이 여사도 혜수를 현관까지 배웅하러 자리에서 일어섰다.

"그럼 조심해서 가요."

"전 정문까지 바래다주고 올게요."

여자들이 떠들썩하게 현관에서 인사를 하는 동안 정 의원이 민욱 쪽으로 슬쩍 상체를 숙여 속삭였다.

"크면 제법 미인이 될 듯한 아이가 아닌가?"

음흉한 정 의원의 시선에서 그를 떠보려는 속내도 얼핏 눈에 띄었다. 민욱은 정 의원의 말재간에 넘어가지 않기로 다짐하며 고개를 저었다.

"글쎄요, 아마도 꽤나 위험한 불길은 될 듯싶습니다."

"음? 그게 무슨 말인가?"

아리송한 민욱의 말에 정 의원은 자신이 이해할 수가 없어 살짝 얼굴을 찌푸렸다.

"속내에 칼을 품은 눈빛입니다."

"허허, 자네 같은 연배에 그런 것도 파악할 줄 안단 말인가?"

정 의원은 내심 날카로운 민욱의 관찰력에 감탄사를 흘렸다.

"그냥 보였습니다."

"뭐가 말이에요?"

이 여사가 자리로 돌아와 민욱의 말을 받아치자 정 의원이 대뜸 얼굴을 찌푸리며 소리를 질렀다.

"어허! 여자가 어디서 남자들의 이야기에 함부로 끼어들어?"

"죄송해요."

정 의원의 고함에 기가 질린 이 여사는 민욱의 시선을 의식하며 애써 태연한 척 웃으며 서둘러 자리에서 일어나 부엌으로 향했다.

"미안하네. 집사람이 워낙에 눈치가 없어서 말이야."

"아닙니다. 별것도 아닌걸요."

"허허, 이해해 주니 안심이군."

정 의원이 목소리를 낮춰 민욱 군에게 미안해하자 민욱은 괘념치 말라며 담담하게 앞에 놓인 찻잔을 들었지만 생각은 지금쯤 저택을 벗어났을 혜수에게 향해 있었다.

"미안, 하필이면 오늘 손님이 오셨네."

현관에서 나온 미란은 혜수의 팔짱을 끼며 애교 섞인 목소리로 투덜거렸다. 그러나 정말 기분 나쁜 기색은 보이지 않았다.

"네가 말한 남자가 저 사람이니?"

"응. 봤지? 정말 잘생기지 않았어?"

그를 떠올리는지 미란의 눈동자가 생기있게 빛나고 있었다. 혜수는 오늘 보았던 민욱에 대해 곰곰이 생각해 보았다. 그러고는 고개를 갸웃거렸다.

"글쎄, 내가 보기에는 상당히 힘든 남자 같은데?"

"무슨 소리야?"

"저 사람, 꼭 검집이 없는 칼 같아."

"그게 무슨 말인데? 꺄앗! 뭐야? 조심해."

미란은 혜수의 의문스러운 말에 고개를 갸웃거리다 머리 위로 떨어지는 무언가 때문에 깜짝 놀라고 말았다.

"죄송합니다. 안 다치셨어요?"

나무 위에서 잔가지를 치던 남자가 서둘러 사다리를 타고 내려와 미란의 앞에 다가왔다. 쩔쩔매며 어찌할 바를 몰라 하는 그에게 미란은 앙칼지게 소리 질렀다.

"무슨 일을 이따위로 해?"

"죄송합니다, 아가씨."

혜수는 자신들보다 나이가 조금 더 많아 보이는 남자가 허리까지 숙여가며 쩔쩔매자 안쓰러워 미란을 말렸다.

"그만 해. 다친 것도 아니잖아. 봐봐, 나뭇잎이 조금 묻은 것뿐이야. 너무 화내지 마."

혜수가 조근조근한 손길로 머리 위에 붙은 나무 부스러기를 털어주며 살살 달래자 더는 소리칠 기분이 안 나는지 입을 꼬옥 다물었다. 하지만 남자를 매섭게 쏘아보는 것은 잊지 않았다.

"아무튼……."

굽실거리며 다시 사다리 위로 올라가는 남자를 곱지 않은 시선으로 노려보며 툴툴거리자 혜수가 그를 가리키며 물었다.

"누구야?"

"우리 집 기사 아저씨 아들. 올해 대학 갔는데 돈이 없어서 쟤도 아빠가 도와줬어."

혜수는 아무 생각 없이 말하는 미란의 말투가 상당히 거슬렸지만 아무 말도 하지 않았다. 미란이 말한 대로 자신 역시 그녀의 아버지 돈으로 학교를 다니는 것이니까, 이 정도 불쾌감 정도는 얼마든지 감수할 생각이었다.

"그럼 우리보다 연상이잖아. 왜 그렇게 함부로 말해?"

혜수는 미란이 기분 나쁘게 받아들이지 않게 지나가는 투로 묻자 미란은 대수롭지 않다는 듯이 대꾸했다.

"쟤는 내 쫄따구거든. 내 말이라면 뭐든 다 하니까. 왜, 마음에 들어? 줄까?"

"주기는…… 사람이 물건이니?"

짓궂게 물어대는 미란의 말에 혜수는 곱게 눈을 흘겼다.

"조심해서 가고 내일도 올 거지?"

"……그래. 들어가."

커다란 철문이 덜커덩하고 닫히며 미란이 콧노래를 부르며 계단 위를 올라가는 것이 어렴풋이 보였다. 희수는 문득 자신이 처량해졌다. 미란의 집안을 보고 그녀에게 알짱거리는 아이들이 한심하다고 여겼음에도 어느새 자신이 그네들과 같은 부류가 돼 있다는 사실이 끔찍했다. 하지만 담임선생님도, 미란의 어머님도 미란이 제 오빠와 같은 대학에, 아니면 최소한 상위권 대학에 들어가게끔 옆에서 공부를 봐준다면 고등학교를 졸업하는 것은 물론 남동생의 학비까지 도와주신다고 약조했기에 혜수는 이를 악물었다. 부잣집 철부지로 커서 때때로 남에게 상처되는 말을 함부로 하는 경우가 있기는 하지만 그 점만 빼면 그럭저럭 잘 지낼 수 있었다. 혜수는 높다란 저택을 올려다보며 아득한 느낌에 눈앞이 아찔했지만 언젠가 꼭 성공해서 어머니를 모시고 동생과 함께 이런 집에서 오순도순 살 거라며 굳게 다짐했다.

그리고 혜수와 민욱이 다시 만난 건 일 년이나 지나 여름방학이 시작한 지 얼마 안 되어서였다. 방학이 시작된 후 매일같이 공부를 봐주러 오는 혜수 때문에 미란은 방학 같지 않은 방학이라며 매일 투덜거렸다. 저녁엔 피아노 레슨이라는 미란을 뒤로하고 짐을 챙겨 나서는데 낮부터 그네들 곁을 맴돌던 미란의 오빠 경재가 눈을 반짝이며 혜수에게 다가왔다.

"나가는 길이지? 내가 태워다 줄게."

뱀같이 가늘어지는 눈 속에 담긴 음흉함이 꼭 제 아비를 닮았다. 불쾌감을 감추며 정중하지만 차가운 태도로 거절하고 몸을 돌렸지만 경재의 손에 팔을 잡혀 오도가도 할 수 없었다.

"혼자 갈 수 있습니다."

"이봐, 태워다 준다니까. 이번에 새 차 뽑았는데 너 태워줄게. 튕기지 말고 얌전히 타라."

"필요없으니까 이 손 놔주시죠."

"계집이 너무 튕겨도 재미없어."

"튕기는 것이 아니라 마뜩찮은 호의를 받아들여야 할 이유가 없어 거절하는 것뿐이에요."

고개를 꼿꼿이 치켜들고 두 눈을 치켜뜨고는 한 마디도 지지 않는 혜수의 고집에 경재는 짜증이 솟았다. 게다가 이렇게 길에서 옥신각신하는 모습을 누가 볼까 걱정도 되었다.

"이게, 곱다고 보자보자 하니까."

"당신에게 곱게 봐달라 한 적 없으니 이 손 그만 놓으시죠."

조금도 굽히지 않는 혜수의 태도에 경재는 불쾌한 듯 눈살을 찌푸리다 무슨 생각인지 눈을 가늘게 뜨며 음침하게 웃었다.

"너 내가 어떤 사람인지 몰라? 내 아버지가 어떤 사람인지 모르냐구. 너도 미란이처럼 대학 가고 싶지? 고등학교 졸업뿐만이 아니라 대학도 가고 싶을 거 아니야. 안 그래?"

경재의 음흉한 속내를 못 알아차릴 혜수가 아니었다. 하지만 남의 약점을 잡고 흔들어대는 비겁함에 분기가 치솟았다.

"그건 제 문제니까 상관하지 마시죠."

경재에게서 잡힌 손을 쌀쌀맞게 뿌리친 혜수는 싸늘하게 한 번 쨰려본 후 몸을 돌렸다. 아니, 돌리려 했으나 다시 경재의 손아귀에 잡혀 그러지 못했다. 팔이 부러질 듯 아팠다. 일부러 힘껏 잡은 듯 그의 야비한 얼굴이 잔인하게 웃고 있었다.

"별것도 아닌 게 도도한 척하긴. 그래 봐야 가진 거라곤 고 삼삼한 몸뿐인 주제에 그만 튕기라고. 네년이 섭섭지 않게……."

"무슨 일입니까?"

마침 정 의원의 집 앞을 지나가던 민욱이 그 실랑이를 보았다. 남자는 정 의원의 아들인 경재였고 여자는 등을 돌리고 있었지만 마음 한구석에 작은 가시처럼 박힌 혜수임을 알 수가 있었다. 경재가 혜수의 손목을 잡고 서 있는 모습을 보자 민욱은 자신도 모르게 그를 차로 받아버리고 싶을 만큼 잔인한 충동을 느꼈다. 그러나 아무렇지 않은 얼굴로 차에서 내려 그들에게 다가갔다. 거리가 가까워질수록 경재가 혜수의 손목을 강제로 잡아두고 있음을 확인하자 두 눈에서 불꽃이 튀는 기분이었다.

"경재 형, 무슨 일인가요?"

끓어오르는 속내와 달리 겉으로는 태연하게 웃으며 경재에게 다가서자 그는 당황한 기색이 역력했다.

"미, 민욱이 네가 웬일이냐?"

"이 동네 사는 제가 이 길을 지나가면 안 될 이유라고 있나요?"

"아, 아니……."

단 한 번 보았을 뿐인데 이토록 눈에 박힌 가시처럼 느껴지다니 기묘한 기분이었다. 일 년 만에 다시 만난 혜수는 좀 더 마른 모습이었다. 짧은 소매와 치마 아래로 쭉 뻗어진 앙상한 팔다리가 훤히 드러난 탓에 그녀가 두르고 있는 갑옷이 좀 더 느슨하게 느껴졌다. 그렇지만 두 눈 속에 담긴 타오르는 불길은 여전히 거세기만 했다.

"그럼, 전 이만 가보겠습니다."

민욱의 등장으로 경재가 당황해하자 잡힌 손이 느슨해졌다. 기다렸다는 듯이 그의 손을 뿌리치고 누가 붙잡을세라 혜수는 뒤도 돌아보지 않고 종종걸음으로 그 자리를 벗어났다. 두 남자의 안타까운 시선도 모른 채 혜수는 할 수 있는 한 가장 빠르게 발을 놀려 그 자리를 벗어났다.

"망할……."

재빠르게 달아나 버린 혜수의 뒷모습에 대고 욕설을 중얼거리던 경재는 민욱의 시선을 의식하고 멋쩍게 웃어 보이며 그 자리를 모면코자 했다.

"아하하, 난 그냥 날도 덥고 해서 태워준다고 했는데……."

"그렇습니까?"

겉으로는 웃으며 대꾸하고 있지만 그 속에서 느껴지는 조소를 못 알아차릴 경재가 아니었다.

"흠흠, 마침 안에 미란이 있는데 잠시 들어왔다 갈래?"

"아닙니다. 전 이만 가보겠습니다."

깍듯이 인사하며 다시 차에 올라타고 사라지는 민욱의 뒷모습에 못마땅한 경재의 시선이 날아들었다.

"재수없는 자식."

허구한 날 그를 타박하면서 민욱의 이야기를 꺼내며 비교를 하시는 아버지였다. 세 살이나 어리지만 속내를 짐작할 수 없는데다가 위압적인 민욱이 부담스러워 상대하고 싶지가 않았다. 게다가 은근히 민욱을 사위로 들이고 싶어하는 아버지의 욕심에 더욱 거북스러웠다. 바람 한 점 불지 않는 더위에 애꿎은 땅만 걷어차고는 경재는 입을 삐죽이며 현관문을 밀고 들어섰다.

집으로 천천히 차를 몰던 민욱은 무슨 생각에서인지 방향을 확 꺾어 다시 되돌아 내려갔다. 조급한 마음에 조금 속도를 높이자 멀찌감치 앞에서 걸어가는 혜수의 모습이 눈에 들어왔다.

빵빵.

뒤에서 울리는 요란스러운 경적에 화들짝 놀란 혜수의 표정이 즐거운지 민욱의 입가가 만족스럽게 올라갔다.

"타라, 정류장까지 태워다 줄게."

십 분 정도만 걸어가면 바로 정류장이었다. 혜수는 단호하게 고개를 내저었다.

"괜찮아요. 그냥 가세요."

"시끄러워. 그냥 가면 확 받아버릴 테니까 빨리 타기나 해."

히죽 웃는 얼굴이지만 그의 눈동자는 험악하게 빛나고 있었다. 그 눈 속에서 진심을 읽은 혜수가 주춤하자 민욱이 얼른 차에서 내려 반대쪽으로 다가왔다. 조수석 문을 열고 자신을 기다리는 그의 속내가 의심스러워 머뭇거렸다.

"얼른 타. 싫으면 내 차에 부딪혀서 병원으로 실려가든지."

아무렇지 않게 협박하는 그의 표정은 즐거워 보였지만 진심이었다. 여차하면 정말로 그녀를 받아버릴 위험한 남자임을 알아차린 혜수는 못마땅한 표정을 지우지 않은 채 조수석에 올라탔다.

"착하군."

만족스러워하는 민욱의 한마디에 입술에서 피가 나도록 깨물었다. 어쩐지 그의 말이 불안하게 들렸기 때문이다. 차라리 병원행을 택할 것 그랬다는 후회 뒤로 굳건하게 닫히는 차 문소리가 위험스럽게 다가왔다. 민욱이 다시 운전석으로 돌아오자 갑자기 차 안이 꽉 차는 것이 호흡하기 곤란한 기분이 들었다. 누군가가 산소를 빼고 있는 것처럼 말이다. 운전석에 앉으며 그녀를 돌아보는 민욱의 입가에 걸린 희미한 미소가 가슴에 선뜩하게 다가왔다.

"집이 어디지?"

"정류장까지만 태워주신다고 하셨잖아요."

불만스럽게 터져 나온 혜수의 대꾸에 민욱은 그랬냐는 표정으로 어깨를 으쓱였다.

"내려보니 상당히 덥군. 그냥 태워줄게."

"아직까진 견딜 만하니까 정류장까지만…… 꺄악!"

일부러 급회전을 하는 바람에 혜수의 몸이 민욱 쪽으로 부딪쳐 왔다. 짧은 순간 혜수의 체취 섞인 공기가 코로 들어오자 민욱은 아찔함을 느꼈다. 건드리면 움츠러드는 말미잘 같은 반응이 재미있어 자꾸만 건드려 보고 싶었다.

"괜찮니?"

일부러 그랬음이 분명한데 히죽 웃으며 아닌 척하고 있는 민욱이 얄미워 시선에 날을 바짝 세웠다.

"그래서 찔러 죽겠냐?"

"이게 뭐 하시는 짓인가요?"

제법 앙칼진 외침에 민욱은 흥미롭다는 표정으로 혜수 쪽을 슬쩍 돌아보았다. 씩씩거리며 그를 노려보는 품새가 암사자 같은 것이 꽤나 요염하게 느껴졌다. 그러고는 깜짝 놀라고 말았다.

'이런, 아직 고등학생인 애한테 내가 무슨 생각을 하는 거야?'

교복을 입고 있어도 도드라진 가슴과 쭉 뻗은 하얀 팔다리가 자꾸만 눈앞을 가로막았다. 민욱은 그저 표독스러운 계집의 표정이 제법 재밌어서라고 스스로를 납득시켰다.

"정류장 지나왔어요. 내려주세요!"

순식간에 지나가는 주변 풍경에 혜수가 비명처럼 소리를 질렀지만 귀가 따갑다기보다는 묘한 색기로 다가와 그를 당황하게 만들었다. 내려줘야 한다는 이성과는 달리 발은 액셀을 힘껏 밟아 더욱 빠르게 달리고 있었다.

"이것 보세요, 뭐 하는 짓이에요?"

점점 빠르게 달리는 차 안에서 혜수는 그의 차를 탄 것이 잘못이라며 크게 후회하고 있었다. 그의 눈동자 속에서 빛나는 위험한 빛에 잠시 눌린 것이 크나큰 실수라며 후회했다. 이렇게 될 줄 알았다면 차라리 병원행을 택했을 거라며 민욱에게 매섭게 눈을 부라렸다.

"그렇게 노려보면 그 눈이 빠진다냐? 얌전히 있어."

"내려주세요."

"젠장, 그 입 다물고 가만히 있으라니까."

민욱은 곁에서 들려오는 혜수의 앙칼진 목소리로 인해 허리 아래에서 올라오는 낯뜨거운 반응에 무척이나 당황하고 말았다. 까탈스럽게 소리치는 혜수의 목소리가 어느새 색기 어린 장면 속에서 흘러나오자 눈앞이 시뻘게졌다. 그의 얼굴에 가득한 짜증 외에 욕망은 읽지 못한 혜수는 가만히 입을 다물었지만 불만이 가득했다.

'어디서 짜증이냐? 지금 화내야 하는 사람이 누군데?'

점점 의도치 않은 방향으로 달려가던 그의 차가 정지한 곳은 한강 둑변이었다. 혹시나 외진 곳으로 그녀를 끌고 가지 않을까 내심 걱정하고 있던 혜수는 남몰래 안도의 숨을 내쉬었다. 그러나 옆 자리의 침묵이 불안하게 다가왔다.

"너…… 조심해라. 그 집 부자(父子)한테 단단히 찍힌 모양이니까."

불편한 침묵을 뚫고 머뭇거리는 민욱의 입에서 나온 말에 혜수는 코웃음을 쳤다. 굳이 그가 상기시켜 주지 않아도 그 집안 남자들 때문에 조금도 경계를 늦추지 않고 있었다. 처음 봤을 때부터 은근히 노골적으로 바라보는 정 의원의 시선에 불편했지만 애써 모른 척하며 언제나 미란이나 이 여사 곁에 머물도록 애를 썼다. 다행히 정 의원은 항상 바빠 그녀가 돌아간 다음에 나 들어왔고 경재도 평소에는 집에 잘 머무르지 않아 오늘 같은 일은 드물게 발생하는 터라 크게 염려할 문제는 아니었다. 오히려 지금 같은 상황에서는 그 부자보다 옆 자리의 남자가 더 위험하게 느껴졌다.

"고작 그런 말을 하기 위해 사람을 납치하다시피 끌고 온 건가요?"

어이없어하는 혜수의 말에 민욱은 스스로가 한심스러웠다. 충동적으로 끌고 와서는 한다는 말이 고작 정 의원과 경재를 조심하라는 말이라니 어처구니가 없었다.

"좋아요. 알아들었으니까 그만 내릴게요. 응?"

차 문을 열고 나가려던 혜수는 문이 열리지 않자 당황한 기색이 역력했다.

"보채지 마. 데려다 줄 테니까."

옆 자리에서 짜증스러워하는 남자의 목소리에 혜수의 눈매가 더욱 사납게 치솟았다.

"누가 당신더러 데려다 달래요? 내 일에 신경 쓰지 말고 이거나 열란 말이에요. 꺄악!"

거칠게 차 문을 열려 애를 쓰며 잠금장치를 풀려는 혜수의 몸짓에 신경질이 난 민욱은 난폭하게 그녀의 머리칼을 움켜잡아 자신 쪽으로 끌어당겼다.

"시끄럽다고. 한 마디만 더 지껄여 봐. 이 자리에서 널 가져

버릴 테니까."

놀라 휘둥거리는 눈 속에 담긴 두려움을 읽은 민욱은 쓰디쓴
입맛에 눈살을 찌푸리며 거친 손짓으로 혜수의 머리칼을 밀쳐
냈다. 순식간에 봉두난발이 된 혜수는 두피가 뽑혀 나갈 것 같
은 아픔보다는 메마르게 다가온 민욱의 말이 더 두려움을 느꼈
다.

미란은 이 남자를 아름답다고 표현했다. 물론 겉모습에 대해
서는 인정할 만했다. 뚜렷한 옆얼굴의 생김새를 봐서도 조각 같
은 느낌이니 당연했다. 하지만 혜수에게 이 남자는 야수처럼 느
껴졌다. 귀공자 같은 가면을 쓴 채 상대방의 목덜미를 물어뜯을
타이밍을 재고 있는 야수처럼 위험했다. 세상에 달관한 척 나른
하게 바라보는 시선 속에서 느껴지는 위태로움을 감지한 자신
을 아는지 그의 눈빛에 흥미롭다는 기색이 역력했다. 가시방석
같은 느낌에 초조해하면서도 헝클어진 머리칼을 정돈하느라 애
를 썼다.

핸들에 팔을 기대어 얼굴을 묻은 채 민욱은 당황한 손짓으로
머리를 가다듬는 혜수를 물끄러미 바라보았다. 보면 볼수록 시
선을 뗄 수가 없게 만드는 아이였다. 그의 거친 행동에 충격을
받았는지 당차 보이는 얼굴에 당황한 기색이 사라지지 않자 미
안한 마음이 들었다. 슬며시 손을 뻗어 갸름한 얼굴을 어루만져
주며 미안하다는 말을 꺼내려 했지만 그의 손이 닿자 더러운 것
인 양 얼굴을 찌푸리며 물러서는 혜수의 반응에 눈빛이 싸늘히

내려앉았다. 이상하게 가슴 한구석이 욱신하고 요동쳤다. 원인 모를 통증에 차를 모는 민욱의 손길이 거칠어졌다.

"집이 어디야?"

"그냥 아무 정⋯⋯."

"어디냐니까?"

턱을 앙다문 채 고집스럽게 되묻는 민욱에게서 단단한 벽이 느껴졌다. 그녀가 대답할 때까지 차에서 내려주지 않을 요량인 가 싶어 혜수는 난감하기만 했다.

끝내 혜수에게서 집 주소를 들은 민욱은 그녀가 대답하는 것이 당연하다는 오만한 미소를 되돌렸다. 자신만만해하는 그의 미소가 얄미워 혜수는 속으로 그의 얼굴을 손톱으로 확 그어놓는 상상을 하며 내심 고소해했다.

"이혜수."

혜수가 사는 달동네 아래까지 온 민욱은 끝을 알 수 없는 계단을 올려다보며 못마땅한 표정이었다. 속으로 잘난 집 아드님께서 이런 데를 와보셨겠냐고 비아냥거리면서 차에서 내리려는데 문이 열리지 않았다. 짜증스런 눈빛으로 그를 돌아보자 민욱이 진지한 표정으로 그녀의 이름을 불렀다.

"정 의원 집에는 언제마다 오지?"

"그건 알아서 뭐 하게요?"

"대답이나 해."

싸늘하게 쏘아보는 민욱의 시선에는 남을 굴복시키는 어떤 힘이 느껴졌다. 그것은 민욱 자신도 알고 있기에 꼿꼿이 그의 눈빛을 마주 보며 턱을 치켜들고 있는 혜수가 대견하게 느껴질 정도였다. 민욱에게서 느껴지는 압박에 혜수는 피비린내가 느껴질 만큼 세게 입술을 깨물었다.

"방학…… 이라서 매일 가요."

"언제 끝나?"

"오후 다섯 시면 끝나요."

지지 않겠다고 굳게 마음을 먹고 그의 눈을 마주 보았지만 끝내 견디지 못하고 시선을 회피하고 말았다. 그런 자신이 비참하게 느껴져 민욱의 입가에 걸린 만족스러운 미소가 눈에 아리게 들어왔다. 혜수에게서 원하는 대답을 들은 민욱은 만족했는지 그제야 편안하게 미소를 지어냈다.

"앞으로는 아까 탔던 곳에서 기다려. 태워다 줄 테니까."

"뭐라고요?"

"어린 나이에 벌써 귀가 먹었냐? 아까 그 자리에서 기다리라고 했어."

"내가 왜요?"

비명에 가까운 혜수의 경악성에 민욱은 대수롭지 않은 표정으로 어깨를 으쓱였다.

"내가 그러고 싶으니까."

"난 싫어요."

단호하게 거부하는 혜수의 외침에 민욱의 얼굴이 싸늘하게 굳어졌다.

"그럼 좋아. 지금 당장 정 의원 댁에 가서 네가 날 유혹했다고 한마디 하면 넌 어찌 될까?"

"뭐라고요? 그런 말도 안 되……."

"왜 말이 안 돼? 이미 넌 내 차에 타고 있잖아. 이 상황에서 누구라도 오해할 만한 일을 만든다면 말이 안 되는 건 아니지."

"이……."

민욱은 두 눈을 부릅뜨고 그에게 독기를 쏘아내는 혜수의 시선을 유유자적하게 받아내면서 네까짓 것이 어쩔래라며 눈빛으로 말하고 있었다. 온몸이 떨려올 정도로 분노가 치민 혜수는 민욱의 속내를 파악할 수가 없어 답답할 지경이었다. 도대체 왜 그녀에게 이러는지 알 수가 없었다.

"왜 이래요? 내가 댁한테 무슨 잘못을 저질렀다고 그래요? 그런 말도 안 되는 이야기를 미란이네한테 알려서 당신에게 득이 될 게 뭐가 있어요?"

"없지."

너무나 태연하게 대꾸하는 그 모습이 얄미워 그의 목으로 손이 올라가려는 것을 참고 또 참아냈다. 참을 인[忍] 자를 수도 없이 삼키며 애써 차분하게 표정을 가다듬는 혜수가 그의 눈에는 재밌게 보였다.

"그럼 왜 이러는데요?"

"네가 말을 안 들으니까."

순간 피가 역류하는 기분에 숨을 쉴 수가 없을 정도였다. 모든 것이 다 정지할 만큼 놀라고 기가 차 혜수는 입만 벙긋거리고 있었다.

"피해 보기 싫으면 얌전히 하라는 대로 해."

"내가…… 당신 눈에는 우습게 보여요? 당신네들처럼 으리으리한 집도 없고, 학비도 내기 힘들어 절절매는 모양새가 그렇게도 가소롭게 보여요?"

참을 만큼 참았는지 가늘게 떨리는 혜수의 목소리에서 분노가 절절히 느껴졌다. 그러자 민욱의 태도도 눈에 띄게 달라졌다. 유들거리는 미소도, 약을 올리던 그의 눈빛도 깊고 어둡게 내려앉았다.

"그래, 네 모양새가 가소로워서 그 목을 조이는 게 재밌어. 그러니까 내가 완전히 목을 꺾어버리기 전에 얌전하게 말 들어."

진심이었다. 어느새 혜수의 목을 감싸 쥔 민욱의 손은 여차하면 그녀의 숨을 막아버릴 것처럼 위압적이었다. 조각같이 단정한 얼굴 너머로 언뜻 비추는 잔인한 야수의 송곳니에 혜수는 오싹했다.

"내 말 알아들었어?"

그의 진심을 알아차린 혜수의 얼굴 위로 두려움이 내려앉자 민욱이 일부러 다정하게 속삭였다. 그 다정한 빛이 더 두렵게 다가와 혜수는 저도 모르게 고개를 끄덕이고 말았다. 겁에 질린 혜수의 눈동자를 만족스럽게 바라보며 민욱은 아쉬운 듯 천천히 그녀의 목에서 손을 뗐다. 손 안에 와 닿는, 작은 동물의 심장마냥 거칠게 뛰던 혜수의 맥박에 짜릿한 감각을 느꼈다. 좀 더 매끄러운 살결과 손에 잡히는 혜수의 숨결을 느끼고 싶었지만 파리하게 질린 그녀의 표정에 아쉬움을 감추고 천천히 손을 뗄 수밖에 없었다. 그가 잠금장치를 풀자 기다렸다는 듯이 차 밖으로 뛰쳐나가는 혜수의 뒷모습에 민욱은 가슴속 맨 밑바닥에서 치솟는 허기를 느끼며 아쉬운 듯 입맛을 다실 수밖에 없었다.

3

인 연(因緣)

―맺어지는 관계

정 의원 댁 현관을 나서면서 혜수는 자꾸만 엄습해 오는 불길함에 입술을 잘근잘근 씹었다. 정말로 그가 기다리고 있을까 하는 두려움에 공부도 손에 안 잡혀 미란이 의아해할 정도였다. 그에 대한 미란의 마음을 알고 있는 혜수로서는 각별히 조심하지 않으면 안 되는 일이었다. 자칫 오해로 인해 친구를 잃는 것도 싫었지만 남은 학기 등록금이 달려 있는 문제였다. 장학금을 받는 것도 한도가 있어 고민이던 찰나에 담임선생님을 통해 들어온 유혹적인 제의는 뿌리치기엔 너무 힘이 들었다. 게다가 미란이 원하는 대학교에 들어만 간다면 이 여사에게서 두둑한 금일봉까지 약속 받은 상황이었다. 여기서 잘못되면 졸업은커녕 동생마저 학교를 제대로 다니지 못할지도 모르는 상황이었다. 정말 이럴 때면 돌아가신 아버지가 원망스럽기 그지없었다. 아버지께서 살아 계실 때는 적어도 먹고사는 문제에 대해서는 걱정을 한 적이 없었던 것 같은데 어쩌다가 이 지경까지오게 됐는지 한숨만 나올 뿐이었다.

늦바람이 무섭다고 한순간 도박이라는 그릇된 길에 빠져 버린 아버지 덕분에 집도, 재산도 다 날리고 당신의 생명마저 날려 버리셨다. 남은 것이라곤 유약하신 어머니와 아직 철없는 남동생, 그리고 다행히 머리 하나만은 좋은 자신뿐이었다. 한순간에 살던 집에서 쫓겨나고 수중의 재산으로는 반지하방도 구할수가 없어 고생하던 끝에 얻은 곳이 달동네였다. 까마득한 계단위에 다닥다닥 붙은 집들은 언제 무너져도 이상하지 않을 만큼낡고 위험천만한 곳이었다. 그래도 유일하게 집이라 부를 수 있는 곳이기에 세 식구가 참고 견뎠는데…….

하아, 땅을 무겁게 짓누르는 한숨이 터져 나왔다. 타박타박걸어가는 혜수의 발걸음은 웬일로 집으로 향함에도 불구하고무겁기만 했다.

"그래서 땅이 꺼지냐? 타라."

사이드미러로 혜수가 걸어오는 것을 본 민욱이 기다렸다는듯이 차에서 내려 그녀에게 다가가 문을 열어주었다. 민욱이 열어준 문과 그의 얼굴을 심란한 표정으로 번갈아 보던 혜수는 그의 눈동자에 내려앉은 야비한 빛에 포기한 얼굴로 올라탔다. 혜수가 얌전히 차에 오르자 민욱은 기분이 좋아진 듯 히죽 웃고는 날듯이 운전석으로 달려갔다.

기분이 좋은지 연신 콧노래를 흥얼거리는 민욱의 눈치를 살피며 혜수는 밤새 고민할 결과를 그에게 단호하게 말해야겠다고 결심했다.

"할 말 있어요."

"해."

누굴 닮아서 저렇게 말꼬리가 짧은지……. 혜수는 몰래 그에게 눈을 흘겼다.

"밤새 생각해 봤는데 말이죠."

"호오, 밤새도록 내 생각 했다고?"

"이익, 사람 말꼬리 잡고 늘어질래요?"

"성질은. 찔리는 구석이 있나 보지?"

능글맞게 대꾸하는 민욱의 반응에 기가 막혀 말이 나오지 않았다. 혜수가 그 큰 눈을 부릅뜨고 그를 매섭게 노려보자 그제야 민욱은 알았다며 얌전하게 그녀의 말을 경청할 뜻을 보였다.

"알았어. 말해. 무슨 일이야?"

"오늘만이에요, 당신 차 타는 거."

"무슨 소리야?"

더없이 다정하게 낮아진 목소리가 위협적으로 들리는 것은 그녀만의 착각일까?

"이런 식으로 당신을 만나는 게 더 위험하다는 판단을 내렸어요. 오히려 변명의 여지가 없는 일이기 때문에 이런 식으로 나를 태워주는 일, 안 했으면 좋겠어요."

"너 내가 정 의원에게 뭐라고 말할지 궁금하지 않아?"

낮게 으르렁거리는 민욱의 협박에 혜수는 진절머리가 난다는 듯이 소리쳤다.

"도대체! 도대체 왜 그러냐고요! 그런다고 당신에게 득될 것도 없잖아요. 왜 날 못살게 굴어요? 내가 당신한테 무슨 잘못이라도 했어요? 아님 당신, 나한테 관심있어서 그래요?"

당연히 민욱의 빈정거리는 반응을 기대했다. 그런데 이 남자, 무슨 생각인지 아무 말도 하지 않아 혜수를 더욱 불안하게 만들었다.

"이봐요."

"너! 이상한 여자야."

"뭐라고요?"

뜬금없이 그녀를 이상한 여자로 매도하는 민욱이 어처구니가 없는지 불안하던 혜수의 표정이 앙칼지게 일그러졌다.

"뜬금없이 그게 무슨 소리예요? 그래서 당신한테 피해를 줬어요?"

"응."

간결한 긍정의 대답에 혜수는 잠시 말문이 막혀 눈만 끔벅거렸다. 잠시 후 가까스로 정신을 추스른 혜수가 억울해하며 따져들었다.

"무슨 피해요? 내가 당신한테 무슨 피해를 줬어요?"

"몰라."

"몰…… 뭐라고요?"

그의 대답을 따라 하다가 대답의 의미를 깨닫자 어이가 없는 표정이었다.

"장난해요?"

짜증스럽게 따져 대는 혜수 때문에 불쾌했는지 민욱이 버럭 소리를 질렀다.

"시끄러워! 왜 그렇게 따지고 들어?"

"지금 안 따지게 생겼어요?"

"에잇."

옆 자리에서 쉴 새 없이 따져들자 정신이 사나워진 민욱은 거칠게 핸들을 꺾었다. 난폭한 그의 운전에 다시 몸이 옆으로 확 쏠리자 겨우 균형을 잡고는 민욱의 옆얼굴을 뚫어져라 노려보았다.

"그래 가지고 안 뚫려."

"언젠가는 뚫리겠죠."

비아냥거리는 혜수의 대답에 민욱은 피식 웃음을 짓더니 별안간 고개를 확 돌렸다. 잠시간의 일이지만 그의 옆얼굴을 힘껏 노려보다 불시에 마주친 웃음기가 일렁이는 눈빛에 당황하고 말았다.

"고집 하고는."

"댁이 상관할 바 아니니 신경 *끄시죠.*"

"빌어먹을……."

민욱은 한 마디도 지지 않냐며 투덜거렸다. 그를 노려보다 지쳤는지 정면을 바라보며 씩씩거리는 혜수의 옆얼굴을 이번엔 그가 살짝 훔쳐보았다. 관심있냐는 질문에 뭐라고 대답해야 할지 몰랐다. 그냥 불현듯 혜수의 모습이 눈앞에 떠오르기도 하고, 생각이 나면 왜인지 짜증이 나기도 했다. 보고 있으면 안타까운 기분도 들고 마냥 흐뭇하기도 하면서 가슴 한구석이 내려앉는 통증에 고통스럽기도 했다. 관심, 관심이라…….

우습기도 했다. 그녀 때문에 무언가 찝찝한 감정이 발목을 잡고 흔드는 것 같아 눈앞에서 치워 버리고 싶은데 막상 눈앞에 없으면 낯간지럽게도 보고 싶다는 기분이 스멀스멀 어디선가 기어올라 왔다. 이렇게 같은 공간 안에서 함께 숨을 쉬고 있다는 것만으로도 기분이 좋아지는 자신이 우스우면서도 낯설게 느껴져 두려웠다.

"너 짜증나."

"그건 내가 할 말이네요."

불쑥 던진 민욱의 말에 혜수는 황망한 시선으로 그를 노려보았다. 곁에서 분한 마음으로 씩씩거리는 혜수의 숨결이 들려 조금이나마 꼬인 마음이 풀린 것 같아 민욱은 얄밉게 히죽거렸다.

"어지간히 해라. 보통 여자애들은 내 차 한번 타보려고 갖은 아양을 떠는데 넌 왜 그러냐?"

사실 차에 대해 문외한인 혜수가 봐서도 민욱의 차는 날렵한 모양에 보기 드문 형태로 봐서 꽤나 비싼 외제차 같았다. 그가 으스댈 만큼 차의 안정감도 뛰어났고 차가 잠시 멈춰 있으면 주변 운전자들의 부러움의 시선이 날아드는 것이 보일 정도였다. 하지만 그뿐이었다.

　"내 차도 아닌 고작 남의 차 타보려고 그런 꼴사나운 짓을 해요? 그리고 그렇게 아저씨 차 타고 싶은 여자가 많다면 그 사람들이나 태워주지 왜 날 태워요?"

　"뭐? 아저씨?"

　"흥."

　일부러 꼬인 심보로 민욱을 아저씨라고 부르자 어처구니가 없다는 표정으로 민욱이 버럭 소리를 질렀다.

　"야, 누구더러 아저씨야? 너랑 몇 살이나 차이가 난다고?"

　"그럼 뭐라고 불러요?"

　"너도 오빠라고 부르든지."

　"내가 왜요? 남의 오빠를 왜 내가 그렇게 불러요?"

　"그럼 민욱 씨?"

　그가 스스로 생각해도 민욱 씨란 호칭은 낯간지러웠지만 그래도 불린다면 기분이 좋을 것 같았다. 하지만 혜수는 어림없다는 듯 콧방귀를 뀌며 무시했다.

　"아무튼 아저씨라고는 부르지 마."

　혜수는 일부러 창문 밖으로 시선을 던지며 민욱의 말을 무시했다.

"야, 내 말 안 들려?"

"잘만 들리니까 이 좁은 차 안에서 소리 좀 지르지 말아요. 댁 목청 좋은 거 아니까 그만 좀 자랑하라고요."

"대액?"

혜수가 지칭한 호칭이 마음에 안 든 듯 민욱이 길게 말꼬리를 늘이며 창밖으로 시선을 고정한 그녀를 노려보았다.

"나, 댁처럼 잘난 집에서 호의호식하며 살고 있지 않아요. 하루하루 사는 것도 빠듯하고 내 몸 추스르기도 힘든데 내 동생, 엄마까지 책임져야 해요. 댁처럼 가볍게 남의 인생에 끼어들어 훼방 놓고 자기는 상관없다는 듯이 태연하게 구는 인간들, 가장 경멸해요. 그러니 괜히 돌멩이 하나 장난 삼아 던져 개구리 죽게 만들지 말고 곱게 가던 길이나 가요. 남의 인생에 함부로 끼어들어 분란 일으키지 말고요."

못마땅해하는 민욱의 시선을 느끼며 혜수는 불편한 속내를 평이한 어조로 털어놓았다. 제발 말귀 좀 알아먹는 인간이길 바라면서 말이다.

정색하고 나선 혜수에게 더 이상 장난처럼 대할 수 없음을 느낀 민욱은 가만히 입을 다물었다. 의외로 조용한 민욱의 반응에 혜수는 오히려 초조했다. 느닷없이 남의 뒤통수를 때리는 건 아닐까 하는 우려에서였다. 다행히 민욱도 무슨 생각에 빠져서인지 더 이상 아무 말도 꺼내지 않았다.

"어쨌든 태워줘서 고마워요. 하지만 앞으로는 이러지 말아주세요."

혜수가 살고 있는 동네의 입구에 다다른 민욱의 차에서 내리면서 인사는 해야겠다는 생각에 꺼낸 말이었다. 그러나 민욱은 아무 말도 못 들은 척 묵묵히 앞만 보며 그녀의 존재 자체를 무시했다. 민욱이 그러든지 말든지 혜수는 차에서 내렸고 차 문이 닫히자마자 민욱은 기다렸다는 듯이 차를 출발시켰다. 쏜살같이 사라지는 차의 뒷모습을 황망한 표정으로 바라보던 혜수는 그 잘난 자존심에 상처라도 입으셨냐며 코웃음을 쳤다.

그러나 혜수의 예상과는 달리 민욱은 조금도 자존심에 상처를 입지 않았다. 다만 느닷없는 생각에 깊이 몰두하고 있었을 뿐이었다. 그녀 말대로 자신은 물질적으로는 뭐 하나 부족한 점 없는 집에서 태어났고 또 앞으로도 그럴 가능성이 다분했다. 원하는 건 뭐든지 가졌고 그가 바라는 건 뭐든지 할 수도 있었다. 나름대로 풍족한 환경에 나태함으로 물들지 않고 열심히 살고 있다고 생각했지만 그것은 그저 당연한 일이 아닌가 의문이 들었다. 고작 고등학생인 혜수에게서 묻어나는 진한 생활의 피곤을 느끼자 자신이 당연하게 누리는 생활의 풍요가 일반적인 것이 아니라는 것을 깨닫고는 자신이 굉장히 부끄럽게 느껴졌다. 딴에는 주변의 비슷한 집안의 또래들에 비해 일을 열심히 배우고 익혀간다고 생각해 왔지만 그것은 혜수처럼 급박한 생존의 문제가 아니었다. 단지 당연시되는 의무일 뿐이었다. 그렇게 깨닫자 도저히 태연하게 그녀를 바라볼 수가 없어 아무 말도 하지 못하고 도망치듯 달아나 버렸다. 그래서 원래 하려고 했던 말도 차마 꺼내지 못한 채 그대로 혜수의 앞에서 사라져 버리고 말았다.

혜수는 전날 자신이 했던 말을 알아들었는지 그 다음날부터 나타나지 않는 민욱의 모습에 안도감을 느꼈다. 말은 그렇게 했지만 정작 다음날부터 바로 보이지 않게 되자 왠지 모를 아쉬움도 조금 느껴졌다. 그런데 어느 날 푸념처럼 흘러나온 미란의 말에 그가 외국에 나가 버렸다는 것을 알게 되었다.

"아아, 방학이라고 신나게 놀게 될 줄 알았는데 이게 뭐야? 허구한 날 공부나 해야 하고⋯⋯. 지금쯤 민욱 오빠는 독일에서 뭐 하고 있을까? 나도 유럽여행 가고 싶다."

"독일?"

"응, 얼마 전에 그쪽 사업체 때문에 견학 겸 공부하러 갔대. 굉장하지 않아? 방학 때마다 전 세계의 산업체를 둘러보고 그쪽 노하우를 배워온대. 할아버지이신 회장님이 넓은 안목을 가져야 한다며 시간 날 때마다 공부하라고 외국으로 보내신다잖아. 멋지지 않니? 나도 얼른 대학생이 되어서 민욱 오빠랑 같이 외국으로 나가고 싶다."

한숨을 내쉬며 턱을 괴면서 은근슬쩍 하던 공부를 중단하려는 태세에 혜수는 얼른 분위기를 환기시켰다.

"그러려면 공부해야지. 목표가 있으니까 당연히 성적이 오르겠지? 그래서 어디까지 푼 거야?"

아까부터 좀처럼 진도가 나가지 않는 미란의 문제집을 유심히 지켜보던 혜수가 잔소리를 늘어놓으며 미란의 문제집에 손을 뻗자 당황한 미란은 황급히 막아서며 허둥지둥 문제집을 보는 시늉을 했다.

"그럼, 공부해야지. 혼자서 풀 수 있어."

"믿어도 되지?"

미심쩍은 시선을 감추지 않고 곱게 눈을 흘기자 미란이 애처롭게 웃음을 흘렸다.

"야아, 친구를 못 믿으면 어떻게 해? 오늘 안에 약속한 페이지까지 다 푼다니까."

"정말이지?"

"그럼."

"좋아, 이번은 넘어가 줄게."

인심 쓴 척 혜수가 넘어가 주자 미란은 천연덕스럽게 웃어 보였다. 그 웃음에 전염이 됐는지 혜수도 결국 웃음을 피식 흘리고 말았다. 다시 책으로 시선을 돌린 혜수는 문득 스친 생각에 잠시 손을 놓고 말았다. 여건만 된다면 그녀 역시 외국에 나가 보고 싶었다. 책에서만 보는 외국어가 아닌 실제로 대화가 가능한 상황과 그네들의 문화와 생활을 접하고 싶다는 욕심이 무럭무럭 샘솟았다. 외국에 공부하러 나간다는 상상만으로도 벌써 가슴이 팍 트이는 것 같았다.

"야, 이혜수. 나보고는 공부하라더니 넌 무슨 생각을 그렇게 하냐?"

상념을 뚫고 날카롭게 흘러들어 오는 미란의 목소리에 혜수는 상상의 날개를 가만히 접을 수밖에 없었다.

"아니, 그냥. 외국으로 유학 가는 것도 재밌을 것 같아서……."

"그치? 너도 나중에 나랑 같이 유학 가자. 응? 같이 가면 정말 재밌을 거야. 난 대학교 졸업하면 아빠가 미국에 보내주신다고 하셨거든. 너도 같이 가자."

잠시나마 즐거웠던 혜수의 기분에 찬물을 끼얹는 미란의 말이었다. 혜수 역시 대학은 다니고 싶었지만 막대한 등록금이 문제였고 자신이 먼저 직업전선에 나서야 동생이라도 대학에 보낼 수가 있었다. 그렇기에 유학은커녕 대학교 진학도 어려운 그녀에게 미란은 천연덕스럽게 함께 유학 가자고 조르는 것이었다. 순간 울컥하고 분기가 치솟았지만 혜수는 집안 형편이 어렵다는 것이 어떤 것인지 체감하지 못하는 미란의 철없음이라 스스로를 다독이며 묵묵히 참아낼 수밖에 없었다.

무더운 여름이 지나고서야 혜수는 민욱을 다시 만날 수 있었다. 좀 더 날카로워진 눈빛으로 그녀를 바라보는 그를 만났을 때 이 남자로 하여금 앞으로 자신의 인생이 예상과는 다른 방향으로 흘러갈 것을 예감했다.

"오랜만이다."

그동안의 공백 따윈 없었다는 듯이 그는 아무렇지 않은 얼굴로 태연하게 차 문을 열고 올라탈 것을 종용하고 있었다.

"안녕하셨어요?"

그저 얼굴만 아는 사이처럼 고개를 까닥이고 지나가려는 혜수의 팔을 민욱이 짜증스럽게 붙잡았다.

"타지?"

그의 목소리와 잡힌 손아귀에서 위험한 분위기를 감지했지만 혜수는 초연하게 그의 눈빛을 마주 바라보며 버티고 섰다.

"앞으로는 안 탄다고 했을 텐데요?"

"누구 마음대로?"

"제가 분명…… 꺄악!"

조금의 굽힘도 없이 고개를 빳빳이 들고 따져들려는 혜수를 마구잡이로 차 안으로 밀어 넣었다. 그리고 혜수가 정신을 추스르며 차에서 다시 빠져나오기 전에 얼른 운전석으로 달려가 차를 출발시켰다.

"이게 무슨 짓이에요?"

"그 입, 그만 다물어."

"이봐요!"

두려움과 불쾌감이 뒤섞인 혜수의 비명에도 민욱은 묵묵히 운전만 했다. 도대체 이 남자가 원하는 것이 무엇인지 짐작조차 할 수 없는 혜수는 그 때문에 발생할 수 있는 최악의 상황들을 떠올리며 불안하게 숨을 삼켰다. 억지로 차에 태우고는 민욱은 단 한 마디도 하지 않고 운전에만 집중하더니 곧장 혜수네 동네로 향했다. 아무 말도, 행동도 하지 않고 단지 태워주기만 할 작정이었는지 그녀를 내려주고는 곧장 사라져 버렸다. 혜수는 멀어지는 차의 뒷모습을 이해할 수 없는 표정으로 바라보았다. 도대체 무슨 생각을 하는지 도통 알 수가 없는 남자라고 생각했다.

민욱은 앞을 보는 척 룸미러를 통해 내려준 자리에서 고개를 갸우뚱거리는 혜수를 훔쳐보며 슬그머니 미소를 머금었다. 아마도 그의 의도가 궁금한 모양이지만 사실 그 역시 자신이 왜 이런 행동을 하는지 딱히 정의 내릴 수가 없었다. 그저 봐야겠다는 생각에 사로잡힌 행동이었다. 뭐라고 말 한마디 붙이고 싶은 생각도 아니었고, 무언가 하고 싶다는 욕망도 아닌 그저 곁에 두고 싶었을 뿐이었다. 말 한마디 하지 않은 채 가만히 앉아만 있어도 그의 곁에서 숨을 쉬고 있다는 사실만으로도 만족스러웠다.

방학 동안 할아버지의 명대로 외국 기업들을 시찰하며 앞으로 한영의 해외시장 진출을 위한 준비를 다지면서도 곧잘 떠오르는 혜수의 잔상에 마음이 어지러웠다. 그 아이를 보고 있으면 짜증스러운 기분이 들었다. 여리여리한 외모처럼 보호본능을 자극하는 맛이 있음에도 남에게 기대지 않으려는 강인한 의지가 마음에 들지 않아서였다. 자신에게 기댔으면 하는 욕심에 자꾸만 그녀를 자극하게 되었다. 그럴수록 더욱 강렬하게 불타는 혜수의 굳건한 의지를 발견하게 되어 그녀의 기를 꺾어버리고 싶다고 느꼈다.

그가 연수 때문에 나가 있는 동안 할아버지의 비서 중에 가장 믿음이 가는 형주에게 혜수에 대한 조사를 비밀리에 부탁해 두었다. 덕분에 혜수네의 사정을 속속들이 알게 되었다. 몸이 약한 어머니와 아직 중학생인 남동생을 보살펴야 하는 그녀가 대견스러웠다. 서류 속의 혜수에 대해 알수록 점점 더 실제의 혜수에게 관심이 갔다. 그가 혜수에게 관심을 가질수록 그녀만 안 좋은 상황에 빠질 거란 걸 알면서도 시선이 가는 것을 멈출 수가 없었다. 흔들림없는 눈동자 속에서 타오르는 불꽃이 그로 인해 타오르기를 바랐기에 그녀 곁을 맴도는 일을 멈출 수가 없었다. 하지만 미란이네 문제도 있고 아직 혜수 역시 고등학생의 신분이기에 잠시 동안만 아무 말도 하지 않고 곁을 지키기로 결심했다.

거의 매주 그 자리에서 그녀를 기다리는 민욱에게 아무리 화를 내고 간절히 애원해 봐도 그는 묵묵부답으로 그녀를 집까지 태워다 주고는 늘 그랬듯이 사라졌다. 언젠간 이런 모습을 미란에게 들키지 않을까 노심초사하는 그녀와 달리 민욱은 담담한 표정으로 속을 드러내지 않아 더 불안했다.

그렇게 초조한 시간 속에 대학 원서를 지원해야 하는 시기가 닥쳤다.

"혜수야, 너도 당연히 나랑 같이 한국대에 원서 낼 거지?"

혜수가 이 년에 가깝게 곁에서 공부를 봐준 덕에 내신이 많이
오른 미란이 자신만만하게 한국대에 입학 원서를 내겠다고 선
언했다. 그리고는 당연한 표정으로 혜수를 돌아보았다. 어느새
인가 오만한 성정을 드러내는 미란에게 차마 대학교에 못 간다
는 소리를 못한 혜수는 억지로 웃으며 대답했다.

"그래. 그런데 지원할 학과는 결정했어?"

"응, 영문과에 지원할 생각이야. 아버지께서 졸업하면 미국으
로 유학 보내주신다고 하셨거든."

의기양양하게 대답한 미란은 유학이란 말에 얼굴빛이 살짝
어두워진 혜수를 보며 상대적인 쾌감을 느꼈다. 그동안 혜수와
함께 공부하면서 은연중에 느꼈던 자격지심이 사라지는 듯했
다.

"그래? 잘 생각했어."

"넌 어디 지원할 건데?"

사실 미란은 이미 혜수가 대학에 다닐 형편이 못 된다는 사실
을 이미 알고 있었다. 하지만 아버지와 오빠가 은근히 혜수에게
보이는 관심이 못마땅하게 느껴지면서 그녀의 외모에 대한 질
투도 거세졌다. 어려운 집안 형편에도 언제나 당당한 혜수에게
서 풍기는 자신감에 위축되는 자신을 느꼈고 아무리 치장을 해
도 스스로 빛나는 혜수가 어느샌가 미워지고 있었다. 그래서 일

부러 대학과 유학 이야기로 혜수를 자극하며 애써 태연한 척하는 그녀를 흔들었다.

"난 경영학과에 지원할 거야."

어렴풋이 미란의 의도를 느낀 혜수는 씁쓸한 감정을 감추고 태연하게 대꾸했다.

"그래? 나중에 사업이라도 할 생각이야?"

"글쎄, 언젠간 가능하다면……."

미란은 끝내 기가 죽은 모습을 보이지 않는 혜수가 점점 더 얄미워졌다. 게다가 민욱의 시선이 가끔 혜수에게 향하는 것을 보게 된 뒤로는 더 더욱 그녀가 미워 견딜 수가 없었다. 혜수를 표독스럽게 노려보던 미란은 학력고사가 끝나기만 하면 그녀를 다신 보지 않으리라 생각하며 속으로 이를 갈았다.

시험이 끝나고 합격자를 발표하는 날, 초조하게 수화기에서 흘러나오는 목소리에 집중하던 이 여사는 한순간 환하게 웃음 지었다. 그 모습을 옆에서 지켜보던 미란이 조급하게 다그쳤다.

"엄마, 뭐래? 응?"

"너 합격이래."

"꺄아아악!"

환호성을 지르며 이 여사와 곁에서 함께 기다려 준 혜수를 끌어안으며 기쁨을 표현하는 미란을 지켜보는 정 의원은 경망스럽다고 혀를 차면서도 흐뭇한 내색을 감추지 못했다.

"축하해, 미란아."

"가만, 그러고 보니 혜수는 어떻게 됐어?"

"난 나중에 알아보지 뭐."

"뭘 그래? 엄마, 혜수 것도 알아봐."

기쁨에 들뜬 미란이 이 여사를 재촉해 혜수의 합격 여부도 알아보게 했다. 떨떠름하게 혜수의 수험번호를 누르던 이 여사의 표정이 어색하게 굳어졌다. 그런 이 여사의 표정에 미란이 의아한 표정을 지었다.

"왜 그래, 엄마? 뭐라는데?"

"응, 그게…… 합…… 격이라는구나."

이 여사는 수화기 너머에서 들리는 축하 소리에 놀란 마음을 억누르며 황급히 대답했다.

"정말? 잘됐다. 혜수야, 같은 대학에 다닐 수 있겠다."

그때 미란의 눈동자 속에서 야릇한 웃음을 분명히 보았다. 혜수는 다 알면서 아닌 척 시치미 떼는 미란에게 씁쓸하게 웃어 보일 수밖에 없었다.

"안녕하십니까?"

그때 민욱이 환하게 웃으며 정 의원 댁을 찾아들었다. 화려하게 장식된 과일 바구니를 이 여사에게 건네주며 미란과 혜수 쪽을 돌아보았다.

"정미란, 이혜수, 합격을 축하한다."

민욱이 합격을 축하한다는 말을 건네자 미란은 환한 미소를 지으며 그를 환대했다.

"고마워요, 민욱 오빠. 그런데 어떻게 알았어요?"

"봄부터 내 후배들이 될지도 모르는데 궁금해서 참을 수가 있어야지. 합격자 명단을 살펴봤지."

"진짜요?"

민욱이 혜수의 것까지 알아봤다는 것이 조금 마음에 걸렸지만 합격해도 대학 갈 돈이 없다는 사실에 안도하며 미란은 환하게 웃었다.

"그래. 그리고 이혜수, 너 대단하다."

"네?"

민욱이 혜수에게 시선을 던지며 그녀를 추켜세우자 미란은 문득 불쾌한 기분이 들었다.

"수석 합격이더라. 축하한다."

"감사합니다."

그 순간 그가 던진 말은 상당한 파급을 가져왔다. 합격의 기쁨이 싸늘하게 식어버린 미란은 자신도 모르게 혜수에게 앙칼진 시선을 던졌다. 그러나 혜수는 애써 모른 척 덤덤하게 그 시선을 받아넘겼다.

"오오, 그것참 대단하군."

정 의원의 탄성이 흘러나오자 더욱 얼굴이 일그러지는 미란이었다. 이 여사는 알고 있었던 듯 떨떠름하게 고개를 돌렸다. 싸늘하게 바뀐 분위기에 혜수는 씁쓸해하며 가방을 챙겨

들었다.

"그럼 전 이만 가보겠습니다."

"아니, 왜? 식사는 하고 가지."

그 자리를 벗어나려는 혜수를 정 의원이 붙잡았다. 그러나 혜수는 예의 바르게 거절하며 민욱의 곁에 서 있는 미란을 스쳐지나 달아나듯 그 집에서 빠져나갔다.

"아닙니다. 집에서 식구들이 기다려서……. 그럼, 안녕히 계세요."

"잘 가."

도망치듯 달아나는 혜수의 등을 떠민 것은 미란이었다. 그녀는 아쉬운 듯 입맛을 다시는 정 의원을 몰래 지그시 노려보며 아무렇지 않은 표정으로 재빨리 민욱의 팔에 매달렸다.

"오빠, 식사하시고 가실 거죠? 엄마가 저 합격할 줄 알고 맛있는 거 잔뜩 해놓으셨는데."

"미안하지만 나도 그만 가봐야 돼. 합격 소식 축하해 주러 잠시 들른 것뿐이야. 의원님, 죄송하지만 약속이 있어서 저도 이만 가보겠습니다."

미란의 팔을 자연스럽게 밀어내며 민욱은 태연하게 거짓말을 하고 누가 잡을세라 서둘러 그 자리를 빠져나갔다.

"아앗, 오빠."

황급히 사라지는 민욱의 뒷모습에 불길함을 느낀 미란은 신경질적으로 손톱을 깨물었다.

민욱은 재빨리 혜수의 뒤를 쫓아 차를 몰았다. 거친 겨울바람에 낡은 코트와 목도리로 맞서는 그녀가 위태로워 보여 얼른 그 앞을 막아섰다.

"이혜수, 기다려."

머루같이 까만 눈동자가 그를 물끄러미 바라보았다.

"타, 집까지 바래다줄 테니까."

"혼자 갈래요."

"이혜수, 내가 강제로 태워야 탈래?"

낮게 으르렁거리는 민욱의 목소리에서 느껴지는 위협에 혜수는 나지막하게 한숨을 포옥 내쉬며 이제는 익숙한 민욱의 차에 올라탔다. 혜수가 차에 오르자 히터를 강하게 틀고는 슬쩍 그녀의 눈치를 살폈다. 낮게 가라앉은 혜수의 기분을 배려하듯 민욱은 더 이상 아무 말도 하지 않고 묵묵히 차를 몰았다.

그러나 혜수의 동네까지 다 와가는데도 말 한마디 하지 않자 참을 수가 없어진 민욱은 퉁명스럽게 말을 던졌다.

"수석 합격한 사람의 표정이 왜 그래?"

"신경 쓰지 말아요."

냉랭한 혜수의 목소리에는 건드리지 말라는 경고가 깔려 있었다. 기분 나쁜 기색이 역력해 보여 민욱은 혹시나 학비 문제로 힘이 든 것이 아닐까 추측해 보았다.

"수석이니까 아마 입학금과……."

"나, 대학교에 진학 못해요. 솔직히 말해요? 우리 집, 돈이 없어서 나 대학 못 가요. 고등학교는 졸업했으니까 이제부턴 내가 돈 벌어야 해요. 그런데 대학? 아무리 수석 입학하면 뭐 해요? 나는 그렇다 쳐도 동생 학비는? 혼자 고생하는 엄마는 어쩌라고요?"

무감각하게 중얼거리는 혜수의 한탄이 자조적으로 다가왔다. 짜증스럽게 혜수가 대꾸하자 민욱은 무안해졌다.

"그래도 대학을 나오면 더 좋은 조건의 직장을 다닐 수 있어."

"그동안의 생활비는요? 동생 학비는요? 당신네처럼 돈이 썩어나는 집인 줄 알아요?"

"그러면 그 돈, 내가 줄게."

"당신이 왜욧!"

끈질기게 설득하고 나서는 민욱에게 혜수는 비통한 심정으로 비명처럼 소리를 내질렀다.

"내가 당신한테 왜 돈을 받아요? 내가 거지예요?"

울부짖는 혜수의 외침에 민욱은 가슴이 답답해져 왔다. 거칠게 차를 멈추고는 불안해하는 혜수의 머리를 붙잡아 거칠게 입을 맞추었다. 순식간에 당한 일에 당황스럽고 두려워 혜수는 막무가내로 입을 맞추는 민욱에게 거세게 반항했다. 그의 가슴을 밀치고 때려도 꼼짝도 안 하던 민욱이 거칠게 숨을 헐떡이며 떨어지자 기다렸다는 듯이 혜수의 매서운 손길이 그의 뺨을 후려갈겼다.

"미…… 미친놈……."

그와 마찬가지로 숨을 헐떡이는 혜수가 거칠게 한마디 내던 졌다. 입 안에서 찝찌름한 피 맛이 느껴졌다. 살이 베어나갈 것 같은 매서움에 정신이 들었다. 이제야 깨달은 것이다, 그가 정말로 원하는 것이 무엇인지…….

민욱은 달콤하면서도 위험한 혜수의 입술을 맛보자 급격한 허기가 치밀었다. 그동안 바라만 보았던 입술이 현실로 다가오자 막아두었던 벽이 무너지듯 그녀에 대한 욕구가 치솟았다. 모든 것을 탐하고 싶은 강렬한 욕망에 무릎을 꿇었다. 천천히 고개를 돌리는 민욱에게서 느껴지는 난폭한 빛에 혜수의 가슴이 덜컹 내려앉았다. 본능적으로 위험을 감지한 혜수가 그 자리를 벗어나려고 서둘러 차 문에 손을 뻗었지만 철컥하고 불길한 소리가 들렸다. 문이 잠긴 것이다. 조급한 손길로 잠금장치를 올리려 했지만 민욱의 거친 손에 머리칼이 붙잡혔다.

"아악!"

"어딜 도망가?"

"이것 놔!"

두피가 뽑혀 나갈 것 같은 아픔이지만 혜수는 아랑곳하지 않은 채 그에게서 벗어나려 발버둥을 쳤다. 그러나 어느새 건너온 민욱의 몸 아래 깔려 버리자 숨도 쉴 수 없을 만큼 겁에 질려 버렸다.

"천하의 이혜수도 두려움을 아는 건가?"

민욱은 혜수의 눈동자에 드리워진 두려움을 읽고는 잔인하게 히죽 웃었다. 그 웃음에 정신을 차린 혜수가 사납게 악다구니를 치며 그를 밀쳐 냈다.

"야, 이 미친놈아. 저리 비켜."

철썩!

혜수의 손길이 매섭고 날카로웠다면 민욱의 손길은 둔탁하면서 순간 정신이 아찔할 정도였다. 눈앞이 하얗게 되는 얼얼함에 잠시 멍해 있는 사이 민욱이 얼굴이 옆으로 돌아간 혜수의 얼굴 위로 내려앉았다.

"대학교에 다니고 싶지? 그럴 여유를 내가 주지. 그러니까 얌전하게 내 말을 듣는 게 좋아."

악마처럼 잔인하게 속삭이는 민욱의 목소리가 맥을 놓아버린 혜수의 정신을 차리게 만들었다. 다시 강렬하게 거부의 의지를 내뿜는 혜수의 눈빛을 마주하자 오싹하며 그녀를 꺾어버릴 수 있다는 상상에 쾌감이 몰려들었다.

"정신 나갔구나. 내가 미쳤다고…… 컥."

매섭게 달려드는 혜수의 복부에 사정 봐주지 않고 주먹을 꽂은 민욱은 혜수가 숨을 헐떡이는 사이 난폭하게 그녀의 옷가지를 벗겼다. 온몸에 경련이 일며 손가락 하나 움직이지 못할 만큼 고통스러워하는 사이 혜수를 감싸고 있던 옷가지들이 하나둘씩 민욱의 손길 아래 벗겨졌다.

"안······."

흐느끼듯 거부의 말을 중얼거리는 혜수의 입술을 자신의 입으로 막아버렸다. 생각보다 훨씬 부드럽고 달콤한 혜수의 입술은 그의 욕망을 더욱 부채질했다. 그를 회피하려는 움직임이 강해질수록 더욱 거칠게 억눌러 숨결을 모두 앗아가며 육체의 자유마저 박탈해 버렸다. 미약하게 그의 가슴을 밀어대는 혜수의 힘없는 손길이 가소로워 입술을 맞댄 채 비웃었다. 그에게 굴복당하지 않으려 두 눈을 부릅뜨며 노려보는 혜수에게 잔인하게 웃어주며 꼭꼭 감춰둔 순결한 육체를 유린했다.

4

획득(獲得)
—손에 넣음

모두 나간 텅 빈 집에 홀로 남은 혜수는 적막감을 멍하니 즐기다가 서랍 속에 감춰둔 일기장 안에 꼽아둔 수표 석 장을 꺼내보았다. 엉망으로 구겨진 기분처럼 하얀 수표들도 꼬깃꼬깃 구겨진 흔적이 남아 있었다. 끝에서부터 0을 세어보면서 돈의 액수를 실감하려 보지만 아무런 느낌도 들지 않았다. 그저 숫자만 적힌 종잇조각이라는 기분뿐이었다. 차라리 어제 이 여사에게서 받은 두툼한 현금 봉투가 더 현실적으로 다가왔다.

"필요할 거야. 받아둬. 그리고 한 가지만 알아둬. 난 네가 말한 대로 돈이 썩어나는 놈이니까 네가 원하기만 하면 얼마든지 줄 수 있다는 걸 말이야. 다만 무슨 대가가 필요한 건지는 말 안 해도 알겠지?”

  간밤에 그녀에게서 모든 욕구를 풀고 나서 나른한 눈빛으로, 그러나 잔인하게 비웃으며 그가 속삭였다. 애써 지워 버리려 발버둥을 쳐도 몸 안쪽 깊숙한 곳에서 느껴지는 아릿한 통증이 간밤의 일을 상기시키고 있었다. 한바탕 두들겨 맞은 것처럼 무겁고 욱신거리는 몸의 고통보다는 배신감이 더 큰 상처로 다가왔다. 지난 오 개월 남짓한 시간 동안 그가 보여준 퉁명스럽지만 질척거리지 않고 깔끔하게 거리를 유지하는 태도에 경계심이 많이 누그러진 것은 사실이었다. 조금이라도 그녀와 함께 있는 시간을 늘리고 싶다거나 말 한마디라도 더 붙이려는 것이 아니라 정말로 단지 태워다 주는 것이 다인 행동에 의외라고 생각하고 있었다. 덕분에 그에 대한 신뢰도가 어느 정도 높아졌지만 어제 일로 모든 신뢰가 다 무너져 버렸다. 여태껏 한 번도 본 적 없던 잔인한 어조를 내뱉으며 난폭하게 행동하는 그에게 실망과 동시에 증오를 느꼈다.

  아프다는 핑계로 오랜만에 집에서 이불을 뒤집어쓰고 있었지만 누운 자리가 가시방석처럼 불편하게 느껴져 이리저리 뒤척거렸다. 게다가 가만히 누워만 있으니 자꾸만 떠올리기 싫은 일이 눈앞에 아른거려 참을 수가 없었다. 신경질적으로 일기장을 덮어버리고 힘차게 이불을 걷어차고 일어나서 추위에 움츠린 몸을 애써 움직여 보았다.

"으럇차차."

웅크렸던 몸을 힘껏 위로 뻗자 긴장이 탁 풀린 육체에 활기가
돌았다. 애써 기운난 표정으로 이리저리 몸을 움직이던 혜수는
모처럼 날씨도 좋고 하니 빨래나 해야겠다고 생각했다. 방 안에
서 이불보를 잔뜩 꺼내 들고 마당으로 내려와 빨간 고무대야에
집어넣고 가루비누를 잔뜩 풀었다. 차디찬 겨울바람에도 아랑
곳하지 않고 바지를 걷어 맨발로 이불보를 신나게 밟았다. 누가
보면 기분 좋은 일이라도 생긴 사람처럼 신나게, 즐거워 견딜
수 없다는 표정으로 이불보를 밟아댔다. 하지만 그렇게라도 자
신을 속이지 않으면 피가 역류할 것 같은 역겨움에 견딜 수 없
을 것 같아 백치 같은 웃음으로 피눈물을 쏟아내고 있었다. 문
득 고개를 들고 하늘을 올려다보았다. 지독하게 푸른, 시린 하
늘이라고 중얼거렸다.

"어쩌고 있습니까?"

형주를 시켜 혜수의 동향을 살펴보게 했다. 초조한 표정으로
보고를 기다리는 민욱의 모습이 낯설게 느껴졌다.

"어제는 아프다며 등교하지 않았고, 오늘은 해쓱하지만 평소
와 다름없는 모습으로 학교에 나타났습니다."

"그…… 래요?"

그제야 민욱의 굳은 표정이 안도감으로 풀어졌다. 그 변화에

형주는 심상치 않은 예감이 들어 불편한 시선으로 민욱을 바라보았다. 형주의 시선을 느낀 듯 고개를 든 민욱이 그에게 부탁했다.

"김 비서님, 할아버님께는 이 일 비밀로 해주셔야 합니다."

"알겠습니다."

현 회장이 민욱이 관심을 가진 여자에 대해 알게 되면 노발대발할 것은 자명한 일일 것이다. 그러나 민욱이 간과하고 있는 것이 있다면 그 자신이 아직 현 회장의 철저한 보호 아래 둘러싸여 있다는 사실이었다. 그리고 민욱이 비밀리에 부탁한 혜수의 동향에 대해서는 이미 현 회장에게 그녀에 대한 기록과 그들의 관계와 함께 보고된 뒤였다.

"그리고 학교 근처에 아파트 하나 알아봐 주십시오. 기왕이면 둘이 함께 살 만한 적당한 곳으로요. 할아버지께는 제가 알아서 말씀드릴 테니까요."

"도련님……."

머뭇거리며 대답을 망설이는 형주에게 민욱은 재촉하지 않고 단지 거리낌없는 시선으로 그를 쳐다만 볼 뿐이었다. 대답을 망설이던 형주가 알았다고 대답한 후 방을 나가자 민욱은 회전의자를 빙글 돌리며 생각에 빠져들었다.

이혜수. 세뇌라도 당한 것처럼 그녀에 대한 생각을 떨쳐 버릴 수가 없었다. 기다림의 시간이 나쁜 것만은 아니었지만 인내를 버린 만큼 가진다면 철저히, 완전히 소유할 생각이었다. 수단,

방법 따윈 상관하지 않고 말이다. 민욱의 눈동자가 위험스럽게 빛을 발하였다.

며칠 동안 어디선가 나타날 것만 같던 민욱 때문에 내심 불안 해하느라 며칠 새 해쓱해져 버린 혜수의 모습이 대학등록금 때 문에 그런가 싶어 미란은 고소를 감추지 못했다. 혼자 똑똑한 척 다 하더니 정작 학교에 갈 돈이 없다는 사실이 가소로워 미 란은 어느 정도 마음에 여유를 둔 채 그녀에게 다가갔다.

"혜수야, 이번 주 주말에 저녁 먹으러 와. 엄마가 너 그동안 고생했다고 맛있는 거 해주신대."

"난 괜찮으니까 그러실 필요 없다고 전해 드려."

혹시나 미란의 집에 갔다가 다시 그를 만나게 되는 불상사가 일어날까 봐 두려운 혜수였다. 하지만 미란은 파리한 안색의 혜 수를 짐짓 안쓰러운 표정으로 바라보며 다정하게 속삭였다.

"그러지 말고 주말에 와. 너도 그동안 공부하느라 지쳐서 얼 굴이 반쪽이 됐잖아. 너희 집에서 먹기 힘든 맛있는 음식들 많 이 해놓을 테니까 꼭 와야 돼. 참, 넌 대학교 입학식 때 입을 옷 샀어? 난 엄마가 잘 아는 의상실에서 정장 한 벌 뽑아주신다고 약속하셨거든. 너도 알지? 왜 명동에 있는 새로 생긴……."

안 그런 척 살살 혜수의 불편한 속내를 건드리는 미란이 괘씸 해 혜수는 순간적으로 민욱이 준 돈을 떠올렸다. 그 돈이면 당 분간 동생의 등록금이나 생활비 따위는 걱정하지 않고 대학교에 다닐 수 있을 거란 생각이 들었다. 하지만 금세 기운이 빠졌다. 만약 그 돈을 사용한다면 정말로 몸 팔아 번 돈이라는 비참함 때문에서였다. 풀이 죽은 혜수의 얼굴을 흘낏 살핀 미란은 날아갈 것처럼 즐거웠다. 은연중에 혜수에게서 느낀 자격지심이 단번에 날아가며 남다른 우월감에 잔뜩 고개를 치켜들었다.

이 년 가까이 드나든 미란의 집이지만 언제부턴가 그녀에게 거리를 두는 미란으로 인해, 혹은 곳곳에서 은밀히 보내오는 야비한 눈빛들로 인해 불편한 장소가 되어버렸다. 게다가 그 집에서 자주 마주치는 누구 때문에라도 더욱 마음이 불안했다. 그래서 그동안 고생했다며 환하게 웃으며 환대해 주는 이 여사의 과도한 친절도 부담스러울 정도였다. 그나마 가족끼리의 식사에 초대된 터라 적잖게 안도의 숨을 내쉬었다. 그러나 정 의원을 따라 민욱이 들어서는 것을 보고 그대로 굳어버리고 말았다. 미란의 아버지인 정 의원의 환대하에 집 안으로 들어서는 그와 시선이 마주치자 세상이 멈춰 버린 것 같은 공포가 피어올랐다. 그뿐이 아니라 아직도 그녀가 탐난다는 듯이 탐욕스러운 시선을 던지는 그의 번득이는 눈빛에 얼굴이 새파랗게 질려 버리고 말았다. 그러나 다행히도 다들 그를 마중하느라 그녀의 상태를 알아차리는 사람은 없었다.

"어서 오게, 현 군. 아직도 날이 많이 춥지? 오느라 고생했네."

"별말씀을요, 의원님. 오히려 초대해 주셔서 감사할 뿐이지요."

지나치게 반가워하는 정 의원의 환대에 민욱이 깍듯한 인사로 대꾸하며 슬쩍 혜수 쪽으로 시선을 던졌다. 그와 시선이 마주치자 금세라도 쓰러질 것처럼 안색이 파리하게 변해 얼른 고개를 돌려 버리는 혜수의 모습에 못마땅한 듯 눈을 흘겼다. 민욱이 코트를 벗자 기다렸다는 듯이 미란이 환한 미소로 그의 코트를 받아 들었다.

"고마워."

"아, 아니에요."

단순한 그의 한마디에 미란의 얼굴이 화르륵 달아올랐다. 그러나 민욱은 그런 미란에는 그리 오래 시선을 주지 않고 다시 슬쩍 혜수 쪽을 바라보았다. 그 시선이 자신을 옭아매자 혜수는 한 발자국도 움직일 수가 없었다. 그리고 그가 그녀를 스쳐 지나가며 한마디 던지자 하얗던 그녀의 얼굴이 아예 백지장으로 변하며 식은땀까지 흘러내리고야 말았다.

"오랜만이군. 할 이야기가 있으니 그 장소에서 기다려."

그 순간 혜수는 땅이 떠억하고 입을 벌려 그녀를 집어삼키는 일이 생기기를 상상했지만 그런 일은 일어나지 않았다. 도살장에 이끌려 가는 소의 심정으로 그의 뒤를 따르며 식당으로 들어섰다. 미란은 일부러 혜수의 맞은편에 민욱과 함께 앉았다. 그러고는 보란 듯이 민욱의 식사를 챙겨주며 혜수에게 과시했다.

'이 남자는 내 것이야!'

자신만만해하는 미란과 짐짓 다정한 태도로 미란의 장단을 맞추면서 은밀하게 혜수를 훔쳐보는 민욱과 그가 할 이야기가 어떤 것인지 알 수 없어 불안한 마음을 감추지 못하는 혜수는 속은 어떻든 겉으로는 아무렇지 않은 모습이었다.

혜수가 먼저 나가고 나서 민욱은 바둑이나 한 판 두자는 정 의원의 요구를 뿌리치고 할 일이 있다는 핑계로 얼른 그곳을 빠져나왔다. 해가 진 다음이라 더욱 매섭게 느껴지는 날씨에 자신을 기다리고 있을 혜수를 생각하니 마음이 조급해졌다. 차를 출발시키면서 당연하게 혜수가 기다리고 있을 거란 믿음에 민욱은 묘한 기분이 들었다. 일이야 어떻게 됐든 혜수에게 아직 자신의 힘이 미친다는 생각에 뿌듯해졌다. 그의 예상대로 혜수는 언제나 자신이 그녀를 기다리던 장소에서 발을 동동 구르며 자신을 기다리고 있었다. 가슴이 벅찬 뿌듯함에 차에 올라탄 혜수에게 전에 없이 다정하게 굴었다.

"많이 춥지? 기다려 봐. 히터 틀었으니까 금……."

"용건이나 말해요."

그에게 시선조차 던지기 싫다는 듯 혜수가 정면만을 응시한 채 냉랭하게 말을 꺼내자 민욱은 금세 기분이 팍 상해 버렸다. 점점 공기가 따뜻해졌지만 혜수는 난방이 잘되어 있는 그의 차 안에서 뼛속까지 시린 한기를 느끼고 있었다. 바로 이 차, 이 자리에서 그에게 당한 기억이 떠오르자 구역질이 치밀어 올랐다. 예전보다 더 벽을 세우고 그를 밀어내는 태도에 발끈한 민욱은 아무 말도 하지 않고 거칠게 차를 몰았다.

"어디로 가는 거예요?"

혜수는 자신의 집으로 가는 낯익은 도로가 아닌 처음 보는 길거리에 당황해서 그에게 소리쳤지만 돌아오는 것은 싸늘한 조소였다.

"내 아파트."

"거긴 왜요? 왜 그리로 가는 거예요? 도대체 나한테 왜 이래요!"

온몸이 떨려오는 두려움을 이기지 못하고 혜수가 울부짖자 민욱은 그런 그녀를 흘낏 보고는 가볍게 대꾸했다.

"그냥."

"뭐…… 라구요?"

혜수는 그의 대답에 기운이 팍 하고 빠져 버렸다. 그냥이라니? 내가 그에게는 손쉬운 장난감에 불과하단 말인가?

"내려줘요. 난 더 이상 당신과 연관되고 싶지 않으니까 당장 내려줘요. 이제는 미란이네 알리든 말든 마음대로 해요. 그쪽 집과는 이제 두 번 다시 볼 일이 없을 테니까."

"정말인가? 다 알려져도 상관없다고? 너 아직도 정 의원이 어떤 사람인지 몰라서 그러는 거야? 네가 날 유혹해서 한영의 며느리 자리를 탐내려 했다는 말을 꺼내면 그 작자가 가만있을 줄 알아? 너와 네 어머니, 동생 모두 밑바닥까지 끄집어낼 사람이야. 네 동생, 장차 공무원이 되고 싶다며? 정 의원에게 밉보여 좋을 것 하나 없어. 얌전하게 굴어."

흥분해서 잠겨진 차 문을 두드리던 혜수의 행동이 거짓말처럼 멈춰 버렸다. 파르라니 질린 얼굴이 자신을 바라보자 민욱은 즐거운 기색을 감추지 않았다.

"너무 그렇게 날뛰지 말라고. 너한테도 나쁜 일은 아니야. 한 달에 백을 주지. 내가 원할 때까지 함께 살자."

"나…… 난 창녀가 아니야."

미약하게 울리는 혜수의 말은 전혀 신경 쓰지 않는 태도였다.

"알아. 그렇지만 난 널 돈으로 사겠어."

"당신 미쳤어."

"고맙군."

"정말 미쳤어!"

"안다니까."

점점 절망적으로 소리를 지르는 혜수의 히스테릭한 태도와는 달리 민욱은 즐거워서 견딜 수 없다는 얼굴이었다. 심지어 약하게 허밍까지 하고 있었다. 혜수는 보이지 않는 손이 자신의 목을 움켜잡고 있는 것처럼 숨이 막혔다. 이 남자와 만나서는 안 되는 거였는데 어쩌다가 이렇게 됐는지 저주스러웠다.

함께 살자는 요구를 거칠게 뿌리치고 힘겹게 돌아온 집에는 청천벽력 같은 소식이 그녀를 기다리고 있었다. 일을 마치고 돌아오시던 어머니가 뺑소니에 치여 병원으로 갔다는 동생이 남긴 쪽지에 무슨 정신으로 병원까지 달려갔는지 알 수가 없었다.

쯤 넋이 나간 정신으로 달려간 병원 응급실에서 한쪽 구석에 쪼그려 앉아 있는 동생이 눈에 들어왔다.

"경후야!"

그녀의 목소리에 번쩍 고개를 든 동생은 얼마나 울었는지 퉁퉁 부은 얼굴을 하고 있었다.

"누나."

하도 울어 잔뜩 쉰 목소리로 경후가 혜수를 부르며 안겨들었다. 텅 비어버린 정신으로 무심코 안겨든 동생의 등을 토닥거렸다.

"그래, 누나 왔어. 진정해."

"어…… 엄마…… 엄마가…… 엄마가…….."

심하게 헐떡거리며 말을 꺼내려 했지만 두려움 섞인 눈물에 막혀 말이 제대로 나오지 않았다. 그런 동생의 심정을 이해한다며 혜수는 차분하게 경후의 등을 쓸어 내렸다.

"괜찮아, 엄마는 괜찮을 거야. 그러니까 우리가 힘을 내야 돼. 그렇지? 울지 마, 엄마는 괜찮으실 거야."

경후를 위로하는 말이지만 실상 혜수, 본인에게 하는 말이었다. 그렇게라도 스스로를 안심시키고 싶었다.

"괜찮아, 괜찮을 거야."

혜수는 그녀의 품에서 서럽게 울며 혹시나 어머니가 잘못되는 것이 아닐까 두려워하는 경후 때문에라도 눈물을 보일 수가 없었다. 사내아이라고는 하나 아직 중학생에 불과한 동생이기에 앞으로는 자신이 집안을 건사해야 한다는 책임감이 더욱 굳건해졌다. 남매의 애타는 심정을 아는지 모르는지 한번 닫힌 수술실 문은 좀처럼 열릴 생각을 하지 않았다.

혹시나 하는 불안한 마음에 남매는 서로의 온기를 되새기며 초조한 마음으로 결과를 기다렸다. 울다 지쳐 그녀의 어깨에 기대 졸고 있는 경후의 앳된 얼굴을 쓰다듬으며 혜수는 눈앞이 막막해 어찌할 바를 몰랐다. 그 순간 그가 준 수표가 떠올랐다. 아무리 더러운 돈이라 해도 엄마를 살릴 수 있다면 기꺼이 쓸 의향이 있었다.

점점 적막해져 가는 주위에 가슴만 졸이고 있던 혜수 남매의 눈에 수술실 불이 꺼지고 초록색 수술복을 입은 의사들이 빠져나오는 것이 보였다.

"서, 선생님, 저희 어머니는⋯⋯."

"아, 문옥경 씨 가족 분이신가요?"

"네, 제 어머니입니다."

얼굴 위로 고스란히 마음을 졸인 흔적이 드러나는 혜수에게 나이 지긋한 의사는 안심하라며 그녀를 위로했다.

"수술은 잘됐으니까 너무 염려하지 말아요. 다만 환자의 몸이 많이 약해져 당분간 입원을 해야 합니다."

"아, 감사합니다. 정말 감사합니다."

수술이 잘됐다는 말에 그제야 굳건하게 버티고 있던 혜수의 두 다리가 휘청하며 바닥으로 무너졌다.

"누나."

곁에 선 경후가 얼른 그녀를 부축하고 나섰지만 온몸에서 힘이 빠져 버린 혜수는 일어날 생각도 하지 않은 채 멍하니 감사하다는 말만 중얼거렸다.

그러나 문제는 이제부터였다. 이 여사에게서 받은 돈과 민욱이 준 돈을 모두 털어 넣었음에도 입원비가 모자랐다. 게다가 조만간 신학기가 시작될 텐데 경후의 학비는 준비조차 안 되어 있어 혼자 한숨만 내쉬었다. 그나마 어머니가 눈을 뜬 것이 불행 중 다행이라며 위안했지만 앞으로 어떻게 해야 할지 막막하고 혼란스러웠다.

"밥은 먹었냐?"

누워 있는 어머니의 병상을 지키고 있던 혜수의 머리 위로 달갑지 않은 목소리가 들렸다.

"어쩐 일이에요?"

그와 언쟁할 기분이 아닌지라 맥이 빠진 혜수의 목소리가 흘러나왔다. 민욱은 약하게 인상을 쓰고는 잠들어 있는 혜수의 어머니를 흘낏 보고 그녀를 잡아끌었다.

"나가서 밥이나 좀 먹자. 이러다 너도 쓰러져."

"상관 말고 가요."

"이혜수, 내가 네 어머니께 당신 병원비가 어떤 돈으로 지불됐는지 알려 드리길 바라?"

소스라치게 놀란 눈으로 그를 돌아보는 혜수에게서 바짝 타오르는 적개심을 발견하자 이상하게 짜릿한 만족감을 느꼈다. 독기 어린 시선으로 그를 노려보는 혜수의 팔을 잡아 억지로 병원에서 끌어냈다. 병원 앞 곰탕집으로 데려가 그녀의 의견은 묻지도 않고 마음대로 주문하곤 태연하게 낡은 식당 안을 둘러보는 민욱을 말없이 노려보다 지친 듯 체념 어린 목소리로 물었다.

"왜 이래요?"

"네가 좀처럼 안 오니까 내가 데리러 온 것뿐이야."

"당신한테 간다는 소리 안 했어요."

"말해봐, 이혜수. 정말 대학 가고 싶지 않아? 동생 학비나 어머니 병원비 걱정하기 싫지? 나한테 와. 그럼 쉽게 해결돼."

"너무 쉽게 해결되기 때문에 그 대가가 지독하리라는 걸 모르진 않아요."

은근한 목소리로 혜수를 회유하던 민욱은 혜수의 평이한 어조에서 대나무와 같은 꼿꼿함을 연상했다. 푸르고 강건하게 위로 뻗는 대나무 숲이 눈앞의 여인과 투명하게 반사가 되어 눈이 부셨다. 시원한 바람 냄새까지 느껴지는 듯해 더욱 욕심이 생겼다.

"너 혹시 내 아내 자리가 탐이 나?"

아닌 걸 알면서도 그 꼿꼿한 성정에 상처를 내고 싶었다. 얌전하게 눈을 내리깔고 있던 혜수의 매서운 시선이 찌를 듯이 날카롭게 그에게 날아들었다. 즉각적인 반응에 민욱은 더욱 흥이

돋는 듯 일부로 몸을 앞으로 기울여 사악하게 속삭였다.

"난 단지 네 몸이 탐이 날 뿐이야. 한 일 년이면 충분치 않을까 하는데, 어때? 일 년만 함께 살자. 그러면 네가 대학교 졸업할 때까지 학비나 생활비 등은 걱정하지 않게 해주지. 어차피 난 대학 졸업하면 미국으로 공부하러 떠날 계획이니까 일 년이면 충분할 거야. 게다가 등록금이 면제된 수석 입학인데 그냥 포기하기엔 너무 아깝잖아? 날아오를 기회를 줄 테니 마음껏 능력을 펼쳐 봐."

일 년이라고 했다. 일 년만 이 남자 곁에 있으면 대학도 다닐 수 있고 생활비 걱정도 하지 않게 해준다고 했다. 순간 불쑥 올라오는 유혹에 혜수의 눈빛이 흔들렸다. 그것을 감지한 민욱은 더욱 낮은 목소리로 자극했다.

"분하지 않아? 네가 곁에서 공부를 가르쳐 준 덕에 미란이 정도의 아이도 한국대에 들어가는데 너같이 똑똑한 여자가 수석 입학까지 하고서도 생활이 어려워 대학을 포기해야 한다니 말이야. 사실 미란의 성적은 턱걸이거든. 그런데 부모 잘 만난 덕에 어려움도 모르고 그저 대학의 낭만이나 부르짖으며 캠퍼스 생활이나 만끽하다가 시키는 대로 시집이나 가고……. 간판 따기 위해 가는 거나 마찬가지잖아. 그런데 너라면 어때? 너라면 당당하게 사회에 진출할 만한 삶을 꿈꿀 능력이 충분하잖아. 먼 미래를 봐. 고등학교만 졸업한 여자와 대학까지 나온 여자, 둘 중 어디가 더 멋지고 당당한 삶을 영위할 수 있을지."

민욱은 혜수의 마음속 깊은 곳에 내재된 미란에 대한 질투와 상상만으로 만족해야만 했던 소망에 불을 지폈다. 도덕적 이성과 그가 자극해 버린 공명심이 혜수의 눈동자 속에서 격렬하게 반응하는 것을 느긋하게 지켜보며 의자에 등을 기댔다. 처음으로 이혜수가 흔들리는 모습을 보이자 그렇게 만든 자신이 뿌듯하면서도 한편으로는 이제 고등학생의 신분에서 벗어난 여자를 간교한 수로 얻으려는 자신이 부끄러웠다. 미친 짓이라는 것을 알면서도 멈출 수가 없게 만든 그녀가 원망스럽다는 생각도 들었다. 새삼 냉정한 눈으로 혜수를 꼼꼼히 살펴보았다. 굳이 이렇게까지 해야 할 만큼 이 여자를 얻을 만한 가치가 있냐고 스스로에게 던진 질문에 민욱의 머리보다 본능이 먼저 그렇다고 대답했다.

그 큰 눈동자를 연신 혼란스럽게 굴리며 이성과 야망이 대립하는 동안 잘근잘근 입술을 깨무는 행동에 자꾸만 시선이 갔다. 바짝 마른 입술을 축이느라 분홍색 혀가 그의 시선을 희롱하듯 앙증맞은 모습을 보였다가 사라졌다. 빳빳하게 굳어오는 아래의 느낌에 민욱은 거친 욕설을 삼키며 애써 다른 곳으로 시선을 돌렸다가 부메랑처럼 다시 혜수에게 돌아왔다. 애써 입술 쪽에서 시선을 떼고 바라본 곳은 귓불이었다. 단정한 단발머리가 귀 아래에서 찰랑이자 저도 모르게 머리끝과 맞닿은 목선으로 시선을 미끄러뜨렸다. 매끄럽게 아래로 뻗은 선이 고혹적이었다. 가냘픈 저 목덜미를 깨물어보고 싶다는 욕망이 강렬하게 끓어

올랐다.

　마른침을 꿀꺽 삼키며 혜수의 손목을 잡고 식당을 뛰쳐나가려던 민욱을 붙잡은 것은 때마침 나온 식사였다. 하얀 김이 모락모락 피어오르고 있는 곰탕이 앞에 놓이자 문득 피부 위로 도드라진 혜수의 마른 몸이 떠올라 얼굴을 찌푸렸다. 새삼스레 혜수를 샅샅이 훑어 내리자 그녀가 너무 말랐다는 생각이 들었다. 그는 식사가 나온 줄도 모르고 여전히 심각한 얼굴로 고뇌하고 있는 혜수를 흔들었다.

　"먹어, 먹고 생각하든지 해."

　민욱이 손수 수저까지 쥐어주자 혜수는 어리둥절한 표정이었다. 그 모습에 민욱이 퉁하게 한마디 던지고는 묵묵히 앞에 놓인 곰탕을 떠먹기 시작했다.

　"넌 너무 말라서 재미없어. 그러니까 열심히 먹어."

　민욱의 말뜻을 바로 이해하지 못해 어리둥절해하던 혜수는 금세 그 속뜻을 깨닫고는 얼굴을 시뻘겋게 물들였다. 입을 꾸욱 다물고 씩씩거리며 그를 노려보는 혜수에게 오히려 타박을 던졌다.

　"뭐 해? 음식 식잖아. 얼른 먹어. 누가 보면 네가 환자인 줄 알겠다. 왜, 떠먹여 주리?"

　혜수는 밉살맞게 말하는 그를 지그시 노려봐 주고는 천천히 한술 떴다. 뜨끈뜨끈하면서도 개운한 국물이 입 안으로 들어가자 뱃속이 흐물거리는 기분이었다. 그녀의 의식은 미처 깨닫지 못했지만 몸은 기다렸다는 듯이 영양분을 달라며 아우성을 쳤다. 입맛이 없다는 것은 생각뿐이었는지 그녀의 손과 입은 본능적으로 움직여 음식을 열심히 받아들이고 있었다.

"천천히 먹어. 체한다."

곰탕 그릇 안에 밥 한 공기 말아 넣고 씹지도 않고 후루룩 마시다시피 먹고 있는 혜수가 걱정스러워 민욱이 말을 걸었다. 고개를 푹 숙이고 있어 얼굴은 보이지 않았지만 가늘게 어깨가 떨리는 것으로 보아 울고 있는 것 같았다.

"천천히…… 먹어."

새삼 혜수에게 미안한 마음이 들었다. 어느새 먹는 속도가 줄어 있었고 어깨의 흔들림은 더욱 커져 있었다. 앙다문 입술 사이로 새어나오는 흐느낌에 앉은 자리가 불편하게 느껴졌다. 결국 민욱은 혜수의 옆 자리로 다가가 어설프게 어깨를 감싸 안아주며 위로했다.

"괜찮아. 어머니는 괜찮으실 테니까 너무 걱정하지 마. 네가 마음을 단단히 먹어야 어머니도 안심하실 거 아니야."

자신이 끔찍하게 부끄러워졌다. 혹시나 수술이 잘못된 것은 아닐까, 이대로 어머니가 눈을 뜨지 않는 건 아닐까, 혹여 경후와 둘만 남겨지면 어쩌나 하는 막막함으로 가득했던 마음이 밥 한술에 사라져 버렸다는 사실에 허망했다. 민욱이 사준 따뜻한 밥 한술에 밤을 꼴딱 새워 팽팽하게 당겨져 있던 신경들이 휘청하며 풀어져 버렸다. 어머니는 병원에 누워 계시는데 몸이 원한다고 밥을 먹고 있는 자신이 미워서 견딜 수가 없었다. 짐승이 된 기분인데도 뱃속에서는 태연하게 밥을 달라고 아우성이었다. 그래서 더 부끄럽고 수치스럽고 비참하게 느꼈다.

"젠장. 그래, 울어. 네 마음대로 울어봐."

가슴을 빌려주자 아예 목 놓아 울어버리는 혜수 때문에 사람들의 시선이 그들에게로 날아들었다. 민욱의 가슴에 얼굴을 묻은 채 울고 있는 혜수는 몰랐지만 민욱은 남들의 시선에 얼굴이 화끈거렸다. 애써 혜수를 달래보려 했지만 너무 서럽게 우는 터라 울지 말라는 말을 꺼내기가 쉽지 않았다. 그 역시 부모를 교통사고로 잃었기 때문에 혜수가 느꼈을 두려움을 어렴풋이 짐작할 수 있어 민욱은 될 대로 돼라는 심정으로 마음껏 울도록 내버려 두었다.

간헐적으로 흔들리는 혜수의 작은 어깨가 눈이 아리게 박혔다. 이렇게 작은 어깨를 가진 여자인데 세상에 기댈 구석이 없어 어쩔 수 없이 그의 가슴에 기대고 있구나 하는 생각이 들자 가슴이 짠해졌다. 이대로 자신의 품속에 그녀를 숨겨두고 더 이상 울지 않도록 지켜주고 싶다는 생각이 강하게 솟구쳤다. 작은 어깨와 좁은 등, 그리고 뼈가 다 드러나 보이는 마른 몸을 보자 애잔함이 느껴지면서도 이대로 평생 품에 안아두고 싶다는 욕망에 휩싸였다.

평생이라는 단어를 가슴으로 먼저 느낀 다음 머리로 생각한 민욱은 깜짝 놀라고 말았다. 그리고 두려워졌다. 생각이 아닌 가슴으로 먼저 느낀 감정이 낯설어 혼란스러웠다. 잠시 흥미가 생겼을 뿐인데 이 작은 육체가 주는 즐거움이 깊어 조금 더 느끼고 싶을 뿐인데 어디서 그런 터무니없는 생각이 떠올랐는지 스스로가 어처구니없었다. 자신의 가슴에 매달린 채 울고 있는 혜수를 보자 마음이 심란해졌다. 일 년이 지난 후 이 아이를 쉽게 떨쳐 낼 수 있을지 의심스러웠다.

겨우 진정한 혜수나 병원으로 다시 데려다 준 민욱이나 서로 다른 생각으로 심란한 표정이었다. 먼저 말을 꺼낸 것은 혜수였다.

"어쨌든…… 고마워요."

그의 속셈이야 어찌 됐든 그의 가슴에 기대어 속이 후련해지도록 운 것은 사실이기에 고맙다는 말은 해야 할 것 같았다. 민욱은 어색하게 인사를 건네는 혜수에게 시큰둥한 표정을 지었다. 혜수가 솔직하게 고맙다고 인사를 하자 이상하게 낯간지러워 저도 모르게 퉁명스럽게 대했다.

"됐어, 그딴 인사 받기를 원하는 게 아니니까. 정말 고마우면 내 제안이나 잘 생각해 봐."

싸늘하게 굳은 혜수의 표정에 민욱은 아차 싶었지만 이미 꺼낸 말이기에 어쩔 수 없었다. 금세 가라앉은 분위기에 무슨 말을 해야 할지 버벅이던 민욱의 귀에 혜수의 자그마한 목소리가 스며들었다.

"정말…… 약속해 줄 수 있어요? 일 년만 당신 곁에 머무르면

나, 대학교에 졸업할 때까지 생활비 걱정하지 않게 해준다는 그 말."

잘못 들은 것이 아닌가 싶었다. 딱딱하게 굳은 표정으로 그의 시선을 회피한 채 입술을 깨물고 서 있는 혜수의 입에서 진정 나온 말인가 싶었다. 내심 당황하고 있는 그의 속내와 달리 입술은 태연하게 말을 하고 있었다.

"계약서라도 써주지."

"집에는 비밀로 하고 싶어요."

"그 정도는 이해해 줄 수 있어."

점점 자신감이 충족되는 기분이었다. 비록 돈으로 그녀를 샀다는 양심의 가책은 있을지언정 그가 꺼냈던 말을 번복하는 일은 없을 것이다.

"그래, 이혜수. 네게 날개를 달아주지. 그 날개로 내게서 훨훨 날아올라 봐. 다만 그때까지 넌 철저하게 내 것이란 사실을 잊지는 마."

그녀 앞에 당당하게 다리를 벌리고 선 남자의 오만한 선언에 혜수는 눈을 질끈 감았다. 이미 엎질러진 물이었다. 잠깐의 유혹에 혹해 버렸지만 후회는 하지 않기로 결심했다. 이미 그가 파악한 대로 그녀는 욕심이 많았다. 좀 더 공부하고 싶고, 좀 더 넓은 세상으로 나아갈 기회를 가지고 싶었다. 더 높은 곳으로 발돋움하고 싶었다. 단 일 년이란 시간을 팔아 그럴 수 있는 기회를 얻게 된다면 기꺼이 얻겠노라 스스로에게 다짐했다. 게다가 그녀가 마음껏 울 수 있도록 위로해 준 그라면 그렇게 나쁜 남자는 아닐 것이라며 위안을 삼았다.

"대학 등록 일자가 다음주야. 알고 있지? 내가 알아서 해둘 테니까 넌 어머니 간호에나 신경 써. 입원비도 내가 알아서 해둘 테니까. 그리고 입학하면 기숙사에 들어가야 한다고 하고 내 아파트로 짐을 옮기도록 해. 그리고 이거."

불쑥 내민 손에는 빳빳한 수표가 들려 있었다. 뭐냐는 표정으로 그를 올려다보자 민욱은 짜증스러운 표정으로 혜수의 손에 억지로 쥐여주었다.

"그동안 뭐라도 사먹어. 비루먹은 망아지마냥 비쩍 마른 꼴로 나한테 올 생각 하지 말고. 산토끼마냥 토실토실 살 좀 찌워서 와. 그래야 안는 재미가 있지."

"뭐라고요?"

기가 막혀 부르르 떨며 노려보는 혜수의 시선을 여유롭게 받아치며 재빨리 뒤로 물러섰다.

"간다. 식사 제때제때 챙겨 먹고 있어. 나중에 확인하러 올 테니까."

민욱이 던지고 말에 기가 막힌다는 표정으로 지그시 노려보던 혜수는 손에 쥐여진 수표를 깨닫고는 민욱을 잡으려 했지만 그는 이미 사라진 뒤였다. 멍하니 수표를 펼쳐 보다 메아리처럼 울리는 그의 말에 자신도 모르게 얼굴을 붉히며 이를 갈았다.

모든 세상이 발 아래 있는 기분이었다. 예상보다 쉽게 혜수의 항복을 받아낸 민욱은 콧노래를 흥얼거리며 차로 다가갔다. 남들은 제법 큰 돈이 들겠지만 현민욱이 누군가, 바로 국내 굴지의 그룹의 후계자였다. 그만한 돈쯤이야 그에게는 껌 값도 되지 않는데 무슨 걱정일까. 아우디에 올라탄 민욱은 시동을 걸기 전에 그에게 당돌하게 약속을 지킬 수 있냐고 묻는 혜수의 모습이 떠올라 피식 웃음을 흘렸다. 본인은 제법 당당하게 행동하자고 마음먹은 것 같지만 가늘게 떨리는 눈빛은 어쩌지 못한 것이 생각나 버렸다. 딱딱한 바게트의 내부가 의외로 말랑거리는 것을 떠올리며 혜수가 딱 그 모양이라고 생각했다. 단단한 갑옷을 둘러쓰고 있지만 사실은 다치기 쉬운 여린 속살이 숨어 있다는 것을 발견하니 더욱 흥미가 생겼다. 갑옷에는 흠집을 내고 싶지만 속에 든 이는 다치게 하고 싶지 않다는 이율배반적인 감정에 혼란스럽기도 하였다.

더 이상 머리 속이 복잡해지는 것을 원치 않은 민욱은 단호하게 머리를 흔들고는 시동을 걸고 주차장을 빠져나가려고 좌우를 살폈다. 그러다가 낯익은 차가 병원 정문을 통과하는 것을 보자 자신을 발견할세라 재빨리 고개를 숙였다. 과일 바구니를 들고 종종걸음으로 병원 안으로 들어가는 이 여사와 그 뒤를 따르는 미란이 눈에 들어왔다. 그러자 잊고 있던 사실을 떠올랐다. 할아버지께서 지나가는 투로 정 의원과 인연을 맺자고 하던 말. 은근히 정 의원 댁에 자주 드나들게 하던 할아버지의 속내를 깨닫자 민욱은 곤혹스러운 듯 얼굴을 찌푸렸다. 여자로서 강하게 의식되는 혜수와는 달리 막내동생 같은 미란에게선 아무런 감정이 일지 않았다. 오히려 귀찮게 달라붙는 행동이 짜증스러울 뿐이었다. 그 역시 앞으로 한영이 더욱 발전해 나가려는 좀 더 힘있는 집안과 밀접한 인연을 맺는 것이 당연하다고 생각했지만 웬일인지 그 당연한 일에 회의가 들기 시작했다. 혜수를 원하고 나서부터 달라졌다고 느꼈다. 그다지 좋은 징조가 아니라고 여기면서도 기분 나쁘게 생각되지 않았다.

그리고 혜수가 민욱의 아파트로 짐을 옮긴 것은 대학교 입학식이 있기 하루 전이었다.

연 애(戀愛)
　ー어떤 이성에 특별한 애정을 느끼는 상태

　　"저기, 잠시만요."

고등학교와는 달리 넓은 캠퍼스와 빡빡하게 짜여지지 않았지만 난이도 높은 대학 수업에 익숙해진 어느 날이었다. 혜수는 수석 입학이라는 사람들의 경탄과 질시에 찬 시선을 모른 체하고 수업에만 열중했다. 등록금이 면제임에도 이상하게 민욱의 돈으로 학교를 다니는 것 같은 자괴감에 사람들과 잘 어울리지 못하고 있었다.

어머니의 병세는 다행히 금세 호전되어 집에서 통원치료가 가능할 정도였다. 큰 액수의 병원비와 경후의 등록금의 출처를 묻는 어머니께 이 여사에게서 받은 돈이었다고 반쯤은 진실인 거짓말을 했다. 그제야 안심하시는 어머니께 기숙사에 일 년 정도 있어야 한다고 설명했다. 의아해하시는 어머니께 기숙사도 특혜받은 것이라며 거짓말을 하는데 차마 어머니를 똑바로 쳐다볼 수가 없어 고개를 떨구었다. 당신께서는 병상에 누워 계시는데 대학 간다고 하는 것이 죄스러워 그러는 줄 알고 미안해하지 말고 열심히 공부하라는 어머니의 격려에 혜수는 더 더욱 무거워진 죄책감에 고개를 들 수가 없었다.

등록금을 마련하지 못해 대학교에 진학하지 못할 것이라 생각했던 혜수가 당당하게 입학식에 참석하자 곱게 단장하고 나타난 미란은 자신도 모르게 얼굴을 일그러뜨렸다. 등록금이 면제되어 다니는 것이라고 하자 애써 같은 학교에 다닐 수 있게 되어 다행이라고 말을 했지만 눈동자 속의 차가운 멸시는 감추지 못했다. 아무렇지 않게 미란과 이야기를 나눴지만 그녀에게서 느껴지는 지독한 미움이 손에 잡히는 듯해 혜수는 불안했다. 어느새인가 사이가 돌이킬 수 없을 정도로 틀어져 버린 둘의 관계가 민욱으로 인해 더욱 비틀릴 것만 같아 이상하게 마음이 안정되지 않았다.

"무슨 일이시죠?"

1학년 전공 수업을 마치고 다음 수업을 준비하며 강의실을 나서는 혜수의 뒤로 수줍은 남자의 목소리가 들렸다.

"이번 85학번 이혜수 맞죠?"

"그런데요?"

안경 너머로 반짝이는 차분한 시선이 인상적이었다. 혜수가 남자를 똑바로 쳐다보며 평이한 어조로 되묻자 남자는 살짝 붉어진 얼굴로 머리를 긁적였다.

"음, 전 같은 학번의……."

"뭐야?"

어디선가 나타난 민욱이 혜수의 곁으로 다가가 턱짓으로 남자를 가리키며 묻자 남자는 많이 당황한 모습을 보였다.

"아, 저기……."

허둥거리며 말을 더듬는 남자는 눈앞의 민욱이 누군지 알고 있었다. 그가 자연스럽게 혜수의 허리를 끌어안으며 넌 뭐냐며 고압적인 시선을 보내자 당황한 나머지 횡설수설하던 남자는 소문이 사실이구나 생각하며 얼른 줄행랑을 쳤다.

"저건 뭐야?"

"글쎄요."

제대로 용건도 밝히지 않고 슬그머니 사라져 버리는 남자를 가소롭다는 시선으로 노려보자 혜수는 곁에 선 민욱을 슬쩍 올려다보고 한숨 지었다. 입학한 지 한 달이 채 안 됐지만 이미 그녀와 민욱이 커플이라고 소문난 탓에 여기저기서 쑥덕거리는 소리들이 잦아졌다. 이러다가 미란의 귀에까지 들어가는 건 시간문제라며 걱정이 이만저만 아니었다.

"수업 끝났지? 가자."

"어딜요?"

"밥 먹으러 가야지."

혜수의 수업 시간표를 그녀 본인보다 더 잘 외우고 다니는 민욱에게 어이없다는 시선을 던졌다. 이런 식으로 그가 공공연히 그녀를 끌고 다녔기 때문에 학교 내에 둘이 사귄다는 소문이 퍼졌으리라.

"오늘 식당 메뉴가 뭐더라?"

혜수의 두툼한 전공 책을 받아 들고는 민욱은 신이 난 표정으로 중얼거렸다. 그의 곁을 반 발자국 떨어져서 따라가는 혜수는 이 남자의 속내가 의심스러웠다. 어차피 일 년뿐이라면서 공공연히 자신을 그의 여자라고 표현하는 바람에 난감한 상황이었다. 더욱이 학교 다니면서 여자 문제로 입에 오르내리는 일이 없었던 그이기에 더욱 주변이 시끄러웠다.

"학교 내에서 너무 친한 척하지 말아요."

"왜?"

불쾌한 듯 민욱의 눈썹이 위로 치켜떴다. 그와 함께 지내다 보니 의외로 어린애같이 유치한 구석에 종종 피곤할 때가 있었다. 딱 지금 같은 표정을 지을 때는 얼른 마음 풀어주지 않으면 내내 사람을 못살게 괴롭혔다.

"사람들이 오해해요, 나랑 당신이랑 사귄다고."

"사실 아닌가?"

"우리가 단지 사귀는 사이인가요?"

민욱은 걸음을 멈추고 무표정한 혜수를 돌아보았다. 차분하게 가라앉은 그 눈빛에 화가 치밀었다. 그래서 자기도 모르게 빈정거렸다.

"그렇군. 단지 사귀는 사이가 아닌 함께 사는 사이지?"

혜수는 누가 들을세라 얼른 목소리를 낮추어 그를 나무랐다.

"누가 들어요. 왜 그래요?"

"흥, 내가 틀린 말 했어?"

"민욱 씨."

그의 말이 거침없긴 했지만 그걸로 안절부절못하는 혜수가 마음에 들지 않았다. 함께 있을수록 더욱 애가 타는 건 왜인지, 보고 있어도 금방이라도 사라질 것 같아 초조한데 저는 언제라도 그의 곁을 떠날 것처럼 쉽게 곁을 안 내주는 태도에 화가 났다.

"내 돈 주고 산 여자인데 왜 내가 과시조차 할 수 없는 거지?"

일부러 그녀의 속을 긁고 싶어 비아냥거렸지만 금방이라도 쓰러질 것처럼 새하얗게 질린 혜수의 얼굴에 자신의 혀를 깨물어 버리고 싶었다. 그와 시선을 마주하던 눈동자가 비참하게 일그러지더니 천천히 아래로 고개를 떨어뜨렸다. 아무 말도 하지 못하고 자괴감에 빠져 그 자리에서 꼼짝도 하지 않는 혜수에게 미안했지만 쉽게 사과의 말이 나오지 않았다. 그의 집안과 돈을 보고 달려드는 여자들과 달리 억지로 곁에 붙들어놔도 그들 사이의 거리가 좀처럼 좁혀지지 않는 것이 불만스러웠다. 게다가 조금이라도 애정 표현을 할 새라면 부담스러워 피하는 혜수가 괘씸하기까지 했다.

"안 가?"

건드려선 안 될 민감한 곳에 상처를 내고서는 적반하장으로 그녀에게 짜증을 내는 민욱이 미웠다. 어느새 성큼성큼 앞으로 걸어가는 그의 등을 원망스럽게 노려보다 걸음을 멈춘 그가 재촉하자 차마 떨어지지 않는 발걸음을 힘겹게 옮겼다. 무거운 표정으로 느릿느릿 다가오는 혜수의 속도가 마음에 들지 않은지 성큼성큼 그녀 쪽으로 다가온 민욱이 퉁명스럽게 한마디 던졌다.

"이따가 아이스크림 사줄게."

현민욱 식의 사과 방식이었다. 결국 미안하다는 말이 나오지 않아 한다는 말이 그거였다. 차가운 음식은 별로 좋아하지 않는 민욱이 아파트 냉동실에 아이스크림을 잔뜩 사다 둔 이유도 혜수를 위해서였다. 민욱과 달리 혜수는 아이스크림을 무척이나 좋아하기 때문이었다.

말을 꺼내고 보니 저도 심했다고 여기는지 차마 그녀의 얼굴은 똑바로 보지 못하고 에둘러 말한 것이었다. 혜수가 가타부타 아무 말도 하지 않고 물끄러미 쳐다보기만 하자 그 시선이 부담스러웠는지 퉁명스럽게 말하고는 서둘러 걸어갔다.

"배고파. 얼른 가자."

미안하다는 말을 에둘러 하는 그의 무뚝뚝한 성정이 의외로 편하게 다가왔다. 저도 미안하게 여기는지 연신 그녀의 눈치를 살피는 품새가 애처로워 할 수 없이 굳은 얼굴을 풀고 그의 뒤를 따랐다. 혜수가 아무렇지 않은 표정으로 다가오자 그제야 안심했는지 민욱은 긴장한 어깨에서 힘을 빼고 좀 더 편안한 얼굴로 웃으며 그녀를 대했다. 혜수의 기분에 따라 금세 얼굴빛이 달라지는 민욱의 모습에 묘한 기분이 들었다. 왠지 알아서는 안 될 그의 진심을 엿본 듯한 기분이었다.

한창 붐비는 시간이 지나서였는지 식당은 한산했다. 정식을 주문하고 자리 잡아 조금 늦은 점심을 하는 그들에게 달갑지 않은 이가 다가왔다.

"민욱 오빠, 지금 식사하세요? 같이 먹어요. 어머, 혜수 너도 있었니?"

멀리서 민욱을 발견한 미란이 호들갑을 떨며 그들에게 다가왔다. 민욱에게는 화사하게 웃으며 말을 건네고 맞은편에 앉은 혜수에게는 마뜩찮은 시선을 보냈다. 하얀 블라우스에 화려한 치마를 입고 있는 미란은 누가 봐도 화사한 여대생의 모습이었다. 어느새 화장법도 익혔는지 성숙한 여인의 모습을 하고 있는 그녀는 당당한 자태로 식당 안 모든 이들의 시선을 집중시켰다. 한여름의 장미처럼 화려하게 피어 있는 미란의 모습에 아닌 척했지만 혜수의 속내는 어둡게 가라앉았다. 자신감을 잃은 혜수의 속내를 들여다본 민욱은 그녀를 그렇게 만든 자신을 비난했다. 당장이라도 그녀의 손을 잡고 위로해 주고 싶었지만 미란의 이목 때문이라도 참을 수밖에 없었다.

"좋아 보인다."

혜수에게서 떨어지지 않는 시선을 억지로 떼어내는 민욱과 고개를 숙인 채 묵묵히 식사에 열중인 혜수에게 의심스러운 눈빛을 보내던 미란은 민욱의 칭찬에 해사하게 웃으며 냉큼 그의 옆 자리에 앉았다.

"정말요? 요즘 들어 그런 말 많이 들어요. 그나저나 둘이 친한가 봐요, 밥도 같이 먹고……. 참, 오빠, 회장님께서 언제 식사하러 오라고 하시는데 오빤 언제 시간 나세요?"

미란이 대학에 들어가면서부터 은근하게 약혼 이야기를 꺼내는 할아버지 때문에 심기가 조금 불편했다. 앞에 앉은 혜수의 눈치를 살피며 민욱은 건성으로 대꾸했다.

"나중에."

"나중에 언제요? 오빠가 학교 앞에 아파트 얻어 나간 다음부터는 보기도 힘들고……."

언제부턴가 그에게 스스럼없이 대하며 은근히 압력을 넣는 미란의 행동이 거슬리기 시작했다. 그가 조금은 짜증스러운 표정으로 그의 팔에 손을 얹는 미란을 뿌리쳤다.

"식사 중이다. 좀 떨어져."

"아, 죄송해요."

머쓱한 표정으로 그에게 떨어진 미란은 냉랭한 민욱의 태도에 마음이 상했다. 그러자 아까부터 말없이 식사만 하는 혜수에게 화살을 돌렸다. 다신 안 볼 줄 알았건만 무슨 방법으로 대학에 다니게 됐는지 의심을 지울 수가 없었다. 게다가 미란이 아무리 예쁘게 화장을 하고 비싼 옷을 걸쳐도 맨얼굴에 낡은 티와 바지만 입고 있음에도 청초한 빛을 발하는 혜수에게 뒤지는 듯한 기분이 들어 속이 뒤집히는 것 같았다. 아무리 민욱과 자신의 앞으로의 관계를 언급해도 혜수의 시큰둥한 태도에 더욱 화가 치밀었다. 그렇잖아도 얼마 전부터 은근히 들려오는 소문에 신경이 쓰이는 판에 둘이서 오붓하게 앉아 식사를 하고 있자 눈이 뒤집히는 것 같았다. 데면데면한 민욱의 태도도 의심에 한몫 더해주고 있었다.

"민욱 오빠가 우리 혜수를 많이 챙겨주나 보죠? 같은 학과 후배라고 혜수만 챙기지 말고 저도 좀 챙겨주세요."

혜수에게 차가운 경고의 시선을 던지면서 입으로는 민욱에게 아양을 떨었다.

"시간이 안 맞잖니."

시큰둥한 민욱의 태도에 미란의 눈에서 의심의 불길이 치솟았다. 그 모습을 지켜보던 혜수는 마음이 조마조마해 더욱 숨을 죽였다.

"어머, 오빠가 부르면 당연히 없는 시간도 내야죠. 조만간 어른들께서도 자리를 한번 마련하자고 하실 텐데……."

슬쩍 꺼내는 미란의 말속에 내포된 의미에 민욱은 불쾌한 기분이 들었다. 그에 대한 소유를 당연하게 드러내는 미란의 거만한 태도가 마음에 들지 않았다. 당사자인 그가 아무 의사도 드러내지 않았는데 저들끼리 날뛰는 모습이 눈에 거슬렸다. 그리고 애써 아무렇지 않은 표정으로 그들에게서 고개를 돌린 혜수의 행동도 마음에 들지 않았다. 화제를 돌릴 생각으로 건드리지도 않은 미란의 식판을 흘낏 보며 한마디 했다.

"안 먹냐?"

"아, 먹어야죠."

민욱이 기울여 준 관심이 기쁜 듯 해사하게 웃으며 얼른 젓가락을 집어 들고 음식을 먹는 시늉을 했다. 얼마 먹지 않고 깨작거리며 수저는 내려놓는 미란의 행동에 민욱이 못마땅한 듯 눈살을 찌푸렸다.

"그것만 먹는 거야?"

"아, 많이 먹었는걸요."

부끄러운 듯 살짝 고개를 숙이며 말하는 미란을 못마땅하게 바라보다 식판을 싹싹 비운 혜수를 돌아본 민욱은 저래야지 하며 흐뭇한 표정을 지었다. 미란은 말끔하게 비워진 혜수의 식판을 흐뭇하게 바라보는 민욱의 표정에 순간 실수했다는 듯 얼굴을 싸늘하게 굳혔다.

"다 먹었냐? 그럼 가자."

혜수가 수저를 내려놓자 기다렸다는 듯이 자리를 일어서는 민욱의 행동에 미란은 당황했다. 혜수 역시 무례하게 느껴지는 그의 행동에 당황해서 그를 저지시켰다.

"미란이가 아직 다 안 먹었잖아요."

"다 먹었다잖아."

대수롭지 않게 대꾸하며 그렇지 않냐고 동의를 구하는 시선으로 미란을 쳐다보자 그녀는 얼떨결에 고개를 끄덕였다. 거 보라는 듯이 혜수를 돌아보고 민욱은 혜수의 식판까지 함께 들고 가버렸다. 어색해진 분위기에 혜수는 서둘러 남은 책들을 들고 그를 따라나섰다. 뒤에 남은 미란이 어찌 생각할지 아찔했지만 그것은 그 자리를 모면한 뒤에 생각할 문제였다.

"도대체 왜 그래요?"

식당을 빠져나온 뒤에 혜수가 민욱에게 따져들었다. 영문을 모르겠다는 그의 표정에 답답한 듯 소리쳤다.

"미란에게 왜 그렇게 쌀쌀맞게 대하냐고요?"

"넌 내가 다른 여자한테 잘 대해줬으면 좋겠어?"

"내 말은 그게 아니잖아요."

"그럼 뭔데?"

차마 그녀 입으로 둘의 관계를 분명하게 짓고 싶지 않아 머뭇거렸다.

"쓸데없는 걱정 따윈 하지 마. 미란이 혼자 헛물켜는 거니까."

"미란이 혼자가 아니라 집안의 문제잖아요."

"고양이가 쥐 생각해 주는 줄 알아? 지금은 네가 내 여자야. 그 사실을 잊지 마."

'단지 일 년뿐이잖아요.'

입 밖으로 나오지 않는 항의의 말을 삼키며 고집스러운 그의 옆얼굴을 물끄러미 바라보았다. 무언의 항의가 서린 그녀의 시선이 짜증스러운지 민욱은 거칠게 머리를 쓸어 올렸다.

"뭘 어쩌란 거야?"

"미란과 결혼할 거 아니에요? 그렇다면 좀 더 자상하게 대해 줘요."

"누가 걔랑 결혼해? 넌 내가 다른 여자랑 결혼해도 상관없냐?"

"어차피 우리 관계는 일 년뿐이잖아요."

기어이 끝을 되새기는 혜수의 담담한 말에 민욱의 화가 폭발했다. 그들의 인연은 그뿐이라며 단호하게 잘라내는 태도에 치가 떨렸다. 거칠게 혜수의 손목을 잡아끌었다.

"아파요."

나지막하게 비명을 지르며 반항해도 들은 척도 하지 않고 그녀를 차로 끌고 갔다.

서둘러 식당에서 빠져나온 미란은 황급히 민욱을 찾아 헤맸다. 멀리 혜수의 손목을 잡고 끌고 가다시피 걸어가는 그의 모습이 보이자 조급한 마음에 발을 동동 구르다가 황급하게 그들의 뒤를 따라 쫓아갔다. 그러나 미란이 그들을 붙잡기 전에 혜수를 태운 민욱의 차가 굉음을 내며 캠퍼스를 빠져나가고 말았다. 눈앞에서 소문의 진상을 확인한 미란은 치미는 분기에 어찌할 바를 몰라 거칠게 발을 굴렀다. 씩씩거리며 표독스럽게 눈을 치켜뜬 미란의 표정이 악귀마냥 섬뜩하게 일그러졌다.

"어딜 가는 거예요? 수업은 어쩌고요?"

"입 다물어!"

매몰차게 소리치는 민욱의 기세에 혜수는 움찔하며 당황스러운 마음을 진정시켰다. 정지 신호에 차를 멈추자 혜수는 그의 옆얼굴을 찬찬히 뜯어보았다. 두 눈에 힘을 바짝 주고 정면만을 뚫어져라 노려보는 그의 옆 선이 예전만큼 싫다거나 두렵게 느껴지지 않았다. 오히려 단단하게 다물린 민욱의 턱이 굳어져 있는 모습이 안쓰러울 정도였다. 이 남자는 왜 화를 내는 걸까? 한숨을 베어 물다 앙다문 턱이 툭 튀어나온 모습이 불쌍하게 느껴졌다. 조각 같은 얼굴인데 어금니를 단단히 짓이기는 바람에 툭 불거져 나온 턱으로 볼썽사나워진 것 같아 저도 모르게 손가락으로 그의 턱 선을 콕 찔렀다. 손끝에 닿은 따뜻한 체온은 마치 그도 감정을 가지고 있는 사람이라고 시위하는 것만 같아 깜짝 놀라고 말았다. 생각보다 보드라운 피부 감촉에 자석에 끌리는 것처럼 점점 더 많은 면적을 자신의 손으로 어루만졌다. 그녀의 손길에 놀라면서도 스치듯 풀어지는 눈빛을 분명히 보았다. 그 역시 누군가의 온기를 그리워한 것이 분명한, 그런 표정이었다.

"왜 그렇게 화가 난 거예요?"

어느새 차분한 표정으로 그를 달래는 혜수에게서 문득 어머니의 모습이 겹쳐졌다. 그를 떠난 그날처럼 그를 달래려 속내를 감추고 있는 그때의 모습이었다. 한시라도 눈을 떼면 사라질 것 같은 혜수의 겉도는 태도에 미칠 것만 같았다. 자신도 모르게 손을 뻗어 혜수의 머리를 잡아끌어 난폭하게 입술을 눌렀다.

"흡."

느닷없는 키스에 혜수는 자신들을 둘러싼 밖의 시선을 의식해 그의 가슴을 힘껏 떠밀었다.

"미쳤어요? 대낮에 길 한복판에서 무슨 짓이에요?"

"내 여자한테 내가 키스하겠다는데 남들이 무슨 상관이야?"

당황한 기색이 역력한 헝클어진 모습의 그녀에게 민욱은 퉁명스럽게 대꾸했다. 혜수가 기가 막힌다는 표정으로 그를 노려보자 민욱도 지지 않고 그녀를 쏘아보았다. 그들의 눈싸움은 신호가 바뀌자마자 뒤쪽에서 성급하게 울려대는 경적 때문에 끝나게 됐다.

서둘러 차를 출발시킨 민욱은 조급한 마음을 드러내듯 난폭하게 차를 몰았다. 아무리 생각해도 이해할 수가 없었다. 자신의 품에 가두고 나면 이 조급증이 풀릴 것이라 믿었는데 좀처럼 해갈되지 않았다. 오히려 가져도 가져도 타는 듯한 갈증은 더해갈 뿐이었다.

"널 어찌해야 할지……."

"네?"

민욱이 뭐라고 중얼거리자 딴생각 중이던 혜수가 그를 돌아보았다. 고집스럽게 입술을 다문 그의 표정에 한숨만 흘러나왔다. 점점 커져 가는 그의 소유욕에 과연 일 년 뒤에 무사히 헤어질 수 있을지 의문이었다.

집으로 돌아오자마자 민욱이 입 안에서 피비린내가 날 정도로 거칠게 입을 맞추자 혜수가 미약하게 비명을 내질렀다.

"아파."

다급하던 민욱의 몸짓이 그 소리에 움찔하며 뒤로 물러났다. 거칠어진 호흡을 진정하려 애를 쓰며 조금은 부드럽게 다가섰다. 그녀의 얼굴 위로 촉촉하게 내려앉는 민욱의 입술이 점차 농밀하게 변하며 옷 안에 감춰진 피부 위를 탐욕스럽게 헤집었다. 무더운 여름날 아무리 차가운 물을 마셔도 갈증이 해소되지 않고 답답증을 느끼는 것처럼 혜수의 체온은 두 팔 안에 가득 안아도 늘 모자랐다. 침실까지 갈 여유조차 없어 그대로 현관 앞에서 무너지며 그녀를 품어버렸다. 익숙하게 다가오는 체온과 속삭이듯 흘리는 작은 신음 소리와 그가 버거운 듯 움찔거리는 속살이 마약처럼 아찔하게 다가왔다. 정신을 놓을 것 같은 쾌감에 짐승처럼 울부짖으며 그녀를 탐했다.

아무 방비 없이 그녀 안에 사정을 하고 나서야 정신이 들었다. 임신의 가능성에 순간 가슴이 내려앉았지만 열정이 지나가 개운한 그의 표정과는 달리 딱딱하게 굳은 표정으로 차분하게 누워 있는 혜수를 보자 차라리 하는 삐딱한 욕심이 삐죽 생겼다. 몸을 비키지 않자 무거운 듯 그를 밀어내는 차가운 손길이 싫어 거칠게 손을 뿌리치고는 일부러 보란 듯이 그녀의 무릎을 활짝 벌리고 다시 뜨겁게 타오르는 그의 남성을 밀어 넣었다. 가만히 생각해 보니 언제나 자신만이 짐승처럼 헐떡이고 있었다. 지금도 혹시나 바깥에 소리가 새어나갈까 봐 손으로 입을 틀어막고 숨죽인 채 그의 행위가 끝나기만을 기다리는 혜수가 못마땅했다. 맹렬히 타오르는 욕망과 별개로 머리 속이 차가워졌다. 입을 틀어막고 신음을 죽이고 있는 혜수의 팔을 붙잡아 바닥에 붙이고 잔인하게 속삭였다.

"넌 내 여자야. 누가 뭐래도 넌 내 거니까 놔주지 않아."

"그…… 런…… 일 년만…… 이라고…… 해놓고……."

터져 나오는 신음을 억누르며 반항적으로 대꾸하자 민욱의 미소가 흉포하게 일그러졌다.

"그때 가서 과연 누가 헤어지기 싫다고 하는지 두고 볼까? 내가 널 그때까지 길들일 거야. 철저하게 내 여자로 길들여 놓을 거야."

"안…… 돼."

그때까지 그가 하는 대로 가만히 몸을 내버려 두던 혜수가 반항적으로 몸을 비틀었다. 하지만 팔을 잡혀 크게 힘을 줄 수가 없어 그저 고개만 도리질 칠 뿐이었다.

"싫어."

얼굴을 돌리며 그를 거부하는 혜수에게 화가 난 듯 민욱이 몸을 숙여 그녀와 바짝 붙었다. 땀에 번들거리는 뜨거운 육체가 접촉해 오자 그 열기가 당황스러워 피하려 이리저리 몸을 비틀어봐도 도망칠 구석이 없었다. 그때였다.

"혜수야."

그녀를 통째로 집어삼키려는 탐욕스러운 몸짓과는 달리 그녀를 간절히 원해 어찌할 바를 몰라 허둥거리는 간절한 그의 목소리가 바로 귀 앞에서 속삭였다. 그 순간 허리에서 힘이 주욱 **빠**지며 모든 저항의 의지가 사라져 버렸다.

"혜수야."

바로 귀 앞에서 속삭이는데 몸 안쪽 깊은 곳이 간지러운 듯 경련을 일으켰다. 아뜩한 한숨 소리와 함께 민욱은 허리를 감싸안는 혜수의 다리를 느끼며 지극히 남성적인 미소를 지었다.

"이혜수."

한숨 소리 같은 속삭임과 함께 귓불을 핥는 혀의 움직임에 혜수의 몸이 경련을 일으킨 것처럼 발작적으로 비틀렸다.

"하악."

점점 커지는 혜수의 신음 소리와 뜨거워지는 육체를 느끼며 민욱은 만족스러운 표정으로 계속 귓불을 희롱했다.

"하악, 하…… 하지 마."

열기가 가득한 시선으로 애타게 속삭이는 혜수의 목소리는 처음으로 욕망으로 인해 탁해져 있었다. 감출 수 없는 열정에 민욱의 가슴이 남성적인 오만함으로 뿌듯해졌다.

"말했지? 널 길들이겠다고……."

아프지 않게 귓불을 깨물며 속삭이자 혜수의 허리가 크게 요동쳤다. 덕분에 민욱의 입술에서도 거친 소리가 새어나왔다. 점점 붉게 물들어가는 혜수의 얼굴을 만족스럽게 내려다보며 민욱은 순간적으로 스친 불길한 예감에 가슴이 내려앉았다. 그녀를 길들이겠다고 호언장담했지만 자꾸만 그녀에게서 헤어나지 못하는 자신의 모습이 떠올랐기 때문이다.

지쳐 잠들어 버린 혜수의 어깨 위로 이불을 단단히 덮어주고 민욱은 다시 옷을 챙겨 입고 아파트를 나섰다. 손에 박힌 작은 가시처럼 계속 낮에 그녀에게 했던 말이 머리 속을 맴돌아 조금이나마 속죄할 생각으로 아이스크림을 사러 가기 위해서였다. 몇 군데 없는 아이스크림 전문점까지 찾아가 한 봉지 가득 아이스크림을 사들고 돌아오면서 그들의 침실에서 아직 잠에 빠져 있을 혜수를 떠올리자 절로 만족스러운 미소가 흘러나왔다. 불현듯 떠오르는 상상에 그의 미소는 더욱 짙어져 갔다. 혜수가 임신을 해서 아이스크림이 먹고 싶다고 투정 부려 사러 나온 것 같은 기분에 콧노래가 절로 흘러나왔다. 일 년만이라고는 했지만 이제 한 달도 안 지난 시점에서 아무리 생각해도 그녀를 놓아줄 수가 없다는 것을 깨달았다. 혜수가 아무리 애원하고 반항해도 민욱은 그녀를 놓아주지 않으리라 잔혹하게 마음먹었다.

6

암영(暗影)

—불길한 예감이나 징조

주말이 되자 기다렸다는 듯이 짐을 싸 집으로 가버리는 혜수 때문에 혼자 남게 되자 어쩔 수 없이 성북동 집으로 돌아갔다. 회사에서 돌아온 현 회장은 마중 나온 손자를 오랜만에 보게 되자 근엄한 표정에 어쩔 수 없는 반가움이 깃들었다.

"이놈의 자슥, 집 밖에서 독립해 산다더니 얼굴이 훨씬 좋아졌구나. 식사는 제법 챙겨 먹나 보지?"

"하하하, 그럼요. 얼마나 잘 먹는데요."

능청스럽게 말을 받아치는 손자에 대한 애정으로 잠시나마 평범한 할아버지 같은 인상을 남겼다.

"얼마나 잘 지내기에 그 비싼 얼굴 보기가 이리도 힘들어?"

"죄송해요. 자주 오도록 할게요."

오랜만에 보는 현 회장의 모습은 그의 기억 속의 강건함이 어렴풋이 사라져 있었다. 거인같이 굳건하던 할아버지의 모습은 온데간데없고 어느새 그보다 작아진 키와 희끗희끗해진 머리칼이 눈에 들어왔다. 언제 어디서나 남들 앞에서 당당하게 호령하시던 분이 어느 틈인가 지팡이에 의존하고 계신 것을 발견하자 갑자기 죄스러운 마음이 들었다. 그가 세상에 뛰어들 준비가 되어갈수록 그의 등 뒤에 든든히 서 계시던 분의 그림자가 작아짐을 미처 몰랐던 것이다. 혜수에게 빠져 단 한 분뿐인 할아버지를 소홀히 생각한 것이 너무 죄스러워 절로 고개가 숙여졌다.

"이 녀석아, 뭘 그렇게 기운없어하는 거냐? 내가 누누이 얘기하지만 넌 앞으로 한영그룹을 더 크게 키워 나가야 해. 그러니까 그렇게 기운없는 표정 따윈 접어두고 당당하게 가슴을 펴."

힘껏 그의 등을 두드리는 현 회장의 억센 주먹에 숨이 턱 막혔다. 조금도 줄어들지 않은 할아버지의 힘에 아직은 정정하시구나 싶어 민욱은 안심했다.

"그나저나 웬 아이 하나를 끼고 있다고?"

주름진 얼굴 사이에 여전히 총명한 빛을 발하는 현 회장의 눈이 의미심장하게 빛을 발하였다. 혜수의 존재를 알고 계시는 할아버지의 말에 민욱의 가슴이 서늘하게 내려앉았다.

"사내놈이라면 계집도 후릴 줄 알아야지. 암, 그렇고말고. 널 나무라는 건 아니야. 다만 앞뒤 분간을 할 줄 알란 말이지. 그 아이가 정 의원 댁 여식과 친구 사이라며?"

"네, 할아버지."

"꽤나 예쁘장하게 생긴 아이더구나. 제법 총명하기도 하고."

"보셨습니까?"

"그래, 사진을 통해 봤다. 네가 빠져드는 것도 이해가 가더구나. 하지만."

민욱은 잔뜩 긴장한 채 말을 자르는 현 회장의 뒷말을 기다렸다. 무슨 말이 나올까 마음이 조마조마할 지경이었다. 혹시나 당장이라도 그만두라는 말을 하시는 건 아닐지, 혹은 미란과의 결합을 서두르란 말이 아닐지 걱정이 되었다. 그러나 다음에 나온 현 회장의 말은 뜻밖이었다.

"마음에 둔 여인을 품고 귀이 여기는 것도 좋지만 너무 티내지는 마라. 그러다 손 탈라."

"예?"

뜻밖의 반응에 민욱은 어리둥절한 표정이었다. 그런 손자가 어수룩하게 느껴져 현 회장이 한심스러운 듯 혀를 가볍게 찼다.

"가벼이 데리고 놀든 평생 곁방을 주고 끼고 있든 남들 앞에서 너무 티내지 말라는 말이다. 그 아이가 그렇게 좋으면 네가 원할 때까지 끼고 살아. 하지만 네 본처 될지도 모르는 이 앞에서는 너무 감싸고돌지 말란 말이다."

아마 미란을 통해 정 의원에게서 무슨 소리를 듣고 하시는 소리 같았다. 그제야 할아버지의 말이 무슨 뜻인지 알았다.

"무슨 말씀이신지 알겠습니다."

"쯧쯧, 정말 알아들었을라고."

시원스럽게 대답하는 민욱이 오히려 미심쩍은지 현 회장의 눈빛이 여전히 의혹에 찼다.

"졸업하면 정 의원 댁 여식과 간단하게 약혼이라도 하자."

처음이었다, 현 회장이 직접적으로 미란과의 관계를 거론하는 것은. 순간적이지만 민욱의 눈동자에 스쳐 지나가는 반발심을 발견한 현 회장은 속으로 혀를 찼다. 뭐든지 최고로 해주되, 응석받이로 키우지 않으려고 때때로 엄한 회초리질도 서슴지 않았다. 그의 기대대로 당당하고 자신감이 넘치되, 사려 깊은 사내로 자라주었으나 너무 뻣뻣한 성정이 문제였다. 바라는 것은 뭐든지 할 수 있고, 가질 수 있는 아이지만 다행히도 과한 욕심 따윈 부리지 않았고 적절하게 자신을 제어하는 방법을 알고 있었다. 다만, 고집이 세서 한 번 원하는 것은 어떻게 해서든 가져야만 했다.

민욱이 때론 현 회장도 섬뜩해할 정도로 원하는 것에 대한 집착을 보이곤 해서 여자 하나를 품에 끼고 있다는 말을 들었을 때 얼마나 깊은 감정을 가지고 있는지 대충 짐작이 되어 걱정스러웠다. 게다가 정 의원 댁에 드나들다가 알게 된 사이라 하니 주위가 시끄러워질까 봐도 염려스러웠다. 알아본 바에 따르면 아이는 의외로 총명하고 얌전하다고 해 안심이 되지만 그 아이에게 집착하게 될 손자가 걱정이었다. 그저 만나는 것이 아니라

집을 구해서 함께 사는 데다 돈까지 쥐어준다니 여간 마음이 쓰이는 게 아니었다. 하나에 집착하면 그것만 보는 민욱의 성격 때문에 그 아이가 되레 고생하고 있을 것이 눈에 뻔히 보였다.

정 의원과 인연만 맺어준다면 그깟 여자쯤이야 얼마든지 작은 집으로 만들어도 신경 쓰지 않을 생각이었다. 잘못해서 민욱의 아버지 때처럼 길길이 날뛰며 반대하다 덜컥 사고부터 치고 배짱을 부리게 하느니 차라리 인정은 하되 결혼은 정해둔 집안 여식과 하도록 설득하는 것이 훨씬 안전한 방법이었다. 현 회장으로서는 정계와 밀접한 관계를 돈독히 할 기회인 것이고 민욱 또한 그 아이를 버리지 않고 곁에 둘 수 있게 되니 일석이조가 아닐까 싶었다. 혹여 그 아이가 먼저 임신을 한다고 하더라도 워낙에 손이 귀한 집안이기에 사내아이라도 덜컥 낳아준다면 얼마든지 데리고 있어도 반대할 생각이 조금도 없었다.

"그러니 그렇게 알고 있거라. 그러고 보니 그 아이도 같은 학교라며? 너무 소문거리 만들지 말거라. 정 의원 여식의 체면도 생각해 줘야지."

"······네, 할아버지."

현 회장의 속내를 충분히 파악한 민욱은 불쾌감을 드러내지 않으려 힘껏 주먹을 움켜쥐었다. 혜수를 곁에 두되, 결혼은 다른 여자와 하라는 말에 강한 거부감이 들었다. 게다가 미란과의 결혼 이야기에 절로 이마가 찡그려졌다. 아무리 생각해도 미란에게 좋은 감정은커녕 점점 거부감이 강하게 드는 판에 졸업하면 약혼부터 하라니……. 이 이야기를 들으면 과연 혜수는 어떻게 나올지 궁금했다.

오랜만에 집에 돌아온 혜수는 얼마나 떠나 있었다고 금세 낯설게 다가오는 집에 어색해했다.

"다녀왔습니다."

"어서 와. 공부하느라 우리 딸 고생하네. 얼굴이 왜 이렇게 홀쭉해진 거야?"

이제는 어설프게나마 걸어다닐 수 있게 된 옥경이 오랜만에 돌아온 딸을 반갑게 맞이했다. 대학교에 가고 싶다는 걸 못 보내줘서 마음이 아팠는데 장학금으로 학비 면제에 생활비까지 보조 받으며 학교를 다닌다니 얼마나 대견스러운지 몰랐다.

"엄마, 우리 사골 끓여 먹어요. 나 아르바이트하는 곳 사장님이 좋은 뼈가 들어왔다고 조금 주셨거든요."

"아이고, 이런 귀한 걸……."

사실 그것은 민욱이 백화점에서 사 온 것이었다. 집에 다녀온다는 혜수에게 사골을 억지로 떠넘기다시피 건네고는 몸보신이나 하고 오라며 등을 떠밀었다. 반은 진실인 거짓말을 태연하게 늘어놓으며 과연 언제까지 이렇게 가족들을 속여야 하는 건지 회의가 들었다.

"경후는 아직 안 왔죠? 토요일이라 학교는 일찍 끝날 텐데. 엄마, 들어가서 쉬고 계세요. 제가 밑준비 해둘 테니까요."

"아이고, 아니야. 엄마가 할 테니까……."

"아이참, 들어가 계시라니까요."

모녀가 옥신각신하며 서로가 하겠다고 나섰지만 결국 방 안으로 떠밀려 들어간 것은 어머니였다. 겨우 어머니를 방으로 보내고서야 혜수는 좁은 부엌에 들어섰다. 찬물에 뼈를 담그고 나서 반찬거리가 뭐가 있나 싶어 이리저리 뒤지다가 문득 열어본 반찬통에서 올라오는 냄새가 역하게 느껴져 저도 모르게 헛구역질을 했다.

"우웁."

신물이 왈칵 올라오고 뱃속이 당기는 기분에 숨이 막힐 지경이었다. 헛구역질이 가라앉자 무언가 머리를 스치고 지나는 것이 있었다. 언젠가부터 피가 비치지 않다는 사실을 무심히 지나쳤는데 그 사실이 불안하게 다가왔다.

"혜수야, 무슨 일이야?"

잠잠한 부엌이 이상해서 옥경이 고개를 기웃거리자 주저앉아 있던 혜수가 얼른 일어서다 눈앞이 빙글 돌자 비틀거리며 다시 주저앉았다.

"아이고, 혜수야."

놀라 얼른 달려오는 옥경에게 괜찮다며 힘없이 웃어 보였다. 그 하얀 미소가 더없이 힘겨워 보여 옥경은 못난 부모 만나 고생한다며 눈시울을 붉혔다.

"왜 이러냐? 네 몸 축나는 거 생각해야지. 공부도 좋고 그 아르…… 뭔가 하는 것도 좋지만 네 몸부터 돌봐야지. 네가 건강해야 일이 잘 풀리는 거야. 제발 너무 무리하지 말고 모처럼 집에 온 김에 푹 쉬어. 식사 준비는 엄마가 할 테니까."

"아니야, 내가 할게. 앉아 있다가 갑자기 일어섰더니 어지러워서 그래. 빈혈기가 좀 있나 봐. 내가 할 테니까 엄마는 얼른 들어가 있어. 아직 공기가 차갑단 말이야."

혜수는 금세 아무렇지 않은 얼굴로 생글거리며 떨떠름한 표정의 옥경을 억지로 방 안으로 들여보냈다. 옥경이 안으로 들어가자 혜수의 얼굴에 웃음기가 사라지며 어둠이 내려앉았다. 자꾸만 안 좋은 방향으로 생각이 흘러가는 것을 막을 수가 없었다. 설마 하니 임신이라도 한 건 아닐까 두려워하면서도 본능적으로 보호하듯 배를 감싸는 행동은 어쩔 수가 없었다.

어머니의 심부름이기는 하나 민욱에게 밑반찬을 가져다 주는 미란의 발걸음은 경쾌하기 그지없었다. 학교 내에 퍼진 혜수와의 소문에 지난주에 아버지를 졸라 현 회장에게 넌지시 상황을 언급한 덕에 민욱과의 약혼을 앞당길 수 있었다. 엘리베이터에서 내리기 전 벽면에 비치는 자신의 모습을 연신 체크하곤 스스로도 만족스러워하며 가벼운 발걸음으로 그의 아파트 앞에 섰다.

딩동.

두근거리는 기대감으로 초인종을 눌렀다. 일요일 오전이라 부스스한 모습으로 그가 문을 열어줄 거란 생각은 잠잠한 침묵에 의해 부서지고 말았다. 고개를 갸웃거리며 두어 번 초인종을 눌렀지만 안에서는 아무런 반응이 없었다.

"이상하네. 일요일인데 학교라도 간 건가?"

미란은 고개를 갸웃거리며 혹시나 싶어서 슬며시 손잡이를 돌려보았다. 너무나 쉽게 열리는 현관에 의아함을 감추지 못하며 조심스럽게 안으로 들어섰다. 그리고 보았다. 현관에 아무렇게나 널브러져 있는 남자 구두 한 쌍과 마찬가지로 널브러져 있는 여자 구두. 심장 박동이 조금씩 거세게 뛰고 있었다. 소리 하나 내지 않고 떨리는 발을 안으로 내디뎠다. 그리고 다시 발견했다. 거실 곳곳에 흩어져 있는 남자와 여자의 옷가지들. 그것들은 일정한 방향을 향해 떨어져 있었다. 그리고 낮지만 분명하게 들리는 여자의 신음 소리가 조용한 거실에 서 있는 미란의 귓가에 정확히 꽂혀 버렸다.

"아악, 민욱 씨. 아파. 그만, 그만 하란 말이야."

"안 돼. 아직 멀었어. 제길, 이게 다 네 탓이야. 넌 날 미치게 만들어."

"아…… 아파…….”

힘겨워하는 여자의 울부짖음과 아직도 사그라지지 않는 욕망으로 거칠어진 남자의 목소리에 미란의 얼굴에서 점점 핏기가 빠져나가고 있었다. 미란은 자신이 상상하는 그런 장면이 아니기를 바라고 또 바랐다. 그러나 호기심이 고양이를 죽인다고, 그대로 뒤돌아 나갔으면 의혹은 있되 묻어버릴 수 있는 문제에 미란은 다가가고야 말았다. 그녀는 살짝 열려진 방문을 조용히 밀어 그 안을 들여다보고는 그대로 숨을 멈추고 말았다.

꿈속에서 상상하던 대로 민욱의 몸매는 완벽했다. 딱 벌어진 어깨와 꿈틀거리는 단단한 등 쪽의 근육과 매끈하게 잘빠진 엉덩이, 그리고 탄력있는 허벅지. 숨이 막힐 정도로 매혹적인 몸매였다. 미란은 밤마다 상상했었다. 그가 크고 단단한 손으로 자신을 감싸고, 부드러운 입술로 자신을 핥고, 뜨겁고 단단한 그의 것으로 자신의 안으로 들어오는 모습을 매일 밤 상상하며 잠자리에 들었었다. 그렇다면 지금 저기 그의 침대에서 엉덩이를 치켜든 채 뒤에서 관통당하는 쾌감은 자신이 맛봐야 하는 것이었다. 저기 얼굴도 모르는 여자가 아닌, 자신이어야 했다.

"아파…… 그만 해."

"참아. 어젯밤에도 환상적이었잖아. 조금만 더 참아, 귀여운 나의 혜수."

미란은 민욱의 손길에 이끌려 상체를 들고 고개를 돌려 그와 키스를 나누는 여자의 얼굴을 보고야 말았다. 설마 했지만 혜수와 민욱의 관계를 직접 목격하자 그만 충격에 휩싸였다. 언제부터 이런 사이가 된 것일까? 학교 내에 파다한 그들의 소문이 소문이 아니었단 말인가? 언제부터…….

분홍색 보자기에 단단히 싸매진 반찬통이 미란의 손에서 힘없이 미끄러져 투둑 하고 둔탁한 소리를 내며 바닥으로 떨어졌다.

자신들만의 열정에 취해 있던 남녀는 그제야 다른 누군가의 등장을 깨닫고 고개를 돌렸다. 경악한 혜수의 시선과 배신감에 치를 떠는 미란의 시선이 마주쳤다.

"어…… 어떻게…… 어떻게…… 혜수…… 네가?"

"뭐야, 정미란? 남의 집에 들어와서 이게 무슨 짓이야?"

혜수가 뭐라고 말하기도 전에 민욱이 발치에 떨어져 있는 이불을 끌어다가 머리부터 뒤집어씌워 혜수를 감쌌다. 미란은 대뜸 터져 나오는 그의 호통에 더욱 어이없어하는 얼굴이었다.

"민…… 욱 오빠? 오…… 오빠가 어떻게 내 친구랑…… 이런……!"

"넌 여기서 기다려."

민욱은 혜수를 침대 위에 내버려 둔 채 재빨리 바지를 주워 입고는 짜증스럽게 미란의 팔을 잡아끌었다. 그러나 미란이 생각보다 더 거칠게 그의 손길을 뿌리쳤다.

"설명해 봐요. 어떻게 오빠가 혜수랑 이런 짓을 벌여요? 오빠 나랑 결혼할 사람이잖아요."

"누구 마음대로?"

싸늘하면서도 빈정거리는 그의 어조에 미란과 혜수는 할 말을 잃고 말았다.

"누…… 누구 마음대로라니요? 이미 부모님들이 정하신……."

미란이 떠듬떠듬 그에게 설명하려 했지만 민욱은 귀찮은 표정으로 손사래를 쳤다.

"그건 부모님들 생각이고 난 너랑 결혼할 마음 없어."

"오…… 오빠?"

청천벽력이 아닐 수 없었다. 여태 그와 결혼할 날짜만 꼽던 자신이 아닌가? 분명 현 회장님이 그의 졸업이 다가오면 약혼식부터 하자고 약조하지 않으셨던가? 어떻게 그가 이제 와서 자신에게 이런 모진 소리를 한단 말인가? 이게 다 저 계집 때문이었다. 친구라고 생각했던 저 계집이 민욱 오빠를 홀려서 그런 거야.

미란의 표독스런 눈길이 아직도 이불을 뒤집어쓴 채 간신히 고개만 내밀고 어찌할 바 모르는 혜수에게 닿자 민욱은 그녀를 방어하듯 미란의 시야를 가렸다.

"혜수를 탓할 생각 하지 마라. 내가 그녀를 유혹했으니까. 싫다는 혜수는 내가 강제로 끌어안았으니까. 너 혜수한테 손 하나 까딱하기만 해봐. 그날로 너희 집안도 말아버릴 테니까. 네 아버지만 힘있고 능력있는 건 아니지, 안 그래?"

"……알았어요. 기다릴게요. 오빠가 적당히 놀고 지겨워지면……."

미란은 배신감과 치욕감으로 얼룩진 가슴의 상처를 애써 묻으며 짐짓 관대하게 넘어가려는 태도를 취했지만 민욱이 단호하게 그녀의 말을 잘랐다.

"아니, 그럴 일 없다. 난 혜수와 결혼할 거니까."

"오빠!!"

"뭐라고요?"

그의 말에 경악한 두 여자의 비명 소리가 민욱의 침실에 울려 퍼졌다.

"그러니까 미란이 너, 혜수한테 해코지할 생각이라면 집어치워라. 저 앤 이미 내 사람이야."

미란의 눈에서 파란 불꽃이 강하게 뿜어져 나오고 있었다. 그러나 그 시선을 마주하는 민욱은 전혀 거리낄 것이 없다는 듯이 당당하게, 아니, 더 오만한 시선으로 그녀를 내려다보고 있었다. 그의 결심이 굳건하다는 것을 깨달은 미란은 더욱 충격을 받아 얼굴에서 핏기가 사라져 버렸다. 분노와 원망, 그리고 저주가 담긴 미란의 물기 어린 독한 시선은 민욱을 똑바로 바라보다 그의 어깨 너머의 혜수에게로 향해졌다. 이를 너무 악다물고 있어 그녀의 턱이 부들거리고 있었지만 미란은 조금도 개의치 않았다. 다만 원망스러움을 가득 담은 시퍼런 안광을 혜수에게 쏘아 보이고는 턱을 뻣뻣이 들고 굽히지 않는 태도로 방을 나가 버렸다.

미란이 나가는 소리가 들리자 방 안에도 다른 종류의 긴장감이 감돌았다.

"누가…… 누구랑 결혼한다고요?"

"너랑 나."

"미쳤어요?"

히스테릭하게 소리치는 혜수의 반응에도 민욱은 상관없다는 태도로 협탁 위의 담배를 집어 들었다. 치익하고 담배에 불이 붙자 민욱은 연기를 한껏 빨아들인 후 시원하게 내뿜었다. 불현듯 가깝게 느껴지는 담배 연기에 혜수는 본능적으로 얼굴을 찌푸리며 손사래를 쳤다. 정말 임신인지 아닌지는 모르지만 자신도 모르게 나온 행동이었다.

"내가 미친 것 같아 보여?"

"그럼 아니란 말이에요?"

혜수는 지금 저 남자의 머리털을 다 뽑아버리고 싶은 충동이 일었다. 정말이지 오늘은 아침부터 최악으로 변하고 있었다. 지난주 주말에 집에 다녀오고부터 무언가 변한 느낌이었다. 무엇 때문에 화가 난 듯했지만 도통 입을 열지 않고 그저 막무가내로 몰아세우기만 하고 있어 사람을 피곤하게 만들고 있었다. 이번 주는 집에도 못 가게 고집을 부리더니 어젯밤 그렇게 시달리게 만들고도 모자라 아침부터 메마르게 재촉하는 바람에 여간 몸이 쑤시는 것이 아니었다. 거기다 절대 들키고 싶지 않은 미란에게 그들의 사이를 보여주고야 말았다. 정말 수치스러워 어디론가로 숨어버리고픈 심정이었다.

양손으로 얼굴을 감싸며 절망에 빠져 있는 혜수에게로 다가간 민욱은 강제로 그녀의 얼굴에서 손을 잡아떼었다.

"난 이미 널 놓을 수가 없어."

"미쳤어요? 왜 이제 와서 딴소리예요? 일 년만이라면서요? 일 년만 곁에 있으라면서요? 날 더러 어쩌라고 이래요? 네? 왜요?"

이미 젖어버린 혜수의 눈가를 바라보는 민욱의 입가가 쓰게 일그러졌다.

"그건 나도 몰라."

"제발 나한테 이러지 말아요. 날 망가뜨리지 말아달란 말이에
요."

"널 망가뜨리려는 게 아니야. 단지 네가 날 거부하고 있어서
그럴 뿐이지. 나한테 마음을 열어. 그럼 모든 일이 다 쉬워져."

"그렇지 않아요."

혜수가 절망적인 표정으로 고개를 젓자 그가 혜수의 턱을 붙
잡았다.

"아니, 그래. 넌 이미 내 것이야. 절대 놓치지 않아. 이혜수,
모르겠어? 넌 이미 내 여자란 말이야. 한 달이나 지났는데 아직
도 모르겠어? 아직도 너한테 미쳐 있는 이 심장을 못 느끼는 거
야?"

평소처럼 고압적인 태도로 말하고 있었지만 민욱의 눈동자에
는 간절한 소망이 비치고 있었다. 그러나 혜수는 그럴 리 없다
고, 연극에 불과하다고 고개를 내저었다. 혜수의 거부에 민욱의
얼굴이 일그러져 버렸다.

"빌어먹을. 내가 이렇게 애걸하는데도 넌 왜 내 마음을 모르
는 거지?"

"언제 당신이 나한테 애걸했어요? 당신이 나한테 원한 건 오
직 섹스뿐이잖아요."

짜증을 내며 소리 지르는 민욱의 고함에 혜수 역시 큰 소리를

내며 맞받아쳤다.

"사랑하니까. 널 미치도록 사랑하니까 원하는 거지. 아직도 그걸 몰라?"

기어이 터져 나오는 민욱의 고백에 혜수는 눈을 동그랗게 뜨고 그를 올려다보았다. 자기도 모르게 꺼낸 말에 깨달은 바가 있는지 민욱도 놀란 표정이었다. 자신의 감정을 깨닫게 되자 당황한 기색이 역력한 데다가 어찌할 바를 몰라 허둥거리는 그의 모습이 상당히 낯설게 느껴졌다.

"에이씨, 망할 여자 같으니라고!"

민욱은 기어이 마음속에 담아둔 낯부끄러운 말을 꺼내게 만든 그녀에게 일부러 퉁명스럽게 소리쳤다. 그리고는 발을 쾅쾅 구르며 욕실로 들어가 문을 힘껏 닫아버렸다. 그렇게 갑자기 조용해진 침실에 덩그러니 놓여진 혜수는 눈을 껌벅이며 그의 말을 곱씹고 또 곱씹었다.

정말로 그가 자신을 사랑하고 있는 건지도 모른다는 의혹이 확실해질 무렵 욕실 문이 벌컥 하고 열리고 잔뜩 성난 얼굴로 그가 혜수에게 소리쳤다.

"뭐 해, 안 들어오고? 등 안 밀어줄 거야?"

방금 내렸던 결론 따윈 취소라고 속으로 구시렁거리며 혜수는 입을 삐죽 내밀며 그에게 다가갔다.

"입은 왜 내밀어? 키스해 줘?"

하!! 정말이지 이 남자의 능글맞고 밝히는 점만큼은 그 누구도 따라가지 못할 것이었다. 혜수가 눈을 곱게 치켜뜨자 민욱의 강인한 팔이 그녀의 허리를 끌어안았다. 고개를 돌릴 수 없게 단단히 머리를 붙잡고 뜨거운 입맞춤을 퍼붓는데 그만 혜수는 넋을 잃고 그의 리드를 따라가고 말았다. 어느새 정이 든 것인지도 몰랐다. 자신을 볼 때마다 윽박지르며 옷부터 벗기를 요구하는 이 남자가 잠든 자신의 뺨을 부드럽게 쓸어 내린다는 것을 알게 된 어느 시점부터, 차가운 음식은 곁에 두지도 않는 남자가 종종 그녀가 좋아하는 아이스크림을 냉동실에 가득 채워둔다는 것을 눈치채고부터, 그가 종종 자신을 향해 순수한 미소를 되돌리는 것을 발견한 언젠가부터 은연히 그에게 마음이 기울고 있음을 알고 있었을는지도 몰랐다.

한편 미란은 아직도 넋이 나간 듯한 얼굴로 터벅터벅 아파트를 빠져나왔다. 미란의 태도가 이상하게 느껴져 의아해하는 정민이 차 문을 열어주자 기계적인 행동으로 차에 올라탔다. 차를 출발시키고 집으로 향할까요 하고 묻는데 미란의 안색이 더할 나위 없이 하얗게 질려 있는 것이 보였다.

"아가씨?"

정민이 뒤돌아보며 안색이 파리한 그녀를 걱정스레 불렀다. 천천히 정신이 돌아오면서 이제야 민욱의 진심과 혜수의 배신이 되살아나며 가슴에 날카롭게 비수로 그어지자 점점 미란의 숨결이 가빠지며 눈에서 눈물이 펑펑 흘러내리고야 말았다.

"아악!! 아악…… 이럴 수는 없어. 이럴 수는 없단 말이야. 아
아아악!!"

"아가씨!"

발작적으로 소리치며 온몸을 비틀며 고통스러워하는 미란의
행동에 놀란 정민은 얼른 차를 세우고 뒷좌석으로 달려가 실례
를 무릅쓰고 그녀를 끌어안고 안심시켜려 애를 썼다.

"진정하세요, 아가씨. 괜찮아요, 괜찮으니까 제발 울지 마세
요."

"죽여 버릴 거야! 다 죽여 버릴 거야! 내 남자를 빼앗은 혜수
따위 절대 살아남지 못하게 만들 거야!!"

정민은 미란의 처절한 외침에 그녀가 마음고생을 하던 소문
이 진실임을 깨닫게 되었다. 그리고 아마 민욱의 집에서 그들의
관계를 목격한 터라 이렇게 흥분하고 있음을 짐작할 수 있었다.
파르라니 살기를 띠며 흘리는 미란의 눈물이 그냥 눈물이 아닌
피눈물임을 알아차렸다. 정민의 손이 익숙하게 미란의 어깨를
감싸 안았다. 그의 손길이 부드럽게 그녀의 뺨에 흐르는 눈물을
닦아주고 있었다.

"쉬이, 내 사랑스런 아가씨. 진정하세요. 제가 곁에 있잖아요.
뭐든 당신 뜻대로 해드릴 테니 진정하세요."

오랜 세월 아버지 곁에서 정 의원 댁 일을 도와드리면서 언제
나 남몰래 훔쳐보고 연모하던 아가씨였다. 차마 손에 닿지 않는
별일지라도 그 빛이 언제까지라도 영롱하기만을 바라며 안타까

운 연모의 정을 감추고 있었다. 남들에겐 버릇없는 부잣집 딸에 불과하겠지만 그에게는 소중한 하늘이나 다름없는 여자였다.

안타까운 시선으로 자신을 위로하는 정민을 젖은 눈으로 물끄러미 바라보던 미란은 어떤 사실을 깨달았다. 언제부터 자신의 시선을 회피하던 민욱과 닮은, 그녀를 똑바로 바라보는 정민의 눈동자였다. 숨도 쉴 수 없을 만큼 고통스러우면서도 민욱을 원해 미칠 것 같은 육체의 괴로움에 다른 선택을 하고 말았다.

"안아줘. 날 원하지? 방금 내가 보고 온 것들을 다 잊을 수 있게 날 안아줘."

정민에게 팔을 뻗어 애원했다. 굳이 유혹적으로 다가가지 않아도 언제나 자신을 쫓는 그의 시선을 알고 있기에, 당연하게 그의 애정을 요구했다. 팔을 뻗어 자신을 안아달라는 미란의 요구에, 당황한 정민은 애틋하게 그를 올려다보는 시선에 마음이 흔들렸다. 흔들리는 정민의 시선에 미란은 그의 눈을, 민욱과 닮은 그 눈을 똑바로 바라보며 그의 얼굴에 팔을 감싸고 입을 맞추었다.

"날 네 여자로 만들고 싶지 않아?"

젖은 눈동자가 촉촉하게 다가오며 유혹적으로 속삭이자 정민은 자신의 의지가 너무나 쉽게 무너지는 것을 느꼈다.

"다녀왔습니다."

민욱에게 지난주에 그에게 시달려 집에 못 갔다고 보내달라

고 요구하자 의외로 선선히 승낙해 주었다. 잘 다녀오라고 너무
나 흔쾌히 보내줘서 뭔가 꿍꿍이가 있지 않나 생각이 들 정도였
다. 오랜만에 집에 돌아온 혜수를 동생 경후가 평소와는 달리
들뜬 표정으로 맞이했다.

"누나, 어서 와."

"으응?"

혜수는 평소와는 다른 동생의 상기된 표정에 무슨 일이 있나
고개를 갸웃거리다가 문득 깨끗한 남자 수제화 구두를 발견하
고 사색이 되어버렸다. 그녀가 기억하는 한 이런 구두를 신을
남자는 단 한 명뿐이었다.

이 남자가 왜 여기까지? 혜수는 그가 한 결혼하잔 말을 아직
도 진지하게 생각하지 않았었다. 그저 자신은 그에게 흥미로운
장난감에 불과하다고 그렇게 생각했는데 벌컥 하고 문을 연 방
안에는 그가 자신의 어머니의 손을 잡은 채 앉아 있었다.

"다, 당신……?"

경악으로 눈이 부릅떠진 혜수와는 달리 민욱은 지극히 태평
스런 얼굴로 그녀를 맞이했다.

"이제 오는 거야? 왜 이렇게 늦었어?"

좁은 단칸방에 장신인 그가 몸을 일으키자 숨이 막힐 것 같은
공포가 밀려들어 왔다. 그가 다가와 다정히 뺨을 어루만졌지만 오
히려 체온을 뺏어가면 뺏어갔지 얼어붙은 뺨을 녹일 수는 없었다.

"혜수야, 이제 오니? 현 서방이 널 한참 기다렸단다."

아직 초췌한 어머니의 얼굴에 모처럼 웃음기가 감돌았지만 혜수는 그녀의 입에서 나온 말을 믿을 수가 없었다. 현 서방이라니? 누가? 혜수는 싱글거리는 민욱에게로 힘겹게 시선을 돌려 올려다보았다. 겉으로는 상냥하게 웃고 있지만 그 내부에 숨겨진 잔인한 성격을 아는 혜수로서는 그의 이런 태도가 두렵기만 했다.

"밥은 먹었어? 또 식비 아낀다고 저녁도 안 먹고 돌아다니는 거지? 안 되겠다. 나가자. 맛있는 거 사줄게. 처남도 같이 가."

처남이라니. 더 이상 우리 식구들한테까지 손을 뻗지 말란 말이야! 나 하나로 충분하지 않아? 도대체 당신이 원하는 게 뭐야? 그러나 그런 비명들은 입 밖으로 꺼낼 수가 없었다. 흐뭇한 시선으로 그를 바라보는 어머니의 표정이나 경외심이 가득한 동생의 얼굴에서 차마 그들 앞에 놓인 환상을 깨고 싶지가 않았던 것이다.

"아니에요. 두 분만 가세요. 어머니도 혼자 계시니까 저는 집에 남아 있을게요. 대신에 우리 누나 맛있는 거 많이 사주세요."

"아이고, 아니야, 경후야. 너도 같이 가. 엄마는 괜찮아."

"아니에요. 매형, 누나랑 같이 다녀오세요."

그렇게 혜수는 순식간에 그의 편이 되어버린 가족의 성화에 밀려들어 오자마자 민욱과 다시 외출을 하고 말았다. 어떻게 이런 일이 생길 수가 있는지. 너무나 간단하게 그의 손을 들어준 식구들의 행동에 혜수는 적잖은 배신감까지 느꼈다.

"어머니께서 날 무척이나 마음에 들어하시는군. 경후도 그렇고. 어때? 날짜나 서둘러 잡자고."

"난 당신이랑 결혼 따위 안 한다고 분명히 말했어요."

혜수는 민욱이 자신의 어깨에 자연스럽게 걸치려는 그의 팔을 거칠게 뿌리치고 한자한자 또박또박 말했다. 상냥한 그의 목소리는 온데간데없고 그녀를 마주 보는 그의 시선도 북극의 빙하점보다도 더 차가웠다.

"아니, 넌 나랑 결혼하게 될 거야. 그렇게 만들 거야. 넌 내 여자거든. 뼛속까지 내가 그렇게 만들었단 말이야. 이제 와서 널 놔주기에는 내 심장이 편치 않거든."

"제발 그만 해요."

"소용없어. 이혜수, 넌 이미 내 손안에서 파닥거리는 물고기에 불과해. 얌전히 군다면 널 호화로운 어항에 가두겠지만 함부로 날뛴다면 뜨거운 땡볕이 내리쬐는 메마른 땅바닥에 버리고 말겠어. 그리고 네가 말라 죽는 걸 끝까지 지켜보겠어."

혜수는 그때 분명히 보았다. 민욱의 번뜩이는 잔인한 웃음을. 메마른 침이 혜수의 목 안으로 강제로 흘러들어 갔다. 혜수가 넋을 잃고 그를 바라보는 사이 민욱이 씨익 하고 심술궂게 미소 지으며 그녀의 팔을 잡고 자신의 차 쪽으로 끌고 갔다.

식사하러 가잔 말이 거짓말이란 건 이미 예전에 깨달은 사실 중의 하나였다. 이 남자한테 식사란 곧 자신을 얘기하는 것이었으므로. 혜수는 호텔로 들어서자마자 또다시 달려드는 그의 공격 앞에 뻣뻣하게 몸을 내주다 잔인한 소리를 듣고 나서야 그가 원하는 대로 한껏 몸을 열어주었다.

요즘 들어 쉽게 피곤해지는 데다가 며칠 내내 과도한 그의 열정까지 감당한 터라 혜수는 순식간에 잠의 마법에 빠져들고 말았다. 그러나 옆에서 부스럭거리는 소리와 날카롭게 선 그의 화급한 목소리에 자신도 모르게 눈을 부스스 뜨고 말았다.

"무슨 일이에요?"

잠에서 깬 자신을 보고 그가 잠시 갈등하는 태도에 혜수는 자신과 관련된 일인가 걱정이 되기 시작했다.

"나중에 왜 말하지 않았냐고 다그침당하기는 싫으니까 얼른 옷 입어."

"무슨 소리예요?"

"설명할 시간 없으니까 서둘러."

딱딱하게 굳은 그의 표정에서 뭔가 잘못됐다는 것을 본능적으로 깨달은 혜수는 재빨리 옷가지를 걸치고 그를 따라나섰다. 신호 위반에 속도 위반까지 하며 거칠게 운전하는 그의 표정이 심상치가 않았다. 곁에 앉은 혜수도 마음이 불안해지기 시작했다. 그리고 그 불안은 자신의 집으로 가는 길로 접어들면서 더욱 가중되었다.

"무슨 일이에요, 민욱 씨? 제발 말 좀 해봐요."

"씨팔, 나도 이게 어떤 미친놈의 장난질이었으면 좋겠어. 아닌 밤중에 날벼락이라더니 이게 도대체……."

"무슨 일이에요?"

다급하게 민욱을 재촉하던 혜수의 눈에 자신이 사는 달동네가 연기에 휩싸인 것을 발견했다.

"맙소사. 저기는……! 저기가 우리 집인 것은 아니겠죠? 그렇죠? 우리 식구들은 무사한 거겠죠?"

"조용히 해, 나도 서두르고 있으니까."

"하느님, 맙소사. 엄마. 경후야."

멀리서도 보이는 시뻘건 불꽃이 날름거리며 그녀의 보금자리를 덮치고 있었다. 혜수는 그저 두 손을 꼭 부여잡은 채 자신의 가족들이 무사하기만을 간절히 빌고 또 빌었다. 믿을 수가 없는일 아닌가? 조금 전까지만 해도 멀쩡하던 동네에 갑자기 웬 불인가? 무사해야만 했다. 엄마와 동생이 없다면 자신도 더 이상이 세상을 살아갈 이유가 사라지는 것이나 다름없었다.

"아버지, 제발……."

오래전에 돌아가신 아버지께 빌 정도로 혜수의 마음은 다급해져만 갔다. 불이 난 동네가 가까워질수록 혜수의 가슴이 심하게 두근거리기 시작했다.

바라만 볼 뿐 더는 나아가지 못하는 사람들을 헤집고 혜수가앞으로 헤쳐나갔다. 그리고 보았다, 불이 난 중심에는 자신이집이 위치하고 있다는 것을…….

"어…… 엄마? 경후야?"

비록 좁고 허름하기도 했지만 세 식구가 행복하게 살던 집이었다. 그런 집이 시뻘건 악마의 혓바닥에 농락당하는 것을 보자 혜수는 정신이 나갈 것만 같았다. 더군다나 엄마와 경후의 모습도 보이지 않았다.

"엄마? 경후야?"

그제야 반쯤 넋이 나가 버린 혜수가 정신없이 엄마와 경후를 불러대기 시작했다.

"엄마!! 경후야, 어딨어? 엄마!!"

울부짖으며 불길에 휩싸인 집 안으로 뛰쳐들어 가려는 그녀를 붙잡은 건 민욱이었다.

"이 바보 같은 여자야! 어딜 가려는 거야?"

"엄마…… 경후가 안 보여. 아악! 엄마가 안 보인단 말이야. 놔! 저 안에 있을 거야. 아직 저 안에서 빠져나오지 못했을 거란 말이야. 놔. 엄마! 경후야!"

"정신 차려. 이미 불길이 집을 다 태우고 있단 말이야. 저리로 가면 너까지 죽어."

"상관없어. 엄마와 경후가 없으면 나도 죽어. 놔아! 놓으란 말이야!"

민욱은 미친 듯이 울부짖으며 불길 속으로 뛰쳐들어 가려는 혜수를 힘겹게 붙잡다가 어디서 힘이 솟는지 그녀를 감당할 수 없게 되자 그녀의 목 뒤를 힘껏 내려쳤다. 발버둥 치던 그녀가 힘없이 고꾸라지자 옆에서 지켜보던 소방관 한 명이 씁쓸하게 고개를 끄덕거리며 잘했다는 눈짓을 그에게 던졌다.

"미친년. 네가 죽으면 나도 죽어."

눈물 범벅이 된 혜수의 얼굴을 내려다보며 민욱이 자조적으로 읊조렸다. 그는 혜수를 들쳐 업고 결국 폭삭 내려앉아서 계속 타오르는 혜수의 집을 멍하니 바라보았다. 잠시 만나봤을 뿐이지만 자신의 손을 꽉 잡고 연신 눈물을 글썽이며 혜수를 잘 부탁한다던 다정한 어머니와 혜수를 닮은 싹싹한 성격의 경후가 아직 저 안에 있을지도 모른다는 생각이 들자 그 역시 목구멍 위로 뭔가가 치솟는 것 같은 기분이 들었다. 아주 더럽고 우울한 기분이었다.

결국 혜수는 옮겨갔던 병원에서 식구들의 부고 소식을 듣고 그대로 혼절하고 말았다. 민욱 역시 눈앞이 캄캄해지는 안타까움에 고개를 떨구다가 의사의 마지막 말에 정신이 번쩍 들었다.

"이…… 임신이라고요?"

"예. 벌써 석 달이 넘었더군요. 초기에는 심한 스트레스나 충격을 접하면 쉽게 유산이 되니까 각별히 조심해 주시기 바랍니다. 지금 환자한테는 안정이 절대로 필요한 상태니까요."

"네, 네. 그러죠. 알겠습니다. 그런데 정말 임신이 확실한가요? 혹시 오진은 아니구요? 진짜로…… 진짜로 우리 혜수가 제 아이를 가, 가졌단 말인가요?"

의사는 오진이란 소리에 자존심이 상한 듯 눈을 확 치켜떴지만 인상이 강인해 보이는 민욱의 눈동자가 점점 붉게 물들어가며 눈물이 글썽이자 마음을 누그러뜨리고 고개를 가볍게 끄덕거렸다.

"네, 임신이 확실합니다. 축하드립니다. 그러나 산모가 절대 안정을 취해야 한다는 사실은 잊지 말아주십시오."

"네, 네."

의사가 단단히 경고를 하고 갔는데도 민욱의 귀에는 아무것도 들리지 않았다. 오직 하나, 혜수가 자신의 아이를 가졌다는 사실만 메아리칠 뿐이었다. 석 달이라면 분명 처음 그녀를 가졌을 때일 것이다. 그동안은 그 역시 피임을 했고 간혹 잊어버리긴 했어도 그때와는 시기가 안 맞을 테니까. 실감이 나지 않았다. 자신이 아빠가 된다. 조그맣고 부서질 것 같은 연약한 존재가 혜수의 뱃속에 들어 있고 칠 개월 뒤면 태어난다는 사실이 믿을 수가 없었다. 민욱은 이제 막 가족을 잃은 혜수의 슬픔보다 아빠가 된다는 사실에 마냥 기쁘기 그지없었다.

"혜수야, 들어봐."

민욱은 잠시 혜수가 가족을 잃었다는 생각을 잊어버리고 너무나 기쁜 표정으로 그녀 앞에 섰다가 서릿발 같은 그녀의 표정에 자신의 실수를 깨달았다.

"뭐야? 내 가족들이 죽었는데 당신은 뭐가 그리도 기뻐? 아니, 당신이 슬퍼할 일도 없겠네. 어차피 난 당신이 가지고 놀 장난감에 불과했으니까."

"이혜수, 그런 게 아니야."

"필요없어. 다 필요없단 말이야! 나도 죽어버릴 거야. 이깟 세상 따위 내가 버리고 말 거란 말이야!"

"진정해, 이 바보야. 지금 네 상태가 어떤 줄 알아?"

견딜 수 없는 슬픔에 발작적으로 손에 잡히는 것들을 모두 집어 던지던 혜수는 민욱의 말에 거짓말처럼 동작을 멈추고 그를 올려다보았다. 멍한 눈동자가 의심을 품고 있었다.

"내 상태라니?"

한 가지 예상이 되는 것이 있었다. 그래도 설마 했겠지만 만족스럽게 웃고 있는 저 남자의 표정을 봐선 그 설마가 확실한 것만 같았다. 혜수는 밀려오는 아득한 어둠에 눈을 질끈 감아버렸다.

"혜수야."

놀라 다가오는 그의 목소리가 들렸지만 지금은 아무것도 듣고 싶지 않았다. 왜 자신의 소중한 가족은 뺏어가면서 원치 않은 가족은 주는지 알 수가 없었다. 빌어먹을 하느님 같으니라고.

민욱의 표정이 딱딱하게 굳어 있었다. 사람을 시켜 알아본 결과 이건 사고가 아닌 누군가의 고의였다. 혜수의 집이 발화점이었다. 게다가 주말에 벌어진 일이었다. 자칫 잘못했다면 그녀 역시 그 사고로 죽었을지도 모른다는 생각이 떠올라 심장이 멎어버릴 것 같은 충격에 잠시 휘청거렸다. 그러나 누가? 민욱은 보고 있던 보고서를 덮어버리고 심각하게 생각에 잠겼다. 그러고 한참 있다가 형주에게 전화를 걸었다.

"언론과 경찰에는 사고라고 적당히 얼버무려. 계획적인 짓이었다고 알려져 봐야 고작 달동네 사람들을 내몰려는 정부 짓이라고 생각할 게 뻔할 테지만. 그리고 은밀히 조사해 봐."

통화를 끝내고 민욱은 창가로 다가가 아래를 내려다보았다. 까맣게 내려앉은 세상 곳곳에 화려한 빛이 찬란하게 발하고 있었다. 복잡하게 돌아가는 세상이 다 자신의 발 아래 있는 기분이었다. 잠시 후 그의 입가에 잔인한 조소가 피어오르기 시작했다.

"이것으로 넌 이제 세상에 홀로 남게 됐군. 그 어디에도 네가 기댈 데란 없는 거야. 후후. 이혜수, 넌 이제 완벽하게 내 손안에서 살아가게 될 거야. 내가 네 유일한 기둥이 되어줄 테니까."

민욱은 혜수의 가족들이 마음에 들었었지만 혜수가 자신이 아닌 다른 사람에게 미소 짓는 것을 보기가 싫었다. 그리고 그녀가 돌아가기를 고집한 가족들의 품도 싫었었다. 그러나 이 사고로 그녀는 완벽히 혼자가 되어버렸고, 오직 자신만이 그녀를 지켜줄 수 있다는 사실에 기분이 한껏 고조되었다.

"하…… 하하하하…… 하하. 잘됐어, 정말 잘됐다고. 이혜수, 넌 이제 완벽하게 내 것이 되어버린 거야. 아하하하하하."

광기 어린 민욱의 웃음소리가 공허하게 방 안에 울려 퍼졌다.

1

암운(暗雲)

—불길한 일이나 '위험 따위가 금방이라도 일어날 것 같은 낌새

만 하루 동안 잠에 빠져 있던 혜수가 천천히 눈을 뜨고 나서는 그야말로 민욱의 피를 말리는 시간이 시작되었다. 혜수는 아무 말도 하지 않고, 아무런 감정도 드러내지 않은 채 마치 넋이 나간 사람처럼 멍하니 병원 침대에 기대앉아 창밖만 바라보며 시간을 보냈다. 민욱이 곁에서 끊임없이 말을 걸어도 단 한마디 반응조차 하지 않았다. 식사 때가 되어도 움직이는 기색조차 없어 답답한 나머지 민욱이 직접 밥을 떠서 먹여줘도 요지부동이었다.

"이혜수, 너 진짜 이럴 거야? 먹어야 살지. 너도 죽으려고 환장했어? 뱃속의 아기는 어쩌려고 이래?"

참다못해 민욱이 버럭 소리를 질러도 들리지 않는 사람마냥 고요한 표정의 혜수였다. 삶을 포기한 사람처럼 혜수는 담담하게 민욱의 고함 소리를 비껴들었다. 때문에 민욱의 속만 바짝바짝 타 들어갈 뿐이었다.

"혜수야, 제발! 제발 이것 좀 먹자. 응? 아이를 생각해서라도 조금이라도 먹어."

점점 말라가는 혜수의 몸을 느끼며 민욱은 조바심이 일었다. 이러다가 아기마저 잃게 되는 건 아닐까 하는 두려움에 어떻게든 음식을 먹여야 한다는 일념에 자존심도 죽이고 그녀에게 애원까지 할 정도였다. 하지만 그런 그의 정성을 아는지 모르는지 혜수는 여전히 입을 묵묵히 다물고 시선을 창밖에 고정시켰다.

"혜수야, 제발……."

매 끼니 때마다 몇 시간을 붙들고 사정하고 위협하느라 식판 위의 음식은 서서히 식어갔고 민욱 역시 조금씩 지치고 힘들어졌다. 이러다 정말 혜수마저 죽을지 모른다는 생각이 뇌리에 자리잡히자 민욱은 두려워졌다. 강제로라도 음식을 먹여야겠다고 단단히 마음먹은 순간 놀랍게도 꿋꿋이 입을 다물고 있던 혜수가 드디어 말문을 열고 말았다.

"석류…… 가 먹고 싶네."

시선은 여전히 창밖에 고정되어 있지만 살짝 벌어진 입술이 움직였다는 것을 보여주고 있었다. 민욱은 잠시 자신이 잘못 들은 것이 아닌가 의심스러운 표정을 지었지만 아주 천천히 혜수

의 시선이 창밖에서 자신 쪽으로 옮겨오자 착각이 아님을 알게
되었다.

"서…… 서, 석류라고?"

그답지 않게 말을 더듬거리며 제대로 들은 것이 맞는지 되묻
자 혜수의 고개가 살짝 위아래로 흔들렸다.

"응, 석류가 먹고 싶어."

"아, 알았어. 잠시만 기다려. 금방 가져오라고 할게."

혜수는 병실 안에 배치된 전화기를 집어 들고 당장 석류를 구
해오라고 다급하게 수화기 너머의 사람에게 소리치는 민욱을
물끄러미 바라보았다. 살고 싶은 의욕도, 살아야 한다는 이유도
없는 그녀에게 민욱이 자꾸만 피곤하게 말을 걸고, 때 되면 식
사를 들이대고, 잠이 들 때까지 곁에서 지켜보는 것이 성가셨
다. 귀찮게 굴지 말라는 말조차도 꺼내기가 힘든 그녀를 좀처럼
가만두지 않는 그가 원망스러웠다. 잠결에 곁에서 앵앵거리는
모기처럼 시끄럽게 날아다니다가 조용해지면 이상하게 잠이 달
아나는 것처럼 곁에서 닦달하던 그의 잔소리가 갑자기 조용해
지자 문득 불안해졌다. 얼마 안 되는 짧은 시간이었지만 민욱의
침묵에 혜수는 그의 존재 여부를 파악해야만 한다는 생각에 사
로잡혀 저도 모르게 석류가 먹고 싶다고 했다.

난데없이 웬 석류인가 싶기도 했지만 그 빨간 알갱이가 상상
이 되면서 연상되는 새콤한 맛에 입 안에 침이 한가득 고여 버
렸다. 지금 당장 먹고 싶다는 강렬한 욕구가 차 오르자 조바심

까지 날 정도였다. 머리 속에 온통 석류 생각만 차 오르자 참을 수가 없어졌다.

"혜수야, 왜 그래?"

전화를 끊고 나서 기쁜 표정으로 혜수에게 돌아서던 민욱은 일그러져 있는 그녀의 표정에 가슴이 덜컹 하고 내려앉았다.

"석류가 너무 먹고 싶어. 먹고 싶단 말이야."

"금방 올 거야. 내가 지금 구해오라고 전화했어."

"언제? 언제 오는데? 지금 당장 먹고 싶단 말이야."

바로 얼마 전까지 식사를 거부하던 사람이라고는 믿기지 않을 만큼 격렬하게 식탐을 드러내는 혜수의 모습에 민욱은 당황한 기색이 역력했다.

"금방 올 거야. 금방 온다고."

"언제? 언제?"

걷잡을 수 없이 치밀어 오르는 식욕에 혜수는 자신이 지금 이 상하다는 것을 느끼면서도 참을 수가 없었다.

"우욱."

식욕이 왕성하게 솟구치는 동시에 뱃속이 조이는 것처럼 숨이 올라왔다. 잠시간의 여유도 없이 침대 밖으로 토악질을 하고 말았다. 먹은 것이 없으니 시큼한 위액만이 숨막히게 목구멍 밖으로 밀려올라 왔다.

"혜수야!"

느닷없는 토악질에 놀라 민욱이 황급히 그녀 곁으로 다가와 등을 두드려 주었다. 위액 냄새가 코를 찌를 것만 같았지만 냄새를 전혀 느끼지 못하는 사람처럼 온전히 혜수에게만 모든 신경을 쏟아 부었다. 이러다 잘못되는 건 아닌지 두려움이 고스란히 그의 얼굴이 드러나 보였다.

"혜수야, 괜찮아?"

"우욱, 욱."

올라오는 것이 없으니 뱃속이 더욱 당기는 것이 너무 고통스러워 눈가에서 방울방울 눈물이 흘러내렸다. 마지막 기력을 다 쏟고 나서야 멈춘 헛구역질에 지쳐 널브러진 혜수의 입가를 휴지로 꼼꼼히 닦아내 주며 걱정스러운 빛을 지우지 못하는 민욱의 표정이 흐릿한 시야 끝에 걸렸다.

"괜찮아? 의사를 부를까?"

"됐어."

힘없이 고개를 돌리는 혜수의 모습을 안타깝게 바라보는 민욱의 표정이 숨김없이 드러났다.

"피곤해."

"아, 한숨 자둬. 석류는 가져오라고 했으니까 자고 일어나면 먹을 수 있을 거야."

"그래."

물을 잔뜩 머금은 솜처럼 마냥 무겁기만 한 몸이지만 쉽게 긴장이 풀리지 않아 좀처럼 편하게 눈을 감을 수가 없었다.

"푹 자. 깨어나면 기분이 조금은 나아져 있을 거야."

차가운 민욱의 손이 땀에 젖어 축축해진 그녀의 이마를 쓸어
내리자 이상하게 바늘 끝처럼 날카로워져 있던 신경이 느슨해
지는 것이 느껴졌다. 다정하지도 않고 부드럽지도 않지만 왠지
듬직하게 느껴지는 이 손이 마음을 편하게 만들어준다고 느끼
면서 혜수는 더 이상 생각이라는 것을 할 새도 없이 잠의 해일
속에 밀려들어 갔다.

혜수의 숨결이 고르게 변하자 민욱은 자신도 모르게 안도의
숨을 내쉬었다. 아직 홀쭉하게 들어간 볼이 마음 아프게 다가왔
지만 겨우 감정을 드러냈다는 사실만으로도 그저 감사하고 기
쁠 따름이었다.

"고맙다."

겨우 편한 얼굴로 잠든 혜수가 깨어날까 봐 조심스러운 손길
로 땀에 젖은 혜수의 이마를 쓸어내며 그 자신에게도 들리지 않
을 만큼 작은 목소리로 속삭였다.

민욱은 혜수가 토해낸 토사물을 직접 다 치우고 나서 병실 안
을 환기시킨 다음 구해오라고 했던 석류도 냉장고 안에 넣어두
고는 가만히 소파에 앉아 양손으로 피곤한 얼굴을 쓸어 내렸다.
뒤척거리지도 않고 죽은 듯이 잠들었던 자세 그대로 자고 있는
혜수의 모습이 눈에 들어오자 문득 불안한 기분이 들어 벌떡 일
어나 잠든 그녀의 곁으로 다가갔다. 혹시나 하는 두근거리는 마
음으로 떨리는 손가락을 혜수의 코끝으로 가져갔다. 미약하지

만 규칙적으로 내쉬는 숨결이 손끝에 느껴지자 안도의 숨이 터져 나왔다.

민욱은 혜수가 잠든 모습을 한참이나 그 자리에 서서 지켜보다가 천천히 옆에 놓인 의자에 주저앉았다. 그리고는 조심스럽게 그녀가 입고 있는 환자복의 상의를 들어 올려 아직 평평한 배를 드러냈다. 고른 숨을 내쉬며 오르락내리락하는 둥그스름한 배를 바라보며 가만히 귀를 갖다 대었다. 아직 손톱만한 크기일 텐데도 그는 혹시나 아기의 소리가 들리지 않을까 두근박질치는 마음을 안고 그리하였다. 역시나 아무런 소리도 들리지 않았다. 하지만 옆얼굴에 닿는 혜수의 따뜻한 체온이 아이에게도 느껴지겠지 하는 생각에 민욱은 자신도 모르게 함빡 미소를 지었다. 행복했다. 온전한 자신의 여자뿐만 아니라 자신의 피를 이은 아이가 혜수의 뱃속에 들어가 있다는 사실이 그에게는 신기하고 또 경외스러운 일이었다.

"어서어서 자라서 우리 곁으로 오너라."

민욱은 겨우 손톱만한 크기일 태아에게 부푼 희망을 안고 자신의 비밀스런 속내를 털어놓았다. 신기했다. 이렇게 납작한 뱃속에 아기가 자라고 있다는 것이 너무 신기하고 가슴 벅찰 만큼 기뻤다. 그가 생겼다는 것을 알았을 때 아버지 역시 이런 심정일까 싶었다. 아이가 있으니 그래도 곁에 머물러 주지 않을까 하는 조바심 섞인 기대감이 조심스럽게 샘솟고 있었다.

"네 엄마 힘들게 하지 말고 얼른 엄마랑 아빠한테로 오너

라. 응?"

민욱은 앞으로 태어날 아이가 어떻게 생겼을지 궁금해하며 혜수가 깰세라 소곤소곤 그녀의 복부에다가 중얼거렸다.

"뭐 하는 거예요?"

깊이 잠든 줄 알았던 혜수가 눈을 동그랗게 뜨고 낮은 목소리로 자신을 부르자 그녀의 배에 귀를 대고 아이랑 이야기하던 민욱은 깜짝 놀라 벌떡 몸을 일으켰다. 머쓱한 표정으로 뭐라 변명을 해야 할지 몰라 당황한 그의 모습에 혜수 역시 내심 당황스러웠다. 아직 인간의 형상도 띠지도 않았을 조그마한 생명체에게 저렇게 행복한 미소로 부드럽게 속삭이는 그의 모습이 낯설기만 했다.

"아…… 아니, 그게……."

"내가 아이를 가진 게 그렇게 좋아요?"

민욱은 혜수가 당장이라도 나가라고 소리를 지르며 히스테릭한 반응을 보이지 않을까 노심초사하던 찰나 들려오는 조용한 목소리에 기다렸다는 듯이 크게 고개를 끄덕거렸다.

"응, 좋아. 내가 아빠가 된다는 사실이 믿을 수 없어. 그리고…… 그리고……."

민욱은 더 이상 말을 잇지 못하고 가만히 혜수의 옆 자리에 앉아 그녀의 핼쑥한 얼굴에 손을 올렸다. 그러나 차마 그녀의 얼굴에 손을 못 대겠는지 그 주위의 윤곽만 어루만질 뿐이었다.

"사랑하고 있어. 난 너라도 살아남아 준 게 너무 고마워."

민욱의 저렇게 상처받은 것 같은 표정은 처음이었다. 언제나 당당하고 오만하며 냉정한 그에게서 저런 약한 모습을 발견할 수 있다는 사실이 혜수에게는 놀랍기만 했다. 흔들리는 시선의 민욱이 다가오자 혜수는 차마 그를 거부할 수가 없어 똑바로 그를 바라보았다. 그의 입술이, 호흡이 떨리는 건 처음이었다. 수줍게 입술을 부딪치는 것도 처음이었다.

"잘할게. 우리 처음부터 일그러진 만남이었지만 내가 많이 노력할게. 네가 더 이상 나로 인해 상처받지 않도록 정말 많이 노력할게. 그러니까 우리 아이 미워하지 말아줘. 부탁이야. 응?"

"우…… 리 아이라구요?"

혜수는 그의 말에 놀라움을 지울 수가 없었다. 그녀가 겪어온 바로는 내 아이라고 오만하게 말할 것이 분명한데 그는 분명 우리 아이라고 하고 있었다. 그 자신만이 아닌 그녀라는 존재도 그의 영역에 포함시켰다는 증거였다.

"그래, 우리 아이. 너와 내가 만들어낸 소중한 아이. 그러니까 부탁이야. 이 아이를 미워하지 말아줘. 날 미워해도 이 아이는 미워하지 말고 사랑해 줘. 응?"

지쳐 버렸다. 이제 아무도 자신의 곁에 머물러 있지 않는다는 사실에 혜수는 지치고 서럽고 또 외로웠다. 그런 메마른 가슴에 나타난 것은 예기치 않은 아이였다. 비록 그가 아빠라고는 해도 온전히 자신만의 아이였다. 자신의 몸속에서 자라고 있는 소중한 생명이었다. 차마 이 아이를 외면할 수가 없어서 다시 숨을 쉬고

이 세상을 살아가기로 마음먹었었다. 굳이 이 남자가 자신에게 애걸하지 않아도 자신은 이 아이를 사랑하고 아끼려고 그랬었다.

정말 예상치 못할 남자다, 이 현민욱이란 남자는. 때로는 지독한 소유욕에 사람을 환장하게 만들기도 하면서, 속을 알 수 없게끔 불안하게도 하면서, 이토록 여린 속내도 보일 줄 아는 사람이라니……. 혜수는 자신을 간절한 시선으로 바라보는 그의 눈빛을 일부러 외면한 채 대답했다.

"이 아이는 내 뱃속에서 자라고 있어요. 과정이야 어떻든 이미 내 아이라고요. 이 아이를 미워할 이유는 없어요. 이제 내게 남겨진 유일한 가족이 될 테니까요."

"유일한 가족은 아니야. 나도 있잖아. 어쨌든 이 아이는 내 자식이기도 해. 난 절대 당신이랑 우리 아이, 둘 다 포기하지 않겠어."

확고한 의지가 그의 눈동자에서 강한 빛을 내뿜고 있었다.

"이 아이가 당신 뒤를 잇지 못하는 여자 아이라면요?"

혜수는 혹시나 그가 후계자를 얻기 위한 목적이지나 않을까 염려스러워졌다. 만일 그런 생각이라면 무슨 수를 써서라도 그에게서 아이와 함께 도망치고야 말겠다고 결심했다. 그러나 혜수의 불안한 질문에 민욱은 코웃음을 쳤다.

"여자 아이라고 내 후계자가 못 되란 법은 없지. 본인이 원한다면 얼마든지 내 사업을 잇게 해줄 거야. 당신 닮았다면 꽤나 영특하고 고집스러울 텐데 감당할 만한 남자나 있으려나? 후훗.

당신이 무슨 생각 하는지 알아. 이 아이는 내 첫아이야. 그것만으로도 충분히 의미있는 소중한 아이야. 그리고 난 외동은 싫어. 적어도 사내놈 둘, 계집아이 둘은 있어야 할 거 아니야? 다 커서 재산 분배 때문에 다툼이 일어나지 않게 다들 능력있는 놈들로 키워야지, 안 그래?"

혜수는 아까부터 은근슬쩍 자신의 아랫배를 어루만지는 민욱의 손길에 당황하면서도 그의 꿈을 꾸는 듯한 부드러운 말투에 넋을 잃고 바라보았다. 이 남자에게도 이런 면이 있었던가 싶었다.

"잘할게. 네게, 그리고 앞으로 태어날 우리 아이들한테 정말 잘할 거야."

민욱은 혜수가 자신을 끝끝내 거부하지 않을까 두려워하며 처음으로 자신을 낮추고 그녀에게 사정했다. 이런 자신의 모습이 낯설지만 경이로운 한 생명이 그녀의 품에 있기 때문에, 그녀가 자신의 심장을 훔쳐 달아났기 때문에 고개를 숙일 수밖에 없었다.

혜수는 많이 망설였다. 민욱이 지금은 진지하다 하더라도 언제 또 마음을 바꿀지도 모르고 또 그의 집안에서 쉽게 그녀를 허락하지 않을 것 같아 두려웠다. 불안해하던 혜수는 자신도 모르게 아이가 있을 아랫배에 손을 갖다 대다가 그의 손가락과 부딪쳤다. 놀라서 눈을 들어 올린 그녀와 마찬가지로 당황한 그의 시선이 그렇게 서로를 마주 보았다.

"결혼하자."

그녀가 알고 있는 현민욱의 목소리가 맞는지 의심스러울 만큼 다정한 목소리였다. 약간 붉어진 듯한 그의 광대뼈 부근을 바라보며 조금도 빗나감없는 곧은 그의 시선과 마주하자 혜수도 마음이 어지러워졌다. 언제나 자애로운 지혜를 그녀에게 아낌없이 나누어주시던 어머니가 곁에 계시지 않아 가슴이 조여왔다. 민욱의 말 한 마디에 흔들리는 이 마음을 어떻게 해야 할지 막막하기 그지없었다. 이럴 때 어머니께서 곁에 계셔주시면 얼마나 좋을까 생각하니 북받치는 그리움에 절로 눈물이 주르륵 떨어지고 말았다.

"혜수야."

느닷없는 그녀의 눈물과 상처 입은 표정이 민욱의 가슴을 거세게 후려갈겼다.

"나 힘들어요. 너무 힘들어요. 엄마가 이제 없다는 사실이 믿기지도 않고 내 뱃속에 아이가 있다는 사실도 실감이 가지 않아. 그래서 너무 혼란스럽고 힘들어. 제발 나 좀…… 나 좀 잠시만 내버려 두면 안 돼?"

"그건 안 돼! 너 이대로 혼자 두면 내 눈앞에서 사라져 버릴 것만 같아서 절대 안 돼! 힘들면 날 잡아. 내가 네 버팀목이 되어줄 테니까. 가족이 그립다면 우리가 만들면 돼. 이미 가족이라고 부를 수 있는 아이가 생겼잖아."

단호하게 고개를 내저으며 혜수의 팔을 단단히 움켜잡은 민욱의 눈빛이 매섭게 빛을 발했다. 그녀에게 조금의 틈조차 허용하지 않겠다는 의지가 분명하게 전해졌다.

"절대 안 돼, 이혜수. 넌 이제 나한테서 절대로 못 벗어나. 내가 널 놓지 않을 거야. 죽어서도 넌 내 여자야. 그걸 잊지 마."

민욱에게 잡힌 팔이 저릿거릴 정도로 아파와 비명이 나올 것만 같았다. 아프다는 말을 꺼내기도 전에 먼저 민욱의 입술이 거칠게 다가왔다. 짭짤한 피 맛이 서로의 타액과 함께 뒤섞여 호흡 속에 녹아들어 갔다. 민욱의 손은 부러뜨릴 것처럼 혜수의 팔을 단단히 움켜잡았다. 아파서 버둥거리는 그녀의 움직임을 그가 싫어서 거부하는 것이라 여기며 더욱더 단단히 부여잡고 숨결을 앗아갈 것처럼 거칠게 입술을 탐했다.

"이제부터는 내가 네 가족이 될 거야. 절대로 너 혼자 세상을 짊어지고 가게 하지 않을 거야."

야수처럼 이글거리는 민욱의 두 눈을 바라보는 혜수의 마음속은 점점 더 어지럽게 뒤섞일 뿐이었다. 입 안에서 퍼지는 피비린내도, 피가 통하지 않을 만큼 꽉 잡고 있어 욱신거리는 팔의 아픔도 느껴지지 않았다. 단지 자신만을 똑바로 바라보는 민욱의 소유욕 가득한 그 눈빛에 질린 것 같으면서도 이상하리만큼 시선을 뗄 수가 없어 혼란스러운 마음을 다스릴 수가 없었다.

곤란해하는 표정의 형주가 아파트 안으로 들어서자 혜수는 의아해하다가 그의 뒤를 따라 들어서는 반백의 남자를 발견하고는 그대로 얼어붙었다. 그가 누구인지 한눈에 알아볼 수가 있었다. 나이에 비해 여전히 총기가 가시지 않은 또렷한 눈빛과 고집스럽게 다물려 있는 입매를 보고 민욱의 외모가 누구로부터 왔는지 알 수가 있었다.

"흠, 연락도 없이 찾아와서 미안하구나."

"아…… 아닙니다. 이리로 와서 앉으세요. 차라도……."

현 회장을 거실로 안내하고는 안절부절못하던 혜수가 부엌으로 달아나려 하자 얼른 그녀를 붙잡았다.

"아니다. 금방 갈 테니까 잠시 와서 앉거라."

현 회장이 편한 모습으로 앉아 자리를 권하자 혜수는 어찌해야 할지 몰라 망설였다. 하필이면 민욱이 잠시 나간 사이에 현 회장이 나타나자 내심 안 좋은 일이 생기지나 않을까 두렵기까지 했다. 속으로 민욱이 서둘러 와주길 간절히 바라며 뻣뻣한 다리를 움직여 현 회장의 앞에 마주 앉았다. 어색하고 불편해하는 기색이 역력하면서도 꼿꼿하게 허리를 곧추세우며 고개를 들고 현 회장의 시선을 똑바로 받아넘겼다.

'호오?'

여리여리해 보이는 외모와는 달리 강단있어 보이는 혜수의 태도에 현 회장은 내심 적잖게 흡족한 마음이 들었다. 워낙에 민욱이 고집이 세고 독선적인 면이 강해 내조할 사람의 성품이 때로는 단호하게 고개를 저을 수 있는 강인함도 있어야 한다고 생각했기에 혜수의 그러한 태도가 의외로 현 회장의 마음을 사로잡았던 것이다. 아직 벗지 않은 상복이 창백해 보이는 얼굴을 더욱 애잔히 돋보이게 하고 있었다. 사진으로 보았던 혜수는 여리여리하게 생겨 보호본능을 일으키는 그런 여자로만 느껴졌지만 막상 직접 만나본 그녀는 사진만으로는 알 수 없었던 당찬 성격이 분명하게 드러나 있었다. 민욱이 여자 보는 눈 하나는 있구나 하는 생각이 들 정도였다.

"내가 누구인지 굳이 설명은 안 해도 되겠지? 민욱이는 어디 갔는가?"

"아, 네. 저기 잠시……."

차마 '손자 분은 제가 순대가 먹고 싶어서 사 오라고 시장 보냈어요' 라는 말을 할 수가 없어 곤란한 미소로 살짝 말끝을 얼버무렸다. 심심찮게 솟구치는 식욕 덕에 호강에 겨운 혜수였다. 순간적으로 떠오르는 음식에 입맛을 다시면 금방 사 온다며 부리나케 달려나가는 민욱의 최근 모습은 상당히 낯설게 다가오면서도 은근히 재미있기도 하였다. 굳이 먹고 싶은 것도 아니지만 지나가는 말로라도 음식 이름을 꺼내면 눈을 반짝이며 사 온다고 난리를 쳐서 조금 곤란한 감도 없진 않았다. 왜냐하면 먹고 싶은 것은 순간이고 막상 사 오면 비위가 상한다며 안 먹게 되어 사 온 음식이 넘쳐 나기 때문이었다. 그럼에도 어디서 들었는지 임산부는 먹고 싶다는 음식을 먹게 해줘야 예쁜 아이를 낳는다고 부득불 우겨대며 먹고 싶은 것이 있으면 말만 하라며 큰소리를 떵떵 치는 민욱이었다.

"흠, 아이를 가졌다며?"

지나가는 말로 슬쩍 꺼낸 말이지만 현 회장이 던진 그 말은 가볍게 느끼는 만한 무게가 아니었다. 혜수는 본능적으로 아이를 보호하듯이 한 손으로 배를 감싸며 떨리는 턱을 앙다물고 고개를 끄덕거렸다. 그 모습을 곁눈질로 흘깃 바라보던 현 회장은 혜수가 느끼는 두려움이 무엇인지 아는지 가볍게 혀를 찼다. 민욱의 어미 때에는 불같이 화를 내며 결단코 인정하려 들지 않았었지만 세월이 지나가면서 현 회장의 성정 역시 많이 누그러진 상태였다. 게다가 아들도 없고 하나뿐인 손자인데 자칫 사이가 틀어져 대를 이을 후계자를 또 한 번 잃는 것은 절대 달갑지 않은 일이었다. 작은 집이면 어떤가? 만에 하나 튼튼한 사내아이라도 낳아준다면 정 의원 댁에서는 가만있지 않겠지만 현 회장으로서는 민욱이 혜수를 곁에 두는 것 정도는 눈감아줄 참이었다. 민욱이 애지중지하는 여자인데다가 첫 증손자를 품었다는데 그 정도도 이해 못해줄 정도는 아니었다.

　"네……."

　현 회장의 입에서 무슨 말이 나올지 몰라 가슴에 번지는 두려움과 그를 뭐라고 불러야 할지 망설이는 시간이 길어지며 말끝이 흐려지자 혜수의 고민을 덜어주는 듯 현 회장이 대신 말을 받았다.

　"할아버님이라고 불러도 되네. 우리 민욱이가 현씨 집안 4대 독자인 것은 자네도 알고 있겠지? 그러하니 손이 좀 귀한 집일세. 몸조리 잘해서 건강한 아이를 낳도록 하게."

"네? 아, 예. 알겠습니다, 하…… 할아버님."

혹시나 냉큼 민욱과 헤어지라는 둥, 집안에서 정한 약혼자가 있다는 둥 듣기 거북한 말씀을 꺼내시지는 않을까 속으로 염려하고 있었던 것과는 달리 현 회장은 다른 말은 하지 않고 아이의 존재를 인정해 주자 혜수는 얼떨떨해 이래도 되는지 의심스럽기까지 했다.

"아이를 가진 엄마는 심신이 다 건강해야 건강한 아이를 낳는다더군. 내 잘 아는 한의원에 기별을 해뒀으니 언제 한번 다녀오게. 김 비서가 안내해 줄 걸세. 가서 진맥도 좀 받고 한약도 지어와서 먹고 그래. 민욱이 그놈이 좀 어설퍼서 자네에게 이런저런 상처도 주고 하는 모양이지만 그래도 제 사람이라면 제 몸 던져서라도 지켜내는 놈이니까 너무 미워만은 하지 말게. 제 부모한테서 충분히 사랑받고 자란 놈이 아니라서 어리광이 심한 것뿐이니까 자네가 잘 다독거려 주게."

"네에?"

현 회장의 뜻밖의 말에 혜수는 어안이 벙벙한 얼굴이었다. 건강한 아이를 낳으라는 말로도 모자라 지금 민욱과 함께 사는 것을 허락한 그 말에 혜수는 의아함을 감추지 못했다. 정말로 민욱과 함께 살아도 좋다는 말씀이신가?

"물론 정 의원 댁에 자네 존재는 내가 눈감아달라 할 테니 그 점은 너무 걱정하지 말게."

가슴속에 어딘가에서 쩽 하는 소리와 함께 무언가가 부서지는 듯한 기분이 들었다. 저도 모르게 헛웃음이 새어나오는데 왜 인지 눈시울은 화끈거렸다. 어처구니가 없어 입술을 질끈 깨무는데 투둑 하고 여린 살이 터지는 소리와 함께 짙은 피 맛이 입 안을 맴돌기 시작했다. 아닌 척 태연하게 굴려 해도 불쾌감이 고스란히 드러나는 혜수의 표정에 현 회장 역시 불편한 기색을 감추지 않았다. 혹시나 했던 조심스러운 기대가 사라지자 남는 것은 그러면 그렇지 하는 자조적인 감정뿐이었다. 픽 소리가 혜수의 입술을 비집고 흘러나오더니 냉소적인 목소리가 뒤를 따랐다.

"제가 싫습니다. 제가 현민욱이란 남자 데리고 살기 싫으니까 그만 가주십시오."

"뭣이? 그럼 아이는 어쩌려고?"

"제 아이입니다. 당연히 제가 알아서 하지요."

오만한 표정으로 고개를 바짝 치켜들고 축객령을 내리는 혜수의 행동에 발끈한 현 회장의 노기 어린 고함이 터져 나왔다. 그러나 이미 자존심에 상처 입은 혜수로서는 더 이상 현 회장을 두려워할 이유가 없다고 판단을 내리고는 당돌하게 그를 노려보았다. 이 이상 잃을 것이라고는 뱃속의 아이뿐인데 두 눈 시퍼렇게 뜨고 뺏기는 일만은 절대로 하지 않을 것이었다. 서슬 퍼런 혜수의 눈초리가 심상치 않다는 것을 느낀 현 회장은 잠시 부글거리는 속내를 진정시키며 애써 태연한 태도를 유지했다.

"그래, 자네 아이인 것은 사실이지만 우리 민욱이의 아이이기도 한다는 사실은 잊지 말아줬으면 좋겠군. 그리고 난 민욱이의 할아비고."

"잊지는 않도록 하죠. 그렇다고 이 아이가 누구의 배를 통해 나올지도 잊지 말아주셨으면 합니다."

한 수 접어준다는 식의 현 회장의 태도에 혜수의 표독스러운 응답이 돌아오자 자리에서 일어서던 현 회장이 험악한 얼굴로 멈춰 서서 혜수를 노려보았다.

"자네⋯⋯."

이를 바득 갈며 한자한자 씹어 내뱉던 현 회장의 말은 요란하게 문이 열리는 소리와 함께 등장한 민욱에 의해 중단되었다.

"할아버지, 여긴 어쩐 일이십니까?"

무표정한 얼굴이지만 서늘하게 가라앉아 있는 눈빛은 그가 화가 나 있음을 말해주고 있었다. 현 회장은 양쪽 손에 검은색 비닐 봉지를 들고 있는 손자의 모습에 못마땅한 듯 혀를 찼다.

"쯧쯧, 너 지금 뭘 들고 다니는 거냐? 체신머리없게시리."

"아, 이거요?"

현 회장 보란 듯이 들고 있던 봉지를 들어 보이던 민욱은 천진난만해서 더 위협스러운 미소로 태연하게 대꾸했다.

"혜수가 먹고 싶다고 그래서요. 할아버지 첫 증손자를 가진 여자인데 업고 다녀도 모자를 만큼 귀하잖아요. 아닌가요?"

싱긋 웃더니 민욱은 혜수의 곁으로 다가가 일어나 있던 그녀의 어깨를 짚어 누르며 다시 자리에 앉게 했다. 그리고 그녀 앞에 봉지를 활짝 펼치며 아직도 김이 모락모락 올라오는 순대를 보여주었다.

"아직 따끈따끈할 거야. 젓가락 가져다 줄 테니까 잠시만 기다려."

"아, 저기……."

현 회장과 형주의 존재는 아랑곳하지 않고 직접 혜수의 시중을 들면서 콧노래를 부르는 민욱의 행동에 오히려 혜수가 현 회장의 시선에 몸 둘 바를 몰라 난처한 표정을 짓고 있었다. 부엌에서 한 쌍의 젓가락과 작은 종지 두 개를 들고 온 민욱은 그녀에게 젓가락을 건네주고 어서 먹으라고 재차 권하며 가져온 종지에 양념장과 소금을 따로 담아두었다.

"맛있겠다, 그지?"

"으…… 으응."

떨떠름한 표정으로 혜수는 민욱이 권하는 대로 그가 사 온 순대를 한 조각 집어 드는 순간 역한 냄새가 숨을 조여와 황급히 손으로 입을 막은 채 화장실로 달려갔다.

"우욱."

"혜수야!"

놀란 민욱이 혜수의 뒤를 따라 달려갔고 멀뚱히 서 있던 현 회장은 끄응 한숨 소리를 내며 다시 자리에 주저앉았다. 단단히 움켜잡은 주먹이 바르르 떨리는 것으로 보아 조용히 넘어갈 분위기가 아니었다.

한참 만에 기진맥진해 나온 혜수를 방 안으로 데려다 준 다음에야 민욱은 생각났다는 듯이 거실로 나와 현 회장과 마주 보았다.

"근데 어쩐 일이십니까?"

현 회장의 용건을 짐작하고 있던 민욱은 조금 짜증 섞인 목소리로 물으며 혜수가 앉았던 자리에 털썩하고 주저앉았다.

"못난…… 도대체 저 아이를 어쩌려고 이러느냐? 정 의원 댁 여식은?"

"저, 혜수랑 결혼합니다."

"뭐야!"

바르르 떨리던 현 회장의 주먹이 소파의 팔걸이 부위에 분기를 참지 못한 듯 거칠게 내려쳤다.

"할아버지께서 뭐라고 하셔도 저, 혜수랑 결혼합니다. 쟤가 아니면 다른 여자는 원하지도 않아요. 할아버지께는 제가 원하지도 않는 여자를 제 옆에 두고 혜수를 애지중지하느라 집안 분란 일으키는 것을 원하세요? 제가 사랑하는 여자를 울게 혼자 두면서 원하지도 않는 여자, 집안 때문에 곁에 두고 소박 주는 그런 못쓸 놈으로 만드셔야겠어요?"

"이…… 이놈이……."

"할아버지, 혜수가 아니면 싫대요. 머리는 할아버지 말씀대로 정 의원 여식이 제 곁에 있는 게 낫다고 말하지만 제 심장은, 의지는 혜수를 원해요. 혜수가 아니면 안 된다고 피를 토하는 심정으로 그렇게 외치는데 왜 모르세요? 단지 잠시 가지고 놀 여자라면 아이를 갖게 하지도 않았어요. 이렇게 제 아이가 그녀 뱃속에 있다는 사실만으로도 세상을 다 가진 기분이 들지 않았단 말입니다."

필사적으로 소리치던 민욱은 고집스럽게 다물린 현 회장의 입매를 힘겹게 바라보더니 천천히 자리에서 일어나 바닥에 무릎 꿇고 앉았다.

"민욱아! 이게 무슨 짓이냐?"

자신이 당당하게 키웠던 손자 녀석이 고작 여자 때문에 무릎까지 꿇고 고개를 숙인다는 사실에 현 회장은 망연자실했다. 고작 여자 때문에…… 아비도 버리고, 자식도 버린 아들 생각이 나니 가슴이 서늘하게 가라앉아 버렸다.

"저를 봐서라도 혜수를 인정해 주세요. 저 녀석이 없으면 저도 없습니다."

"……못난 놈."

손자에게서 아들의 모습을 겹쳐 본 현 회장은 비통한 목소리로 한마디 던질 뿐이었다. 동시에 마음에 들지 않는 며느리라고 그녀를 내쫓으려 했다가 아들까지 잃은 일을 떠올리자 가슴이 답답하게 조여왔다. 그 아비에 그 아들이라고 어쩌면 저렇게나 사랑하는 방식이 똑같을 수 있을지…… 혜수는 민욱의 어미였던 현주와 비슷한 느낌이지만 자신에게 당차게 대꾸하는 모습이 어쩐지 다르게 느껴졌다. 눈빛이 매서운 아이였지만 민욱이 가까이 있으며 묘하게 부드러워진 느낌이 들었다. 어쩌면 기대해도 좋을지 몰랐다. 저 아이라면 며느리처럼 민욱을 버리지 않고 오히려 단단히 지켜줄 것이라는 기대감이 피어올랐다.

"보아하니 입덧 때문에 제대로 먹지도 못하는 모양이구나. 잘 챙겨 먹여. 엄마가 건강해야 아이도 튼튼한 법이니까."

"할아버지?"

지친 음성의 현 회장의 말에 민욱의 표정이 반신반의했다. 그런 손자의 모습에 현 회장이 불퉁하게 한마디 던졌다.

"성깔머리가 만만치 않아 보이는 아이더구나. 결혼 승낙은 받은 거냐?"

"아…… 뇨, 아직."

의외로 쉽게 마음을 바꿔 버린 현 회장의 태도에 민욱이 믿기지 않는다는 표정으로 멍하니 대답을 하자 현 회장이 한심하다는 듯이 혀를 찼다.

"멍청한 놈 같으니. 저 아이의 마음이나 얼른 휘어잡고 결혼을 하든지 말든지 맘대로 해."

"감사합니다, 할아버지."

자리에서 일어나는 현 회장의 뒤로 민욱의 감격한 음성이 들렸다. 잠시 걸음이 멈춰졌던 현 회장은 민욱에게 겨우 들릴 만한 목소리로 투덜거렸다.

"계집 하나 제대로 후리지도 못하면서 결혼은 무슨. 쯧쯧."

너무 쉽게 마음을 바꿔주신 할아버지의 태도에 의아하면서도 혜수와의 결혼을 허락받은 것이 기뻐 민욱은 아무 말도 없이 그저 빙그레 웃기만 했다.

현 회장이 나가고 나서 민욱은 혜수가 누워 있는 방으로 살며시 들어갔다. 침대에 누워 있는 혜수의 얼굴은 여전히 창백해 불안하게만 보였다.

"할아버님은 가셨어요?"

자는 줄 알았던 혜수가 말을 걸자 물끄러미 그녀를 바라보고 있던 민욱은 화들짝 놀라고 말았다.

"응? 응, 그래. 방금 가셨어. 안 잤어?"

아무런 말도 없이 천천히 눈을 꿈뻑거리며 그를 바라보는 혜수의 표정은 속내를 읽을 수가 없었다. 그런 혜수의 시선에 이상하게 얼굴이 근질거리면서 가슴이 콩닥거렸다.

"왜…… 왜 그렇게 봐? 뭐 필요한 거 있어?"

그녀의 말없는 시선에 혹시나 할아버지와의 대화를 들은 것이 아닌가 하는 조바심이 일었다.

"아니, 그냥. 당신 바보구나 싶어서."

"드, 들었구나."

"들렸어."

벽이 얇은 것은 아니었지만 거실에서 한 민욱과 현 회장의 대화가 방 안에 누워 있던 혜수에게도 모두 들린 것이었다. 그래서 입구 쪽에 얼굴을 새빨갛게 붉히며 어쩔 줄 모르는 표정으로 서성이는 민욱에게 무슨 말을 해야 할지 망설였다. 한숨을 밀어

내며 자리에서 일어나려 하자 민욱이 한걸음에 달려와 그녀를
부축해 주었다.

"왜? 물 줄까?"

걱정스러운 표정으로 다가온 민욱의 손길은 언제부턴가 다정
하고 듬직하게 느껴졌다. 멍하니 널찍한 그의 가슴에서 목, 그
의 파르스름한 턱 부분을 지나 시선을 마주 보았다. 그녀의 시
선에 수줍어하는 그의 표정이 새삼스러웠다.

"당신······."

"음?"

달싹거리던 혜수의 입술이 작게 벌어지며 그에게 무슨 말을
하고자 했다.

"바보지?"

"뭐?"

뜬금없는 말에 어안이 벙벙한 그의 얼굴에 옆에 놓여 있던 베
개를 집어 던지고 말았다.

"이혜수, 갑자기 왜 그래?"

"바보! 바보! 바보!"

느닷없이 그에게 버럭 소리를 지르고 나서 혜수는 이불을 머
리끝까지 뒤집어쓰고 웅크려 들었다. 난데없는 공격에 민욱은
영문을 알 수가 없는 표정이었다.

"왜 그래? 무슨 일이야? 응? 말을 해야 알지."

이불을 단단히 움켜쥐고 꼭꼭 숨어버린 혜수에게 화가 나기

보다는 그녀의 마음을 헤아려 주지 못한 미안함만이 가득했다. 공처럼 몸을 둥글게 말아버린 혜수의 주위를 맴돌며 민욱은 계속에서 그녀에게 말을 걸었다.

"응? 혜수야, 왜 그래? 뭐가 먹고 싶어? 어디 아파? 말 좀 해봐."

"당신…… 진짜 바보야. 나 같은 여자랑 왜 결혼한다고 그래?"

한참 만에 울음기 섞인 혜수의 목소리가 이불 밖으로 흘러나왔다. 그제야 안심이 된 민욱은 그녀를 이불째 감싸 안고 속삭였다.

"사랑한다고 했잖아."

"그러니까 왜 나를 사랑하는 건데?"

"그건 모르겠다, 왜 너를 사랑하는 것인지. 하지만 이건 분명해. 네가 내 곁에서 행복했으면 하는 게 내 바람이야."

"그건 이기적인 당신 바람이야."

앙칼지게 터져 나온 혜수의 반박에 민욱은 사뭇 상처 입은 듯이 얼굴을 찡그렸다.

"그래, 알아. 하지만 이상하게 너를 놓을 수가 없어. 네가 내 곁에 없으면 가슴이 이상하게 너무 아파. 아파서 네가 울어도 네 손을 놓을 수가 없어. 내가 아파. 혜수야, 네가 원하는 건 뭐든지 다 들어줄게. 내 옆에서 웃어주면 안 되겠니?"

"……바보."

울고 있는지 이불이 들썩거렸다. 그녀의 목소리에도 물기가 가득 느껴져 안쓰러워 견딜 수가 없었다.

"울지 마. 나를 미워해도 괜찮아. 하지만 내 곁을 떠나지만 말아줘."

뒤집어쓴 이불 위로 그의 팔이 자신을 단단히 감싸 안아 그의 품으로 끌어당기는 것이 느껴졌다.

"사랑한다."

"바…… 바보."

이불 너머로 느껴지는 그의 체온이 따스하게 가슴으로 전해지고 있었다. 곁에 있으면서 알게 된 그의 외로움이 느껴져 마음이 약해졌다. 듬직하게 다가오는 그의 품이 너무 포근해서 더이상 달아날 의지가 사라져 버렸다. 사랑한다고 속삭여 주는 그의 진심이 심장을 두근거리게 만들어서 차마 외면할 수가 없어졌다. 이 사람의 품에 이렇게 기대도 괜찮겠지? 혜수는 스스로에게 조심스럽게 물어보며 등 뒤로 느껴지는 민욱의 체온에 편안하게 온몸을 기대고 말았다.

거친 숨이 턱밑까지 차 오르는 것을 느낄 수 있었다. 난감해하는 현 회장으로부터 날아든 터무니없는 소식에 못마땅해하며 얼굴을 돌리시는 아버지나 입술을 자근자근 깨물며 분해하는 어머니나 한심하게 보는 오빠의 시선 따윈 다 견딜 수 있었다. 그러나 정말 못 견디는 것은 민욱과 혜수의 결혼 소식이었다. 혜수는 기어이 자신을 그 자리에서 밀어내고 그와 결혼을 한단다. 하! 기도 안 차는 소식인데 왜 이리도 가슴속이 불타오르고 눈이 뒤집어질 것 같은지 도통 알 수가 없었다. 숨을 쉰다는 것조차 잊은 듯했지만 냉큼 올라가라는 아버지의 호통에 어기적 몸을 일으켰다. 이렇게 곱게 물러날 수는 없었다. 얼마나 바라봐 온 남자인데, 얼마나 사랑한 남자인데 이제 가진 건 몸뚱어리 하나밖에 없는 혜수에게 빼앗겨야만 하는가? 얼마나 더 비참해지라고 고작 그런 계집에게 그를 빼앗겨야 하는가?

미란은 이를 악물고 비틀거리지 않으려 애를 쓰며 자신의 방으로 돌아갔다. 문이 닫히자 그제야 묶어두었던 숨을 풀어놓았다. 방문에 기대어 그대로 미끄러지듯 바닥에 주저앉아 버렸다. 가슴이 벌렁거리며 거친 숨과 동시에 격한 울음이 터져 나왔다. 이렇게 끝낼 수는 없어. 절대 이렇게 그를 빼앗길 수는 없어. 한 손으로 울음소리가 새어나오지 못하도록 틀어막았지만 혜수에 대한 증오심을 감추지 못한 미란의 눈동자에서 처절한 불꽃이 파닥거리고 있었다.

'절대 너에게 그를 빼앗길 수 없어!'

그날은 비가 내리고 있었다. 며칠 전에 민욱이 존경하는 교수님의 사고 소식이 전해졌다. 연수 기간 동안 그를 아껴주시던 교수님인지라 종종 연락을 자주 하곤 했는데 갑작스레 날아온 비보에 미국에 잠시 다녀와야 할 일이 생겼다. 민욱은 공항에서 며칠 있으면 돌아온다고 하면서도 뭔가 불안한 듯 계속 그녀를 바라보았다. 뭔가 꺼림칙한 기분이 드는지 민욱은 도통 발걸음을 떼지 못하고 있었다. 그가 자리를 비운 사이에 혜수가 사라져 버리지 않을까 하는 두려움에서였다. 민욱 어머니 일을 들은 후라 혜수는 걱정하지 말라며 기다리고 있을 테니 안심하고 다녀오라고 말했다. 그래도 발걸음을 옮기지 않자 할 수 없이 혜수가 어서 가라고 등을 떠민 다음에야 그의 모습이 게이트 안으로 사라졌다. 혼자 남겨진 그녀가 걱정스러운지 형주에게 단단히 부탁한 다음이었다.

민욱이 돌아오기만을 기다리던 다음날, 고요한 집 안에 울려 퍼지는 요란한 전화벨 소리에 혜수는 가슴이 철렁했다. 어쩐지 이 전화는 받고 싶은 기분이 들지 않았다. 뭔가 불길한 느낌이 들어서였다. 그러나 혜수는 수화기를 들었고 소란스런 주위 소리 너머로 미란의 숨결을 알아차렸다.

"미란…… 이니?"

[……만나.]

미란답지 않게 메마른 어조였다. 한 번쯤은 만나야 한다는 생각에 혜수는 외출을 결심했다.

"알았어. 어디서 볼까?"

[기억해? 언젠가 부부동반으로 설악산 근처에 있는 우리 집 소유의 산채에서 삼림욕이나 하자고 한 거?]

"그래, 기억해."

[어딘지 알지? 그리로 와.]

"거기까지? 너무 멀지 않아? 차라리 가까운……."

뜻밖의 장소를 언급하자 혜수는 당황해했다. 그러나 서늘하게 가라앉은 미란의 목소리는 일체의 거부도 용납지 않았다.

[누구 덕분에 이리로 요양 와 있으니까 이리로 와. 기다릴게.]

"……알았어."

전화를 끊고 나서야 혜수는 진이 다 빠진 듯 그 자리에 털썩 주저앉고야 말았다. 어차피 한 번은 만나서 매듭을 끊든 잇든 결정을 지어야만 하는 문제였다. 하지만 수화기 너머로 굴곡없이 고요한 미란의 목소리를 접하자 소름부터 돋았다. 가슴 한구석에서 가면 안 된다고 경고가 시끄럽게 울려 퍼졌지만 혜수는 그것을 무시하고 코트랑 민욱이 두고 간 차 키를 집어 들었다. 문득 형주에게 전화를 할까 하다가 민욱에게 쓸데없는 소리가 들어갈세라 아무 말 없이 집을 나섰다.

시끄러운 빗줄기가 오두막의 지붕을 거세게 두드리고 있었다. 벽난로에는 장작이 활활 타오르고 있었고 이미 식어버린 차를 가운데 둔 두 여자가 서로를 마주 보고 있었다. 미란은 이미 말한 대로 몸이 많이 안 좋은지 안색이 많이 창백해 보였다. 그러나 두 눈에서 내뿜는 독기는 숨이 막힐 지경이었다.

"얼마든지 줄게. 물러나 줘."

"미란아."

"친구라면!! 네가 친구라면 내가 얼마나 그를 사랑하고 있는지 알잖아. 그런데 왜! 왜 네가 그를 나한테서 빼앗아가? 응? 왜!!"

평온을 가장한 미란의 가면이 산산조각나며 상처받고 아파하는 그녀의 본얼굴을 드러내었다. 혜수는 그런 미란이 안타까웠지만 자신도 어쩔 수가 없었다. 독선적인 일면 아래 숨겨진 그의 외로움이 가슴 아파 그를 뿌리칠 수가 없었다.

"미안해. 하지만 나도 그를 사랑해. 이해해 줘."

사랑한다는 말을 직접적으로 꺼내고 나서야 혜수는 확실하게 느낄 수 있었다. 자신의 마음이 이미 그에게 완전히 기울어져 버린 것을……

"이해? 무슨 이해? 네가 친구라는 이름으로 내 남자를 빼앗아간 것에 대한 이해? 가진 것이라곤 쥐뿔도 없는 주제에 감히 내 남자를 훔쳐 가놓고는 이제 와서 이해라니?"

"미란아."

"닥쳐. 나도 너한테 험한 소리 따위 하고 싶지 않아. 내 남자만 돌려주면 돼. 그럼 모든 건 다 제자리로 돌아올 거야."

혜수는 이미 악에 받친 미란에게서 불길한 눈동자를 보고 말았다. 금방 돌아올게, 라며 손 흔들고 비행기를 탄 그의 모습이 눈앞에 아른거렸다. 사랑하는 방법을 몰라 처음엔 그녀에게 험하게 다가왔지만 이젠 자신에게 헌신적이고, 좋은 아빠가 될 역량도 충분했다. 그리고 혜수는 더 이상 잃을 것이 없었기 때문에 그마저 내놓고 싶지 않았다.

"미안해. 하지만 이미 늦었어. 나 그 사람의 아이를 가졌어."

차가운 정적이 그들 사이를 할퀴고 지나갔다. 혜수의 고백에 미란은 할 말을 잃은 양 그대로 굳어버렸다.

"아…… 아이라고? 현민욱, 그 사람의?"

"그래."

"차라리 죽어버렷!"

시뻘건 눈동자로 자신에게 막무가내로 덤벼드는 미란의 사나운 손길에 혜수는 정신을 차릴 수가 없었다.

"죽어버려. 망할 계집 같으니라고! 차라리 너도 그때 불에 타버려야 했어. 너도 새까맣게 타서 이 세상에서 사라져야만 했단 말이야!"

악에 받쳐 제정신을 잃고 마구 소리치는 미란의 말에서 혜수는 얼음물이라도 뒤집어쓴 것마냥 정신이 번쩍 들었다. 날카로운 손이 자신의 머리채를 움켜쥐고 마구 뒤흔들어도 아픈 것을 느낄 수가 없었다. 정신없이 내려치는 미란의 발길질 속에서 혜수는 가까스로 정신을 차리고 아이를 생각했다. 자신도 어디서 나왔는지 모를 힘으로 미란을 힘껏 떠밀었다.

"너였어? 네가 우리 집에 불을 지른 거였어?"

"아니, 난 그러지 않았어. 다만 시켰을 뿐이지."

혜수는 미란의 눈동자에 어린 광기를 바라보며 스스로 믿을 수가 없어 고개를 절레절레 흔들었다. 어떻게 미란이 자신에게 이럴 수가 있을까? 아무리 사랑하던 남자가 자신과 결혼한다 하여도 어떻게 살인까지 저지를 정도가 되었을까? 혜수는 순간적으로나마 그녀가 불쌍했다. 그리고 미친 여자를 계속 상대해 봐야 자신과 아이만 위험하단 생각에 슬금슬금 뒤로 물러나다 미란이 자신을 덮치는 것을 피해 재빨리 밖으로 뛰쳐나갔다.

차가운 봄비가 혜수가 입은 옷을 뚫고 피부에 거칠게 와 닿았다. 그러나 혜수는 그런 것을 깨달을 겨를도 없이 정신없이 차 문을 열었다.

"꺄악!"

뒤따라 나온 미란이 혜수의 머리채를 뒤에서 잡아당겼다.

"어딜 가려고? 아직 이야기는 끝나지도 않았어!"

"넌 미쳤어. 이 살인자!"

혜수도 아이를 보호해야 한다는 생각에 힘껏 미란을 떠밀고 재빨리 차 안으로 들어갔다. 얼른 차 문부터 잠그고 미치광이처럼 웃으며 차 유리에 붙어 마구 두드려 대는 미란을 무시한 채 시동을 걸었다. 혜수가 탄 차는 미란을 밀치고 정신없이 도로로 내달렸다.

"아가씨, 타세요. 그녀가 모든 사실을 알았는데 그냥 둘 수는 없습니다."

정민이 얼른 차를 몰고 나와 미란에게 소리쳤다. 미란은 이미 어깨가 푹 젖어버려 체온을 빼앗기며 김이 나고 있었지만 그런 것에 아랑곳하지 않고 정민의 옆 자리에 재빨리 올라탔다.

"민욱 씨…… 하필이면 이럴 때……."

혜수는 미란이 자신의 식구들을 죽였다는 사실이 도저히 믿어지지가 않았다. 그러나 반쯤 정신이 나간 듯한 미란의 모습에서 일그러진 감정의 한 표면을 발견할 수가 있었다. 안타깝고 동정심이 생겼지만 사납게 달려드는 미란의 행동에 불안해졌다. 그가 곁에 없다는 사실이 원망스러울 정도였다. 한편으로 형주와 함께 오는 것인데 하고 후회가 들었다.

그때 룸미러로 미친 듯이 달려오는 까만 차를 발견했다. 미란이 타고 다니는 차였다. 자신을 받아버릴 듯한 속도로 달려오자 혜수도 본능적으로 액셀을 밟아 속력을 높였다.

위험한 곡예 운전이 시작되었다. 잦은 커브 길에 비까지 내리는 터라 두 대의 차가 벌이는 현 상황은 아주 위험했다. 혜수는 입 안의 침이 바짝바짝 말라가는 것을 느꼈다. 아직 익숙지 않은 운전인데다가 한 번도 내지 못했던 빠른 속력에 그녀 역시 반쯤은 넋이 나간 상태로 운전하는 것과 다름이 없었다. 그러나 혜수는 뱃속의 아이를 떠올리며 반드시 살아야 한다는 의지를 강하게 가졌다.

바로 앞의 급커브 길을 통과하고 나자 혜수의 눈이 앞의 물체를 발견하고 놀라움과 경악으로 크게 떠졌다. 비 때문에 지반이 약해진 터라 낙석이 도로 곳곳에 자리 잡고 있었던 것이다. 차마 피할 수 없었던 커다란 바위 때문에 혜수는 힘껏 핸들을 틀었지만 비에 미끄러지면서 바위와 부딪친 후 차체가 뒤집혔다. 당연히 안전벨트를 못한 혜수의 몸은 이리저리 부딪치며 잠시 정신을 잃고 말았다.

뒤따라오던 미란은 그 모습을 보았는지 속력을 줄이고 사고가 난 혜수의 차 근처에 멈추었다. 뒤집힌 차 안에서 피 흘리는 혜수의 시선과 빗속에 서 있는 미란의 시선이 마주쳤다. 혜수는 아이만이라도 살리고 싶어 안간힘을 다해 문을 두드려 보았지만 피범벅이 된 손가락은 창가 근처에도 가지 못하고 부들부들 떨리기만 했다. 혜수는 이미 허리 아랫부분의 감각이 사라졌음을 알았지만 아이만이라도 하는 부질없는 희망에 살고자 버둥거렸다. 그때 혜수는 웃고 있는 미란을 보았다. 지금 자신의 모습이 너무나 통쾌한 듯 웃고 있는 미란의 모습이 보였다.

"아…… 안 돼…… 사……!"

혜수의 눈에서도 시뻘건 불꽃이 튀기기 시작했다. 살고 싶었다. 아직 그에게 사랑한다는 소리도 못해줬고, 아직 조그마한 우리 아이도 안아보지 못했다. 이렇게 이대로 죽을 수는 없었다. 저렇게 통쾌하게 웃는 살인자에게 복수도 해야만 하기 때문에 죽을 수가 없었다.

"사…… 살려……."

"오호호호호, 죽어버렷."

그러나 안타까운 혜수의 간절한 바람과는 달리 뒤집어진 차에서 기름이 새어나오고 설상가상으로 차의 엔진이 폭발하면서 혜수는 온몸을 녹일 듯한 열기 속에 살아보겠다고 발버둥을 쳤다. 끝까지 자신을 바라보고 있는 미란의 차가운 조소를 마주 보며 혜수는 기필코 복수하겠다고 악에 받친 소리를 내질렀다. 터질 듯한 열기에 육체가 갈기갈기 찢기는 고통을 느끼면서도 혜수의 눈은 부릅뜬 채 절대 감지 않았다.

8

분노(憤怒)
―몹시 성을 냄

미국으로 향하는 비행기 안에서 묘하게 불안한 마음이 들어 쉽게 진정되지 않았다. 꼭 무슨 일이 생길 것 같은 조짐에 가슴이 쿵쾅거려 공항에 도착하자마자 바로 한국에 전화를 걸었다. 계속 신호만 가고 받지 않는 상대방의 부재에 불길한 기분이 더욱 커져 갔다. 서둘러 형주에게 전화를 걸었지만 받지 않았다. 꼭 무슨 일이 생겼을 것 같은 기분에 도저히 견디지 못하고 바로 한국으로 돌아가는 비행기에 몸을 실었다.

그가 다시 돌아오는 것을 어떻게 알았는지 형주가 비통한 얼굴로 그를 마중 나왔다. 묘하게 어두운 그의 표정에 덜컹하고 심장이 내려앉았다.

"무…… 슨 일이 생긴 겁니까? 혜수는요?"

"도련님, 그것이……."

차마 말을 꺼내지 못하는 형주를 믿지 못한다는 표정으로 민욱은 그를 거칠게 밀치고 밖으로 달려나갔다. 미친 사람마냥 택시기사를 닦달해 아파트에 도착하자마자 뛰어올라 가 현관문을 벌컥 열어젖혔다.

"이혜수!"

정신 나간 사람처럼 이리저리 아파트 안을 샅샅이 뒤지고 그녀의 이름을 목청 높이 불러댔다.

"어디 있어? 이혜수!"

그를 뒤따라온 형주가 비통한 표정으로 다가왔다. 눈앞이 분노와 절망으로 시뻘겋게 물든 민욱은 형주의 멱살을 거칠게 움켜잡고 소리쳤다.

"어디 있어? 혜수 어딨냐고?"

"죄송합니다. 혜수 양은 사고로……."

"사고? 무슨 사고?"

형주는 차마 더 이상 말을 이을 수가 없는지 힘없이 옆으로 고개를 떨구었다. 형주의 멱살을 붙잡고 있던 민욱의 손아귀에서 힘이 빠져나가며 아득해지는 정신을 가다듬을 수 없었던지 털썩하고 바닥으로 주저앉았다.

"거…… 짓말…… 이지?"

"혜수 양을 제대로 지키지 못해 죄송합니다."

"으…… 으…… 으아아아아아아악!"

이지를 상실한 짐승처럼 민욱은 바닥에서 마구 몸부림을 치며 터져 나갈 것 같은 심장을 부여잡고 비명을 내질렀다. 심장 마디마디가 다 찢어진 것 같은 그의 고통 어린 울부짖음에 형주의 눈가에서도 비통한 눈물이 또르륵 흘러내렸다.

"으아아아아아악!! 이혜수!!"

목에서 피가 터져 나올 때까지, 지쳐 나뒹굴 때까지 민욱의 발광은 계속되었다. 그리고 그의 눈빛이 한없이 아래로 가라앉더니 서서히 빛을 차단해 버렸다.

운명(運命)
─인간을 지배하는 필연적이고 초월적인 힘

천천히 잠에서 깨어났다. 눈부신 빛을 뚫고 시야가 다시
보이자 민욱은 천천히 몸을 일으켰다. 잠깐 잠이 든 모양이었
다. 아직도 꿈을 꾸고 있는 것인지 자신의 숨이 거칠다는 것을
깨달았다. 하지만 눈앞에 보이는 위압적인 마호가니 책상과 자
신의 사인을 기다리는 결재 서류들, 그리고 날짜를 알려주는 달
력이 눈에 들어오자 공허한 한숨을 토해내었다. 이미 이십 년이
나 지난 일이었지만 아직도 그의 기억은 어제처럼 생생했다. 잘
못된 시작이란 것은 누구보다도 그가 더 잘 알고 있었다. 세월
이 갈수록 더욱 뼈저리게 느끼고 있었다. 되돌릴 수만 있다면
좀 더 좋게 시작할 수도 있었을 것을 하는 후회도 이제는 하고

있었다.

여전히 그녀의 향기가 자신의 코끝에 머물고 있고, 그녀의 감촉이 손끝에 느껴지고, 그녀의 웃음소리가 귓가에 맴돌고, 그녀의 모습에 눈가에 드리우는데 그녀는 이미 이 세상에 존재하지 않았다. 하지만 아직 꿈에서나마 그녀를 만날 수 있다는 사실만으로 그는 그저 감사하고 고마울 따름이었다. 그래도 꿈에서 그리워하는 것은 그녀도 어찌할 수 없는 일이었나 보다 싶었다. 나지막이 그리움의 한숨을 토해내던 민욱은 문득 자신의 속옷에 느껴지는 축축함에 살포시 얼굴을 붉히고 말았다.

세상에, 이 나이에 몽정이라니.

허한 웃음과 함께 낯부끄러움이 그의 면전에 찾아들었다. 여전히 그녀의 꿈만 꾸면 일어나는 현상이었다. 혜수를 대신해 미란과 결혼한 후 단 한 번도 여자와 잠자리를 하지 않았다. 아니, 할 수가 없었다. 만일 다른 여자를 품는다면 혜수의 체취를 잊을지도 모른다는 두려움에서였다. 미란이 아무리 그에게 애원하고 발악하고 협박을 해도 민욱은 꿋꿋했다. 오히려 그녀가 그 문제로 들고 일어설 때마다 격렬하게 일어나는 혐오감으로 구역질이 치밀기에 더 더욱 잔인하게 구는 그였다.

"정미란, 착각하지 마. 넌 그저 혜수의 대역에 불과해. 그저 그 위치에 있어주기만 하면 되는 허수아비란 말이야. 남자가 필요하면 다른 놈을 찾아. 다만 그 씨는 품지 말고. 그나마 네 집안이 사업에 도움이 되니까 그 허수아비 자리에 너를 앉혀놓은 것뿐이야. 내 아내 자리를 탐하지 않았나? 줬잖아. 줬으면 됐지 않아? 뭘 더 바라? 함부로 내 몸에 손대지 마. 내게서 혜수의 흔적이 너로 인해 지워진다면 네년을 생매장시켜 버리겠어."

아직 젊은 날, 술에 취해 혜수를 그리워하던 그에게 속이 다 비치는 네글리제를 입고 나타나 그를 유혹하려던 미란을 거칠게 내팽개친 뒤 그가 내뱉은 말이었다. 그 독기 서린 말에 미란은 울부짖으며 그에게 애원했지만 그의 결심은 결코 변치 않았다. 그리고 혜수가 가진 아이가 자신의 처음이자 마지막 아이가 되게끔 정관수술까지 해버린 그였다.

미란이 그럼 회사는 누구에게 물려주냐고 앙칼지게 소리쳤지만 그는 싸늘하게 조소할 뿐이었다.

"네년 식구들이 내 회사를 공중분해시키지는 않도록 할 테니까 걱정 마."

그 차가운 시선에, 말에, 행동에 미란은 할 말을 잃은 채 그렇게 그 자리에 주저앉아 그를 올려다볼 뿐이었다. 그렇게 이십 년을 보냈다. 겉으로는 아무 문제 없는 듯 여타의 집안처럼 서로 정중한 태도를 유지한 채 그렇게 차가운 비수를 감추고 살았던 것이었다.

똑똑.

단정한 노크 소리에 민욱은 재빨리 정신을 가다듬고 허리를 곧추세웠다.

"들어와."

어느새 곱게 세월이 내려앉은 형주가 인자한 표정으로 들어섰다.

"회장님, 삼십 분 뒤에 희망원 사람이 도착할 예정입니다."

민욱이 잠시간의 오수를 즐긴 걸 알고 있기에 형주는 일부러 약속 시간을 일깨워 주었다.

"아, 벌써 시간이 그렇게 됐습니까? 알겠습니다."

할아버지께서 돌아가시고 회사를 물려받으며 사람 또한 물려받았다. 그중에 민욱이 가장 아끼는 사람은 바로 김형주였다. 언제나 그림자처럼 그의 뒤에 서 있지만 때로는 듬직한 아버지처럼 때로는 자상한 형처럼 그의 곁에 머물러 주었다. 혜수의 죽음에 진심으로 안타까워했기에 자책하며 그의 곁을 떠나려 했지만 민욱이 붙잡았다. 그리고 혜수의 존재를 인정하고 애도해 주는 그에게서 위안을 받았던 것이다.

형주가 조용히 물러나고 민욱은 서둘러서 사무실 한쪽에 위치한 침실로 들어섰다. 업무가 많은 이유도 있지만 매일같이 집에 들어가야 하는 이유가 없는 민욱은 바로 휴식을 취할 수 있게끔 사무실에 침실 겸 욕실을 마련했다. 물론 따로 아파트를 하나 준비해 두었지만 일 년에 한 번 사용할까 말까 한 곳이었다. 그래서 미란과 함께 산다는 것을 보여주기 위한 집이나 때로 홀로 시간을 보내기 위해 구입한 아파트보다 사무실의 침실을 더 많이 이용하였다. 민욱은 젖어버린 속옷 때문에 아예 옷을 벗어 던지고 샤워를 하기 시작했다.

뜨거운 물이 온몸으로 흘러내리며 민욱의 시선은 문득 식히지 못한 욕망으로 불끈 솟아 있는 자신의 남성을 내려다보았다. 남들이 알면 자신을 미쳤다고 생각할지도 몰랐다. 하지만 그녀가 아니면 다른 여자는 안을 수도 없었고, 그러고 싶지도 않았다.

　이혜수, 망할 악녀 같으니라고. 그렇게 내 손에서 벗어나니 속이 시원한가? 남은 나를 이토록 지옥 속에 빠뜨리고 나니 이제 만족하는가?

　민욱은 샤워를 마치고 수건으로 몸을 닦으며 문득 거울 속의 자신을 바라보았다. 이미 사십 줄의 중반에 치닫는 늙은 자신이 거기에 있었다. 아니, 남들의 눈에는 아직도 삼십대로 보일 만큼 탄탄한 몸매와 매력적인 마스크, 그리고 아직도 짙은 머리칼을 가지고 있었지만 그의 눈에 자신은 이미 한참 늙어버린 것이었다. 아직도 스무 살에 멈춰 있는 혜수와는 달리 자신은 이미 중년의 나이를 넘어선 것이다. 원통하고 원통했다. 변하지 않는 시간 속에서 자신을 비웃을 그녀의 모습이 거울 속에 언뜻 스쳐 지나갔다.

　민욱은 스쳐 지나가는 그녀의 모습에 숨을 죽이며 지켜보았다. 비웃어도 좋았고, 여전히 증오에 찬 시선으로 바라보아도 좋았다. 한 번만, 단 한 번만이라도 다시 모습을 보여다오. 서리가 낀 뿌연 거울을 다급한 손길로 닦아내리는 그의 심정은 그리움에 사무친 증오에 가까운 마음이었다.

"독한 년. 그렇게도 나를 원망하고 비웃을 거냐? 네 손가락 하나에 옴짝달싹못하는 내 모습을 비웃으며 그렇게 또 나에게서 도망치는 것이냐?"

이미 지난 이십여 년을 그렇게 고통스러워했음에도 민욱은 여전히 그녀의 잔상이 보일 때마다 부서지는 심장을 부여잡고 피 토하는 절규를 내뱉었다.

"혜수, 이혜수. 천하의 둘도 없는 악독한 년. 내 심장을 이토록 처절하게 움켜잡아야겠어?"

그렇게 민욱은 애타는 그리움에 조금씩 마음을 잃어갔다.

띠리리리.

"네, 비서실입니다."

새로 입사한 신입이 공손하게 전화를 받고 몇 번 고개를 끄덕이고는 전화를 내렸다.

"아래에서 희망원 사람이 올라오고 있답니다."

전화를 끊고 보고하는 철원에게 형주는 알았다며 고개를 끄덕거렸다.

"음, 자네가 마중 좀 해오지 않겠나? 그곳 원장님이 아닌 다른 사람이 온다고 그랬으니 자네가 모셔오게."

"알겠습니다."

아직 신입사원의 풋풋함이 그대로 남아 대답도 패기 넘치는 철원의 행동에 근엄한 비서실 분위기가 잠시나마 부드럽게 일렁거렸다.

"그런데 어쩐 일로 희망원 원장님이 회장님을 뵙자고 한 걸까요?"

비서실에서 오래 일한 수미가 고개를 갸웃거리자 한 해 후배인 맞은편 자리의 정현도 의아한지 고개를 갸우뚱거렸다.

"그러게요. 그것도 다른 사람을 대신 보내시고?"

"쓸데없는 데 신경 쓰지 말고 일들이나 해."

비서들의 수군거림을 단호하게 꾸짖은 형주지만 사실 그 역시 의아하긴 마찬가지였다. 부탁할 것이 있다더니 무슨 일인지…….

"여깁니다. 들어오세요."

약간 들뜬 듯한 철원의 목소리에 비서실 사람들도 모두 은근한 호기심으로 문 쪽을 훔쳐보았다. 주뼛거리며 들어서는 운동화와 빨간색 더플코트가 잘 어울리는 앳된 여자 아이였다. 아직 어린 티를 벗지는 못했지만 몸에 배인 차분함이 아이의 성격을 대신 말해주고 있었다.

투둑.

낯선 여자 아이의 출현에 모두 호기심을 감추지 못할 때 형주만이 들고 있던 결재판을 떨어뜨린 것도 모를 정도로 당황한 표정으로 말을 잊은 채 서 있었다.

"실장님?"

가장 가까이 있던 수미가 떨어뜨린 서류들을 주워 결재판에 끼워 그에게 내밀었지만 새파랗게 질린 그는 그녀의 부름을 듣지 못한 것 같았다.

"……혜…… 혜수 씨?"

가까스로 흘러나온 갈라진 그의 목소리는 가까이 서 있던 수미에게도 들리지 않을 만큼 낮았다.

"안녕하세요? 오희수라고 합니다. 저희 원장님 심부름으로 현민욱 회장님을 뵈러 왔습니다."

또박또박 말하는 품새가 아직 어린 티가 가시지 않았다. 낭랑하게 울리는 희수의 말에 형주는 그제야 정신이 든 듯 흐트러졌던 자세를 가다듬고 약간 경직된 표정으로 희수에게 다가갔다.

"희…… 수 양이라고요?"

"네."

말갛게 웃으며 대답하는 희수의 미소는 과거 그 누군가와 정말 닮아 있었다. 시원한 이마와 앙증맞게 솟아 있는 작은 코, 쌍꺼풀이 없지만 동그란 두 눈동자와 별빛을 머금은 총명한 눈빛, 선이 부드러운 입술과 부드러운 목소리가 과거 그 누군가와 끔찍하리만큼 닮아 있었다.

이혜수. 현민욱의 유일한 사랑이자 현재진행형인 죽은 그 여자.

형주는 의아한 표정으로 자신을 바라보는 희수를 보면 볼수록 혼란스러웠다. 이토록 닮은 여인이, 이렇게 우연하게 그의 앞에 나타날 수 있다니 뭔가 두려운 느낌이 들었다.

"실장님?"

김 실장이 말없이 희수를 빤히 쳐다보자 이상하게 생각한 철원이 조심스럽게 그를 불렀다. 형주는 몽롱한 꿈에서 깨어난 것처럼 화들짝 놀라며 자신을 부른 철원을 바라보았다.

"괜찮으세요?"

자신을 걱정스럽게 바라보는 철원과 낯익지만 낯선 희수의 시선에 형주는 척추를 타고 올라오는 오한에 무릎이 후들거렸다.

"어디 아프세요?"

걱정스러운 표정으로 자신을 부축하는 작은 손의 온기를 느끼며 형주는 겨우 정신을 차리려 애를 썼다.

"미안해요. 잠시 내가 다른 사람이랑 착각했나 봐요. 잠시…… 잠시 여기 앉아서 기다려 주겠어요? 회장님께 알리고 나올 테니까요."

희수는 형주가 가리킨 소파에 앉으면서도 하얗게 질린 그의 안색이 걱정스러운 듯 시선을 떼지 못했다.

"저기, 정말 괜찮으세요?"

걱정을 떨치지 못한 희수에게 고개를 돌려 자상하게 웃어 보이며 안심시킨 후 회장실의 문을 두드리며 들어서는 형주의 표정은 무겁게 굳어 있었다.

민욱은 방에 들어선 형주가 돌처럼 딱딱한 표정으로 말없이 서 있기만 하자 서류를 보다가 의아함이 들어 시선을 들었다.

"무슨 일입니까?"

천천히 고개를 들어 그를 바라보는 형주의 표정은 마치 유령을 본 것처럼 새파랗게 질려 있었다.

"무슨 일이냐니까요?"

"회장님."

평소 무슨 일이 생겨도 당황하는 티를 내지 않던 형주가 잠깐 사이에 당황한 표정을 역력히 드러내고 있어 민욱은 의아함을 감추지 못하였다.

"무슨……."

"희망원 사람이 오셨습니다."

다급하게 형주를 추궁하려다가 뭔가 끔찍한 말을 하는 것처럼 힘들어하는 그의 말에 민욱은 순간 말을 잃었다.

"네?"

"희망원 사람이 왔습니다, 회장님."

다행히도 대수롭지 않은 일이기에 민욱은 안도의 숨을 내쉬며 형주에게 나무라는 시선을 던졌다.

"그게 그렇게나 충격적인 일입니까? 왔으면 들어오라고 하세요."

"그런데……."

뒤이은 형주의 말에 민욱은 뭐가 더 있냐는 듯 시큰둥한 표정으로 그를 쳐다보았다.

"원장님이 아닌 다른 사람이 왔습니다."

"그래서요?"

점점 별거 아닌 일로 긴장시키는 형주가 이상하게 느껴져 짜증이 일었다. 형주는 바로 대답하지 못하고 망설이는 듯 시선을 아래로 깔며 우물쭈물하다가 결심을 한 듯 굳은 표정으로 힘겹게 말했다.

"만나보십시오. 만나보시면 아실 겁니다."

그 말만을 남기고 형주는 민욱이 뭐라 말을 하기도 전에 재빨리 방을 나섰다.

"도대체 무슨 일인지……"

민욱은 평소와 다른 형주의 행동에 어처구니가 없었지만 그가 함부로 실없는 행동을 하지 않는다는 것을 알기에 누가 왔는지 호기심을 품었다.

똑똑.

형주의 노크 소리와 함께 빨간 코트를 입은 누군가가 들어왔다. 어두운 표정의 형주에게서 따라 들어온 사람의 얼굴로 시선을 돌린 순간 민욱은 저도 모르게 책상 위에 놓은 두 손을 힘껏 움켜쥐었다. 가슴이 뻐근해서 숨조차 쉴 수가 없었다. 긴장한 표정으로 그를 향해 수줍게 웃고 있는 혜수가 눈에 들어왔다.

"안녕하세요? 저는 오희수라고 합니다."

민욱은 손가락 하나라도 움직이면 깨어질 꿈인 것만 같아 숨소리도 내지 않고 희수에게 고정한 시선조차 움직이지 않았다. 이십 년 전 그때처럼 고운 자태로 수줍게 인사를 건네는 모습에 그간의 시간이 모두 다 기나긴 꿈인 것만 같았다. 민욱이 놀란 눈으로 희수를 바라만 보자 그 심정을 이해한 형주가 헛기침을 하며 그의 주의를 끌었다.

"흠흠, 회장님. 이쪽은 희망원에서 온 오희수 양입니다."

민욱의 시선이 멍하니 소리가 난 쪽으로 돌아갔다. 나이가 든 형주의 모습이 눈에 들어오자 그제야 시간의 흐름을 깨달았고 생생한 느낌에 지금 자신이 꿈을 꾸고 있는 것이 아니란 것을 깨달았다. 형주의 걱정스러운 표정을 본 민욱은 어느새 자신의 눈가가 촉촉이 젖어들었다는 것을 깨닫고 깜짝 놀라 재빨리 고개를 돌렸다.

"회장님."

걱정스러워하는 형주의 목소리에 민욱은 아무리 가장 가까이에서 자신을 보필하는 그일지라도 감정을 드러냈다는 사실에 부끄러워 아무 말도 없이 그저 나가라는 손짓만 할 뿐이었다. 형주는 의아해하는 희수를 아직 과거의 혜수에게 사로잡혀 있는 민욱과 단둘이 있게 하는 게 과연 잘하는 짓일까 걱정했다. 걱정스레 바라보는 형주에게 해맑게 미소 지어주는 희수의 모습에 그의 마음은 더욱 무거워졌다. 아직 얼굴에 솜털도 가시지 않은 순진한 아이인데 설마 혜수의 대역으로 삼지는 않을지……. 무거운 발걸음을 끌고 회장실에서 나온 형주에게서 후회와 걱정과 두려움의 한숨이 뒤섞여 흘러나왔다.

"실장님, 무슨 일이 있으세요? 안색이 안 좋은데요?"

"아, 아무것도 아닐세."

철원은 어두운 표정으로 회장실을 나와 한숨을 내쉬는 형주에게 다가가 걱정스럽게 안색을 살폈다.

"아까부터 안색이 안 좋으시던데, 어디 아프신 건 아니세요?"

"아닐세. 정말로 괜찮으니까 신경 쓰지 말고 일이나 하게."

"네."

형주는 자리로 돌아가려다 회장실 문 앞에서 안이 궁금한 듯 알짱거리는 철원을 발견했다. 형주의 시선을 눈치챘는지 철원은 머리를 긁적이며 멋쩍게 웃었다.

"아니, 그냥…… 희수 양이 언제쯤 나올까 해서요."

희수라는 말이 나오자 형주의 눈매가 사나워졌다.

"윤철원 씨, 쓸데없는 데 신경 쓰지 말고 얼른 자네 일이나 해!"

평소 언성을 높인 적이 없는 형주가 날카롭게 소리치자 철원은 물론 다른 사람들도 놀라 하던 일을 멈추고 형주를 멍하니 바라보았다. 어지간한 큰일이 닥쳐도 언제나 여유만만이던 형주에게서 나온 호통에 모두들 할 말을 잃고 말았다. 저도 모르게 철원에게 신경질을 부렸지만 자리에 앉은 형주의 불안함은 쉽게 사라지지 않았다.

등을 돌리고 있는 민욱에게서 아무런 말도 나오지 않자 희수는 어떻게 해야 할지 몰라 머뭇거렸다.

"거기 자리에 좀 앉지."

가까스로 마음을 진정시킨 민욱은 천천히 몸을 돌렸다. 안절부절못하는 희수의 마음을 들여다본 것처럼 민욱이 자리에서 일어나며 그녀에게 자리를 권했다. 민욱도 앉아 있던 자리에서 일어나 접대용 소파에 앉으며 아직도 한 켠에서 멀뚱히 서 있는 희수를 바라보았다.

"앉아."

부드럽지만 권위가 느껴지는 민욱의 말에 희수는 강아지마냥 눈을 반짝이며 재빨리 다가와 민욱이 권하는 자리에 앉았다. 그의 말 한마디에 쪼르르 달려와 잔뜩 긴장한 모습으로 얌전하게 자리에 앉는 모습이 낯설어 자신도 모르게 눈살을 살짝 찌푸렸다. 혜수라면 언제, 어디서든 당당하게 턱을 치켜들고 도도하게 시선을 내리깔 텐데…….

"뭐 마실 거라도?"

"아닙니다."

차분하게 대답했지만 긴장한 기색이 엿보이는 희수의 표정에 조금 긴장이 풀린 민욱은 색다른 즐거움을 느꼈다. 혜수라면 도전적으로 긴장된 분위기를 즐겼겠지만 이 아이는 혜수와 닮았지만 전혀 다른 성격 같았다. 그래서 당혹스러운 기분이 드는지도 몰랐다. 혜수인데, 얼굴 생김새도, 목소리도, 겉으로 드러나 보이는 체형조차 똑같은데 속은 전혀 다른 사람이라는 것이 믿어지지 않았다.

"희수라고 했나?"

"네, 오희수입니다."

"희망원 원장이 날 찾아올 줄 알았는데. 그래, 나를 찾아온 용건이 뭔지 들어보지."

희수는 곁에 두고 있던 분홍색 보자기를 탁자 위에 가만히 올렸다. 보자기를 풀자 저민 생강이 잔뜩 들어 있는 병이 모습을 드러냈다.

"이건 저희 원장님이 가져다 드리래요. 생강차예요. 이번에 감기 걸린 애들이 많아서 회장님 것도 만들었어요."

"원장님께 고맙다고 전해주렴."

"네."

"그런데 이것 때문에 날 보자고 한 거니? 원장님께서 다른 말씀은 하지 않으셨고?"

"그게…… 원장님이 아닌 제가 회장님께 볼일이 있어서요."

심호흡을 하더니 희수는 고개를 당당히 치켜들고 민욱을 똑바로 쳐다보았다. 조금의 흔들림이 없는 시선은 그의 심기를 거스릴 만큼 깊고, 깨끗했다. 혜수를 닮은 깊은 시선이 그를 조금도 모른다는 냉정한 빛에 불쾌한 기분이 슬며시 올라왔다.

"네가?"

"네."

혜수를 닮은 이 아이가 자신에게 볼일이 있다고 하니 귀여우면서도 자꾸만 그의 내부에 잠들어 있던 악마가 그를 흔들고 있었다. 민욱은 유쾌한 기분을 드러내지 않고 태연하게 그녀의 말을 기다렸다.

"사실 저 이번에 한국대 경영학과에 합격했어요."

예상치 못한 말에 민욱은 자세를 고치며 호기심 어린 표정으로 희수의 말을 경청했다.

"그런데 원장님 말씀이 아무래도 대학까지는 보내주기가 힘들다고 하셨어요. 하지만 입학만 하면 다음 등록금이나 생활비는 제가 어떻게든 할 자신이 있어요. 제가 대학을 졸업하면 기필코 그 돈을 갚을게요. 그러니까 회장님께서 저를 좀 도와주시면 안 될까요? 미래의 한영 직원에 대한 투자라고 생각하시면 되잖아요."

당돌한 아이였다. 허리를 똑바로 펴고 가슴을 당당하게 내밀면서도 달달 떨리는 두 손으로 할 말을 마치는 희수의 모습은 혜수와 비슷하면서도 달랐다. 그러나 마치 예전으로 돌아간 듯한 기분이라 유쾌해졌다.

"한영의 직원이라……. 우리 회사에 들어올 생각이 있는 건가?"

"당연하죠. 전 현민욱 회장님을 가장 존경하는걸요."

"날?"

"네."

한 치의 망설임도 없이 고개를 끄덕거리는 희수의 시선에는 감출 수 없는 열망과 동경이 고스란히 묻어 있었다. 온전히 그에게 향해 있는 희수의 시선은 열정적이고 따뜻했다. 단 한 번이라도 혜수에게서 다정한 시선을 받아보기를 원했는데 그녀의 얼굴을 가진, 아직 스무 살도 안 된 어린 여자에게서 그런 시선을 받게 되어 미묘한 기분이 들었다.

"어떤 점에서?"

"어떤 점이라고 물으시면 추진성이라고 먼저 대답하지요. IMF 외환 위기 때 재빨리 방만한 기업을 축소해 나가 잠시 원성은 샀어도 더 나은 결과를 얻어냈던 점이랄까? 게다가 그때 정리 해고된 직원의 대다수가 한영에 재입사된 걸로 알고 있습니다. 그런 면에서 보이는 인간미도 멋지구요. 한발 먼저 세상을 내다보는 안목도 언제나 놀랄 뿐이지요. 누구보다 먼저 중국시장의 잠재성을 알아차리고 그쪽의 독자적인 루트를 개발하고 현지 회사화하신 점은 탁월한 선택이라고 생각합니다. 게다가 얼마 전부터 나오는 광고에서 한영의 자선사업 부문은 정말 감동적이었어요. 물론 저희 희망원도 그런 수혜를 받는 곳이지만요."

"그것참……."

민욱은 혜수의 얼굴을 하고 있는 희수에게서 찬사를 듣게 되자 입가가 실룩거리며 저도 모르게 쑥스러운 듯 웃게 되었다.

마치 석상처럼 딱딱한 민욱의 눈매가 눈꼬리를 만들며 부드럽게 휘어지자 희수는 잘못 본 것이 아닌가 싶어 눈을 크게 떴다. 가끔 텔레비전이나 신문에서 나오는 그의 인상은 항상 근엄하고 경직된 가면 같아 안쓰러웠다. 웃는 법을 모르는 것인가 싶어 마음이 애틋했는데 막상 그의 미소를 보니 신기하기도 하고 가슴이 벅차 두근거리기도 했다.

"한국대 경영학과라······. 내 후배가 되는구나."

"네."

희수는 기다렸다는 듯이 수줍은 미소로 대답했다. 수줍은 미소라······ 민욱은 내심 자조적으로 중얼거렸다. 혜수라면 절대 그 앞에서 저런 미소를 짓지 않을 것이란 확신이 들자 마음이 우울하게 내려앉았다.

"흐음, 한데 내가 너를 지원해 준다면 나한테는 무슨 이익이 오는 거지?"

"그야, 저라는 인재를 얻게 되는 거죠."

"글쎄······. 용두사미라는 말을 아니?"

"시작은 거창하나 뒤로 갈수록 흐지부지해진다는 말이잖아요."

"그래. 입학할 때는 수석으로 들어가도 사 년이다. 그 시간 동안 한 번도 흐트러지지 않는다는 보장도 없고, 아까 뭐라고 했니? 입학금만 도와주면 그 다음 등록금이나 생활비는 알아서 한다고? 어떻게? 아르바이트로? 그 시간에 글자 한 자라도 더 본 아이들이 유리하다는 걸 알고는 있는 거니? 생활에 지쳐 엇나간 놈들이 상당히 많았지. 손해 보는 장사를 할 수는 없잖니?"

부드럽지만 날카로운 질책을 담은 민욱의 말에도 희수는 표정 하나 변하지 않았다. 자연스럽게 자신감이 넘치는 태도에 민욱은 흥미가 당겼다.

"그럼 어떻게 하면 저를 믿어주실 건가요?"

고개를 똑바로 치켜들고 그를 바라보는 희수의 표정에 망설임이나 두려움은 조금도 떠오르지 않았다. 마치 그가 자신을 도와줄 것이라는 확신에 찬 태도가 우습게도 혜수를 떠올렸다. 그리움에 잠시 감상에 젖어버린 민욱은 저도 모르게 희수에게 손을 뻗었다. 손 안에서 느껴지는 따스한 온기에 그동안 멈춰 있던 심장이 거칠게 뛰는 것이 느껴졌다.

"넌 내가 가장 사랑한 여자를 그대로 닮았어. 그 고집스러움도, 사랑스러움도."

"네?"

희수는 자신을 바라보며 중얼거리는 민욱의 애틋한 시선이 자신에게 향하면서도 자신이 아닌 다른 사람을 보고 있다는 것을 알고 당황했다. 민욱은 희수의 두려움을 감지하며 아무렇지 않게 그녀의 얼굴에서 손을 거두며 어깨를 두드렸다.

"그녀 역시 그렇게 악착같이 공부하고 싶어했지. 그래, 내가 널 도와주마. 앞으로 네 등록금이나 생활비는 걱정하지 말고 넌 그저 하고 싶은 공부나 실컷 하고 나중에 나를 위한 인재가 되어주렴."

"아, 네."

민욱의 제안에 희수는 넘치는 기쁨을 애써 다잡았다. 너무 들뜬 모습을 보이지 않으려고 애를 썼지만 벌어지는 입매를 어쩌지는 못한 모양이었다. 천진난만한 표정이 낯설게 느껴졌다. 혜수에게서는 찾아볼 수 없는 웃음이라 눈에 거슬린다는 생각도 들었다.

"정말 감사합니다, 회장님."

"대신에 네 능력을 확실히 보여줘야 한다."

"네, 절대로 실망시키지 않을게요."

그러나 상기된 표정으로 적잖은 흥분을 감추지 못하는 희수를 야릇한 시선으로 바라보던 민욱은 손목에 걸린 시계를 슬쩍 보았다.

"조금 있으면 퇴근 시간인데 괜찮으면 저녁이나 같이 하지."

"네? 저녁이요?"

희수는 느닷없이 민욱이 권하는 식사 초대에 조금 의아한 표정으로 망설였다. 눈동자를 데굴데굴 굴리며 불안한 속내를 여지없이 드러내는 희수의 솔직함은 언제나 차가운 표정으로 감정을 감추기만 하던 혜수와는 대조적이었다. 그래서 신선하기도 하고 씁쓸하기도 했다.

"하지만……."

"원장님께는 내가 미리 말해둘 테니까 걱정 말고 모처럼 우리 회사에 왔으니 견학 한번 하고 가는 게 어떻겠니? 앞으로 한영에 입사할 생각이라면 좋은 자극이 될 테니까."

"정말요?"

눈을 휘둥그레 뜨며 뜻밖의 제안에 기쁨을 감추지 못하는 희수를 흐뭇하게 바라보면서 민욱은 오른편에 놓인 내선전화를 들었다.

"김 실장, 잠시만 들어오세요."

민욱이 전화를 내려놓자마자 기다렸다는 듯이 형주가 회장실로 들어섰다. 그는 들어서자마자 재빨리 민욱과 희수의 분위기를 파악하고는 속으로 안도의 숨을 내쉬었다. 다행히도 그가 염려할 만한 일은 생기지 않은 눈치였다. 의외라는 생각도 들면서 한편으로는 다행이다 싶기도 했다. 아무리 희수가 혜수와 판박이처럼 닮았다지만 민욱이 저렇게 어린 여자에게 흑심을 품을 만큼 잔혹한 남자가 아니라는 안도감에서였다.

"부르셨습니까?"

"김 실장, 희수 양한테 회사 내부 좀 구경시켜 주세요. 앞으로 우리 한영에 입사할 귀한 인재니까 미리 둘러보는 것도 나쁘지 않을 것 같군요."

뜬금없는 민욱의 말에 형주는 그 의미를 헤아리며 희수 쪽으로 시선을 돌리자 희수가 쑥스러운 듯 살포시 고개를 떨구었다.

"네, 알겠습니다. 철원 씨에게 안내를 부탁해야겠군요."

"부탁하네. 희수 양, 많이 구경하고 많이 자극받아서 오게. 아, 견학이 끝나면 로비서 기다리게. 곧 내려갈 테니까."

"네, 회장님."

금세 차분한 모습으로 형주를 따라나서는 희수의 뒷모습을 물끄러미 바라보며 민욱은 품 안을 뒤져 담배를 찾았다. 찰칵하는 라이터 소리와 함께 고요히 타 들어가는 담뱃불 소리가 조용한 사무실 안에 나지막한 소음을 만들었다.

희수를 인계했는지 곧이어 형주가 불편한 얼굴로 들어왔다. 희수를 보고 앞으로 한영의 인재라고 함은 그의 곁에 있게 될지도 모른다는 말로 들려 민욱의 속내가 의심스러웠다. 게다가 로비에서 기다리라는 이야기는 또 무엇인지…….

"회장님."

염려하는 형주의 부름에 민욱은 아무런 대답도 하지 않고 가만히 담배 연기를 내뿜었다. 한참 만에 그가 담배를 재떨이 위에 비벼 끄고는 몸을 일으켜 창가 쪽으로 다가가 뒷짐을 지고 먼 풍경을 바라보았다.

"회장님."

다시금 그를 부르는 형주에게 민욱은 태연하게 굴었다.

"무슨 문제라도 있습니까?"

"설마 희수 양을 혜수 씨의 대역으로 삼지는 않으시겠지요?"

"안 됩니까?"

너무나 담담하고 고용하게 내려앉은 민욱의 표정에 오히려 형주가 말을 잃고 말았다. 이미 그의 결정은 내려진 모양이었다.

"희수 양은 혜수 씨가 아닙니다."

그래도 혹시나 하는 간절한 마음에 형주는 간곡하게 애원했다. 그 말에 민욱은 다시 몸을 돌려 책상 앞으로 다가갔다. 맨위의 서랍 속에서 회색 가루가 담긴 작은 병을 꺼내 보였다.

"그렇죠. 혜수는 여기 있죠. 그리고 그 아이는 혜수가 아니라고 하고. 그래도 그 아이는 혜수와 너무나 똑같습니다. 아무래도 그냥 다른 사람이라며 바라보기엔 내 속이 문드러져 가서 안 되겠군요."

민욱이 꺼내 보인 병을 바라보며 형주도 지키지 못했던 혜수에 대한 아픔을 상기하며 비통한 표정으로 아무 말도 하지 않았다.

"그러고 보니 내가 혜수를 취한 것도 딱 저 나이 때군."

아무렇지 않게 중얼거리지만 그 속에서 풍기는 맹수의 잔혹함에 형주는 마른침을 삼키며 다음 말을 기다렸다. 무심하지만 냉혹한 민욱의 시선이 날아들었다.

"저 아이에 대해 알아보십시오. 하나도 빼지 말고 모두 다. 특히나 부모에 대해서는 샅샅이 알아내세요."

늦었다. 형주는 후회로 두 눈을 질끈 감았지만 희수에 대한 안타까움보다도 아직도 아파하는 민욱의 상처가 더 고통스러웠다.

"알겠습니다, 회장님."

끝내 민욱의 의지를 받든 형주가 나가고 민욱은 회색 가루가 든 병을 한 손에 쥐고서 다시 하늘을 향해 도전적으로 시선을 던졌다.

'보고 있냐, 이혜수? 네가 날 떠났어도 내가 널 놓지 않아.'

10

유혹(誘惑)

—남의 마음을 현혹되게 하여 꾐

저녁을 사준다는 민욱을 따라간 곳은 뜻밖에도 서울 외곽의 한적한 동네였다. 식당 같은 느낌이 들지 않는 웅장한 기와집 앞에 도달하자 곱게 쪽진 머리를 하고 남색 개량 한복을 입은 여자가 문밖으로 나와 공손한 태도로 그들을 맞이했다. 그런 여자의 모습을 희수는 신기한 듯 바라보았다. 민욱은 앞서 가면서 희수의 모습을 곁눈질로 조심스럽게 살폈다. 혹시나 이런 곳이 어색해 불편해하지 않나 싶어서였다. 그러다 희수의 눈치를 살피는 자신의 모습이 낯설어 허탈한 웃음이 새어나왔지만 그다지 나쁜 기분은 들지 않았다.

잘 가는 한정식 식당에 간다기에 그러려니 했건만 따라와 보니 마치 조선시대 양반 댁에 온 기분이었다. 민속촌에서나 볼 듯한 기와집에 탁 트인 널찍한 마루가 야외 세트장 같은 느낌을 주었다.

"여기가 정말로 식당인가요?"

아닌 척하지만 은근하게 호기심 가득한 시선으로 둘러보며 희수는 앞서 가는 민욱의 팔을 살짝 잡아당겨 물었다. 신기해하는 표정에 민욱은 미미하게 미소를 베어 물었다.

"그래, 다만 간판을 드러내고 영업하는 곳은 아니지."

"호오, 그래요?"

간혹 고운 한복을 차려입은 여인들이 음식을 차린 작은 상을 들고 어디론가 종종걸음으로 가는 것이 보였다.

"꼭 기생집 같아요."

"가보기는 했니?"

은근한 놀림에 희수는 볼을 살짝 붉히며 변명했다.

"뭐, 텔레비전에서 하는 사극 같은 데서 봤죠."

새침하게 토라진 표정에 가슴이 철렁했다. 뾰로통하게 살짝 비집고 나온 입술이 그를 유혹하듯 오므라졌다. 입 안이 바짝 마르는 것을 느꼈다. 금방이라도 성급하게 뻗어가는 손을 붙잡으며 침착하자고 스스로를 다독거렸다.

자신을 바라보는 민욱의 강렬한 시선이 무엇을 의미하는지 모른 채 희수는 연신 이리저리 기웃거렸다. 여자가 손수 열어주는 방으로 들어가며 희수는 사극에서나 볼 수 있을 듯한 방 안

의 풍경에 정신을 놓았다. 어디선가 가야금 타는 소리도 어렴풋
이 들리는 것 같았다.

"천장 안 무너진다. 그만 앉지 그러니?"

웃음이 묻어나는 민욱의 권유에 그제야 정신을 차린 듯 희수
는 얼굴을 붉히며 허둥지둥 자리에 앉았다.

"꼭 드라마 세트장에 온 것 같아요."

"어차피 인생은 한 편의 드라마 같은 것 아니겠니?"

"그렇죠. 어떨 때는 현실이 더 드라마 같은 경우가 있으니까
요."

민욱의 말을 맞받아치는 희수의 웃음에는 기묘하게 연륜이
묻어 있었다.

"쿡쿡, 말하는 게 꼭 인생을 다 산 사람 같구나."

"굳이 끝까지 가지 않아도 알 수 있는 건 얼마든지 있으니까
요."

의미심장한 희수의 눈빛이 야릇하게 다가왔다.

민욱과 희수가 자리에 앉자 그들을 안내했던 여인 말고 다른
여인이 들어와 식사가 준비될 동안 심심치 않게 그들의 앞에 다
과상을 밀어 넣었다. 희수는 앞에 놓인 따뜻한 녹차를 집어 들
고 호호 불어가며 한 모금 마셨다. 입 안에서부터 식도를 타고
흘러들어 가는 녹차의 뜨거움이 뱃속까지 따뜻하게 퍼져 나가
자 기분이 느슨해졌다. 희수는 찻잔을 천천히 내려놓고 허리를
곧추세우며 민욱을 똑바로 쳐다보았다.

"음?"

강렬하게 느껴지는 시선에 민욱이 고개를 들고 희수를 마주 보았다. 마치 예전의 혜수를 보는 듯한 착각에 잠시 움찔했다.

"한 가지 여쭤보고 싶은 것이 있어요."

"말해보렴."

당돌하게 말을 꺼낸 것치고는 희수는 잠시 머뭇거렸다.

"제가…… 회장님이 사랑했던 여자를 닮았다는 게 무슨 말인 가요?"

민욱은 희수의 두 눈 속에 담긴 긴장과 두려움을 고스란히 읽을 수 있었다. 그 작은 머리 속에 어떤 시나리오가 펼쳐지고 있을지 대략 상상이 가자 민욱은 피식 웃으며 대수롭지 않게 대답했다. 자칫 잘못 반응해 혜수처럼 치를 떨게 만들어 다시 도망가는 일이 생겨서는 안 된다.

"말 그대로란다."

"그럼 그 여자 분과는……."

민욱은 잠시 망설이다 아무렇지 않게 대답했다. 그러나 순간적으로나마 그의 눈동자에선 아픈 빛이 스쳐 지나갔다.

"죽었다."

"아……."

희수의 목소리에 담긴 연민에 민욱은 쓰디쓴 미소를 베어 물었다.

"제가 그분을 많이 닮았나요?"

아련하게 혜수를 떠올리던 민욱이 희수에게 시선을 돌렸다. 닮았냐는 말에 찬찬히 그녀를 뜯어보았다. 마치 판박이처럼, 예전의 그녀를 보는 듯한 기분에 심장이 오그라드는 것 같았다. 그가 없는 사이에 다시는 돌아올 수 없는 곳으로 떠난 그녀가 지독하게 원망스러워 눈앞에 있다면 그의 손으로 갈기갈기 찢어버리고 싶을 정도였다. 동시에 다시 시간을 되돌릴 수만 있다면 절대로 그녀를 두고 떠나는 짓 따윈 하지 않을 것이라 수백 번 다짐했다.

물끄러미 바라보던 민욱의 시선이 아픔으로 물들어가는 것을 지켜보는 것만으로도 대답이 충분했는지 희수는 더 이상 아무 말도 하지 않았다. 민욱 역시 더 이상 아무 말도 하지 않았기에 둘은 묵묵히 차를 마시며 식사를 기다렸다. 한참 만에 희수에게서 의외의 말이 흘러나왔다.

"아직도 그 여자 분을 사랑하세요?"

순간 민욱은 사무실의 책상 서랍 안에 고이 보관하고 있는 혜수의 골분을 떠올리며 대답했다.

"그래."

"그럼 지금의 사모님은 사랑하지 않으세요?"

"넌 이상한 걸 묻는구나."

문득 희수의 표정이 색다르게 다가왔다. 원색적인 호기심이 아닌 담담한 표정이 이미 대답을 알고 있다는 듯이 확인할 요량인 것 같았다.

"내가 그 질문에 대답해 줘야 할 이유가 있나?"

"글쎄요. 그렇지만 제 생각에는 회장님께서 대답해 주실 것 같아요."

조심스럽게 대답하는 희수의 표정은 자신만만했다. 마치 속을 꿰뚫린 듯한 기분에 민욱은 움찔했다. 이상한 기분이 들었다. 마치 정말로 혜수를 마주하고 있는 그런 기분이…….

"내 대답이 중요하니? 너완 상관없을 것 같은데……."

"정말로 저와 상관없는 대답인가요?"

희수의 올곧은 시선이 그에게 거침없이 다가왔다. 서늘하고 투명한 그 시선은 마치 혜수 같아 오싹하고 소름이 돋았다. 두려워서가 아닌 기대감에서였다.

"나는 예전에도 그랬지만 현재도 이혜수라는 여자만을 사랑한다."

민욱의 단호한 대답에 그제야 희수는 만족한 듯 입가를 부드럽게 휘었다.

"그 여자 분은 돌아가셨다면서요? 그렇다면 그분을 닮은 전 당신의 시선을 독점할 수 있는 건가요?"

"뭐?"

당황한 민욱이 무어라 대답하기 전에 조용하게 문이 열리고 음식이 담긴 상을 든 여자들이 들어왔다. 그네들이 상을 차리고 조용히 물러날 때까지 민욱은 근질거리는 입을 억지로 붙들어 매고 있었다. 시중들던 여자들이 모두 물러간 다음에서 조급한 마음에 입을 열려던 민욱은 그에게 명랑하게 웃으며 음식을 권하는 희수의 말에 마지못해 젓가락을 집어 들었다.

"와아, 맛있겠다. 잘 먹겠습니다. 회장님도 어서 드세요."

"그…… 그래."

뭔가 분위기가 이상하게 흘러간다고 느낀 민욱은 떨떠름한 표정으로 희수를 몰래 살펴보았다. 하지만 솔직한 표정으로 음식을 맛있게 먹고 있는 희수에게선 아까와 같은 위화감을 느낄 수가 없었다.

"안 드세요?"

민욱이 앞에 놓인 음식에는 손도 대지 않은 채 자신만 물끄러미 바라보고 있자 희수가 의아한 표정으로 말을 걸었다. 그녀의 지적에 민욱은 퍼뜩 자신이 정신없이 그녀를 보고 있었다는 사실을 깨달았다.

"흠흠."

목 안이 껄끄러워진 기분에 헛기침을 하며 시선을 돌렸다. 살짝 광대뼈 부근이 붉어지는 그의 모습을 본 희수의 눈매가 부드럽게 휘어졌다. 우아하게 젓가락을 들고 있는 기다란 손가락이 너무 예뻐 유심히 바라보았다. 남자 손 같지 않게 단정하면서도 굵은 느낌에 가슴이 설레일 정도였다. 저 손이 자신의 뺨을 어루만진다면, 저 손을 한번 잡아볼 수 있다면 어떤 기분이 들까?

"왜 그렇게 보지?"

자신의 손을 유심히 지켜보는 희수의 시선에 민욱은 무엇 때문인가 싶어 손을 내려다보았다. 그다지 특별한 점이 없어 고개를 갸웃거렸다.

"예뻐서요."

뜬금없는 대답에 의아함이 더해갔다.

"음?"

"회장님 손이 너무 예뻐서 봤어요."

"이 손이 말인가?"

"네."

민욱이 손을 들어 보이자 희수의 눈매가 더욱 고혹적으로 휘어지며 그를 향해 미소 지어 보였다.

"어디가 그렇게 예뻐 보이는 거지?"

아무리 살펴보아도 여자 손처럼 가늘지도, 하얗지도, 작지도 않은 투박한 남자 손이 뭐가 예쁘다는 건지 알 수가 없었다.

"회장님 손이잖아요."

묘한 의미가 담긴 대답이었다. 민욱의 강인한 시선이 희수의 단아한 시선과 허공에서 부딪혔다. 알 수 없는 기분이었다. 마치 자신을 알고 있는 듯한 저 시선은 무엇일까?

"내 손이라서?"

"네, 당신의 손이라서 더욱 예뻐 보여요."

"당…… 신?"

어느새 희수의 말은 여자라는 느낌으로 다가오기 시작했다. 희미하게 웃고 있는 미소가 묘하게 일렁거렸다.

"제가 그렇게 불러서 기분 나쁘셨나요?"

"글쎄다. 하지만 기분은 좀 이상하구나."

"그런가요?"

묘한 희수의 미소가 목에 걸린 가시처럼 마음에 걸렸다. 주객이 전도된 기분이 들었다.

"회장님은 마음이 여린 분이시군요."

"뭐?"

느닷없는 희수의 말에 민욱은 마침 마른 목을 축이려고 마셨던 녹차가 기도로 넘어가 콜록거렸다. 놀란 희수가 얼른 다가와 그의 등을 두드리자 당황스러운 와중에도 은근히 퍼지는 그녀의 향을 느낄 수 있었다. 익숙하게 퍼지는 따뜻한 체취에 홀린 듯 그녀의 얼굴을 올려다보았다.

"괜찮으세요?"

"큼큼. 그래, 이제 괜찮은 것 같구나."

걱정스럽게 바라보는 시선과 사심없이 등을 두드려 주는 손길에 민욱은 금방이라도 그녀를 잡아채 끌어안고 싶은 감정을 꾸욱 눌렀다. 세상이 무너질 것 같은 지독한 쾌감과 어머니 뱃속에 있는 듯한 편안함을 다시 한 번 느끼고 싶었다. 움찔거리며 금세라도 희수를 끌어안을 것 같은 손을 억지로 붙잡아두며 민욱은 거친 숨을 가다듬었다.

"안색이 안 좋으세요."

그러나 그에게 바짝 다가와 그의 귓가에 뜨거운 김과 함께 흐느끼는 듯한 속삭임을 불어넣는 희수의 움직임은 민욱을 한계 치까지 몰아세웠다.

"정말 괜찮으세요?"

달콤한 혜수의 목소리가 귓가에서 속삭이고 있었다. 머리가 어질어질하고 숨이 막히는 것처럼 고통스러워졌다.

"회장님?"

그를 걱정하는 나른한 목소리가 사이렌의 목소리처럼 치명적으로 다가왔다. 무릎 위에 단단히 쥐어진 그의 주먹 위로 작고 보드라운 희수의 손이 겹쳐졌다.

"어디 아프신 거 아니세요? 안색이 창백해요."

손등 위에 얹어진 따스한 온기에 다리 사이가 꿈틀거렸다. 그 작은 접촉으로 반응한 것이었다.

"회장님?"

자꾸만 그를 부르는 낮은 목소리는 치명적인 독을 품고 있었다. 중독된 사람처럼 숨을 죽이고 곁에서 다정한 얼굴로 자신을 바라보는 혜수를 돌아보았다. 손이, 본능이 그녀의 얼굴로 다가갔다. 갸름하면서 그녀의 의지처럼 뚜렷한 이목구비를 어루만졌다.

"회장님?"

저도 모르게 얼굴에 가까이 다가가다가 회장님이라 흘러나오는 단어에 정신을 차리고 보니 그녀에게 홀린 듯이 다가가고 있는 자신을 발견하고 화들짝 놀라 얼른 떨어졌다. 혜수가 아닌데도 닮은 얼굴과 닮은 목소리에 빠져 저도 모르게 넋이 나간 모양이었다. 정수리에서부터 싸늘한 기운이 떨어지며 정신이 번쩍 들었지만 민욱은 자신을 바라보는 희수의 얼굴에서 여전히 혜수를 보고 있었다.

"미…… 미안하다."

더러운 것이라도 닿은 양 화들짝 놀라며 거칠게 몸을 떼는 민욱의 반응에 놀라고 황당할 만도 한데 희수는 아무렇지 않게 웃으며 오히려 그를 위로하고 나섰다.

"괜찮아요. 그런데 정말 괜찮으세요?"

"그, 그래."

정말로 혜수가 곁에 있는 것처럼 가슴이 두근거렸다. 애써 마음을 가라앉히는데 희수가 그의 맞은편으로 돌아가 앉는 모습이 눈에 들어왔다. 동작 하나하나가 저토록 혜수를 연상시키는데 어떻게, 어떻게 저 아이를 욕심내지 않을 수가 있을까? 아련한 민욱의 시선에는 자괴감이 묻어 있었다.

"식사, 그만 할까요?"

더 이상 입맛이 없어 수저를 집어 들 수가 없었다. 그런 그의 심정을 이해했는지 희수 역시 들고 있던 젓가락을 내려놓았다. 그 말에 민욱은 그래야겠다고 생각하다가 반도 안 비워진 희수의 그릇을 보고는 이마를 살짝 찌푸렸다.

"아직 다 먹지도 않았잖니?"

"회장님께서 입맛이 없으신 것 같아서 저도 식욕이 없어졌어요."

생긋 웃어 보이는 희수의 눈빛은 너무 다정해서 그도 모르게 탐이 났다. 욕심이 나서 당장이라도 끌어안고 싶은 충동을 느꼈다. 뛰쳐나가려는 팔과 다리와 가슴을 머리가 붙잡았다. 하지만 이렇게 온몸으로 그녀를 원하는데 그저 바라만 본다는 것은 불가능한 일이었다. 어떻게든 가져야겠다는 욕심만이 가득했다. 한쪽 머리에서 차분하게 생각하고 조심스럽게 접근하라고 충고했지만 본능이 그렇지 못했다. 이렇게 마주 보고 있는 것만으로도 욕심이 나서 견딜 수가 없을 지경이었다.

"저, 술 한 잔만 사주실래요?"

팽팽하게 당겨진 민욱의 긴장을 아는지 모르는지 희수가 태연하게 말을 꺼냈다.

"술?"

"네. 사실 고민이 있는데 회장님께서 들어주시면 안 될까 해서요."

수줍은 미소지만 그를 바라보는 눈동자 속에는 자신감이 흐르고 있었다. 마치 그의 욕심을 눈치챈 것처럼 차분하면서도 꿰뚫어 보는 시선에 민욱은 조금 불편한 기분이 들었다.

"괜찮다면 조용한 곳에서 이야기하고 싶은데……."

그의 속내를 아는지 모르는지 희수는 지금 그를 도발하고 있었다. 보고 있는 것만으로도 당장이라도 손을 뻗고 싶을 지경인데 마치 유혹처럼 속삭였다. 귀밑에서 사근거리는 것 같은 유혹은 이성을 마비시켰다.

"조용한 데라…… 괜찮겠니?"

무엇이 괜찮다는 걸까? 민욱의 의미심장한 눈길 속에 담긴 열기를 감지하면서도 희수의 미소는 조금도 흔들리지 않았다. 오히려 더욱 깊게 미소를 베어 물며 은근한 유혹을 던졌다. 당연할지도 모르겠지만 민욱은 단번에 그 유혹을 받아들였다.

민욱이 희수를 데리고 간 곳은 자신의 아파트였다. 조금의 망설임도 없이 그를 따라나서는 그녀의 뒷모습을 불안하게 지켜보는 형주를 뒤로한 채 희수는 민욱만을 바라보며 따라갔다. 아파트의 잠금 키를 열고 들어서자 현관에 불이 반짝거리며 켜졌다. 민욱이 거실의 불을 켜자 환한 빛이 머리 위로 쏟아지더니 그의 성격처럼 무미건조한 거실이 눈에 들어왔다. 답답한 듯 입고 있던 코트와 머플러를 벗어 거실 소파 위에 대충 걸쳐 두고 한쪽에 위치한 홈 바로 천천히 걸어갔다. 자신의 공간이라는 마음에서인지 민욱은 넥타이도 조금 풀어두고 소매의 단추도 풀고 위로 걷어 올렸다.

"흠, 뭐가 좋을까?"

민욱이 어떤 술을 대접할까 즐겁게 고민하는 동안 희수는 그가 벗어둔 코트로 다가가 슬쩍 쓸어 내렸다. 조금이지만 그의 온기를 느낄 수 있어 손을 거둘 수가 없었다.

"술 잘 마시니?"

등을 돌리며 진열대 안의 술병을 들여다보고 있다가 유리창에 비친 희수의 모습에 가슴이 철렁 내려앉았다. 자신의 코트를 끌어안고 마음껏 체취를 들이키는 희수의 모습이 보여서였다. 그의 목소리가 들리자 희수는 화들짝 놀라며 얼른 제자리에 코트를 내려놓았다.

"아, 아니요, 잘 못해요."

"그래?"

민욱은 아무것도 못 보았다는 듯이 태연하게 대꾸하며 계속 희수를 훔쳐보았다. 그가 등을 돌리고 있는 것을 확인하자 안도의 숨을 내쉬는 모습이 사랑스러웠다. 그리고는 자신의 코트를 벗어 아무렇지 않게 그의 코트 곁에 살짝 걸쳐 두며 미련이 남은 듯 손을 떼지 못하는 그녀의 모습에 그 역시 시선을 뗄 수가 없었다.

코트를 벗자 희수는 앙증맞은 고양이가 프린트된 흰색 V넥 니트에 청바지를 입고 있었다. 마치 그녀의 젊음을 이야기하는 듯한 옷차림에 불쾌감이 먼저 치솟았다. 마치 그가 건드려서는 안 된다는 방어막 같은 느낌이 들어서였다.

"회장님?"

민욱이 그녀의 옷차림을 보고 얼굴을 찌푸리자 얼른 자신의 옷차림을 살폈다. 그러나 이상한 점은 찾을 수가 없어 의아한 표정으로 그를 불렀다.

"뭐가…… 이상한가요?"

희수는 아무리 살펴도 잘못된 점을 찾을 수가 없어 못마땅해하는 그의 앞에서 쩔쩔맸다. 난감해하는 희수의 표정에 민욱은 그제야 자신이 인상을 찌푸리고 있었음을 깨닫고 얼른 표정을 풀었다.

"아, 미안하구나. 잠시 다른 생각을 하고 있어서……."

"그래요? 전 깜짝 놀랐어요. 회장님께서 제게 뭔가 화나신 게 아닌가 싶어서요."

"아니, 그런 건 아니란다."

"그럼 다행이구요."

안심했다며 생긋 웃는 희수의 표정은 천진난만했다. 그래서 민욱의 손이, 시선이 더욱 흔들렸을지 모른다. 애써 그녀에게서 등을 돌리며 태연하게 화제를 바꾸었다.

"그러고 보니 내게 상담하고 싶다는 게 뭐지?"

희수는 민욱의 날렵한 등을 아련하게 바라보았다. 옆에 놓인 물건을 집느라 팔을 뻗으며 꿈틀거리는 근육이 얇은 셔츠 위로 도드라져 보였다. 단단하고 뜨겁고 매끄러울 것 같은 느낌에 만지고 싶어 손가락이 움찔했다.

"짝…… 사랑하는 남자가 있어요."

민욱의 등이 눈에 띄게 굳어지는 것을 볼 수 있었다. 아아, 이 아찔한 쾌감이라니……. 희수의 입술이 앙큼하게 휘어 올라가기 시작했다. 처음 만난 순간부터 자신을 원하는 민욱의 강렬한 눈빛은 그녀로 하여금 그를 도발하도록 부추기고 있었다. 스스로 냉정하고 단단한 남자라고 생각하는 현민욱이란 남자가 속좁게 질투에 빠져드는 모습이 전율이 일 만큼 즐거웠다.

"그 남자를 처음 본 순간 사랑에 빠지고 말았죠. 전 그 남자 때문에 제가 태어났다고 생각해요."

민욱에게선 어떤 대답도 나오지 않고 있었다. 잔뜩 굳어 있는 어깨만이 그녀의 말을 듣고 있는 중이라는 걸 알 수 있게 했다.

"그런데 그 사람, 결혼했어요. 나는 그 사람을 만나기 위해 태어났는데, 한참 어리단 이유로 그 사람이 다른 여자와 결혼해 버렸어요. 어떻게 하면 좋을까요?"

희수는 테이블 위로 팔꿈치를 올려 손으로 턱을 괴며 그의 반응을 지켜보았다. 왜인지 그의 어깨가 살짝 떨리고 있었다. 그러더니 느닷없이 잔에 채워둔 위스키를 벌컥벌컥 들이켰다. 마치 목마른 사람처럼 단번에 술을 들이키고는 숨을 고르고 나서 아무렇지 않은 표정으로 그녀에게 돌아섰다. 얼음만 담겨진 그의 잔과는 달리 희수 앞에 놓인 잔에는 우유가 섞여 있었다.

"두 사람이 죽고 못사는 사이인가?"

평이한 어조와는 달리 두 눈에서는 불이 뿜어져 나올 것처럼 맹렬하게 타오르고 있었다.

"부부가요? 그렇지는 않아요."

"그래? 그럼 뺏어보지 그래? 너라면 어떤 남자라도 충분히 넘어갈 테니까."

"정말요? 그래도 돼요?"

"나한테 승낙을 요구하는 건가?"

애써 유쾌하게 대답하고는 있지만 민욱의 속내는 부글부글 끓고 있었다. 어째서 그가 이런 내용의 상담을 해줘야 하는지 이해할 수가 없었다. 게다가 다른 남자에게 가라고 등을 떠밀고 있는 이런 상황이 마음에 들지 않았다.

"하지만 그 남자, 대단한 사람이에요. 아마 저 같은 건 거들떠보지도 않을 텐데……."

민욱이 건네주는 술잔을 받아 들고 우유가 섞여 탁해진 술을 몽롱하게 쳐다보며 희수가 시무룩하게 중얼거렸다. 그런 희수의 모습이 안됐는지 민욱이 얼른 위로했다.

"희수는, 아, 희수라고 불러도 괜찮겠지? 충분히 매력있어. 스스로에게 자신감을 가져봐."

그러자 술잔에 고정되어 있던 희수의 시선이 천천히 아래로 내리깔았다가 그를 향해 슬쩍 올라갔다.

"정말로요?"

"그래."

"그럼 회장님께서도 제게 넘어오실 건가요?"

"……!"

순간 말문이 막혀 뭐라고 대답해야 할지 몰랐다. 묘하게 촉촉한 눈빛이 바의 오렌지 빛 조명 탓에 유혹적으로 빛나고 있었다. 숨이 차 오르고 심장이 들썩거렸다. 온몸에 흐르는 피가 뜨겁게 끓어오르고 어딘가가 빳빳하게 치솟고 있음을 느낄 수 있었다. 그러나 아무 말도 못하는 그의 반응을 오해했는지 희수는 입술을 삐죽이며 투덜거렸다.

"치이, 거짓말쟁이."

어찌 보면 버릇없는 행동이지만 민욱은 아무 말도 할 수가 없었다. 테이블 위로 팔을 길게 뻗어 그 위에 머리를 얹고 비스듬하게 천장을 올려다보는 희수의 태도를 보니 약간이나마 심통이 난 듯했다. 문득 물끄러미 민욱을 올려다보자 의아해하는 그의 시선과 마주쳤다.

"왜 그러지?"

"잘생겨서요."

탄식 같은 속삭임이 메마르게 흘러나왔다. 의외의 말에 놀랐지만 흐릿한 바의 조명에 비친 희수의 건조한 눈빛이 무척이나 거슬렸다.

"내가 말이냐? 이것참, 영광이라고 할까?"

"정말이에요. 회장님은 정말 잘생기셨어요. 이 이마가, 눈이, 코가, 입술이……."

느릿하게 손을 뻗어 희수는 그의 피부 바로 위를 어루만졌다. 뜨거워서 차마 직접 만지지 못하는 것처럼 감질나게 그의 솜털을 느낄 수 있는 거리에서……. 닿지는 않았지만 닿은 듯한 느낌에 민욱 역시 숨을 죽였다.

"희수 양같이 젊은 사람은 나 같은 늙은 사람보다 요새 뜨는 꽃미남인가 하는 연예인들에게 더 관심이 있을 텐데……."

부스스 몸을 일으킨 희수는 팔에 얼굴을 괴고 삐뚜름한 자세로 민욱을 바라보았다. 술 탓인지, 조명 탓인지 비스름하게 바라보는 희수의 시선은 무척이나 관능적이었다. 지금 이 순간 민욱이 자신의 욕망을 강렬히 느낄 만큼……

권태로운 태도로 테이블 위를 뒹굴거리던 희수가 놀랄 만큼 빠르게 몸을 일으켜 민욱의 넥타이를 잡아당겨 그의 입술에 자신의 입술을 부딪쳤다. 불시에 당한 일에 민욱의 놀란 눈동자에 그의 입술에서 미련을 떼지 못하면서도 부끄러움에 살포시 시선을 내리까는 희수가 들어왔다.

"제가…… 유혹하면 넘어와 주실래요?"

"이거, 유혹이니?"

희수에게 잡힌 넥타이에 힘이 들어가며 조금 앞으로 당겨졌다. 이끄는 대로 끌려간 민욱에게 희수는 느릿하게 테이블 위로 올라가 그의 앞으로 다가갔다. 민욱은 자석에 끌리는 것처럼 희수의 눈동자에서 시선을 뗄 수가 없었다. 무릎걸음으로 천천히 그의 앞에 다가온 희수가 그의 넥타이를 만지작거리더니 천천히 어깨 위로 손을 뻗어 그를 감싸 안았다. 부드러우면서 따뜻한 온기가 그의 어깨를 어루만지면서 천천히 가슴으로 내려와 은밀한 손길로 불길을 지피기 시작했다.

"굳이 이름을 붙이자면요."

테이블에 걸터앉아 어느새 그를 감싸 안다시피 한 두 다리로 그의 허리를 바짝 끌어당겼다. 숨길 수 없는 솔직한 반응이 그의 다리 사이에 나타나 있었다.

"저를 원하시잖아요."

자신만만해하며 은근한 목소리로 민욱의 귓가에 속삭이는 희수의 속셈을 파악하기도 전에 본능적으로 민욱의 손이 희수의 얼굴을 잡고 허겁지겁 입술을 빨아들였다. 거칠게 부딪쳐 오는 그의 입술에 괴로운지 흐느낌이 흘러나왔다. 탐욕스럽게 요구하는 그의 혀에 입 안을 샅샅이 점령당하자 그의 셔츠를 붙잡고 있는 희수의 손아귀에도 힘이 잔뜩 들어갔다. 그의 공격 앞에 항복했는지 달콤한 신음 소리가 목 안에서 흘러나왔다.

그의 힘에 밀려 테이블 위로 눕혀진 희수의 옷 안으로 탐욕스러운 민욱의 손이 미끄러져 들어가 작지만 탄력있는 가슴을 덥석 움켜잡았다. 서늘한 온기에 놀라 몸이 파들거렸지만 그녀가 한 일이라고는 그와 마찬가지로 그의 바지 속에서 셔츠를 끄집어내 뜨겁게 타오르고 있는 그의 피부를 어루만지는 것뿐이었다.

"맙소사……."

거친 숨을 몰아쉬는 희수의 입술에서 떨어져 나와 눈가에, 코 끝에, 둥근 곡선의 턱 선으로 입을 맞추면서 민욱이 할 수 있는 말은 그것이 고작이었다. 다시는 혜수의 체취를 느낄 수 없으리라 절망했다. 그러나 지금 눈앞의 여자는 혜수처럼 위험스럽게 달콤하면서도 뜨거웠다. 혜수에게만이 일어나던 그의 불길이 미친 듯이 치솟고 있었다. 입술도, 눈도, 코도, 목덜미도, 가슴도 모두 그녀와 똑같아 정신이 흐릿해졌다. 희수는 사라지고 혜수만이 그의 앞에 존재했다.

수줍게 피어오른 분홍색 꽃봉오리를 덥석 물어 잘근잘근 깨물자 희수의 상체가 활처럼 둥글게 휘어 올랐다. 익숙한 따뜻한 체취가 기억 속에서 되살아나기 시작했다. 허기진 사람처럼 정신없이 희수의 가슴을 물고 빨았다. 혀끝으로 희롱하며 하얀 살결 위로 붉은 꽃을 수놓기 시작하자 어렴풋이 희수의 흐느낌 소리가 들려왔다. 그의 머리칼을 붙잡은 희수의 손길이 억세졌지만 아랑곳하지 않았다.

"아, 아, 회…… 장님……."

다리 사이가 축축이 젖어드는 느낌에 희수는 부끄러워 민욱을 밀어내려 했지만 그녀의 가슴에 얼굴을 묻고 있던 그는 완강히 저항했다. 도리어 희수의 청바지의 후크를 풀고 바지를 벗기려 했다.

"아앗, 안 돼요."

복부를 스치며 아래로 내려가는 그의 손길에 희수가 몸을 비틀어 저항하며 그의 어깨를 거칠게 떠밀었다. 그러자 민욱이 불만스러운 얼굴로 그녀를 노려보았다. 희수는 끌어 올려진 상의를 아래로 내려 드러난 몸을 얼른 가렸다.

"뭐지?"

민욱이 아직 달궈진 욕망이 드러나는 목소리로 퉁명스럽게 쏘아붙이자 희수가 민망한 듯 얼굴을 살포시 붉혔다.

"처음인데……. 그래도 샤워는 하고, 하고 싶어요."

부끄러워 다 기어들어 가는 목소리로 속삭이는 희수의 말에 찌푸려졌던 민욱의 얼굴이 부드럽게 펴졌다. 자신이 싫어서 거부한 것이 아니라는 사실에 안심이 되었다. 다시 다가가 희수의 상체를 두 팔로 감싸 안으며 어깨에 얼굴을 기댔다.

"나는 괜찮은데……."

"제가…… 제가 안 괜찮아요."

유혹적인 민욱의 속삭임에 피부 아래에 흐르던 혈관들이 짜릿함으로 움찔거렸다. 그러나 희수는 수줍지만 단호하게 그를 밀어냈다. 그리고는 그를 물끄러미 올려다보았다.

"왜 그러지?"

"같이…… 하실래요?"

조금은 여유로워진 마음으로 희수를 마주 보는 민욱은 그녀의 요구에 그대로 굳어버렸다. 그를 똑바로 바라보는 희수의 시선은 흔들림이 없었지만 그의 셔츠 자락을 잡고 있는 두 손은 긴장감으로 바들바들 떨고 있었다. 민욱은 희수의 입술에 가볍게 입을 맞추었다. 그리고 의아해하는 그녀에게 생긋 웃으며 달래주었다.

"유혹은 여기까지. 이제부터는 기다려 줄 테니까 느긋하게 즐기자고."

그 말에 희수의 얼굴이 새빨갛게 달아올랐다. 그 모습을 즐겁게 바라보면서 민욱은 희수를 침실로 안내했다. 민욱의 뒤를 따라간 희수는 그곳이 침실임을 눈치채고는 당황해하다가 그가 욕실 문을 열어주자 부끄러워하면서도 얼른 그 안으로 들어갔다.

"자아, 여길 써."

"회장님은요?"

"난 다른 곳을 쓰지."

"아……."

그제야 얼굴이 환해지며 안심하는 기색이 엿보였다. 혹시나 그가 돌아가지 않을까 하는 조바심에서였다. 민욱은 그런 희수의 마음을 알아차리고는 너그러운 표정으로 그녀의 이마 위에 입술을 살짝 부딪쳤다.

"너무 기다리게 하지 마라."

목 아랫부분까지 새빨갛게 물들어 버린 희수를 두고 민욱은 즐거운 듯 웃음을 터뜨리고는 방을 나섰다. 민욱의 마지막 체온을 손으로 감싸며 희수는 비집고 나오려는 즐거운 비명을 가까스로 참아냈다. 그의 기다리게 하지 말라는 말 때문에 희수는 허겁지겁 옷가지를 벗어 던지고 샤워부스로 다가가다가 세면대 위의 거울로 시선을 던졌다. 작지만 도드라진 가슴 위로 그가 남긴 자국이 흐드러지게 남아 있었다. 그에게 잡혔던 감각을 떠올리자 피부 아래의 신경들이 전기에 감전된 양 파드득 떨리며 다리가 후들거렸다. 방금 마라톤을 완주한 사람처럼 숨이 거칠게 차 오르고 가슴이 벌렁거렸다. 술 한 모금 안 마신 희수의 얼굴에 복사 빛이 화사하게 맴돌았다.

"꿈…… 이 아니야."

남녀 간의 관계를 알게 된 어느 순간부터 희수는 꿈을 꾸었다. 매일 밤 민욱의 강인한 육체가 자신을 안아주는, 참을 수 없는 마약같이 황홀한 꿈을 내내 꾸었다. 그리고 오늘밤, 현실의 그를 품을 수 있는 기회가 다가왔다. 믿을 수 없게도 너무 쉽게 넘어와 준 그가 거짓말 같았지만 원장님을 졸라 혼자 오겠다고 고집 부린 결과가 있어 다행스러웠다. 오늘밤, 그는 그녀의 남자가 될 것이다. 거울 속의 자신을 바라보는 희수의 눈빛이 단호하게 반짝거렸다.

희수를 욕실로 밀어 넣고서 민욱은 다른 욕실로 들어갔다. 따뜻한 물줄기 아래 몸을 맡기고 희수의 나긋나긋한 몸을 떠올리자 지금까지 잠자던 그의 욕망이 거칠게 일어나기 시작했다. 혜수를 닮았다는 이유만으로 그 아이를 곁에 두려 계획했던 일이 의외로 잘 풀리자 오히려 당황스러울 정도였다. 그를 짝사랑한다며 유혹하는 당돌한 모습에 당황스러우면서도 가슴이 두근거렸다. 영악한 속내로 그를 유혹했을지도 모르지만 상관없었다. 원하는 것을 얼마든지 안겨줄 수 있으니 그녀를 곁에 두는 일이 더욱 쉬워질지도 모른다는 속셈이었다.

여태껏 혜수를 닮은 구석이 있는 여자들만 봐도 가슴이 철렁할 뿐 좀처럼 반응하지 않던 그의 분신이 희수에게는 그의 이성을 마비시킬 만큼 미쳐 날뛰었다. 게다가 이상하게도 혜수를 연상케 하는 감촉들에 더 이상 생각이라는 것을 할 수 없게끔 했다. 원하게 됐기에 가져야만 했다.

애욕(愛慾)

—욕망에 마음이 사로잡히는 일. 이성에 집착하는 성적인 욕망

꼼꼼하게 씻은 후 목욕 가운을 단단히 여미고 나서 욕실 문을 조심스럽게 열자 침대에 기대 앉아 있는 민욱의 모습이 눈에 들어왔다. 그 역시 샤워를 했는지 머릿결이 젖어 있었다. 느슨하게 여민 가운 사이로 단단한 가슴 근육이 드러나 희수는 어디에 시선을 둬야 할지 몰라 머뭇거렸다. 희수가 나오자 민욱은 마시고 있던 잔을 내려놓고 그녀에게 손을 뻗었다.

"이리로."

민욱이 손을 뻗자 기다렸다는 듯이 희수는 그의 곁으로 발걸음을 옮겼다. 수줍지만 단호하게 그에게 걸어오는 희수를 보자 허리 아래가 욱신거릴 만큼 강렬하게 반응했다.

"많이 기다리셨어요?"

"아니."

대담하게도 희수는 민욱을 마주 보고 그의 허벅지에 걸터앉았다. 희수가 그의 어깨에 팔을 감싸자 민욱이 기다렸다는 듯이 여민 가운 안으로 손을 집어넣었다. 차가운 잔을 잡고 있어서인지 그의 손바닥에 온기를 빼앗겨 저도 모르게 몸을 부르르 떨었다.

"추운가?"

"네, 따뜻하게 해주세요."

노골적인 유혹에 민욱의 이성은 달아나고 본능만이 남아 거칠게 달려들었다. 희수의 허리를 바짝 끌어안고 옆으로 뒹굴었다. 달콤한 입술에서는 시원한 치약의 느낌이 남아 있었다. 그의 목을 두 팔로 감싸는 희수의 가운을 옆으로 벌리고 마음껏 가슴을 어루만졌다. 따뜻하게 전해지는 체온에서 살아 있는 사람임을 알 수 있었다. 민욱의 입술이 턱 선을 간질이며 맥박이 거칠게 뛰는 목덜미를 탐욕스럽게 빨아 당겼다.

"흐웃."

그의 손이 희수의 다리 사이로 미끄러지면서 은밀한 꽃잎을 헤집자 희수의 목 안쪽에서 본능적인 탄성이 흘러나왔다. 아무도 건드리지 않은 숲은 촉촉이 젖은 채 그를 기다리고 있었다. 그러나 그녀의 입구는 아주 비좁았다. 그래서 그를 쉽게 받아들이지 못할 것 같았다. 자신의 손가락이 그곳을 통과하자 어쩔 줄 몰라 당황하는 희수를 느끼며 한시라도 빨리 이 안으로 들어

가고 싶은 강렬한 충동을 느꼈다.

"회…… 회장님……."

온몸을 발갛게 물들이며 희수는 그를 애타게 불렀다.

"쉬이, 아직은 안 돼."

민욱은 가운을 풀어헤치고 희수의 무릎을 뒤에서 잡아 들어 올렸다. 무릎이 상체와 맞닿을 만큼 위로 들어 올린 후 수줍은 숲이 적나라하게 드러나자 민욱의 눈빛은 침략자의 그것으로 바뀌었다. 천천히 고개를 내려 그녀의 샘을 마음껏 들이켰다. 뜨거운 숨결과 따뜻한 감촉이 비밀스러운 곳에 와 닿자 그제야 정신이 든 희수는 비명을 지르며 민욱의 얼굴을 잡아 밀었다.

"꺄아악, 회장님. 이러지 마세요."

수치스러움에 달아오른 얼굴로 울먹이며 소리를 지르는 희수의 발악에도 민욱은 오히려 그녀의 허벅지를 단단히 움켜잡고 끝까지 그녀의 장밋빛 속살을 혀로 희롱했다. 안쪽 깊은 곳까지 전해지는 전율에 희수는 참을 수 없는지 마구 머리를 뒤흔들었고, 그런 그녀의 반응에도 민욱은 끝까지 제가 하고픈 대로 행동했다.

한참을 애무한 끝에 결국 희수는 지쳐 쓰러졌고 그녀의 입구는 충분히 부드러워져 있었다. 그제야 만족한 민욱은 그녀의 다리를 내려놓고 입고 있던 가운을 벗어 던졌다. 점점 체온이 뜨거워져 견딜 수가 없었다. 통통한 허벅지가 먹음직스러운 모습으로 그를 유혹하고 있었다.

민욱은 희수의 한쪽 다리를 들어 올려 허벅지의 매끄러운 안쪽 부분부터 무릎 뒤의 움푹 파인 곳까지 혀로 핥아 내려가며 그녀의 반응을 살폈다. 간지러운 듯 움찔거리면서도 배시시 미소 짓는 모습에 민욱의 입가도 매끄럽게 휘어졌다. 무릎 뒤쪽을 공략하자 희수는 간지러운지 킥킥 소리를 내며 허리를 비틀었다.

"간지러워요."

바동거리는 몸짓이 커지자 그제야 점점 아래로 내려가기 시작했다. 완만한 곡선의 종아리를 지나 그의 손바닥 안에 폭 잠길 것만 같은 작은 발이 부끄러운 듯 움찔거렸다.

"작군."

그의 엄지손가락에 비하면 반도 안 되는 작은 엄지발가락에 민욱은 신기한 듯 중얼거렸다.

"쿡, 그게 정상이죠. 여자 몸이 남자와 똑같이 큼직하고 울퉁불퉁한 줄 아세요?"

"그런가?"

어느새 허리를 일으켜 그를 마주 보고 있는 희수는 발가벗고 있다는 부끄러움 따위를 내던져 버린 듯한 태도였다. 오히려 더 당당한, 그래서 눈이 아리게 유혹적인 자태였다.

"아!"

희수의 신음이 흘러나온 것은 민욱의 혀가 그녀의 발가락을 휘감으면서였다. 세상에 둘도 없는 달콤한 것을 핥는 것처럼 음미하는 태도로 민욱의 혀가 그녀를 맛보았다. 하늘보다 더 든든하고 바다보다 더 깊은 줄만 알았던 사내가 그녀의 다리 사이에 무릎을 꿇고 발가락을 애무하는 모습은 아주, 아주 자극적이었다. 뜨거운 입속에 잠시라도 빨려 들어갔다 나오면 마치 전기라도 통한 양 짜릿할 정도였다.

"회장님……."

입 안이 바짝바짝 마르며 전신의 피가 뜨겁게 달아오르자 참을 수가 없어졌다. 애가 탄 표정으로 그를 부른 것만으로도 충분했다. 이미 이십여 년간 욕망을 쌓아둔 민욱의 남성이 거친 숨을 토해내며 당당하게 하늘로 솟아 있었던 것이다. 여태껏 봐 왔던 아이들의 것과는 다른 거대한 양물이 우뚝 솟아 있자 이번에는 덜컥 겁이 나기 시작했다. 깔깔한 목 안으로 억지로 만든 침을 삼키며 희수는 두려움 반, 기대감 반으로 그의 것을 바라보았다. 희수의 불안해하는 시선을 읽었는지 민욱이 부드러운 목소리로 그녀를 달래며 서서히 다가서기 시작했다.

"쉬이, 겁낼 것 없다. 되도록이면 부드럽게 할 테니까 너무 걱정하지는 말거라."

"네에."

대답은 했지만 쉽게 불안을 없애지는 못한 모양이었다. 조금씩 뒤로 주춤거리며 물러나는 희수의 허리를 바짝 끌어안으며 어느새 다가온 민욱이 그녀의 귓가에 다정하게 속삭였다.

"걱정하지 마렴. 천국이 어떤 건지 맛보여 줄 테니까."

"하지만……."

희수의 가는 양손이 눈 깜짝할 새 다가온 민욱의 두꺼운 가슴을 밀었지만 그는 꿈쩍도 하지 않았고 오히려 그녀를 밀어내며 내려앉고 있었다. 두려움으로 가득한 희수의 시야에 민욱의 거대한 양물이 잔뜩 흥분한 채 씩씩거리는 것이 들어왔다. 저런 것이 자신에게 무슨 짓을 할지 상상도 하기 싫은 희수가 이를 악물고 고개를 돌리자 민욱이 잔인하게 웃으며 속삭였다.

"귀여운 것 같으니. 하지만 도발한 것은 너야. 그러니 얌전히 받아들이렴."

민욱은 고통스러울 정도로 딱딱하게 솟은 자신의 남성을 희수의 입구에 문질렀다. 온몸을 경직시키며 두려움으로 떨고 있는 희수의 반응이 사랑스러워 더 이상 참을 수가 없었다. 좁다는 것을 알지만 민욱은 그대로 희수의 안으로 자신을 밀어 넣었다.

"꺄아악!"

"흐억."

뜨겁고 단단하고 거대한 무언가가 한 번도 열리지 않은 입구를 부수고 들어서자 희수의 미세한 신경들이 날카로운 비명을 내지르며 거부했다. 안쪽 깊은 곳까지 한 번에 도달한 남자의 거친 짐승이 희수의 여린 속살들을 마구 물어뜯어 버렸다. 머리 속이 텅 비어버린 것 같은 정신적, 육체적 충격에 희수는 하릴없이 시트가 마지막 생명줄인 양 부여잡고 매달렸다. 지독한 아픔이 다리 사이에서 내장을 뚫고 머리까지 도달하자 숨조차 쉴 수 없었다. 아프리라는 것은 예상했지만 상상을 넘어선 고통에 절로 눈물이 흘러내리기 시작했다.

희수의 다리를 어깨에 걸치고 달아날 수 없도록 단단히 양손으로 엉덩이를 잡고 있는 민욱의 손은 뼛속까지 통과해 버린 쾌감에 부들부들 떨리고 있었다. 완벽했다. 안쪽 깊이 느껴지는 이 부드럽고 촉촉하고 따뜻한 내부는 혜수의 것과 완벽하게 일치하고 있었다. 혜수를 처음 품에 안았을 때, 그때 느꼈던 그 지독한 쾌감이 고스란히 살아나고 있었다. 척추가 뒤흔들리고 온몸의 뼈가 녹아내리는 이 황홀한 기분에 지금 당장 죽어도 여한이 없을 것 같았다.

"아으…… 아……."

부들부들 떨며 온몸으로 고통을 호소하는 희수의 신음 소리에 몽롱한 정신에서 깨어났다. 얼굴을 잔뜩 일그러뜨리며 고통스러워 버둥거리는 희수의 반응에 짜릿했던 쾌감은 온데간데없고 어찌할 수 없는 당혹감만 남아 있었다.

희수가 너무 아파하자 민욱이 아쉽지만 몸을 뒤로 빼려 했다. 그러나 희수가 그를 바짝 끌어안으며 속삭였다.

"잠…… 시만…… 이대로……."

희수는 뼈가 으스러지는 듯한 아픔이 점점 가시기 시작하면서 조금씩 그에게 익숙해지려는 찰나 그가 벗어나려는 움직임을 보이자 서둘러 붙들었다. 그를 놓아주면 다신 못 잡을 것처럼 필사적인 심정으로 그의 어깨를 끌어안고 허리를 두 다리로 휘감았다. 고통에 못 이긴 숨결이 거칠었지만 다리 사이로 느껴지는 그의 육중한 체중이, 몸 위로 내려앉은 그의 체온이 느껴지자 마냥 뿌듯했다. 끌어안은 목덜미에서 나는 그의 체취가 그동안의 갈증을 모두 해소시켜 주는 기분이었다.

"하아, 역시 당신이었어."

목 안까지 말라 버린 희수의 목소리는 거칠어져서 알아듣기가 어려웠다.

"뭐라고 했니?"

"이대로…… 제 안에 머물러 주세요."

힘겹게 속삭이면서도 그를 떼어놓지 않으려는 희수의 행동에 민욱은 미안하면서도 뿌듯했다.

"많이 아프니?"

"조…… 금…….."

강대한 그를 받아들이고는 익숙해지려고 참아내는 모습이 안쓰러워 민욱은 그녀의 얼굴을 어루만지며 달래주었다. 커다란 손이 다정하게 이마를 쓸어 내리자 마음이 편안해졌는지 희수의 일그러졌던 표정도 조금은 펴진 모양이었다. 힘겹게 눈을 뜨고 그를 마주 보는 희수의 눈빛은 여자만이 가질 수 있는 자부심으로 가득 차 있었다.

"이제, 회장님은 제 남자예요."

아직 제대로 시작도 안 했건만 당돌하게 꺼낸 말이 그것이었다. 민욱은 고통을 참아내느라 이를 악물고 있는 희수가 안쓰러우면서도 그의 소유를 분명히 하는 발언에 어처구니가 없어졌다.

"이제 참을 만한가 보구나, 농담을 다 하는 걸 보니?"

"농담 아니에요. 저는 당신만을 위해 태어났어요. 당신을 처음 본 순간부터 줄곧 당신만 그리워하면 사랑해 왔어요. 그러니까 제 남자예요. 당신을 뺏어버리라고 하셨잖아요. 그러니까 저만 사랑해 주세요."

사심없는 순수한 감정이 그에게 쏟아졌다. 너무 깨끗한 눈빛에 자신의 더러운 마음이 들킨 것 같아 참을 수가 없었다. 삐딱해진 마음에 저도 모르게 본능대로 거칠게 몸을 움직이자 희수의 비명이 날카롭게 울렸다.

"아악, 아파요."

일부러 잔인하게 속삭였다.

"참아. 내 여자라면 당연히 나를 온전히 받아들여야지."

"하…… 하지만……."

울먹이며 미약하게 반발하는 희수의 몸 안으로 힘껏 들어서자 온몸을 휘감아오는 짜릿한 통증과 더불어 그녀의 비명 소리가 높아졌다. 그의 등에 박힌 손톱이 붉은 자국을 내는 것도 못 느낄 만큼 민욱은 눈앞이 아찔한 쾌감에 말을 잃었다.

"미…… 미…… 민욱 씨, 아파요. 제발…….."

애처롭게 흐느끼는 희수의 속삭임을 모른 척하다가 그의 이름을 불렀다는 사실에 몸짓을 멈추었다.

"뭐라고?"

"아프다구요."

눈물이 그렁그렁한 희수가 원망스러운 눈초리를 그를 노려보고 있었다. 그 앙망스러운 시선에 슬그머니 죄책감이라는 것이 어디선가 기어올라 오는 기분이었다. 그렇지만 먼저 확인할 말이 있어 일부러 퉁명스럽게 소리쳤다.

"아니, 그전에."

추궁하는 민욱이 무서워서인지 희수는 입술을 깨물며 아무 말도 하지 않았다.

"빨리!"

재촉과 함께 거칠게 몸을 부딪쳐 오자 희수는 온몸을 휘며 소리쳤다.

"아악, 미…… 민욱 씨, 민욱 씨라고 했어요."

혹시나 화를 내지 않을까 마음 졸이며 가만히 그의 반응을 기다렸다. 잔뜩 성이 나 있던 그의 몸짓이 한결 부드러워지면서 희수의 몸 위에 가만히 내려앉았다. 민욱의 입술도 다정하게 희수의 눈두덩이 위에 내려앉았다.

"계속 불러줘."

의아해하는 희수의 눈빛이 부드럽게 휘어진 민욱의 눈매에 꽂혔다. 한결 다정해진 그의 태도에 자신감을 얻은 희수가 부끄러운 시선으로 입술을 오물거렸다.

"민욱 씨."

거칠게 부딪쳐 오던 몸짓이 천천히, 그리고 다정하게 다가오기 시작했다.

"민욱 씨."

애정이 가득 담긴 희수의 목소리에 민욱의 뿔난 마음이 진정되며 느긋해졌다. 단 한 번도 애정 어린 목소리로 그의 이름을 불러준 적 없던 희수에 대한 서운함이 눈 녹듯 사라지고 있었다.

"민욱 씨."

그의 손길에, 몸짓에 조심스럽지만 솔직하게 반응하며 열꽃을 피우는 희수가 사랑스러웠다.

"미…… 민욱 씨."

때론 격렬하게, 때론 감질나게 안아주는 그의 움직임에 희수는 점점 몸과 마음이 붕 뜨는 것처럼 달아오르기 시작했다.

"미…… 민욱…… 씨."

점점 폐로 들어가는 산소가 부족해져서 민욱을 부르는 희수의 속삭임은 어느새 신음으로 바뀌고 있었다.

"아……."

희수의 달콤한 신음성과 민욱의 거친 숨결이 어우러지면서 서로를 탐하는 손길이 다급해져 갔다.

"사…… 사랑해요."

그의 귓가에 소리의 미약을 속삭이자 민욱의 움직임이 더욱 거칠어졌다. 그러나 이젠 아픔보다는 몸속에 그가 지펴둔 열기가 더 뜨거워 견딜 수가 없었다. 발끝이 오그라지는 기분에 한껏 그의 등에 손톱을 세웠다.

"혜수야."

그녀가 아닌 다른 여자의 이름을 부르는 그의 목소리가 더없이 섹시하게 다가왔다. 희수가 그의 목덜미를 끌어안자 민욱은 그대로 몸을 기대며 그녀의 귓불을 혀로 핥았다.

"꺄악."

전신에 퍼지는 짜릿한 전율에 희수가 튕기듯 몸을 움츠리자 민욱의 입술에서도 거친 숨결이 터져 나왔다. 귓가에서 퍼지는 그의 뜨거운 숨결이 더없이 민감하게 다가왔다. 더 이상 참을 수가 없는지 민욱의 움직임이 격렬하게 변하더니 깊이 안으로 밀고 들어와 그대로 사정하고 말았다.

"흣!"

사정의 쾌감과 간만에 느끼는 만족감에 민욱의 입술에서 만족스러운 신음 소리가 흘러나왔다. 지쳐 버린 민욱은 그대로 거칠게 숨을 토해내는 희수의 몸 위로 내려앉아 여운을 즐겼다.

"어떠셨어요?"

할딱이는 숨으로 희수는 기대감을 감추지 못하고 그에게 물었다. 뜬금없는 질문에 어리둥절하던 민욱은 그 의미를 깨닫고는 피식 웃음을 터뜨렸다.

"글쎄……."

"에? 그게 뭐예요?"

의뭉스럽게 대답하는 민욱에게 희수는 잔뜩 실망스러운 기색을 감추지 않았다.

"넌 어땠는데?"

"저야……."

그제야 부끄러운 듯 시선을 내리까는 희수의 모습이 사랑스러웠다. 따뜻하고 부드러운 여체를 좀 더 느끼고 싶어 몸을 기대고 누웠지만 아무래도 자신의 무게 때문에 힘들 것 같아 천천히 몸을 뗐다.

"흐윽."

그동안 자신을 괴롭히던 민욱이 빠져나가자 내부가 더욱 쓰리고 아파 희수는 저도 모르게 신음을 흘렸다. 민욱은 어느새 말캉거리는 살로 돌아온 자신의 분신에게 묻어 있는 분명한 선혈과 희수의 다리 사이로 흐르는 붉은색이 섞인 하얀 정액을 바라보며 만족스럽게 미소 지었다. 온전히 자신의 것이라는 영역 표시를 확실히 해두었다는 만족감에서였다.

민욱은 침대가로 다가가 미리 준비해 둔 물수건을 가져와 희수의 다리 사이를 꼼꼼히 닦아주었다. 부끄러운 듯 희수의 손이 주저하며 그를 막아섰지만 민욱은 개의치 않고 그가 남긴 흔적을 모두 지워냈다. 그리고는 협탁의 서랍 안에 들어 있는 담배 케이스와 라이터를 꺼내 들었다. 침대 머리에 등을 기대고 다리를 길게 뻗은 채 나른함에 젖은 얼굴로 담배에 불을 붙였다. 자극적인 니코틴이 체내로 스며들면서 사라졌던 이성도 함께 찾아들었다. 호흡이 차츰 가라앉으면서 옆에 누워 있는 희수의 모습이 눈에 들어왔다. 혜수를 보는 듯한 모습에 가슴 언저리가 욱신욱신 저며왔다. 치미는 욕정에 못 이겨 냉큼 안아버렸지만 약간의 후회가 들기도 했다. 혜수가 아닌데 자신을 사랑한다는 아이를 혜수로 연상하며 안아버린 것이 내심 미안했다.

"후회하세요?"

순간 물고 있던 담배를 떨어뜨릴 뻔했다.

"뭘 말이냐?"

순식간에 그의 속내를 꿰뚫어 본 그녀의 직감에 놀랐지만 태연한 척 굴었다. 사실 정신이 들고 나니 혜수의 그림자에 헤매는 자신의 모습이 한심스러웠다. 아니라는 것을 알면서도 닮았다는 이유로 희수를 안아버렸지만 품고 나니 놔줄 수 없는 이기심을 발견했다. 겉모습만 닮은 것이 아니라 혜수에게 빠져들 수밖에 없던 강렬한 오르가즘을 희수에게서 똑같이 느껴 버린 것이었다. 한심하다 조소를 금치 못하면서도 쉽게 뒤돌아 버리지 못한 얄팍한 심기가 낯부끄럽게 느껴졌다.

"저를 안아버린 것을 말이에요."

"후회하길 바라니?"

감정을 느낄 수 없는 담담한 희수의 말에 대답하는 민욱의 목소리가 곱지 않았다. 마치 그가 후회라도 해서 자신을 놔주길 바라는 것이 아닐까 하는 짐작에 민욱의 눈빛 또한 매섭기 그지없었다. 유혹한 쪽이 누군데 하는 억울한 마음도 치솟았다.

"아뇨."

예상 밖의 말이 들렸다. 그리고 몸을 일으켜 그의 곁으로 다가와 앉는 희수의 표정은 더없이 기분 좋아 보였다. 그래서 더 알 수 없는 일이었다. 하긴 먼저 유혹한 것은 저 아이니 만족스러울 만도 하지.

"전 민욱 씨가 절 더 원하시길 바라요. 절대로 저를 놓아주지 않을 만큼 말이에요."

"뭐…… 라고?"

희수의 당돌한 눈동자가 민욱을 또렷이 바라보았다.

"혜수…… 라고 하셨나요, 그 여자 분 이름이? 제가 그렇게나 많이 그분을 닮았어요? 제가 혜수가 될게요. 그럼 저만 바라봐 주실 거죠?"

"뭐…… 무슨 소리를 하고 있는 거냐?"

조금도 예상한 적 없는 희수의 말에 민욱은 당황해했다. 담뱃불이 점점 타 들어가는데도 모를 정도였다. 희수가 담배를 들고 있는 그의 손째 재떨이 쪽으로 밀자 그제야 민욱은 허둥지둥 담배를 비벼 껐다. 그러는 사이 어느새 희수가 그의 허벅지 위로 타고 올라왔다. 아름다운 예술품을 보며 경탄하듯 군살없이 탄탄한 민욱의 가슴을 어루만지며 위험스럽게 눈을 빛냈다.

"탐이 나요. 당신이라는 남자가 너무 탐이 나서 미칠 것만 같아요. 이런 욕심, 부질없다는 것을 알면서도 놓지 못했어요. 제가 민욱 씨가 사랑하는 여자를 닮아서 안는 것이라 해도 상관없어요. 안아주세요. 제가 그 여자 분이 되어드릴 테니까 당신의 온기를, 사랑을 제가 느낄 수 있게 해주세요."

희수는 민욱의 오른손을 이끌어 자신의 왼쪽 가슴 위에 자신의 손과 함께 포갰다.

"느껴지세요, 제 심장 소리가? 당신 때문에 움직이고 있어요."

손바닥 아래 느껴지는 심장은 작지만 손이 데일 만큼 뜨거웠고 그의 심장마저 전율케 할 만큼 힘차게 뛰고 있었다.

"이 세상에서 제가 원하는 건 단 하나뿐이에요. 십삼 년 전 신문에 난 당신의 사진을 처음 본 순간부터 원하는 건 하나였어요. 제가 회장님이 사랑하셨다는 여자와 똑같이 생겼다는 사실이 얼마나 기쁜지 아세요? 그래서 회장님이 그 여자를 아직도 못 잊은 채 저를 대신 취하셨다 해도 상관없어요. 제가 그 여자가 될게요. 그래서 오직 당신만을 사랑하는 여자가 될게요. 그러니까 대신에 제 소원도 들어주세요. 제가 당신의 유일한 여자가 되게 해주세요."

이것이 유혹이라면 치명적이었다. 혜수의 죽음 이후 언제나 꿈속에서만 이루어지던 상상이 현실로 일어나자 믿을 수 없는 상황에 민욱의 표정이 경악과 경계로 굳어져 있었다. 혹시나 누군가가 그의 과거를 알고 이 아이를 보낸 게 아닐까 하는 의심도 생겨났다.

"뭐…… 뭐 하는 짓이냐?"

끝없이 생겨나는 의심에 희수의 행동을 알아차리지 못한 민욱은 자신도 모르게 평정을 잃고 소리치고 말았다. 그의 가슴에 바짝 다가와 기대고 있는 희수가 그의 목을 천천히 혀로 핥고 있었다. 보드라운 입술의 스침이, 앙증맞은 혀끝의 뜨거움이 피부 위를 스치자 욕심 많은 민욱의 짐승이 다시 눈을 뜨기 시작했다.

"밤은…… 아직 길잖아요."

조금 전까지 그를 버거워하던 아이의 입에서 나온 말이라고는 믿을 수가 없었다. 하지만 성을 내기 시작하는 그의 짐승 위로 천천히 내려앉자 그제야 사태를 파악할 수 있었다.

"하악, 민욱 씨."

"너……!"

그의 눈앞에서 몸을 활짝 벌리며 온전히 그를 받아들이느라 애를 쓰는 희수의 행동에 민욱은 서둘러 그녀를 조심스럽게 끌어안았다. 끝까지 그를 받아들이고는 자랑스러워하며 그에게 미소 짓는 희수가 민욱의 가슴을 거세게 두드렸다.

"보세요. 이젠 아프지 않아요."

말은 아프지 않다고 하지만 그를 휘감고 있는 속살은 부담스러워하며 파들거리고 있었다. 희수의 허리를 잡고 있는 민욱의 손바닥 아래에서도 그 긴장감이 느껴질 정도였다.

"바보 같으니……."

민욱이 안타까운 마음에 타박하자 금세 희수의 눈동자에 눈물이 그렁거렸다.

"하아, 제가 민욱 씨께 드릴 수 있는 건 아무것도 없잖아요. 고작 해봐야 이 몸으로 줄 수 있는 즐거움과 당신 곁에 머물면서 행복해하는 저 외에는 아무것도 드릴 것이 없잖아요. 어떻게 든 당신을 잡고 싶어요. 잠시라도 이렇게 당신 옆 자리에 머물 수만 있다면, 저로 인해 당신이 조금이라도 행복하게 웃어줄 수만 있다면 전 뭐든지 할 수 있어요."

뺨 위로 타고 흐르는 희수의 눈물이 심장을 찔러댔다. 민욱은 저도 모르게 손을 들어 그녀의 젖은 뺨을 닦아내 주었다. 그리고 작은 등을 끌어안아 토닥거리며 자신의 가슴에 기대게 했다.

"쉬이, 울지 마라. 이제 네가 싫다고 해도 나는 널 놔줄 수가 없으니까."

"정말이세요?"

민욱의 부드러운 손길에 어느 정도 기대감을 품었던 희수는 그의 말에 깜짝 놀라며 고개를 치켜들었다. 아직도 물기가 흐르는 희수의 뺨을 입술로 닦아내며 민욱은 잔인한 눈빛으로 다정하게 속삭였다.

"대신 네가 날 배신한다면 절대로 용서치 않을 테니까 명심하거라."

민욱의 경고에도 불구하고 희수의 표정은 환하게 빛나고 있었다.

"정말로 제가 민욱 씨의 곁에 머물러도 돼요? 거짓말하시는 건 아니시죠?"

"거짓말이 아니야."

민욱은 다정하게 속삭이며 달아올라 열기가 느껴지는 희수의 뺨을 입술로 쓸어 내리면서 하얀 목덜미로 내려와 뜨겁게 뛰고 있는 맥박을 찾아 헤맸다. 거짓말은 아니지만, 혜수를 겹쳐 보고 있다는 말은 차마 할 수가 없어 선택한 것이 달콤한 체온으로 그를 유혹하고 있는 희수를 받아들이는 것이었다.

"사랑해요. 사랑해요. 저를 통해 제가 아닌 다른 여자를 보더라도 상관없었어요."

희수의 가슴으로 고개를 내리던 민욱은 깜짝 놀라 고개를 치켜들었다. 놀란 그의 시선과 씁쓸하게 미소 짓고 있는 희수의 시선이 마주쳤다.

"닮았다면서요? 아직도 그 여자 분을 못 잊으신다면서요?"

"아……."

민욱이 무언가 변명을 하려 입을 열었지만 막상 무슨 말을 해야 할지 몰라 망설였다. 그러나 희수는 다 이해한다는 표정으로 그의 입술에 가볍게 입을 맞추었다.

"사랑해요. 오직 단 한 여자만을 사랑하는 당신의 순정 또한 사랑해요. 괜찮아요. 절 그 여자 분으로 여기셔도 돼요. 다만……."

"다만?"

말끝을 잇지 못하고 희수가 고개를 떨어뜨리자 민욱이 조급하게 다그쳤다.

"다만…… 저…… 만 봐주세요."

힘겹게 말을 끝내는 희수의 얼굴은 죄책감과 두려움으로 얼룩져 있었다.

"무슨 의미인 거냐?"

희수가 무엇을 요구하는지 알면서도 민욱은 일부러 잔인하게 되물었다. 그녀의 진심을 정확하게 듣고 싶은 욕심 때문이었다.

"저만…… 안아주세요. 저만…… 당신의 온기를 나눌 수 있게…… 해주세요. 다른 건 바라지도 않을게요. 무리한 요구인 건 알지만…… 알지만……."

아내가 있는 남편에게 그런 요구를 한다는 것이 죄스러워 견디지 못한 희수는 양손으로 얼굴을 가리고 흐느꼈다. 손으로 입을 가린 채 차마 소리 내 울지도 못하고 흐느끼는 희수의 모습에 마음이 짠해졌다.

손으로 살짝 희수의 머리칼을 쓸어 올렸다. 짧은 단발, 작지만 둥근 어깨, 여전히 뼈가 피부 위로 도드라져 보이는 마른 몸매가 혜수와 똑같다고 할 수 있었다. 그래서 그에게 자신만 안아달라고 요구하는 희수의 모습이 혜수처럼 보였다. 그의 상상 속 혜수는 언제나 그에게 달콤한 미소를 흘리며 사랑한다고 속삭였다. 사실이 아니라는 것을 알면서도 그런 꿈을 꾸었다. 그리고 눈앞에 혜수와 똑같이 생긴, 똑같은 감각을 불러일으키는 희수가 그를 사랑한다며 울고 있었다. 그를 사랑해서 욕심 부리는 희수가 어쩌면 그가 바라는 혜수일지도 몰라 손이, 가슴이 그녀를 먼저 끌어안았다.

"내게 여자는 너뿐이다."

혜수에게 하는 말일까, 아님 희수에게…… 상관없었다. 희수
는 그의 든든한 가슴에 안겨 필사적으로 외치는 민욱의 말에 천
천히 눈물을 멈추고 행복하게 미소 지었다.

"사랑해요."

민욱의 가슴에 얼굴을 비비며 억누를 수 없는 감정을 토해냈
다.

"사랑해요."

그의 품에서 고개를 든 희수와 민욱의 애틋한 시선이 공중에
서 마주쳤다. 민욱의 흐릿한 시야에 혜수가 아직 속눈썹에 매달
려 있는 눈물방울 닦아내지도 않고서 그를 올려다보며 달콤하
게 속삭였다. 숨결이 거칠어지며 심장이 미친 것처럼 뛰기 시작
했다.

"혜수야……."

자신도 모르게 혜수라고 부르며 민욱은 희수를 와락 끌어안
고 아까부터 터져 나갈 것 같은 욕구에 굴복하고 말았다.

"사랑한다."

혜수가 아니라는 것을 알면서도 제대로 된 사랑 고백조차 해
주지 못한 자신의 못남을 탓하며 안타깝게 속삭였다. 양손으로
다 잡힐 것 같은 허리의 가늠이 애처로웠다. 여전히 작은 그녀
의 몸이 안쓰러워 견딜 수가 없었다. 그러면서도 해갈되지 않는
욕망을 느끼는 자신이 부끄러웠다. 그의 사랑한다는 말이 희수
가 아닌 '그녀'의 것이라는 것을 알면서도 희수는 행복한 표정

으로 자신의 허리를 잡고 있는 그의 손을 이끌어 가슴 위로 올려놓았다. 부끄러워하면서도 그를 원한다고 노골적으로 말하는 희수의 시선이 민욱을 흔들었다.

"느껴지세요? 이렇게 당신의 말 한마디에 힘차게 뛰고 있는 제 심장이……. 전 당신만을 위해 존재하는 여자예요. 그러니까 아무런 걱정 하지 마세요. 당신이 저를 버려도, 제가 당신을 버리지 않아요. 사랑해요."

아까부터 움찔거리며 자꾸만 꿈틀거리는 그의 남성을 부드럽게 조이며 가슴 위에 얹어진 그의 손을 맞잡고 가슴을 어루만졌다. 희수의 손과 겹쳐진 민욱의 손 아래 놓인 그녀의 가슴은 따뜻하고 부드럽고 유혹적이었다.

"널…… 어찌하면 좋을지……."

"안아주세요. 제가 당신의 유일한 여자잖아요. 온몸으로 느낄수 있도록 마음껏 안아주세요."

"힘들 거다."

"그래도 좋아요. 당신을 마음껏 품는 게 제 욕망이니까요."

그 말을 끝으로 민욱은 그녀의 바람대로 작은 입술을 마음껏 희롱하며 꿈에서만 가능했던 혜수의 육체를 온밤을 지새워 탐닉했다. 그 밤은 마치 오랜 가뭄으로 더욱 메말라 있는 사막에 생명수처럼 시원하게 내리는 단비와도 같았다.

오랜만에 개운한 느낌으로 일어나 깨끗이 샤워를 하고 뿌옇게 김이 서려 있는 거울을 한 손으로 쓰윽 훔친 민욱은 그 속에서 예전의 자신을 찾을 수 있었다. 이혜수를 품었던 시절에 그의 눈동자 속에서 빛나던 생기를 말이다. 희미한 웃음으로 만족을 드러내고는 목욕 가운을 걸치고 욕실을 나섰다. 평소와 다름없는 모습이지만 묘하게 발걸음이 가벼워 보이는 뒷모습이었다.

침실 한가운데의 침대 위에는 새벽녘까지 사랑을 나누었던 희수가 기절한 것처럼 잠들어 있었다. 그의 손자국이 그대로 남아 있는 하얀 엉덩이를 보자 다시금 입맛이 돌기 시작했다. 하지만 새벽의 마지막 정사로 그대로 까무러치고 말았기 때문에 아쉽긴 하지만 입맛만 다실 뿐이었다. 잠들어 있는 희수가 깨지 않게 살그머니 옆 자리에 앉아 죽은 듯이 자고 있는 희수의 뺨을 어루만졌다. 아직도 열기가 고스란히 남아 있어 묘한 만족감이 그의 입가에 스며들었다. 뺨을 스치는 서늘한 손길에 불현듯 잠에서 깨어난 희수는 잠이 가득 묻어나는 목소리로 웅얼거렸다.

"으음, 미…… 우씨?"

"음, 더 자라."

눈도 못 뜨고 칭얼거리는 희수의 귓가에 다정하게 속삭여 주고 이불을 덮어주는데 희수가 힘없이 그에게 팔을 벌렸다.

"미…… 민욱 씨……."

떨어지지 않는 눈 때문에 희수는 흐릿한 윤곽만으로 민욱에게 손을 뻗었다. 그가 자신의 손을 거부하지 않으리라는 절대적인 믿음이 어느새 그녀의 내부에 자리잡고 있었다. 희수의 예상대로 민욱이 그녀의 팔 안으로 들어와 주었다. 희수는 한껏 미소를 지으며 뿌듯한 마음으로 민욱을 힘껏 끌어안았다. 상쾌한 향이 그에게서 흘러나왔다.

"음, 샤워했어요?"

민욱의 목덜미에 코를 박고 한껏 그의 체취를 들이켰다.

"그래."

"기분이 좋아요. 아침에 눈뜨자마자 민욱 씨의 체취를 느낄 수 있다는 것이……."

희수가 아직 눈도 제대로 뜨지 못한 채 중얼거리자 민욱이 피식 웃음을 터뜨렸다.

"눈 뜨긴 뜬 거냐?"

"으음, 짓궂어요. 이게 누구 때문인데……."

입술이 앙증맞게 삐죽거렸다. 그 모습이 사랑스러워 민욱이 가볍게 입을 맞추었다.

"그래, 아직 이른 아침이니까 더 자도록 해."

"민욱 씨는요?"

"난 출근해야지."

"우웅, 모닝키스도 안 해주고……."

어느새 자연스럽게 그에게 입술을 내밀며 애교를 부리는 희수의 존재가 실감이 가지 않았다.

아무리 기다려도 민욱의 입술이 다가올 기미를 보이지 않자 희수는 억지로 눈을 비비며 떨어지지 않는 눈꺼풀을 잡아당기다시피 해서 떼어냈다. 빡빡한 눈이 따끔거리고 눈부신 햇살에 저절로 얼굴이 찡그려졌지만 눈앞의 남자 때문에 억지로 버텼다.

"민욱 씨?"

눈살을 한껏 찌푸리며 억지로 눈을 뜨고 있는 희수의 모습에 민욱은 약하게 한숨을 내쉬며 한 손으로 그녀의 눈을 감겼다.

"안 떨어지는 눈, 억지로 떼지 말고 그냥 감고 있어."

"왜 그래요?"

그의 목소리에 담긴 작은 근심을 느꼈는지 희수가 불안해하며 물었다.

"아니, 네가 너무 사랑스러워서 어떻게 떼어놓고 회사로 갈지 걱정이다."

그 말에 희수의 얼굴에 환한 미소가 방긋 퍼져 나갔다.

"오늘 꼭 회사에 나가야 해요?"

밤새 그의 욕망을 고스란히 다 받아주어 파리한 안색이면서도 방긋 웃으며 그를 유혹하는 희수가 어처구니없는지 민욱은 가볍게 혀를 차며 그녀의 이마를 검지로 슬쩍 밀었다.

"쯧, 제대로 눈도 못 뜨면서 어디서 유혹이냐?"

"눈 뜰 수 있어요."

잠은 한참 전에 깨버렸지만 이상하게 눈이 떨어지지 않았다. 그렇지만 억지를 쓰며 그를 붙잡았다. 뽀로통하게 내민 희수의 입술에 가볍게 입을 맞추고는 민욱은 그녀를 억지로 침대에 눕혔다.

"일찍 올 테니까 그동안 자고 있어. 그래야 돌아와서 안아주지."

은근하게 속삭이는 그의 말에 희수는 목 위까지 덮어준 이불을 잔뜩 끌어올려 붉어진 얼굴을 감추었다.

"김 실장한테 말해서 네 짐, 오늘 안에 옮기도록 하마. 여기서 함께 살자."

"정말요?"

겨우 눕혀놨건만 그의 말에 놀란 희수가 몸을 발딱 일으켰다. 눈도 못 뜬 희수가 놀란 표정을 짓자 우스운지 민욱은 몰래 킥킥 웃으며 그녀를 다시 떠밀었다.

"그래, 내 곁에 머문다고 네 스스로 말하지 않았니? 그러려면 같이 살아야겠지."

"정말이죠? 저 정말 민욱 씨 곁에 머물러도 되는 거죠?"

그의 제안이 믿기지 않은 듯 울먹이는 희수의 이마 위로 민욱의 입술이 내려왔다.

"그래, 그러니까 이제 그만 더 자도록 해. 피곤하잖니."

"민욱 씨도 피곤하실 텐데……."

앞이 보이지 않자 더욱 부끄러워진 희수가 기어들어 가는 목소리로 수줍게 대꾸했다. 그러자 그녀의 얼굴로 바짝 다가온 그가 짓궂게 속삭였다.

"난 아직 팔팔한데. 증명해 줄까?"

"추, 출근하셔야 한다면서요?"

은근하게 다가오는 민욱의 숨결이 뜨겁게 느껴지자 희수의 목소리에는 당황한 기색이 역력했다. 민욱은 얼핏 시계를 돌아보고는 대수롭지 않게 중얼거렸다.

"아직 시간은 있군,"

"하, 하지만……."

그를 먼저 붙잡은 건 그녀지만 막상 민욱이 주저앉자 당황했다. 민욱이 희수가 덮고 있는 이불을 거두려 하자 어찌해야 할지 몰라 당황한 희수는 자신도 모르게 힘껏 이불을 움켜잡았다.

"음?"

얼굴을 새빨갛게 물들이며 희수가 덮고 있는 이불을 놓으려 하지 않자 민욱의 입술에서 가벼운 웃음이 흘러나왔다.

"왜 그러지?"

"부, 부끄럽잖아요."

"뭐가?"

"햇빛이…… 훤한데……."

지난밤 대담하게 그를 유혹한 여자는 온데간데없이 사라지고 수줍음 많은 소녀만 남아 있었다. 그런 변화가 오히려 즐거운지 민욱의 늘어진 입가는 좀처럼 돌아올 생각이 없어 보였다. 필사적으로 이불을 부둥켜 잡고 있는 희수 쪽은 놓아주고 민욱은 그녀가 눈이 보이지 않는다는 점은 이용해 재빨리 아래쪽을 들추었다.

"꺄악!"

생각대로 기겁한 희수가 허둥지둥 도망치려 했지만 그에게 발목이 잡혀 오도가도 하지 못했다.

"어딜?"

"하, 하지만 민욱 씨, 늦잖아요."

"먼저 가지 말라고 한 건 누구지?"

"그, 그야……."

민욱의 손이 은근한 불씨를 지피며 발목을 타고 무릎 뒤쪽으로 쓸어 올라갔다. 무릎 뒤쪽의 옴폭 파인 곳을 엄지로 슬쩍 어루만지자 간지러운지 움찔거리는 반응이 나타났다. 악동 같은 미소로 민욱은 희수의 무릎을 들어 직접 혀로 여린 살을 훑어 내렸다.

"가, 간지러워요."

킥킥거리는 웃음소리가 희수에게서 흘러나왔다. 웃으며 그를 밀어내지만 민욱은 아랑곳하지 않고 점점 깊숙이 다가오기 시작했다. 점점 은밀한 부위로 다가오는 그의 입술을 느끼며 더욱 민감하게 느껴지는 감각들로 인해 몸이 뜨거워졌다. 하루 만에 그의 손길에 길들여진 자신을 알게 되는 순간이었다.

"하악, 민욱 씨."

철저하게 그에게 길들여진 밤 이후 희수는 온전한 그의 여자였다. 금세 젖어들며 그를 애타게 갈구하는 희수의 반응에 뿌듯해하며 민욱은 스스로의 욕구에 놀라고 있었다. 이렇게까지 자

신의 성적 욕구가 강했나 싶었지만 복숭앗빛 뺨으로 그를 기다
리는 희수의 얼굴을 본 순간 이 모든 것이 그녀 때문이라는 것
을 알았다. 그에게 온전히 자신을 맡긴 희수가 그를 미치게 만
들고 있었다. 다급한 손길로 가운 앞섶만 풀어헤치고 그를 애타
게 기다리는 희수의 여성 안으로 자신을 묻었다. 그의 움직임에
맞춰 힘껏 몸을 휘는 희수가 사랑스러워 참을 수가 없었다.

"처…… 천천히……."

거칠게 부딪쳐 오는 민욱의 움직임에 눈물이 날 만큼 아프자
희수가 얼굴을 찡그리며 애원했다. 그녀를 탐욕스럽게 원하는 손
길은 변함이 없었지만 움직임만큼은 한없이 다정하게 변했다. 그
제야 희수의 이마가 말끔하게 펴지며 희미한 웃음을 머금었다.

겨우 눈을 뜨고 자신에게 열중하는 민욱을 보았다. 그녀를 음
미하는 표정으로 반쯤 눈을 감고 혀끝으로 마른 입술을 축이는
그의 행동에 희수는 충동적으로 그의 목을 끌어당겨 입을 맞추
었다. 당황한 듯 끌려왔지만 금세 열정적으로 키스를 돌리는 그
가 가슴이 터질 것처럼 벅차게 탐이 났다. 이렇게 쉽게 그녀에
게 곁을 허락해 준 그가 더없이 고맙고 너무 행복해서 차마 두
렵기까지 했다. 하지만 그녀는 팔 안에 그를 안고 있었다. 꿈속
에는 느낄 수 없는 체온을, 그를 온전히 느끼고 있는 것이었다.
절대로 놓아줄 수가 없었다. 무슨 일이 있어도 다시는 그의 손
을 놓지 않으리라 굳게 다짐했다.

12.

밀 월(蜜月)
—즐겁고 달콤한 동안

평소와는 달리 늦게 내려온 민욱에게 형주는 의아한 시선
을 던졌다. 묘하게 생기 넘치는 모습에 한줄기 피어오르는 의혹
을 저버릴 수가 없었다. 형주가 열어주는 차에 올라타며 민욱은
지나가는 듯이 한마디 던졌다.

"희망원에서 희수의 짐을 이리로 옮겨두십시오."

그 한마디로 형주는 지난밤의 일을 짐작할 수가 있었다. 그래
서 저렇게 민욱의 안색이 피어나는 것이라 여기며 무겁게 흘러
나오는 숨을 억지로 붙잡았다. 형주의 무겁게 내려앉은 표정에
서 무슨 말을 하고 싶어하는지 알았지만 민욱은 모른 척했다.

민욱이 출근하고 한참 후에야 평소와는 다른 잠자리에 희수

는 화들짝 놀라며 벌떡 일어났다. 낯선 방 안의 모습에 당황하던 것도 잠시, 아침 나절의 일이 떠오르자 은은한 홍조가 얼굴에 퍼져 나갔다. 방 안으로 들어오는 햇빛의 양으로 보아 벌써 한낮이 지난 듯싶어 서둘러 자리에서 일어나려는데 자신도 모르게 몸을 웅크리고 말았다. 은근히 퍼져 나가는 허벅지 안쪽의 생소한 아픔이 민욱과 있었던 일이 거짓이 아님을 말해주고 있었다. 문득 협탁 위에 놓인 작은 메모와 황금색 카드가 눈에 들어왔다.

〈짐은 김 실장이 가져다 줄 거다. 혹시나 필요한 것이 있으면 사고.〉

그가 남긴 메모에 희수는 한숨부터 흘러나왔다. 그렇게 뜨겁게 안아주던 남자가 남긴 멋대가리없는 메모에 실망스러웠지만 조급해하지 않기로 스스로 다짐했다.

문득 이미 출근해서 존재는 없지만 방 안에 희미하게 떠도는 그의 향기를 느낄 수 있었다. 아침에 그대로 기절해 버려서 출근하는 그를 배웅하지 못한 것이 못내 아쉬웠다. 그 아쉬움을 뒤로하고 욕실로 향하려는 희수의 귀에 불안스럽기만 한 전화벨이 울려 퍼졌다.

한편 희망원에서는 밤새 연락없는 희수 때문에 노심초사하던 오 원장에게 손님이 찾아왔다.

"안녕하십니까?"

"어머, 한영그룹의 김 실장님이 아니세요? 혹시 우리 희수 일 때문인가요?"

형주가 머쓱하게 웃으며 고개를 끄덕이자 오 원장은 크게 한숨을 내쉬며 스르륵 자리에 주저앉았다.

"아이고, 하느님. 애는 오지 않고 연락도 없고 해서 얼마나 걱정했는지 모릅니다. 그래, 우리 희수는요?"

오 원장은 아무리 둘러봐도 희수의 모습이 보이지 않자 의아한 표정으로 형주에게 물었다. 하지만 형주가 난처한 표정으로 쉽사리 말을 꺼내지 못하자 오 원장의 가슴이 또 한 번 덜커덕 내려앉았다.

"호…… 혹시 우리 희수에게 무슨 사고라도…….'"

"그런 건 아닙니다."

불길한 쪽으로 생각이 기우는 오 원장의 말에 형주가 얼른 고개를 휘저었다.

"희수 양은 이제 이곳에 돌아오지 않을 겁니다."

"네? 그게 무슨 말씀이세요?"

"이거 받으시죠."

형주가 품 안에서 두툼한 흰 봉투를 하나 꺼내놓자 오 원장의 눈이 더욱 의심스럽게 휘어졌다.

"회장님의 간소한 성의라 여기십시오. 대신 앞으로 희수 양은 회장님의 보호 아래 있을 겁니다. 그리고 일체 간섭 따윈 하지 말아주십시오."

오 원장의 입이 쩌억 벌어졌다. 지금 형주가 하는 이야기가 사실인지 믿기지 않았다. 분명 어제 희수를 처음 본 현 회장이 그 아이를 보호한다는 말이 무섭게 느껴졌다.

"기…… 김 실장님, 그게…… 그게 무슨 뜻인가요?"

"모른 척해주시면 앞으로 희망원에 대한 후원은 섭섭지 않게 해드릴 겁니다. 조만간 사람들이 와서 시설 정비를 다시 할 겁니다. 그리고 앞으로 아픈 아이가 있다면 바로 치료할 수 있도록 지원도 해드릴 테니까 모른 척해주십시오."

오 원장은 바들바들 떨며 움직이지 않는 입술을 억지로 움직였다.

"서…… 설마 제가 생각하는 그런 이유로 희수가 현 회장님 곁에 있다는 말씀이십니까?"

형주가 아무 말도 하지 못하고 살짝 고개를 돌리자 오 원장은 기가 차는지 헛웃음을 터뜨리고는 형주를 매섭게 닦달했다.

"우리 희수는요? 우리 희수는 뭐라고 합니까? 이게 그 애의 의지로 이루어진 일인가요? 아니면 그 잘난 현민욱 회장님의 힘으로 그 앨 협박이라도 하신 겁니까? 예, 저도 우리 희수가 잘나고 곱다는 건 압니다. 그리고 현민욱 회장님도 좋은 분이라는 걸 알지만 이건 도대체가……. 그 앤 이제 열아홉 살이에요. 그런 어린애를……."

자신도 모르게 큰 소리를 내던 오 원장은 말하다 보니 더욱 기가 막히고 어처구니가 없어서 더 이상 말을 이을 수가 없었다.

"희수 양과 통화를 하시겠습니까?"

　형주는 품에서 휴대전화를 꺼내 민욱의 아파트 전화번호를 누른 다음 오 원장에게 내밀었다. 씩씩거리며 그것을 노려보다가 거칠게 홱 낚아채고는 신호음이 가는 수화기에 잠자코 귀를 기울였다. 곧이어 달칵하는 소리와 함께 의외로 씩씩한 희수의 목소리에 오 원장은 잠시 말을 잇지 못할 만큼 당황했다. 다행히 그녀가 상상하는 일이 아닌 듯하여 잠시간 안도를 느꼈다.

"여보세요?"

[희수야!!]

　수화기 너머로 오 원장의 걱정스러운 외침에 수화기 너머의 희수는 아차 싶었다. 그를 유혹하는 데 집중한 나머지 기다리고 있을 오 원장을 잊어버리고 있었던 것이다.

"네, 원장 어머니."

[너…… 너…… 괜찮은 거니? 도대체 어떻게 된 일이니? 왜 한영의 김 비서님이 오셔서 네가 현 회장님의 보호를 받는다고 말하는 거니? 응? 너 도대체 어떻게 된 거야?]

　희수는 뭐라고 말해야 되는지 몰라 잠시 망설이다 명랑하게 대답했다.

"별일 아니에요. 그냥 입양 갔다고 생각하세요. 그럼 돼요."

[되다니? 뭐가 말이니? 그리고 입양이라니…… 입양이라니!

너 무슨 말을 하는 거니? 어떻게 그렇게 쉽게 말을 해? 그리고 현 회장이 어떻게 자식뻘 되는 너한테 이럴 수 있단 말이니? 희수야, 뭐라고 말 좀 해봐!]

이미 모든 것을 눈치채고 있는 오 원장의 말에 희수는 더 이상 둘러댈 수가 없었다. 희수의 눈동자가 서서히 건조해지기 시작했다. 구태의연하게 설명할 필요가 없어졌음을 다행히 여기고 단호하게 말을 던졌다.

[희수야?]

"죄송해요, 원장 어머니. 전 이제 돌아갈 수가 없어요. 그러니까 그냥 모른 척해주세요. 그리고 저를 정말로 위하신다면 앞으로는 저를 잊어주세요. 더 이상 신경 쓰지 않으셔도 돼요."

그러고는 희수는 서둘러 수화기를 내려놓았다. 그런데 전화기를 내려놓는 희수의 담담한 표정 속에 숨어든 앙큼한 빛은 무엇일까?

"애, 희수야? 희수야!"

뚜뚜거리는 끊어진 휴대전화를 들고 오 원장은 다급하게 소리를 질렀다. 그러나 이미 전화는 끊어진 지 오래였다. 오 원장은 망연자실한 표정으로 끊어진 휴대전화만 멍하니 내려다볼 뿐이었다. 형주는 슬며시 오 원장의 손에서 휴대전화를 집어 들며 자리에서 일어섰다.

"이제 희수 양의 짐을 챙겨주십시오. 그리고 회장님께서 전하셨습니다. 앞으로 희망원에서 대학에 가고자 하는 능력과 의지가 있는 학생이 있다면 얼마든지 보내주시겠다고요. 희수 양 걱정은 더 이상 하지 않으셔도 됩니다. 회장님께서 잘 보살펴 주실 테니까요."

오 원장은 넋이 나간 채 형주의 입술만 멍하니 바라보고 있었다. 똑똑하고 야무져서 솔직히 다른 아이들에 비하면 훨씬 애착이 많이 가는 아이였다. 이상하게도 괜찮은 집에 입양을 가도 언제나 다시 돌아오곤 해 영문을 알 수가 없었다. 하지만 누구보다 속이 깊고 바른 아이여서 수양딸로 삼을까 고민하던 오 원장이었다. 그런데 벼락같은 소식에 머리 속이 텅 비어버려 아무런 생각도 할 수가 없었다.

사실 형주도 자리에 주저앉아 허탈감을 감추지 못하는 오 원장의 심정을 이해할 수 있었다. 하지만 이미 일은 벌어졌고 민욱이 희수를 데리고 살겠다고 한 이상 돌이킬 수는 없었다. 죽은 여인을 그대로 데려온 듯한 희수의 외모에 섬뜩한 감이 없진 않았지만 오랜만에 생기가 넘치는 민욱의 모습도 무시할 수는 없었다. 오늘 아침 형주는 혜수가 죽은 이래 처음으로 흐뭇하게 웃는 민욱의 모습을 보았다. 그 모습에 가슴이 짠해져 더 이상 희수의 문제에 대해 왈가왈부할 수가 없었다.

"오 원장님."

재차 재촉하는 형주의 목소리에 오 원장은 비실비실 일어서서 희수의 소지품을 가지러 나섰다. 기운을 잃은 늙은 여인의 뒷모습에 연민의 정을 느낀 것은 사실이지만 그나 오 원장이나 두 사람의 일에 간섭할 권한이 없다는 것은 잘 알고 있었다.

초인종이 울리자 거실에서 텔레비전을 보며 형주를 기다리던 희수가 부리나케 달려나갔다.

"김 실장님이세요?"

"예, 희수 양."

찰칵하고 문이 열리자 커다란 상자들을 바닥에 쌓아둔 채 형주와 운전기사가 기다리고 있었다. 문이 열리고 의외로 화사한 표정의 희수가 그를 맞이하자 내심 당황스러운 감이 없진 않았다. 생각보다 훨씬 좋아 보이는 표정에 어찌 된 상황인지 짐작을 할 수가 없었다.

"이걸 다 들고 오신 거예요? 아래서 전화하시면 제가 내려갔을 텐데……."

"아닙니다. 경비원이 도와주셨습니다. 자아, 이걸 안으로 옮겨야 하니까 희수 양은 잠시 비켜서 계세요."

꽤 부피가 큰 상자들을 보면서 희수가 미안해 어쩔 줄 몰라 하자 형주는 부드럽게 미소 지으며 그녀를 한쪽으로 밀어내고 상자를 안으로 실어 날랐다. 젊은 운전기사와 둘이 몇 번을 나르다 보니 어느새 거실 한편에 상자 다섯 개가 모두 놓이게 되었다.

"휴우, 옷보다는 책 짐이 더 많네요."

일이 끝난 뒤 형주가 허리를 펴며 한숨을 내쉬자 동감이라며 기사도 고개를 끄덕거렸다.

"목마르시죠? 이거 한 잔씩 드세요."

어느새 부엌으로 가 음료수를 가져온 희수가 형주와 기사에게 권했다.

"감사합니다."

깍듯한 형주의 말투에 희수는 민망해하며 얼굴을 붉혔다.

"말씀 낮추세요. 제가 한참 아랜데……."

그러자 형주가 아무 말 없이 빙그레 미소만 지을 뿐 그녀의 뜻에 따를 의지는 없어 보였다.

"혼자 정리하실 수 있으시겠습니까? 다른 도와드릴 일이라도……?"

빈 잔을 건넨 형주는 꽤 많은 상자를 걱정스럽게 쳐다보며 희수를 돌아보았다. 이상하게도 옷이라든지 자잘한 물건보다는 커다란 스크랩 자료집들이 짐의 대부분을 차지하고 있었다. 꽤나 묵직한 무게의 짐을 희수 혼자 정리할 수 있을까 걱정이 들었다. 그러나 희수의 의견은 달랐는지 무언가를 곰곰이 생각하더니 한참을 망설이다 조심스럽게 물어보았다.

"혹시 이 근처에 장 볼 곳이 있나요? 좀 필요한 것도 있고 장도 봐야 할 것 같은데……. 저기, 그리고 제가 가진 거라곤 회장님이 주신 카드뿐이라서……."

어쩐지 자애로운 아버지 같은 느낌의 형주에게는 못 보일 모습을 보인 듯해 희수는 죄스러운 마음에 자꾸만 고개가 아래로 떨어졌다. 민욱은 신문이나 잡지 속의 사진들로 매일같이 얼굴을 바라봤기에 익숙해져 나이가 새삼스럽지는 않았지만 형주는 달랐다. 안쓰러운 빛이 담긴 형주의 시선이 지은 죄가 없으면서도 꼭 죄를 지은 듯한 기분이 들게 만들었다.

형주는 손가락을 꼼지락거리며 몸 둘 바를 몰라 허둥거리는 희수의 풀죽은 모습이 안쓰러워 미안하면서도 고마웠다. 혜수를 닮았다는 이유만으로 하루 만에 날개가 꺾여 버린 모습이 못내 안타까우면서도 민욱의 삶에 다시 봄을 찾아준 것이 고맙기 그지없었다. 잘못한 것도 없으면서 못내 조바심치는 모습에 미안한 마음이 들어 뭐든지 다 해주고 싶었다.

"근처에 대형마트가 하나 있습니다. 그리로 안내해 드리지요."

"아, 그냥 알려만 주시면……."

"아닙니다. 제가 모시고 가겠습니다."

희수는 자상하면서도 깍듯하게 대하는 형주의 태도에 기가 죽어 쭈뼛거리면서 방으로 돌아가 코트와 지갑을 챙겨 들고 나왔다.

"바람이 차니까 옷을 단단히 여며 입으시지요."

"네."

희수가 자상하게 이것저것 챙겨주는 형주에게 고마움의 미소를 보내자 형주는 심장이 덜컹하고 내려앉았다. 언젠가 기억 속의 혜수처럼 희수가 웃어 보이자 묘한 기분에 가슴이 서늘해졌다. 겉모습이 아무리 닮았다지만 웃는 분위기마저 닮았다는 사실이 기묘하게 느껴졌다.

혜수가 죽은 후에 민욱은 처음으로 정시 퇴근을 하고 있었다. 낮 동안 그가 시킨 일을 마무리하고 온 형주에게서 희수의 동향을 들을 수 있었다. 그가 생각했던 것보다 훨씬 생기있어 보인다는 말을 하며 바라보는 형주의 거북스러운 시선에도 아랑곳하지 않았다. 꿋꿋이 일만 하다가 퇴근 시간이 다가오니 저도 모르게 자리에서 일어서 버렸다. 정시 퇴근이 거의 없던 민욱의 행동에 비서실 직원들 모두 해가 서쪽에서 뜬 듯한 표정으로 그를 바라보았고 그 이유를 알고 있는 형주만이 불편한 표정을 지을 뿐이었다.

들뜬 걸음으로 아파트 안으로 날듯이 들어선 민욱은 현관 앞에서 잠시 망설였다. 이 문을 열면 그리워하던 이가 반겨주리라는 것을 알고 있었지만 그리워하던 이는 이미 오랜 시간 전에 사라져 버려 이 문안의 이는 겉모습은 같지만 다른 사람이라는 걸 알기에 혼란스러웠다. 심장보다 아래쪽이 먼저 그녀를 알아보고 거칠게 반응했었다. 그 때문에 다른 생각 따윈 하지도 않고 무작정 손을 뻗어 그의 왕국에 가두었다.

오희수에 대한 보고서에는 그녀의 부모가 희망원 출신이고 희수, 그녀를 낳은 뒤 사고로 부모가 죽자 희망원으로 오게 되었다고 적혀 있었다. 그 보고서를 이 잡듯이 한자한자 놓치지 않고 읽은 탓에 그녀가 혜수와 전혀 관련이 없다는 사실을 누구보다 더 잘 알게 되었지만 이상하게도 외면할 수가 없었다. 그저 닮은 사람이라고 치부하며 무시하기에는 너무 오랜 세월을 그리워하며 홀로 한 사랑에 지쳐 버렸기 때문이다. 그래서 다른 사람이라는 것을 알면서도 혜수의 흔적을 찾았고, 그 눈동자 속에 담긴 자신에 대한 열망을 보고는 두 번 생각하지 않고 품에 가둬 버렸다. 후회하지는 않지만 어쩌면 자신 안의 혜수에 대한 기억이 오히려 지워질까 봐 두렵기도 했다.

망설임 끝에 민욱은 떨리지만 단호하게 초인종을 눌렀다. 초인종 소리에 이어 안에서 부산스러운 움직임이 느껴졌다. 잠시 고요해지더니 가슴이 덜컹 내려앉는 혜수의 목소리가 조심스럽게 바깥으로 흘러나왔다. 냉기가 머리부터 발끝까지 흘러내리는 기분이 들었다. 마치 과거로 되돌아간 기분이 들어 숨결이 조금씩 빨라지기 시작했다.

"누구세요?"

"나야."

그때처럼 혜수에게 말한다고 생각했다. 그러나 철커덕하고 안의 자물쇠가 열리며 그를 마중 나온 것은 예전과는 달리 앞치마를 입고 환하게 웃고 있는 희수였다.

"다녀오셨어요?"

혜수와 닮았지만 화사하게 웃고 있는 희수의 얼굴을 보고 민욱은 알게 모르게 자신의 가슴을 누르고 있던 묵직한 돌을 내려놓았다. 아직 이런 상황이 낯설어 긴장한 기색이 역력하지만 활짝 웃으며 그를 맞이하는 희수의 모습이 눈에 들어오자 마음속 어딘가가 크게 안심하는 것이 느껴졌다. 그가 곁에 없는 사이, 혹시 마음을 바꿔 그를 원망하지 않을까, 혹은 혜수처럼 그의 곁을 떠나 버리는 것은 아닐까 내내 초조해했다는 사실은 그만이 아는 일이었다. 그는 그런 티는 조금도 내지 않은 채 당연한 일상인 양 태연하게 안으로 들어섰다.

"식사…… 부터 하실래요? 아니면……."

민욱은 거실로 들어서자 잘 나지 않던 음식 냄새에 코를 찡그리며 희수를 돌아보았다. 민욱이 얼굴을 찌푸리며 부엌으로 들어서자 희수는 뭔가 잘못한 게 아닐까 안절부절못하였다. 부엌 식탁 위에 차려진 반찬들과 아직도 가스레인지 위에서 보글거리는 소리를 내며 끓고 있는 찌개를 둘러보고 의아한 표정으로 희수를 돌아보았다. 칭찬을 바라는 아이처럼 상기된 표정으로 그의 말을 기다리는 그녀를 보자 어이가 없어졌다.

"네가 한 건가?"

"네."

희수가 자랑스럽게 대답하자 민욱은 식탁 위를 다시 한 번 쓰윽 훑어보았다. 예상외였다. 형주에게서 괜찮아 보인다는 소리를 들었지만 음식까지 해놓고 그를 기다릴 줄은 상상조차 하지 못했다. 그에게 아침까지 시달린 몸으로 언제 장까지 봐와 식사 준비를 했는지 마음이 촉촉이 젖어 들어갔다.

"난 콩이 들어간 음식은 싫어해. 너무 짜고 매운 것도 싫어하고. 싱겁게 먹으니까 유념해 둬. 그리고 청국장처럼 냄새가 심한 것도 안 좋아해."

인상을 찌푸렸던 그를 보았기에 뭐라고 한소리를 들을 줄 알았는데 예상외의 말에 희수는 눈을 휘둥그레 뜨며 그를 바라보았다. 답답한 듯 넥타이를 잡아 끌어 내리던 민욱은 의외라는 표정으로 자신을 쳐다만 보는 희수의 시선이 민망해서인지 퉁명스럽게 타박했다.

"보고만 있을 건가, 옷 안 받아주고?"

"아, 예. 저 주세요."

민욱이 건네는 서류 가방과 그의 상의를 받아 들면서 희수는 묘한 감동에 사로잡혔다. 그의 아내가 된 것 같은 기분에 가슴이 이상하게 콩닥거렸다. 민욱은 소매 단추를 풀면서 한쪽에 서서 그의 옷가지를 들고 있는 희수를 돌아보며 시큰둥하게 말했다.

"일주일에 두세 번 일하는 아줌마가 와서 아파트를 정리하고 대충 음식들 만들어놓고 가실 테니까 네가 너무 애쓸 필요는 없어."

"아니, 저는 그냥……."

"너는 그저 나만 신경 쓰면 돼."

퉁명스럽지만 그녀에 대한 걱정이 담긴 말투에 희수는 가슴 벅찬 감격에 말을 잊어버렸다. 희수에게서 아무 대답도 나오지 않자 짜증이 치솟은 민욱은 위협적으로 그녀에게 다가섰다.

"왜 대답이 없지?"

"아, 네. 그…… 그럴게요."

그와 시선이 마주치자 금세 얼굴이 빨개져 고개를 떨어뜨리는 희수의 모습에서 겹쳐진 혜수가 낯설었다. 그러면서도 색다른 흥분에 두 눈이 반짝거렸다. 괄괄하면서 길들이는 맛이 있는 망아지 같은 이혜수와 다소곳하면서 순종적인 오희수는 서로 상반됐지만 그를 자극하는 어떤 것이 확실히 있었다. 특히나 희수가 그와 시선을 마주치지 못하고 살짝 고개를 떨어뜨릴 때 짧은 단발머리가 스르륵 목덜미를 쓸어 내리며 하얀 살결을 드러내는 순간이면 입 안이 바짝 마르며 그 하얀 목덜미를 물어뜯어 버리고 싶은 잔혹성을 느끼곤 했다.

다가온 민욱의 침묵이 난감하기 그지없는 희수는 어설프게 웃으며 분위기를 바꿔보려 말을 돌렸다.

"식사, 식사하셔야죠. 얼른 씻고 나오세요."

희수는 재빠른 다람쥐마냥 쪼르륵 그의 옷가지를 옷장 안에 걸쳐 두고 그가 잡을세라 황급히 부엌으로 종종걸음으로 달아나 버렸다. 순식간에 벌어진 일이라 민욱은 어이없는 표정으로 사라진 희수의 뒤통수만 노려볼 뿐이었다.

욕실에서 손만 씻은 뒤 온 집 안에 퍼진 구수한 냄새에 호기심 반, 기대 반으로 부엌에 들어섰다. 부산하게 움직이던 희수가 찌개를 식탁 한가운데 놓고 프라이팬에서 구워둔 고등어 자반을 가져오다 민욱을 발견하고 반겼다.

"앉으세요. 밥 퍼올 테니까 잠시만요."

전기밥솥에서 김이 모락모락 나는 밥 냄새를 맡은 민욱은 무척이나 허기지다는 사실을 깨달았다. 아주 오랜만에 살아 있다는 기분을 느낄 수 있었다. 식탁 위에는 구수한 냄새를 풍기는, 아직도 보글보글 끓고 있는 된장찌개와 맛깔스럽게 구워진 고등어 자반, 그리고 파릇파릇한 배춧잎과 쌈장들. 갓 담근 듯한 생굴이 들어 있는 김치랑 어묵 볶음, 몇 가지 나물 무침이 반찬의 전부였지만 민욱에겐 그 어떤 식사보다 훨씬 더 호화롭게 보였다.

"네가 이걸 다 만든 거니? 김치도?"

소박하지만 맛깔스러워 보이는 모습에 민욱은 의외라는 표정으로 그녀를 쳐다보자 희수는 아무것도 아니라는 듯 웃어넘겼다.

"별거 아니에요. 사실 김치라기보다는 겉절이지만요. 나중에 김치 맛있게 담가서 잘 익으면 김치전도 해드릴게요. 오늘은 시간이 별로 없어서 얼마 못했어요. 내일은 더 맛있는 거 해드릴게요."

젓가락을 집어 들던 민욱은 희수의 '나중에'란 말에 묘한 눈길로 그녀를 바라보았다. 그저 기약없이 내뱉은 말이긴 해도 민욱의 마음속에 은근한 기대감이 자리잡기 시작했다. 그녀가 말한 '나중에'도 그의 곁에 있겠다는 말일 테니까. 그의 욕심껏 평생 붙잡아둬도 괜찮을지 모른다는 생각이 들었다.

젓가락을 집어 들고 있으면서도 무언가를 생각하는 듯 집중하는 민욱의 앞에 희수가 김이 모락모락 올라오는 밥그릇을 놓아주며 그를 채근했다.

"안 드시고 뭐 하세요?"

그의 맞은편에 앉은 희수는 민욱이 먼저 식사하기를 기다렸다. 김이 모락모락 올라오는 고슬고슬한 밥이 그의 입 안으로 들어가고 숟가락이 된장찌개를 한술 뜨자 생각났다는 듯이 얼른 젓가락을 집어 들어 고등어의 가시를 발라냈다. 그리고 그가 먹기 편하게 생선을 찢어주다가 충격 어린 그의 표정에 그만 걱정이 앞섰다.

"왜 그러세요? 입에 안 맞으세요?"

민욱은 무심코 떠먹은 된장찌개를 맛보고는 숨이 멎는 줄 알았다. 신경이 바짝바짝 곤두서며 묻어두었던 과거의 기억이 부지불식간에 떠올랐다. 그와 함께 살 당시에 혜수가 끓였던 그 찌개 맛이었기 때문이다. 부드러우면서도 칼칼하게 매운 이혜수의 된장찌개는 그 이후 어디서도 맛볼 수가 없었는데 그녀를 닮은 희수를 곁에 두자 다시 맛볼 수 있다는 사실이 두려울 정도였다. 정말로 혜수가 되살아난 것 같은 기분에 민욱은 아무 말도 하지 못한 채 멍하니 희수의 얼굴을 바라볼 뿐이었다.

"왜 그러세요? 입에 안 맞으세요?"

하지만 희수는 그런 민욱의 반응이 두려워 한껏 목소리를 죽이며 그의 눈치를 살폈다. 맛있다는 말을 기대하지는 않았지만

한입 먹어보고 이상한 표정을 지으니 서운했지만 할 수 없다며
스스로를 위로했다.

"많이 이상하세요? 저, 그럼 이거 생선이라도 드세요."

그의 표정 하나에 안색이 바뀌는 희수는 혜수와는 달리 감정
이 얼굴 위로 잘 드러나는 아이였다. 음식이 입에 안 맞는다고
생각하는지 잔뜩 울상이 된 표정으로 민욱의 눈치를 살피는 희
수가 눈에 들어오자 민욱은 궁금한 점을 물어보았다.

"이거, 이 된장찌개 어떻게 만든 거니?"

"왜요? 입에 많이 안 맞으세요?"

"아, 아니, 맛있어서……."

그의 말이 의외인지 희수의 눈동자가 놀라움으로 동그랗게
커졌다가 기분이 좋아졌는지 배시시 웃었다.

"입에…… 맞으세요?"

"그래, 맛있구나. 그런데 어떻게 만들었니?"

민욱이 순순히 맛있다고 칭찬해 주자 금세 의기양양해진 희
수는 배시시 웃으며 잘난 척을 했다.

"그건 일급비밀이라서 안 가르쳐 드릴 거예요."

그러자 거짓말처럼 민욱의 표정이 굳어버렸다.

"맛있네. 이거 어떻게 만들면 이렇게 맛있는 거야? 비결이 뭐
냐?"

"미안하지만 우리 집안의 일급비밀이기 때문에 알려줄 수 없

어요."

언젠가 기억 속에 남아 있는 혜수와의 대화였다. 같은 얼굴과 그를 미치게 만드는 쾌락을 선사하는 육체와 그녀가 만든 음식과 같은 맛, 같은 말들이 민욱을 혼란스럽게 만들었다. 희수는 혜수가 아님을 알면서도 마치 그녀인 것 같은 느낌에 머리가 어지러웠다.

"민욱 씨?"

딱딱하게 굳어버린 민욱의 표정에 바짝 긴장한 희수는 자신이 무얼 잘못했는지 곰곰이 생각하며 다시금 생각에 빠진 그를 불러보았다. 천천히 이채가 돌아오는 그의 눈동자를 보니 그를 부르는 데 성공한 모양이었다.

"저기, 그냥 농담한 건데……. 저기, 그렇게 궁금하시면……."

쭈뼛거리면서 어떻게든 그의 기분을 풀어주려는 희수의 노력은 민욱의 한마디에 끝이 났다.

"됐다."

"화…… 나셨어요?"

"아니."

묵묵히 찌개를 떠먹으며 밥 한 그릇을 뚝딱 비우고는 민욱은 더 달라는 표정으로 밥그릇을 내밀었다.

"더 드릴까요?"

원래 그런 것인지, 아니면 갑자기 식욕이 돌아서인지 순식간에 밥 한 그릇을 다 비운 민욱에게 놀라움을 감추지 못하며 희수는 엉거주춤 자리에서 일어나 그에게 확인했다.

"그래, 한 그릇만 더 다오."

희수가 서둘러 민욱의 빈 그릇에 밥을 채우고 돌아오는 동안 그는 김치 겉절이에 굴을 싸서 한입에 털어 넣고 아작아작 소리를 내며 맛있게 먹고 있었다. 별다른 말은 없지만 꾸준히 음식에 손이 가는 모양새로 보아 그녀가 만든 음식이 입에 맞는 모양이었다. 잘 먹는 민욱의 모습에 희수는 마음이 뿌듯해 안 먹어도 배가 불러오는 것 같았다.

"많이 드세요."

흐뭇하게 웃으며 그가 먹는 모습을 바라보고 있는 희수의 밥그릇은 반도 채 안 비워져 있었다.

"왜 그것밖에 안 먹는 거니? 너도 다이어트니 뭐니 하는 거냐? 그럴 생각 따윈 집어치워. 비쩍 마른 여자 안는 취미는 없다."

그의 먹는 모습을 흐뭇하게 지켜보느라 정작 자신의 식사는 제대로 챙기지 못해 타박을 들은 희수는 황급히 밥을 떠먹다가 마지막 말에 놀라 그만 사레가 들고 말았다. 겨우 고개를 돌려 콜록거리며 기침하는 희수의 모습에 한심스러운 듯 쯧쯧 혀를 차는 소리가 들렸지만 그는 어느새 그녀 곁으로 다가와 등을 두드려 주었다.

"뭘 그리 급하게 먹느라고…… 쯧쯧. 자아, 여기 물 좀 마셔라."

다행히도 심한 건 아닌지 금방 기침이 멈추며 고개를 들었다. 잠시 몸을 숙인 채 콜록거리느라 얼굴이 빨갛게 달아올랐지만 금세 가라앉았다. 희수는 자신의 곁에 서서 못마땅한 시선으로 내려다보는 민욱의 시선을 느끼자 몸 둘 바를 몰라 쩔쩔맸다.

"죄송해요. 이제 괜찮으니까 마저 식사하세요."

"천천히 먹어."

자리로 돌아가면서 퉁명스럽게 내뱉은 말이지만 그 안에 담긴 염려는 이미 읽은 뒤였다. 비록 다른 여자 대신으로 그 앞에 존재하는 것이지만 그래도 그의 걱정이 따스하게 다가왔다.

식사가 끝나고 민욱이 거실에서 희수가 끓여준 생강차를 음미하는 동안 희수는 그릇을 설거지통에 담가놓고 나서 욕실로 가 욕조에 물을 받았다. 마트에 갔다가 발견한, 하루의 피로를 풀어주는 라벤더 오일을 몇 방울 따뜻한 물 위로 떨어뜨리고 민욱을 불렀다.

"욕조에 물 받아놨어요. 이만 씻으세요."

민욱은 그에게 타월과 갈아입을 속옷을 건네고 다시 부엌으로 향하려던 희수를 붙잡았다.

"어딜 가?"

"아, 설거지하러……."

"그건 나중에 하고 같이 씻지."

"에?"

민욱의 말에 희수의 얼굴이 새빨갛게 달아올랐다. 그 모습을 보자 짓궂은 마음에 민욱은 도망치려는 희수를 벽에 밀어 넣고 양팔로 가두었다.

"뭘 그렇게 부끄러워해? 어젯밤에 나를 유혹한 사람이 누군데?"

"하지만……."

수줍어서 웅크려 드는 희수의 순진한 모습에 민욱은 장난기가 불쑥 떠올랐다.

"벗겨줘."

"네?"

"내 옷, 벗겨달라고."

민욱의 요구에 희수는 깜짝 놀라며 눈을 동그랗게 치켜떴다. 그러나 민욱은 뻔뻔한 태도로 꿈쩍도 하지 않고 그대로 버티고 서 있었다.

"어서."

그의 재촉에 한참을 망설이던 희수의 손이 부들부들 떨며 그의 셔츠 위로 올라갔다. 목 위에 채워진 단추부터 하나하나 풀어가는데 옷감을 사이에 두고 느껴지는 그의 체온에 숨결이 자꾸만 거칠어지고 손놀림도 자꾸 빗나갔다. 우여곡절 끝에 민욱의 셔츠를 벗기자 이번엔 그가 허리를 내밀었다.

"바지도."

"네에?"

이번에 정말로 울상인 얼굴로 발을 동동 굴렸지만 민욱은 조금도 물러서지 않았다.

"물 식는다. 어서 해."

시선을 어디에 둬야 할지 몰라 이리저리 헤맨 탓에 벨트를 푸는 데 시간이 좀 걸렸지만 바지는 셔츠와 달리 지퍼를 내리자마자 아래로 흘러내려 갔다. 그와 동시에 안도의 숨을 내쉬며 달아나려는 희수를 민욱이 고집스럽게 막아섰다.

"속옷은?"

"아이참, 이제 그만 하세요."

간밤에 대담하게 그를 유혹하던 요부의 모습은 어디 갔는지 부끄러움에 숨 한번 제대로 못 쉬던 희수가 눈을 질끈 감고 달아나려 하자 얼른 민욱이 그녀의 손을 잡아챘다.

"어딜? 이놈은 어쩌고?"

잡아챈 희수의 보드라운 손을 속옷 안으로 끌어당겨 팽팽하게 솟구쳐 있는 그것을 감싸 쥐게 했다. 손 안에 느껴지는 단단함과 뜨거움에 놀라 달아나던 것도 잊고 희수는 숨을 거칠게 몰아쉬었다.

"민욱 씨."

손 안에 닿은 민욱의 남성은 올곧게 그녀를 향하고 있었다. 터져 나갈 것처럼 팽팽하게 솟구친 모습에 몸 안의 피가 마르는 것 같은 기분이 들었다.

"느껴지니? 네가 날 이렇게 만들었다는 것이 말이다."

열기가 가득한 그의 시선에 온몸이 타 들어가는 듯한 갈증을 느꼈다. 뜨거워서 견딜 수가 없었다. 몸 안의 갈증을 풀기 위해 생명수를 바라는 마음으로 희수는 그에게 다가섰다.

온수가 뿜어내는 수증기만이 아닌 다른 이유로 욕실의 거울과 유리에는 김이 서려 있었다. 남자의 허리가 한번 움직일 때마다 여자의 몸이 물 위로 솟았다가 가라앉으며 흐느끼는 교성을 내질렀다. 남녀의 움직임에 욕조 안의 물이 높게 파도치며 산산이 부서져 흩어졌다. 선이 고운 여자의 어깨에서 김이 모락모락 피어오르고 있었다. 물기인지 땀인지 분간할 수 없는 물로 흥건히 젖은 두 사람의 얼굴은 쾌감으로 파르르 떨고 있었다.

"아악…… 민욱 씨, 민욱 씨……."

"그래, 희수야."

민욱은 그를 부르며 생소한 쾌락에 얼굴을 일그러뜨리는 희수를 만족스럽게 바라보았다. 가는 팔을 자신의 목에 단단히 감고 떨어지지 않으려고 애를 쓰는 그녀의 모습이 안쓰러우면서도 남성적인 만족감에 가슴이 뿌듯해졌다. 한 팔에 다 안을 수 있는 작은 등을 꽉 끌어안으면서 민욱은 그녀의 안으로 깊게 자신을 파묻었다. 몸 전체로 움찔거리며 그를 부담스러워하는 그녀의 반응은 조금도 신경 쓰지 않고 마음껏 욕구를 발산시켰다.

"미…… 민욱 씨."

강렬한 쾌감에 머리 속이 하얗게 변하며 눈앞에 있는 남자의 이름을 애타게 불러댔다.

"그래, 혜수…… 혜수야……."

깊숙이 그를 빨아들이는 우물도, 손바닥 안에서 느껴지는 탄력있는 엉덩이도, 수줍어 숨죽인 신음 소리도 기억 속의 누군가를 떠올리게 했다. 덕분에 과거와 현재의 경계가 모호해진 민욱의 입술에서 혜수의 이름이 흘러나왔다.

"민욱 씨, 제발……."

혜수는 민욱의 목을 마주 안으며 숨 가쁘게 애원했다. 더해달라는 의미인지 그만 해달라는 의미인지 민욱은 임의대로 판단했다.

"기다려, 이혜수. 아직 안 끝났으니까."

"제발…… 그만……."

시간이 얼마나 흘렀는지 알 수가 없었다. 다만 민욱에게 붙잡혀 여러 차례 정신이 혼미해지는 절정을 맛보았음에도 그는 변함없이 뜨겁고 거칠었다. 마주 닿은 부분이 뜨겁고 이제는 쓰라리기까지 하는데 그는 좀처럼 끝을 볼 생각을 하지 않고 있었다.

"하아, 힘들어요."

지치고 머리 속이 터져 나갈 것 같은 자극을 더 이상 감당할 수 없게 되자 혜수는 울음을 터뜨렸다. 혜수가 훌쩍이면서도 그의 움직임에 어쩔 수 없이 장단을 맞추자 민욱은 사실 본인 스스로도 무척이나 놀라고 있었다. 자신이 이렇게까지 욕구가 강한 남자였나 싶었다. 하지만 어느새 눈물로 얼굴이 얼룩져 있는 희수를 보자 그동안 잊혀졌던 자신의 가학성이 눈을 뜨기 시작했다. 속눈썹에 눈물이 아롱져 매달려 있는 모습이 왜 그렇게 아름답게 보이는지 고통과 쾌감을 동시에 느끼는 앳된 얼굴에서 민욱은 오래전에 느꼈던 지독한 광기를 새삼 깨달았다. 이혜수를 안으면 안을 때마다 느끼던 애타는 갈증이 다시 시작된 것이었다.

"일어서 봐."

아직도 눈물이 그렁그렁한 희수를 일으켜 벽을 마주 보고 손으로 짚게 했다. 그가 하라는 대로 엉거주춤 벽에 기대섰다.

"민욱 씨?"

뒤쪽에서 느껴지는 단단한 그의 짐승을 느끼며 희수가 불안한 표정으로 어깨 너머로 그를 돌아보자 한쪽 입가를 길게 끌어올린 민욱이 은밀하게 속삭였다.

"네 말대로 밤은 길지."

은근한 손길로 희수의 엉덩이를 쓰다듬으며 매끄러운 등줄기를 지나치며 앞쪽으로 나아가 가슴을 와락 움켜잡았다. 민욱은 지독하게 오만한 미소로 아직 성을 내고 있는 그의 짐승을 잡고 희수의 엉덩이 사이로 미끄러뜨렸다.

"으음."

부드럽지만 뜨거운 체온이 다리 사이를 문지르자 희수의 입술에서 참을 수 없는 신음이 흘러나왔다.

"왜?"

희수는 그녀 안으로 들어오지 않고 겉을 맴도는 그에게 힘겹게 물었다. 민욱은 희수의 등에 자신을 온전히 기대며 그녀의 양 가슴을 마음껏 주무르며 목덜미를 애무할 뿐 삽입은 하지 않고 있었다.

"나를 원한다면 성의를 보여야지."

민욱의 뜨거운 입술이 민감하게 달아오른 희수의 육체를 희롱했다. 그의 입술이 여린 등 쪽 피부 위에 닿을 때마다 희수의 꽃잎은 기대감으로 파들거렸다. 그렇지만 하체를 움직이지 않으려는 그 때문에 희수는 참을 수 없어서 떨리는 손으로 다리 사이에서 껄떡거리고 있는 그를 붙잡고 천천히 자신의 안으로 인도했다.

"아흑!"

온몸을 불태울 것처럼 뜨거운 그가 천천히 그녀 안을 가로질렀다. 내부를 꽉 채우면서 반항적으로 꿈틀거리는 그의 짐승을 느끼느라 희수는 다리에 힘이 풀렸다. 후들거리는 다리로 가까스로 버티면서 벽을 짚고 서 있는데 맹렬한 기세로 민욱이 치고 들어왔다.

"희수야!"

길들여지지 않은 거친 열기를 고스란히 감당하게 된 희수는 자신도 모르게 뺨 위로 고통과 쾌락이 뒤섞인 눈물을 흘리고 말았다.

"넌 내 거야. 평생 나만을 위한 여자야. 앞으로도, 죽어서도 영원히."

"네, 네. 평생…… 평생 당신만 볼게요. 당신만 사랑할게요. 아흑, 살살……."

민욱이 거칠게 허리를 흔들 때마다 희수의 몸도 움찔거리며 반응했다. 피가 통하지 않아 하얗게 변할 정도로 힘껏 양 엉덩이를 움켜잡으며 민욱은 거칠게 내쉬는 숨결과 더불어 그녀에게 혹은 자신에게 세뇌를 시키듯 희수의 이름을 불러댔다. 아득하게 몰려오는 절정을 느끼며 힘껏 희수의 안으로 파고들었다. 파들거리는 속살들이 그를 숨 막히게 휘감아오자 까마득한 세상이 그에게 손짓하고 있었다.

"희수, 오희수, 내 여자 오희수. 희수야…… 혜…… 수."

지독한 열정이 그들을 휩쓸고 간 뒤에 민욱은 그 자세 그대로 희수를 끌어안고 식어버린 욕조에 기대앉았다. 그도 희수도 지쳐 손끝 하나 더 움직일 힘이 남아 있지 않았던 것이다.

"괜찮니?"

숨을 고르고 난 뒤에 민욱은 아직도 거칠게 숨을 내쉬고 있는 희수에게 걱정스럽게 물었다.

"네, 괜찮아요."

"아직 밤은 기니까 벌써 지치면 안 돼."

젖은 희수의 귓불 근처에서 은근하게 속삭이는 민욱의 목소리는 오싹한 전율을 일으켰다.

"이렇게 안고 있는 것도 나쁘진 않군. 조금만 이러고 있자."

"네."

등 뒤로 닿은 그의 탄탄한 가슴에 안긴 느낌이 좋아 저도 모르게 배시시 웃으며 얌전하게 대답하다 혹시나 꿈을 꾸는 것이 아닐까 하는 두려움에 슬그머니 몸을 돌려 그를 마주 보았다. 왜 그러냐며 한쪽 눈을 치켜뜬 그에게 배시시 웃어 보이며 그의 가슴에 얼굴을 묻다.

"이러면 민욱 씨의 심장 소리가 들리지 않을까 해서요. 꿈이라면 심장 소리가 들리지 않을 텐데……."

"꿈을 꾸는 것 같니?"

"네. 너무 간절히 바라고 바라서 현실 같은 꿈을 꾸는 것 같아 두려워요."

민욱은 희수가 느끼는 두려움을 이해할 수가 있었다. 지금 자신이 느끼는 두려움과 마찬가지일 테니까 말이다. 한 손으로도 다 덮일 것 같은 좁은 등을 어루만지며 그녀를 안심시켰다.

"꿈이 아니니까 걱정하지 마라."

"믿게 해주세요."

"어떻게?"

민욱의 가슴에서 고개를 든 희수가 눈을 반짝이며 그와 시선을 마주쳤다.

"아침에 눈뜨며 꼭 모닝키스 해주세요. 제가 만든 식사도 드시고요. 가끔 일하시다가 바쁘지 않을 때 목소리 들려주세요. 그리고 매일 다정하게 안아주세요."

"그거면 되니?"

소박한 희수의 요구에 민욱이 미심쩍은 표정으로 되물었다. 그러자 희수가 기다렸다는 듯이 고개를 절레절레 흔들었다.

"아뇨, 가끔이라도 좋아요. 사랑한다고 말해주세요."

"그래."

희수는 한숨처럼 흘러나오는 그의 대답과 함께 배 위로 휘감아오는 민욱의 팔을 단단히 붙잡았다. 이 든든한 팔이 자신을 안고 있는 것이 꿈이 아닐까 두려워 있는 힘껏 붙잡았다. 겹쳐진 그의 손 위로 자신의 손을 얹어 깍지 끼고는 편안하게 그의 가슴에 등을 기댔다. 민욱이 한쪽 눈을 뜨고 편하게 안겨 있는 그녀를 요것 봐라 하는 마음으로 보고 있다는 것도 모른 채 희수는 배시시 웃으며 그의 품에 편안하게 기댔다. 그들을 감싸고 있는 물은 이미 식어버린 지 오래지만 서로가 내뿜는 체온으로 아직 따뜻하기만 한 둘은 나른하게 눈을 감은 채 여운을 한껏 만끽했다.

인간이란 간사한지라 옆에 누가 있은 지 얼마나 됐다고 빈자리가 금세 느껴졌다. 민욱은 무심코 뻗은 손에 싸늘한 자리만 느껴지자 잠이 확 달아나 버렸다. 거칠게 이불을 걷어 젖히고 시계를 확인하자 이제 여섯 시가 조금 넘은 시각이었다. 방문 사이로 불빛이 새어들며 어렴풋이 통통거리는 소리가 들리는 것 같아 민욱은 가운을 걸쳐 입고 가만히 방밖으로 나섰다. 환한 형광등 빛에 눈이 익숙지 않아 저절로 눈을 찌푸렸지만 금세 불빛에 익숙해져 주변을 둘러볼 수 있었다. 소리를 따라가니 부엌에서 등을 돌린 채 바쁘게 무언가를 하고 있는 희수의 뒷모습이 눈에 들어왔다. 회색 면 원피스를 입고 어제 보았던 앞치마를 두른 채 아침 준비에 여념이 없는 그 모습에 가슴 한 켠이 알싸해졌다. 희수는 그녀를 보며 혜수를 불러도 조금도 기분 나쁜 내색을 하지 않고 말갛게 웃으며 그를 바라보았다. 그리고 태연하게 그의 식사를 준비하는 모습에 어떻게 반응해야 할지 민욱도 스스로 난감해하고 있었다. 미안하기도 하고 부끄럽기도 하지만 그를 이해해 주는 것 같아 적잖은 안도감도 느꼈다.

"엄마야!"

무심코 뒤를 돌아보다 기척을 죽인 채 서 있는 민욱을 발견하고 희수가 소스라치게 놀라 비명을 질렀다.

"언제부터 거기 계셨어요? 깨셨으면 기척을 내시지, 놀랐잖아요."

희수는 심장이 내려앉는 듯 너무 놀라 다리가 후들거리자 가까스로 싱크대에 손을 짚은 채 숨을 돌렸다. 그러고는 아직도 멍하니 서 있는 민욱에게 눈을 흘기면서 나직하게 나무랐다. 순식간에 얼굴이 하얗게 질릴 정도로 놀란 희수를 보자 민욱은 자신의 실수를 깨닫고 민망한지 목을 가다듬었다.

"흠흠, 자다 보니 없기에……."

"그렇잖아도 깨우러 갈 참이었어요. 아침 드시고 출근하셔야죠. 얼른 준비하고 오세요."

"지금…… 아침 준비하는 거니?"

"네. 아, 혹시 아침 식사 안 드세요?"

부엌에 가득한 음식 냄새와 가스레인지 위에서 끓고 있는 냄비들과 식탁 위에 늘어놓은 반찬들을 보면서 민욱은 자신도 모르게 거짓말을 했다. 사실 그는 아침에 커피 한 잔이면 충분했지만 오늘 아침은 왜인지 식욕이 상당히 당겼고 게다가 실수한 게 아닌지 노심초사하는 희수의 표정도 마음에 걸렸기 때문이다.

"아니, 먹어."

"아, 다행이다. 그럼 얼른 씻고 옷 갈아입고 오세요."

그의 말에 다행이라는 듯이 희수가 생긋 웃곤 다시 콧노래를 부르며 식사 준비를 서둘렀다. 그러다 아직도 그 자리에서 꼼짝도 하지 않는 민욱을 보면서 왜 그러냐는 표정으로 그를 주목했다.

"오늘 출근 안 하세요?"

"음?"

"왜 그렇게 가만히 서 계시는 거예요? 얼른 출근 준비하셔야죠."

"아아, 그래."

희수가 허리에 손을 얹은 채 그를 나무라는 투로 재촉하자 멀뚱히 서 있던 민욱은 정신을 차렸는지 허둥지둥 욕실로 발걸음을 옮겼다. 민욱이 사라지자 희수는 생긋 웃곤 계속해서 콧노래를 흥얼거렸다. 전날은 너무 힘들어서 그의 식사를 못 챙겨준 것이 내내 마음에 걸렸던 것이다. 게다가 사실 그녀 생각에도 자신의 요리 솜씨는 나쁘지 않아 식사 준비를 한다고 나섰지만 본목적은 그가 조금이라도 자신에게 관심을 가져줬으면 하는 바람에서였다.

처음 그를 만났을 때 그에게 말했듯이 희수는 현민욱이란 남자를 무척이나 동경하고 있었다. 십삼 년 동안 그에게 미쳐 다른 건 아무것도 보지 않았다. 남들은 그의 완숙한 겉모습에 속아 그를 점잖은 신사를 볼지 모르겠지만 희수는 그의 눈동자 속에서 아직도 길들여지지 않은 야수를 분명히 보았다. 비록 그 야수에게 물어뜯겨 상처를 입기도 했지만 그가 자신을 원하는 이상 얼마든지 다쳐도 상관없었다. 오히려 그가 자신을 물어 뜯는다면 그 상처마저도 달콤하게 느껴질 것이었다. 다른 여자의 그림자로 그의 눈앞에 존재하지만 그렇게라도 그가 바라봐 준다면 절대 손해 보는 짓은 아닐 것이다. 순박한 웃음으로 아침을 준비하는 희수의 눈동자 속에는 그녀 자신도 깨닫지 못한 영악한 미소가 숨겨져 있었다.

"오늘은 뭐 할 생각이니?"

그의 식사 시중에서부터 출근 준비까지 일일이 곁에서 챙겨 주는 누군가의 행동이 낯설었지만 의외로 그의 시중을 드는 일을 즐기고 있는 그녀 때문에 그만두라고 할 수가 없었다. 희망원에서는 그녀가 나이가 많은 편이기에 어린아이들을 돌보는 일이 익숙하다 보니 그에게 평소처럼 대하는 것일지도 몰랐다. 어린아이들과 동급으로 취급당한 기분이라 어이가 없지만 누군가의 손길이 세세히 닿는 기분은 사실 낯간지러운 만큼 기분이 좋았다. 현관 앞까지 배웅 나와 그에게 서류 가방을 건네는 희수를 보자 자신이 출근하고 나면 이 아이는 무엇을 하며 시간을 보낼 것인지 불현듯 궁금해졌다. 예상치 못한 그의 질문에 당황했는지 잠시 망설이다가 수줍게 대답했다.

"아직 짐을 다 풀지 못해서요. 그리고 낮에 장도 더 볼 거구요, 책도 좀 살까 하는데……."

괜히 민망스러운지 있지도 않은 먼지를 터는 척 그의 소매부분을 잡아 툭툭 털어냈다.

"그래? 전에 줬던 카드 있지? 필요한 거 있으면 사고 무슨 일 있으면 전화해."

"아, 저……."

이제 문을 열고 나서려는 민욱의 소맷부리를 살짝 잡아당겼다.

"무슨 일이지?"

"저기, 연락처…… 모르는데요?"

예상치 못한 말에 민욱은 순간 머리가 멍했다. 자신의 실수를 깨닫자 얼굴 위로 금세 홍조가 몰려들었다. 안주머니에 들어 있던 지갑에서 명함 한 장을 꺼내 건네주었다.

"내 명함이다. 휴대전화로 바로 연락해. 회사로는 하지 말고."

민욱이 건네는 명함을 두 손으로 받아 든 희수는 그의 이름이 적힌 한자로 된 면을 훑어보고 반대쪽 영문으로 쓰인 면도 모두 훑어보았다. 신기한 듯 그의 명함을 뚫어져라 바라보는 희수에게 그가 불현듯 말을 던졌다.

"그러고 보니 너 휴대전화는 있니?"

"아뇨, 아직 없어요."

"흠, 새로 하나 사야겠군."

"기왕이면 민욱 씨와 똑같은 기종으로 사주세요."

기다렸다는 듯이 냉큼 그에게 휴대전화를 사달라고 조르는 희수의 행동이 뜻밖인지 민욱의 눈썹이 의외라는 듯 살짝 치켜 올라갔다. 그러나 기분 나쁜 표정은 아니었다. 오히려 어리광을 부리는 것이 마음에 든다는 표정이었다.

"그만 출근하셔야죠. 아래서 기다리겠어요."

물끄러미 그녀의 얼굴만을 바라보고 있자 희수가 안 되겠는지 그를 떠밀었다. 그녀에게 떠밀려 현관을 나서던 민욱은 문을 닫으려다 그를 따라나선 희수를 보았다.

"음?"

의아해하는 그의 표정에도 희수는 아무렇지 않은 듯 생긋 웃으며 손가락 끝으로 엘리베이터를 가리켰다.

"저기까지 배웅할게요."

"춥다. 그냥 들어가."

바람 한 점 불지 않는 복도 내부는 아파트 내부에 비해 싸늘하게 느껴질진 몰라도 면 원피스만 입고 돌아다니기에 그다지 춥지 않았다. 하지만 다른 집의 이목도 있고 하여 민욱은 희수의 배웅을 거절하고 혼자 나서는데 뒤에 남은 희수의 풀이 죽은 모습이 눈에 들어왔다. 그의 말 한 마디, 표정 하나에 일일이 반응하는 희수가 신기하면서도 난감했다. 혜수라면 그가 출근한다 하여도 나와볼 생각조차 하지 않을 텐데……. 문득 그런 생각을 하다가 깜짝 놀라고 말았다. 어느 사이에 희수와 혜수를 따로 떨어뜨려 보고 있는 자신을 보았기 때문이다. 민욱은 더 이상 신경 쓰지 않으려 단호하게 고개를 내젓고는 코트 한쪽 자락을 들추며 희수를 불렀다.

"이리 와."

희수는 눈만 끔벅거리며 민욱이 열어둔 품과 그의 얼굴을 연신 번갈아 쳐다보다 그 뜻을 파악하고는 수줍게 입술을 베어 물고 재빨리 그의 품 안으로 뛰어들었다. 희수가 안기자 민욱이 들추었던 코트 자락을 단단히 덮어주고는 어깨에 손을 얹고 엘리베이터로 걸어갔다. 방금 전의 행동은 스스로도 놀랄 지경이었다. 하지만 품 안에서 꼼지락거리며 그에게 바짝 안겨 있는 희수의 체온이 느껴지자 쓸데없는 짓은 아니라며 남몰래 중얼거렸다.

희수는 둥한 표정으로 앞만 응시하는 민욱을 올려다보며 방금 전에 보여준 그의 행동에 작은 감동을 받았다. 그래서 그를 떠보고 싶었다.

"만약에 제가 민욱 씨를 떠나고 싶다면 보내주시겠어요?"

"다리를 분질러 놔서라도 붙잡아야지."

올라오는 숫자를 쳐다보며 엘리베이터를 기다리던 민욱은 곁에 선 희수의 태연한 말에 고개가 확 돌아갔다. 부릅뜬 두 눈에 비친 단호한 거부를 넘어선 극심한 분노에 희수는 그럴 줄 알았다며 피식 웃었다.

"진짜지요? 약속하셨어요."

그제야 그녀가 자신을 떠봤다는 것을 깨닫자 민욱은 민망함에 시선을 피했다.

"흠흠."

"사랑해요."

그를 올려다보면서 달콤하게 속삭이는 희수는 세상에서 가장 행복한 여자처럼 미소 짓고 있었다.

"오늘도 일찍 오실 거죠?"

"그래."

"저녁에 뭐 드시고 싶으세요?"

"아무거나 해줘."

왠지 모르게 낯부끄러움이 밀려와 민욱은 자신도 모르게 희수의 질문에 성의없이 대꾸했다.

"치이, 청국장이나 확 해버릴까 보다."

"뭐라고?"

"아, 아무것도 아니에요. 어머, 엘리베이터가 왔네. 그럼 조심해서 다녀오세요."

엘리베이터가 도착하자 누가 볼세라 얼른 그의 품에서 빠져나간 희수의 빈자리가 싸늘하게 마음으로 와 닿았다. 마치 죄라도 지은 양 안절부절못하는 모양새가 우스워 민욱은 희수의 목덜미에 손을 집어넣어 자신 쪽으로 끌어당겼다.

"어어?"

민욱은 엘리베이터의 문이 닫히지 않게 다른 한 손으로 입구를 잡은 채 희수의 보드라운 숨결을 마음껏 들이마셨다. 촉촉하면서 보드라운 입술의 감촉에 심장이 파드득거리고 머리 속이 텅 비어갔다. 아직 민욱의 뜨거운 체온이 입술에 고스란히 남아 있는 것을 느끼며 희수가 천천히 눈을 뜨자 오만하기 그지없는 그의 시선과 마주쳤다.

"다녀오면 너부터 먼저 먹어야겠다."

"아!"

귓가로 다가와 슬쩍 속삭이고는 유혹처럼 가볍게 희수의 귓불을 깨물은 그는 짓궂은 미소만 남긴 채 엘리베이터 안으로 사라져 버렸다. 뒤에 남은 희수는 아직도 민욱의 숨결이 느껴지는 귀를 한 손으로 덮은 채 얼굴을 붉히며 멍하니 서 있다 누가 볼세라 허둥지둥 집 안으로 달려들어 갔다.

계략(計略)
―계획과 책략

며칠 내내 민욱은 희수의 따뜻한 환대가 익숙해질수록, 그녀의 품에서 점점 더 헤어나오지 못하는 자신을 발견할수록, 어느 순간 두려움에 떨고 있는 스스로를 보곤 했다. 혜수처럼 어느 날 갑자기 그가 없는 틈에 사라져 버리는 건 아닐지 두려웠다. 그래서 가끔 자신 스스로를 제어하지 못하고 희수를 몰아세울 때가 있었다. 다시 생각해도 역겨운 짐승 같은 욕구에도 희수는 오히려 그의 피폐된 마음을 읽고 다정하게 안아주었다. 눈물이 날 만큼 따뜻하고 사랑스러워 자신이 혐오스러울 정도였다. 그리고 그녀로 인해 세상으로 다시 나서게 된 민욱은 문득 세상이 시끄럽다는 것을 느꼈다.

"이상하군. 왜 이렇게 어수선한 분위기들이지?"

며칠간의 일본 출장을 끝내고 공항에서 돌아오는 길에 길거리에서 풍겨져 나오는 핑크빛 분위기를 세상사에 관심없던 그가 알아차린 것이었다. 그런 변화에 형주는 놀라워하며 새삼 민욱이 변했다는 사실을 깨달았다. 하긴 출장에서 다녀와 바로 집으로 가자는 말부터가 놀랍다면 놀라운 일이겠지. 이게 다 희수가 민욱의 곁에 머물면서 생겨난 변화들이었다. 형주는 희수가 민욱의 곁에 있음으로서 과연 좋은 방향으로 일이 풀려가는 것인지 그렇지 않은지 걱정이 되었다. 잘못해서 희수와 민욱이 어긋나기라도 한다면 희수는 물론 민욱 역시 만만치 않은 타격을 입게 될 게 자명했다. 어느 한쪽만 상처 입고 끝날 일이 아니지만 상처를 입는다면 쌍방이, 그것도 치명적인 상처를 남기게 될 것만 같아 더욱 불안해 보이는 그들이었다.

"밸런타인데이가 얼마 남지 않았잖습니까? 그래서 다들 축제 분위기인 것이지요."

"밸런타인데이?"

어처구니가 없는지 민욱의 얼굴이 확 일그러졌다. 그런 그의 모습을 룸미러로 살피던 형주는 웃으면서 설명해 주었다.

"원래는 성 밸런타인을 기리며 연인끼리 선물을 주고받는 날이었지만 우리나라에 들어와서는 여자가 남자에게 초콜릿을 주며 고백하는 날이 되었다고 하더군요."

"흥, 다 제과업체의 상술이지."

형주의 설명에 민욱은 코웃음을 치곤 보고 있던 서류로 다시 시선을 던졌다. 그러자 형주가 의미심장하게 한마디를 던졌다.

"희수 양도 아직은 그런 날을 좋아할 나이가 아닐까요?"

서류를 보고 있던 민욱의 손이 살짝 움찔했다. 희수의 나이라고 하니까 문득 자신의 나이가 마음에 걸렸다. 언제부턴가 희수를 바라볼 때면 자신의 얼굴에서도 주름살을 발견하는 기분이 들었다. 언제고 환상 속의 희수를 볼 때는 자신의 나이가 이렇게 우울하게 다가오지 않았지만 막상 눈앞에 존재하는 희수를 볼 때면 늙어가는 자신이 추하게 느껴졌다. 그나마 아직까지 넘치는 정력으로 그녀를 안고 있다는 사실만이 위안이 될 뿐이었다.

"그래서 언제라고요?"

"네?"

서류에서 시선을 떼지 않은 채 민욱은 무심한 척 질문을 던졌다.

"그 밸런타인인지 뭔지 하는 데이가 언제입니까?"

그의 말을 못 들은 척 되묻는 형주의 눈매가 웃음기로 휘어진 것을 보자 민욱은 당했다는 기분에 분한 듯 툴툴거렸다.

"모레입니다."

더 이상 보지 않아도 형주의 웃음기 어린 얼굴을 충분히 상상할 수 있었다. 그 모습이 보기 싫어 서류에 코를 박듯 바짝 들여다보고 있지만 머리 속은 온통 희수가 자신에게 초콜릿을 줄까 안 줄까 하는 기대감과 두려움으로 어지러웠다.

딩동.

초인종 소리가 나자 한참을 거실에서 서성이며 민욱의 귀가를 기다리던 희수는 얼른 반색을 하며 현관으로 뛰어나갔다.

"민욱 씨?"

"그래."

담담하게 들려오는 그의 목소리에 희수는 부푼 가슴을 안고 벌컥 문을 열렸다. 그리고 들어서려는 그의 가슴에 폴짝 안겨 그를 반겼다.

"잘 다녀오셨어요?"

향기가 그에게 안긴 듯하였다. 포근하고 달콤한 향기가 형체를 지닌 채 그의 가슴으로 날아든 듯하여 순간 미혹되어 정신을 차릴 수가 없었다. 말 한마디라도 꺼내면 이 달콤한 공기가 사라지지 않을까 두려워 숨조차 제대로 쉬지 못했는데 그 향기가 다시 그의 품에서 빠져나가려는 것을 느꼈다. 황급히 정신이 든 민욱은 재빨리 희수를 붙잡아 품속 깊숙이 가두었다.

"보고…… 싶었다."

진심이었다. 이 아이를 안고 있는 이 순간, 떨어져 있던 그 며칠이 얼마나 삭막한 시간들이었는지 새감 깨닫게 되었다.

함께한 이후로 그와 한 번도 떨어져 있어본 적이 없던 희수는 출장 가 있던 민욱이 돌아오자 너무 기뻐 자신도 모르게 그의 품에 덥석 안겨 버렸다. 그대로 굳어버린 그의 숨결을 느끼고는 실수라도 한 줄 알고 당황해서 서둘러 그의 품에서 **빠져나왔다.** 아니, 나오려 했다. 그런데 민욱이 그런 그녀를 붙잡더니 오히려 힘껏 끌어안는 게 아닌가? 게다가 보고 싶었다는 말까지……. 희수는 자신이 제대로 들었는지 귀가 의심스러웠지만 다시 만난 민욱의 품은 여전히 든든했다.

"흠흠. 두 분, 현관에서 이러지 마시고 안으로 들어가 해후의 정을 나누시지요."

민욱의 짐을 들고 따라 들어온 형주가 현관에서 보이는 둘의 애정 행각에 찬물을 끼얹었다. 일부러 눈치없는 사람인 양 얼굴에 철판을 깔고 뻔뻔스럽게 끌어안고 있는 두 사람 사이를 비집고 들어가 거실 한가운데 떡억하니 민욱의 짐을 내려놓았다. 그러고는 멀뚱히 자신을 바라보는 두 사람만 남겨둔 채 짓궂게 한마디 던지고 사라졌다.

"회장님, 내일 아침에 회의가 있으니 부디 무리하지는 마십시오."

문이 닫히기 전 형주의 다 안다는 식의 웃음에 민욱과 희수는 얼굴이 새빨갛게 달아올랐다. 주책없이 형주의 앞에서 희수를 끌어안았다는 것에 낯 뜨거움을 느끼는 민욱과 두 사람만의 은밀한 애정을 다른 사람이 알게 되었다는 사실에 부끄러움을 느끼는 희수였다.

"저…… 저 짓궂은 사람 같으니……."

형주가 남긴 말 때문에 민욱은 희수와의 분위기가 상당히 어색해지자 일부러 형주를 타박하고 나섰다. 갑갑한 듯 넥타이를 조급하게 풀어헤치자 희수가 가만히 손을 뻗어 민욱의 넥타이를 직접 풀어주었다. 그리고 덤으로 맨 위의 단추도 풀어주자 한결 숨 쉬기가 편해졌다.

"이제 편하세요?"

그를 올려다보며 생긋 웃는 그 웃음이 얼마나 예쁘던지 눈이 아릴 정도였다. 민욱은 자석에 이끌리는 못처럼 절로 그녀에게 다가가고 있었다. 그리고 양손으로 그녀를 품 안에 가두었다. 일부로 그녀의 정수리 부근에 턱을 놓고 한껏 그리웠던 체취를 들이켰다. 손가락으로 하늘하늘 흩어지는 머릿결을 쓰다듬자 기분이 편안해졌다. 문득 품 안에 쏙 들어가는 작은 체구가 안쓰러웠다. 둥근 어깨도 그렇고, 가는 팔도 그렇고, 허리도 그렇고 모두가 가냘팠다. 그리고 민욱은 그 사실이 마음에 들지 않았다.

"내가 비쩍 마른 여자 안는 건 별로라고 그랬지? 근데 이게 뭐야? 나 없는 사이에 왜 이렇게 마른 거냐?"

원래 마른 몸이었지만 이제야 그 사실이 그의 눈에 들어왔다는 게 마음에 들지 않아 일부러 퉁명스럽게 타박을 놓았다. 모두 그녀 탓인 양…….

희수의 커다란 눈동자가 그를 올려다보는데 거짓없는 그리움이 담뿍 담겨 있었다.

"……그리워서요."

"나……를 말이냐?"

"네."

수줍게 대답하지만 그를 바라보는 눈빛은 진지했다. 애잔한 빛이 그녀의 눈빛을 타고 흘렀고 작은 손이 성스러운 것을 대하듯 그의 뺨을 경건하게 어루만지자 민욱은 허공에서 그 손을 붙들고서 다급하게 침실로 그녀를 이끌었다. 그에게 끌려가는 희수의 입매가 수줍게 휘었다.

다음날 희수는 백화점으로 향했다. 민욱이 출장 간 사이 졸업식을 치렀다고 하니 당황한 기색을 감추지 못하고 뭐든 사고 싶은 것은 다 사라고 종용했기 때문이다. 일본까지 출장 갔다 왔으면서 선물 하나 안 사 왔다고 대담하게 그에게 입을 삐죽이며 투덜거리다 희수는 믿을 수 없는 광경을 목격하고 말았다. 현민욱이 얼굴을 붉힌 채 어쩔 줄 몰라 허둥거리는 모습을 말이다. 다음에는 절대 그러지 않겠다는 굳은 약조 끝에 희수는 생긋 웃으며 그의 품으로 파고들어 가 잠을 청했다.

사실 얼마 전부터 사고 싶었던 물건이 있어 한참을 눈독 들이고 있었는데 민욱이 원하는 건 뭐든지 사라고 허락해 줘서 과감하게 구매할 생각으로 나온 것이었다. 희수는 그를 깜짝 놀라게 해주겠다며 혼자 낄낄거렸다. 어느새 짓궂은 여인이 되어 있다는 사실이 낯설면서도 흥미로웠다. 예전 같으면 절대 상상도 못할 짓이 희수의 머리 속에서 일어나고 있는 것이었다.

밸런타인데이의 영향은 근엄한 분위기의 비서실마저도 흐려 놓고 있었다. 아닌 척 시치미를 떼고 있지만 여비서 둘이 서로 눈짓으로 속닥거리는 폼이 영락없는 철부지 여학생 같았다. 거기다 아직 애인이 없는 철원마저도 들뜬 기색을 감추지 못한 채 안절부절못하자 형주는 혀를 내두르고 말았다.

"회장님께선 수선스러운 거 별로 안 좋아하시니까 모두 조심들 해."

지나가는 말로 딴에는 엄하게 주의를 준다고 했지만 그의 눈가에 스민 웃음기를 눈치 못 챌 그녀들이 아니었다. 말로는 얌전히 알겠다고 대답했지만 돌아서서는 내일 애인과 보낼 계획에 대해 상의하느라 정신이 없어 보였다. 여직원들의 들뜬 분위기가 전염됐는지 형주도 크게 뭐라 할 생각은 없었다. 다만 다른 부서 사람들의 이목이 있으니 비서실의 품위만은 지켜주길 바랐다.

"아, 내일 같은 날은 솔로들의 지옥일 텐데……."

철원의 푸념 섞인 탄식에 수미가 킥킥거리며 대꾸했다.

"무슨 소리야? 오히려 솔로 탈출의 기회일지도 모르는데."

"맞아, 철원 씨 은근히 귀엽다며 인기있는 거 몰라?"

"그러면 뭐 합니까? 제가 마음에 두고 있는 사람은 어떤지 모르는데요."

시무룩하게 대답하는 철원의 말에 비서실 직원 모두 놀란 듯 눈을 휘둥그레졌다.

"철원 씨, 좋아하는 사람 있어? 누구야? 설마 철원 씨도 총무부의 소란지, 고둥인지 하는 여자를 마음에 둔 거야?"

발끈하는 수미의 말에 형주는 속으로 웃음을 삼켰다. 총무부의 문소라라면 그도 아는 직원이다. 작년 봄에 있었던 체육 대회 때 치어리더 유니폼을 입고 응원에 나서 꽤나 많은 남자 직원들의 이목을 끌었던 직원이었다. 요염한 몸매에 화사한 미모까지 받쳐 주니 따르는 추종자가 좀 많을까? 그러나 수미가 그 아가씨를 미워하는 이유는 오직 하나였다. 당시 수미가 흠모했던 영업부 최 대리가 그 아가씨에게 넘어갔다 바로 차인 일 때문이었다. 수미가 그 일을 얼마나 자기 일처럼 분해했는지 곁에서 가만 듣고 있다 보면 절로 그 아가씨에 대한 경멸이 생길 정도였다. 그때 일을 떠올리며 쓴웃음 짓던 형주는 주머니 안에서 전화가 오는 진동을 느꼈다.

"네, 김형주 비서실장입니다."

수화기 너머에서 뜻밖의 목소리가 들려왔다.

[김 실장님, 저 희수예요.]

"아, 작…… 희수 양, 어쩐 일이십니까?"

형주는 작은 사모님이라고 부르려다가 다른 사람들의 이목 때문에 희수의 이름을 대신 불렀다. 형주의 입에서 희수라는 이름이 나오자 기운없이 축 늘어져 있던 철원이 산삼 먹은 강아지마냥 기운차게 일어나서 귀를 쫑긋 세우며 형주의 통화를 유심히 지켜보았다. 그 모습을 지켜보던 두 여비서는 알 만하다며 서로 짓궂은 미소를 주고받았다.

[저, 사실 회사 앞인데 회장님, 많이 바쁘신가요?]

혹시나 방해하는 건 아닌지 사뭇 조심스러운 희수의 말에 형주는 상냥하게 말했다.

"아닙니다. 오늘도 희망원 원장님 심부름인가요? 제가 마중 나가도록 하지요."

[아, 아니에요. 그냥······.]

형주는 일부러 희망원 원장님이라는 말을 집어넣어 희수의 회사 방문의 타당성을 부여했다. 뜬금없는 형주의 말에 잠시 의아해하던 희수는 금세 그 뜻을 알고 자신이 실수한 줄 알고 잔뜩 풀이 죽은 목소리였다.

"괜찮으니까 지금 회사로 들어오세요. 바깥 날씨는 아직 많이 춥습니다. 제가 마중 나가도록 하지요."

그렇지만 상냥한 형주의 권유에 잠시 망설이던 희수는 다시 용기를 내어 씩씩하게 대답했다.

[저기, 그럼 로비로 들어가 있을게요.]

"네, 금방 내려가겠습니다."

정중히 전화를 끊고 나서 자리에서 일어나던 형주는 문득 철원의 모습이 사라졌다는 것을 깨달았다.

"응? 철원 씨는 어디 갔지?"

"철원 씨는 희망원과 희수 양이란 말에 자기가 마중 나간다며 부리나케 내려가 버렸어요. 저번에 왔던 희망원의 그 귀여운 아가씨 맞죠? 회장님께서 직접 후원해 주시겠다고 한 그 아가씨요. 실장님이 선수를 빼앗기셨네요."

수미가 기다렸다는 듯이 킥킥거리며 일러바치자 정현이 한마디 거들었다.

"희수 양이라는 말에 철원 씨, 눈 반짝이는 거 못 보셨죠? 주인 귀가를 기다리던 강아지 같더라니까요."

설마 하는 예감에 형주가 얼굴을 굳히며 수미에게 확인을 했다.

"혹시 철원 씨가 희수 양에게 마음이 있는 건가?"

수미가 몰랐냐면서 눈을 동그랗게 뜨고 반문했다.

"아직도 모르셨어요? 희수 양이 처음 왔다간 다음에 철원 씨가 한동안 한눈에 반했느니 어쩌니 하며 노래를 부르더니 얼마 전에는 희망원 위치까지 물었다니까요."

"오늘도 희수 양 온다니까 실장님이 내려가시기 전에 먼저 달려나가는 것 보세요. 홀딱 빠진 거라니까요."

서로 킥킥 웃으며 철원의 이야기를 해주는 두 사람의 말에 형주는 눈앞이 아찔해지며 속이 까맣게 타 들어갔다.

'철원 씨, 어쩌자고 희수 양을……'

민욱이 알면 큰 사단이 일어날 거란 생각에 형주는 철원이 들어오면 단단히 경고해 두어야겠다고 다짐했다.

"자아, 들어오세요."

상기된 표정의 철원이 비서실의 문을 열어주며 희수를 들여

보냈다.

"안녕하세요?"

저번에 왔을 때만큼 긴장된 표정은 아니었지만 여전히 압도당한 분위기였다.

"어서 와요, 희수 양. 바깥이 많이 춥죠?"

아직도 추위로 빨갛게 얼어 있는 희수의 귓불을 보며 형주가 안타까워했다.

"아뇨, 그렇게 많이 춥지는 않았어요. 그런데……."

희수가 곁에서 연신 벙긋벙긋 웃고 있는 철원을 눈으로 가리키며 어찌 된 영문인지 궁금해하자 형주가 떨떠름하게 웃으며 설명했다.

"갑자기 제가 봐야 할 일이 생겨서 철원 씨가 대신 내려간 겁니다. 무슨 실수라도?"

"아니요, 그냥 놀라서요. 실장님이 내려오신다더니 철원 씨가 마중 나오셔서 조금 놀랐을 뿐이에요."

"죄송합니다. 이쪽으로 오시죠. 회장님께는 아직 보고드리지 않았습니다."

"어머, 그럼 저 왔다고 화내지 않으실까요?"

형주에게 이끌려 회장실 문 앞까지 갔던 희수가 불안하게 그를 올려다보자 그런 그녀를 달래듯 형주의 미소가 깊어졌다.

"절대 화내지 않으실 겁니다. 그럼 들어가 보십시오."

"네."

속내를 아는 형주가 안심하라고 웃어주자 희수는 연락없이 들이닥친 그녀에게 민욱이 화를 내지 않을까 하는 두려움이 어느 정도 사그라진 듯했다. 괜찮다고 웃어주는 형주에게 그녀 역시 마주 웃어주며 회장실 문을 두드렸다.

"들어와."

회사에서 보여주는 딱딱하고 차가운 목소리에 희수는 다시 걱정이 들었지만 굳게 마음을 먹고 안으로 들어갔다.

희수가 회장실로 들어서자 형주는 웃음기를 지운 표정으로 철원을 돌아보았다.

"윤철원 씨, 앞으로 희수 양에 관한 일은 신경 쓰지 말았으면 좋겠군요."

"네? 실장님, 그게 무슨……."

"앞으로는 업무에 좀 더 신경을 써줬으면 좋겠군요."

형주는 민욱과 희수의 관계에 대해 조심해야 하는 만큼 상세한 설명은 할 수 없지만 철원에게 경고를 하는 것을 잊지는 않았다. 단호한 형주의 질책에 철원은 임의대로 자리를 이탈한 일 때문이라 여기며 반성하는 태도를 보였다. 형주는 철원이 알아들었으리라는 생각에 매섭게 뜬 눈길을 누그러뜨렸지만 마음이 여간 조마조마한 것이 아니었다.

"어쩐 일이냐?"

느닷없이 나타난 희수를 보며 민욱은 보고 있던 서류에서 시선을 떼고 놀란 눈빛으로 그녀를 바라보았다. 예상대로 놀라워하는 그의 시선에 쑥스럽게 웃으며 그의 책상 앞으로 다가왔다.

"사실은요, 이 근처 백화점에 갔다가 회장님께 얼른 자랑하고 싶어서 잠깐 들러봤어요. 방해 안 되도록 금방 갈게요."

바로 앞까지 다가와 사랑스럽게 얼굴을 붉히며 속삭이는 희수가 고와 민욱은 가만히 손을 뻗어 그녀를 자신의 무릎 위로 끌어당겼다. 부스럭거리며 백화점 가방이 발치에 툭 하고 떨어졌다.

"뭘 샀는데?"

희수를 대하는 민욱의 태도가 눈에 띄게 변화한 건 아니지만 미묘하게 달라지고 있었다. 눈빛이 상냥해지고 말투도 누그러져 있었다. 끌어안은 손길이 너무 다정해 눈물이 나올 정도였다. 그 모습에 희수는 기분이 좋아 장난기가 발동했다.

"음, 좋은 거요."

"좋은 거 어떤 거?"

"민욱 씨가 좋아할 만한 거."

"내가?"

민욱은 희수가 집에서 기다리고 있다는 사실만으로 업무를 처리하는 속도가 훨씬 빨라졌다. 예전에는 모든 일을 다 일일이 떠맡아 일로써 자신의 존재 가치를 느꼈지만 지금은 희수의 존재로 그가 반드시 봐야 하는 서류만 살피고 굳이 떠맡지 않아도 되는 일은 적절하게 분산시켰다. 오늘도 희수가 기다리는 집으로 빨리 가기 위해 되도록 서둘러 일을 처리하고 돌아갈 계획이었다. 그런데 희수가 아무런 연락도 없이 불쑥 그를 찾아온 것이었다. 마치 깜짝 선물을 받은 것처럼 놀랍기도 하고 유쾌한 기분도 들었다. 답답하게 느껴지던 사무실에 청량한 기운이 퍼지면서 가슴속이 시원하게 뚫리는 것 같았다.

"음, 자랑해도 돼요?"

희수가 장난기가 가득한 눈동자를 데굴데굴 굴리자 민욱은 호기심 어린 기대감에 마음대로 하라며 어깨를 으쓱거렸다. 그러자 민욱의 무릎에서 내려온 희수는 입고 있던 코트의 단추를 하나둘씩 풀어 내려갔다. 풀어헤친 코트 안에는 흰색 바탕에 빨간색의 앙증맞은 하트 모양의 무늬가 새겨진 앙고라 니트와 분홍색 안감을 댄 회색 플레어 미니스커트를 입고 있었다. 검은색의 촘촘한 망사 스타킹을 신고 발목 부근에 토끼털이 대롱대롱 매달린 앵클부츠를 신고 있는 모습은 충분히 사랑스러웠다. 보여주려는 것이 새로 산 옷인 줄 알고 민욱은 만족스럽게 고개를 끄덕거렸다.

"예쁘죠?"

"그래."

그런데 입고 있는 옷이 주목적이 아니었다.

"그런데 진짜는 이게 아니란 말이죠."

"음?"

뭔가 꿍꿍이가 있는 얼굴로 희수는 대담하게 그의 책상 위에 엉덩이를 걸쳤다. 희수의 스커트가 올라가면서 검은색 가터벨트가 살짝 모습을 드러냈다. 앙큼하게 눈동자를 굴리는 폼이 무슨 꿍꿍이가 있는 표정이었다. 희수는 코트 주머니에서 낡아빠진 싸구려 캐릭터 지갑을 꺼내 보였다. 희수의 낡은 지갑을 보더니 민욱의 얼굴이 살짝 찌푸려졌다.

"백화점 갔다면서 지갑은 왜 안 산 거니?"

지갑을 열다가 민욱의 말에 왜 그러냐는 표정으로 자신을 지갑을 훑어보았다.

"지갑은 왜요? 이것도 아직 쓸 만한데……."

"너무 낡고 유아틱하잖니. 좀 더 좋은 걸로 사거라. 내가 전에 카드 줬잖아."

그러자 희수는 입을 앙다물고 무언가 곰곰이 생각하는 표정이었다.

"그러면 민욱 씨가 지갑 사주세요."

"뭐?"

"민욱 씨 말씀대로 예쁘고 세련된 걸로요. 그리고 기왕 사주실 거면 안에 빳빳한 신권도 넣어서 주셔야 돼요. 원래 지갑 선물할 때는 안에 현금도 같이 넣어서 주는 거라잖아요. 헤헤."

"허참. 그래, 알았다. 내가 좋은 걸로 하나 선물해 주지."

"약속하셨어요."

희수는 웃을 때 눈매가 초승달처럼 활짝 휘어진다. 눈꼬리 부분에 주름이 잡혀 있는 것으로 보아 어떻게 보면 그 웃음이 남자를 매혹시킨다고 볼 수도 있었다.

"저 졸업선물 안 사주셨잖아요. 그래서 제가 결정했어요."

"너 가지고 싶은 거 마음대로 사라고 그랬잖니."

"그러니까 제 마음대로 했다는 거죠."

의기양양한 모습에 민욱은 과연 무엇을 샀기에 도도하게 나오는지 호기심이 생겼다. 그래서 의자를 책상 쪽으로 바짝 당겨 희수의 허리를 손으로 두르고 다리 사이로 파고들었다.

"꺄앗, 민욱 씨."

희수가 놀라 얼른 벌어진 틈의 치마를 손으로 내리눌렀다. 민욱의 짓궂은 웃음이 그의 가슴에 닿은 다리를 통해 올라왔다.

"그래, 얼마나 대단한 것을 샀기에 나한테 자랑하러 온 거지?"

"음, 실은 이거예요."

희수가 자랑스럽게 내보인 것은 지갑 안에서 꺼낸 두 장의 영화표였다. 내일 날짜의 심야영화였다.

"이건……?"

"저 아직까지 심야영화 한 번도 본 적이 없거든요. 영화관도 몇 번 못 가봤어요. 그래서 커플석으로 달라고 해서 예약한 거니까 내일 저랑 데이트해 주세요."

"데이트?"

영화표를 들여다보던 민욱이 멍하니 희수의 말을 따라 읊었다. 희수는 손바닥을 모은 채 손가락 끝 쪽에 입술을 대고 살짝 옆으로 고개를 기우뚱하며 애교를 부렸다.

"네, 데이트요. 저 맛있는 것도 사주시구요. 안 돼요?"

기대 반 혹시나 하는 두려움 반으로 두 눈을 반짝이며 그의 대답을 고대하는 희수의 표정이 눈에 들어왔다. 왜인지 그 역시 장난이 치고 싶어졌다.

"흐음, 데이트라……."

일부로 말을 길게 끌며 대답을 미루었다. 이것도 저것도 아닌 태도에 희수는 한숨을 포옥 내쉬며 애꿎은 그의 넥타이만 만지작거렸다.

"민욱 씨랑 보통 연인들이 하는 것처럼 영화도 보고 싶고, 맛있는 것도 먹고 싶고, 같이 쇼핑도 하고 싶은데 힘들까요?"

희수의 커다란 눈망울이 애처롭게 그를 바라보고 있었다. 아이처럼 천진난만한 표정으로 그를 물끄러미 바라보는 희수의 모습을 발견할 때마다 민욱은 묘한 기분이 들었다. 처음 희수를 만났을 때처럼 가끔 묘하게도 속내를 읽을 수 없을 만큼 깊은 눈빛을 지닌 희수가 지금처럼 순진하게 그를 올려다보면 가끔 혼란스러웠다. 과연 어떤 모습이 이 아이의 진짜 얼굴일까 하는 의구심이 생긴다. 하지만 그 어떤 표정에서도 희수의 눈빛에서는 감출 수 없는 그에 대한 애정이 드러나 있기에 민욱은 아무런 말도 하지 않고 가만히 그녀를 내버려 둔 것이었다.

"안 될 건 없지."

"정말요? 와아, 좋아라."

환호성을 내지르며 손뼉을 치면서 기뻐하는 희수의 모습에 민욱의 기분도 즐거워졌다.

"사랑해요."

얼굴 가득 환한 빛으로 그에게 수줍게 속삭이는 희수의 자그마한 목소리에 입 안이 바짝 마르며 성이 나기 시작했다. 벌떡 일어서 위협적으로 희수에게 다가서며 꺼칠한 목소리로 퉁명스럽게 말을 내뱉었다.

"젠장, 밤까지 참을 수 없을 것 같군."

"미…… 민욱 씨?"

바짝 다가서며 뜨거운 열기를 뿜어내고 있는 그의 육체가 느껴지자 희수의 얼굴에서 목덜미 아래까지 보기 좋은 분홍색으로 물들어져 갔다. 코앞까지 다가온 민욱의 얼굴이 은근한 숨결로 그녀의 얼굴 위에 자잘한 키스를 뿌리며 그의 손이 어느새 치마 안으로 들어가 있었다. 연인의 농염한 키스와 애무에 홀린 듯이 빠져 들어가던 희수는 문득 딱딱한 노크 소리를 듣고 몸이 딱 굳어버렸다.

똑똑.

"회장님, 차 가져……."

쨍그랑. 타앙, 탕.

"이런, 당장 나가!"

노크 소리와 함께 씩씩하게 안으로 들어서던 철원은 눈앞에 펼쳐진 광경에 석상처럼 그대로 굳어버렸다. 요란하게 퍼지는 소음과 함께 놀란 표정으로 그 자리에 그대로 굳어버린 철원의 모습에 민욱은 거칠게 소리를 질렀다. 어느새 달려온 형주가 철원을 그 자리에서 끌어내자 그제야 정신을 차린 듯 철원은 시뻘겋게 붉어진 얼굴을 떨어뜨리며 그에게 이끌려 회장실에서 벗어날 수 있었다.

"괜찮니?"

철원의 등장에 분위기가 깨지면서 둘만의 은밀한 부분이 공개되었다는 점에서 놀라기보다는 자신을 보던 철원의 눈빛이 더 아프게 다가왔다. 그의 눈에서 보인 지독한 배신감과 커다란 상처에 놀란 희수는 민욱의 가슴에 고개를 파묻었다.

"많이 놀랐지? 보통은 이런 일이 없는데……."

불시에 공격당한 기분에 민욱은 여간 분기가 치미는 것이 아니었다. 정신이 없는 상황에서 허둥지둥 옷매무새를 가다듬는 희수의 넋 나간 표정에 더욱 화가 치밀었다. 희수의 손을 잡아 회장실 출입구 맞은편의 다갈색 문을 열고 들어서자 단조롭지만 널찍한 침대가 바로 눈에 들어왔다. 침대를 기준으로 왼쪽에는 옷장이, 오른쪽에는 반투명한 유리창으로 되어 있는 욕실이 눈에 들어왔다. 충격이 가시지 않은 표정임에도 호기심이 이는지 방 안을 둘러보는 희수를 이끌어 침대 위에 가만히 앉혔다.

"여기서 잠시 마음 좀 가다듬고 있거라. 내가 김 실장을 불러 따끔히 야단칠 테니까."

목 위까지 올라온 놀란 심장이 가라앉기 전에 민욱은 희수를 혼자 두고 방을 나가 버렸다. 희수는 한쪽 손을 심장 위에 지그시 누르며 심호흡을 했다. 놀라 들쑤시는 심장 때문에 조금 아파서였다.

"김 실장, 당장 들어와!"

노기가 소린 민욱의 연락을 받고 형주가 딱딱하게 굳은 얼굴로 회장실로 들어섰다.

"도대체 직원 교육을 어떻게 시킨 겁니까? 찾지도 않았는데 왜 들어오냐 말입니다. 도대체 김 실장은 밖에서 뭐 하고 있었습니까?"

"죄송합니다, 회장님."

평소라면 이렇게까지 화가 나지 않았을 민욱이지만 하필이면 모처럼 희수와 사무실에서 색다른 즐거움을 느낄 수 있는 좋은 시간이었는데 부하 직원에게 회사 내에서의 은밀한 일탈을 들켰다는 자책감에 더욱 화가 치밀었다. 도대체 철원이 회장실로 들어서기 전에 형주는 왜 만류하지 않았는지 애꿎은 원망이 생겼다. 하지만 허리 굽혀 사죄하는 형주의 모습에 더 이상 화낼 기분이 아니었다. 피곤한 듯 자리에 주저앉으며 민욱은 단호하게 경고했다.

"앞으로는 이런 일, 두 번 다시 없게 하십시오. 특히나 희수가 올 경우에는 더 더욱. 그리고 비서진들 입단속시키고. 그 친구는 앞으로 본사에서 볼 일이 없었으면 합니다."

철원을 지방으로 전출시키란 말에 형주는 한마디 거부 의사를 꺼내려다 매섭게 빛나고 있는 민욱의 눈빛에 할 수 없이 입을 다물었다.

"알겠습니다."

"나가보세요."

회장실에서 나온 형주는 도대체 방금 전에 일어난 일이 믿기지 않았다. 그가 잠시 자리를 비운 사이에 이런 사단이 일어날 줄은 꿈에서도 상상조차 할 수 없었기 때문이다. 덕분에 비서실의 분위기가 완전 초토화되었다. 형주는 서늘한 눈빛으로 안절부절못하는 두 여비서를 노려보았다.

"방금 전의 일이 밖으로 흘러나간다면 두 사람도 여기서 볼 일이 없을 거라 생각되네."

드물게 보이는 형주의 차가운 태도에 수미와 정현은 속으로 찔끔하며 입을 꾸욱 다문 채 고개를 끄덕거렸다.

"철원 씨는 어디 있지?"

"탕비실에……."

수미가 다 죽어가는 목소리로 손가락으로 탕비실을 가리키자 형주가 그곳으로 성큼성큼 걸어 들어갔다. 문이 닫히자 수미와 정현은 눈치를 보며 길게 안도의 숨의 내쉬었다.

"언니, 그러면 방금 회장실에서……."

정현이 눈치없이 굴자 수미가 옆구리를 쿡 찌르며 고개를 절레절레 흔들었다. 보아도 못 본 척, 들어도 못 들은 척하지 않으면 버틸 수 없는 곳이 바로 비서실이기 때문이었다. 수미의 눈짓에 정현도 움찔하며 가만히 고개를 끄덕이곤 이내 업무에 집중하려 했다. 하지만 아무리 생각해도 끔찍스럽게 놀랄 일이었다. 그 어린아이가 회장님의 애인이 되다니······. 세상 말세라는 말밖에 나오지 않았다.

"철원 씨, 자네가 무슨 짓을 했는지 알고 있는가?"

형주는 탕비실 안에 넋을 잃고 앉아 있는 철원이 안쓰럽기도 하고 어처구니없기도 했다. 어쩌자고 일을 이 지경으로 만들었는지······.

"실장님은 알고 계신 거죠?"

"음? 뭘 말인가?"

철원이 무슨 말을 하는지 알고 있었지만 형주는 모른 척 되물었다. 그러자 상처 입은 표가 그대로 나타나는 눈빛으로 철원이 그를 돌아보았다.

"희수 양과 회장님이······ 그런······ 관계······ 라는 것을 말입니다."

희수와 민욱을 연결시키는 일이 쉽지가 않은 듯 철원은 떠듬거리며 힘겹게 말을 이었다. 형주는 아무런 말도 해줄 수가 없었다.

"어······ 어떻게 희수 양처럼 어린 여자에게······."

철원은 아무리 생각해도 이해가 가지 않는다며 민욱에 대한 반감을 여지없이 드러냈다. 그 모습에 형주의 눈빛도 날카로워졌다.

"정신 차려. 희수 양도 성인이야. 희수 양은 자신의 의지로 회장님께 온 것이야. 자네가 가타부타할 문제가 아니란 말일세."

"하지만……."

"윤철원 씨, 그래서 내가 미리 말하지 않았는가? 희수 양에게서 관심을 끊으라고 말이야. 왜 그 말을 했는지 몰라서 그런가?"

"실장님."

철원은 답답한 자기 심정을 알아달라며 형주에게 매달렸지만 돌아오는 것은 날벼락 같은 근신 처분이었다.

"당분간 자택에서 대기하게. 조만간 지방으로 발령이 떨어질 거야."

"……좌천입니까?"

"자네가 한 일을 생각해 보게."

돌아오는 형주의 차가운 대꾸에 더 이상 할 말을 잃었는지 철원은 비실비실 자리에서 일어나서 짐을 챙겨 나갔다.

"저기, 실장님."

멍한 표정으로 다리를 질질 끌며 비서실을 나서는 철원의 모습에 탕비실에서 막 나오는 형주에게 정현이 어떻게 된 일이냐는 표정으로 그를 불렀다. 그러자 형주의 입에서 단호한 말이 흘러나왔다.

"앞으로 새로 비서실로 오는 사람한테는 회장님의 호출 없이는 함부로 회장실에 출입할 수 없음을 단단히 고지시키세요."

"네, 알겠습니다."

순순히 대답은 했지만 예상보다 더 엄한 처벌에 숨을 죽인 수미와 정현이었다.

"이제는 좀 괜찮니?"

침실에서 비척비척 걸어나오는 희수를 안쓰러운 표정으로 다가가 끌어안으며 부축했다. 희수는 민욱의 품에 얼굴을 기대며 힘없이 속삭였다.

"죄송해요. 저 때문에 누군가가 피해를 입게 되어서……."

밖의 대화가 안에 들렸기에 본의 아니게 철원에 대한 처사가 어찌 됐는지 알게 되었다.

"신경 쓰지 마라. 그저 내가 직원들 교육을 잘못 시킨 것이니 네가 걱정할 필요는 없어. 오늘 너무 놀랐겠구나. 아래 차 대기시켜 둘 테니까 얼른 집에 들어가서 쉬고 있어."

"전 괜찮아요. 그냥 버스 타고 갈게요."

"안 돼. 내가 마음이 안 놓여. 좋게 말할 때 차 타고 가."

고집스럽게 민욱이 고개를 흔들자 희수는 한숨을 포옥 내쉬곤 할 수 없이 고개를 끄덕거렸다.

"알았어요. 타고 갈게요. 괜히 저 때문에 소란이 일어나서 죄송해요."

"괜찮으니까 너무 신경 쓰지 마라. 아무 생각도 하지 말고 그냥 가서 쉬어."

"네."

희수가 얌전히 대답하자 안심한 민욱은 내선 버튼을 누르고 형주에게 전했다.

"김 실장, 아래 차 대기시켜 두세요."

"저 혼자 내려갈 수 있으니까 민욱 씨는 일하세요. 괜히 제가 와서 방해만 하고……."

잔뜩 풀이 죽어 기운없는 희수의 모습이 마음에 들지 않았다. 민욱은 희수의 어깨를 부드럽지만 단단하게 움켜잡았다.

"오희수, 웃어봐."

"네?"

"내가 퇴근해서 집으로 갈 때까지 안심하고 일할 수 있게 웃어보라고."

"아."

"아? 웃어보라니까 고작 그 말밖에 못해?"

문득 희수는 민욱이 어린아이처럼 억지를 부리고 있다는 것을 깨달았다. 둘의 사이가 남들에게 들켰다는 것보다는 떳떳치 못한 자신의 입장 때문에 고개를 들지 못하는 그녀를 위하는 민욱의 마음이 느껴졌다. 천천히 고개를 들자 마음은 먹구름이 가득하지만 자신을 바라보고 끝까지 잡아둘 거라고 믿는 민욱이 눈에 들어왔다. 가슴이 다시 콩닥거리며 무섭고 떨리던 기분이 다 사라져 버렸다. 오직 그만이 그녀의 모든 감정을 좌지우지할 수 있었다.

"사랑해요."

다행히도 기운을 차렸는지 살포시 미소 짓던 희수가 수줍게 고백했다. 민욱은 천천히, 그러나 강렬하게 희수의 이마 위에 입술을 내리눌렀다.

"조심해서 들어가라. 나도 급한 일만 처리하고 금방 들어가마."

"네, 이따가 집에서 봬요."

민욱의 입술에 쪽 소리가 나도록 가볍게 입 맞추고 씩씩하게 속삭였다. 겨우 기운을 차린 희수를 보자 묵직하던 마음 한구석이 시원하게 뚫린 기분이었다.

"저 그럼 가볼게요. 수고들 하세요."

비서실을 통과하면서 희수는 아무 일 없었다는 듯이 싹싹하게 인사하고는 형주가 잡기도 전에 먼저 나가 버렸다.

"잘했어, 오희수."

모든 것을 다 알고 있는 형주와 달리 오늘 그들의 관계를 알게 된 수미와 정현의 얼굴을 보기가 민망했지만 앞으로는 얼마든지 감수해야 할 일이었다. 그의 여자이기를 자청한 이상은 어쩔 수가 없는 일이기에 희수는 우울한 기분을 애써 떨쳐 냈다.

"희수 양."

회장 전용 엘리베이터를 타려는데 뒤에서 철원이 그녀를 기다렸는지 불쑥 나타났다.

"까, 깜짝이야. 철원 씨."

"놀라게 했다면 죄송합니다. 하지만 꼭 좀 물어볼 것이 있어서 기다렸습니다."

어느새 차분한 태도로 철원을 응시하게 된 희수는 허락의 의미로 가볍게 고개를 끄덕거렸다.

"무엇 때문입니까? 돈입니까? 희수 양은 아직 어립니다. 돈 따위에 함부로 자신을 파는 짓 따윈 하지 마십시오. 언젠가는 후회하게 될 테니까요. 좀 더 자신을……."

"이보세요, 윤철원 씨. 지금 무슨 소리를 하는 건지 모르겠네요."

자신을 바라보는 희수의 눈길이 서늘하다는 사실에 철원은 더욱 비참하고 그녀가 안타까웠다.

"돈이 나쁘다는 것은 아닙니다. 하지만 앞으로 희수 양의 미래를 생각한다면 이런 관계는 그만둬야 해요."

"이런 관계?"

희수가 불쾌한 표정으로 반문하자 철원은 그녀를 설득할 요량으로 간절하게 애원했다.

"회장님은 이미 결혼도 한 유부남입니다. 게다가 희수 양에 비하면 나이도 많고 세상물정도 훤히 다 안단 말입니다. 언젠가 희수 양보다 더 젊고 예쁜 아가씨가 나타나면 그땐 어떻게 할 것 같습니까? 회장님이 희수 양 곁에 언제까지 있을 거라 생각하는 건 아니겠죠? 회장님 같은 남자들은 다 똑같단 말입니다. 희수 양은 언젠가 비참하게 버림받고 후회할 것이에요. 그러니 이쯤에서 그만두도록 하세요. 제발요."

"그렇게 말하는 의도가 뭔가요?"

"저는 희수 양을 걱정해서……."

"착각하지 마세요."

희수가 코웃음치며 철원의 말을 자르고 싸늘하게 속삭였다.

"당신은 당신이 꿈꾸던 나의 모습이 깨어져서 그게 안타까운 거니까. 그리고 돈? 그딴 건 그다지 필요치 않아. 착각하지 마. 난 내 의지로 현민욱이란 남자 곁에 머무는 것이니까. 그 남자를 사랑해서 모든 걸 걸었으니까. 오직 그 남자 때문에 내가 살아가. 그러니 헛소리 하지 말고 그만 당신의 착각 속에서 헤어나시지."

예상치 못한 희수의 오만한 모습에 철원이 말을 잃고 눈만 끔벅거리는 사이 희수는 차가운 조소를 날리며 대기 중인 엘리베이터 안에 몸을 실었다. 그녀가 한 말만 멍하니 되씹던 철원은 부리나케 달려가 닫히려는 문을 잡고 소리쳤다.

"하, 하나만 더 물어볼게요. 아까 나에게 차를 가져다 달라는 말, 무슨 의도였어요?"

대답 따윈 들을 필요가 없었다. 냉랭한 시선으로 가만히 입가를 끌어 올리는 희수의 차가운 미소에 모든 것이 고의라는 것을 알게 되었다. 넋이 나간 철원을 밀쳐 내자 천천히 엘리베이터의 문이 닫히고 그의 모습이 사라졌다. 희수는 느긋하게 벽에 등을 기대며 한마디 중얼거렸다.

"바보 같은 놈."

사실 희수는 철원이 마음에 들지 않았다. 처음 보았을 때부

터 멍한 표정으로 한눈에 그녀에게 빠져 버린 순진함이 귀엽기
는 하지만 그다지 흥미가 동하지는 않았다. 게다가 피곤할 정도
로 희수에게 보여주는 과도한 관심은 필요치 않았다. 또 민욱의
비서로 일하는 젊은 남자와 엮이는 일은 그에게 오해의 여지를
불러일으킬 가능성이 없지 않았다. 그런 상황은 절대 사절이므
로 그전에 그녀의 소속을 깨닫게 해줘야 할 필요성이 있었다.
생각보다 너무 순진한 남자라 일이 커져 훨씬 더 도움이 되었
다. 민욱이 우려했던 것과는 달리 희수는 아주 상쾌한 기분으로
집으로 갈 수가 있었다.

14

질투(嫉妬)
―부부간이나 서로 사랑하는 이성 사이에서, 상대자가 자기 아닌
다른 이성을 사랑하는 데 대한 강한 샘. 투기

3월이 시작되고 희수가 학교를 다니기 시작하면서 민욱은 아무렇지 않은 척했지만 내심 불안해하고 있었다. 지금까지 다니던 고등학교보다 훨씬 넓은 인간관계와 다양한 사람들을 만날 수 있는 대학에 다니면서 그가 아닌, 그보다 더 젊고 생기있는 남자들에게 관심이 가지 않을까 자신도 모르게 전전긍긍하고 있었다. 아무리 희수가 매 순간 그에게 사랑한다고 속삭여줘도 과연 언제까지일까, 혹은 그런 척하고 뒤에서 다른 남자를 만나는 게 아닐까 하는 의심이 자꾸만 커져 갔다. 희수에게 집착하면 할수록 그런 의혹도 눈처럼 불어나 그를 초조하게 만들었다.

─메시지가 도착했습니다.

얼마 전에 희수의 입학식을 치르고 선물로 그녀가 가지고 싶
어했던 민욱과 같은 기종의 휴대전화를 새로 하나 구입했다. 덕
분에 민욱은 회사에 있는 동안 희수의 모든 생활을 파악할 수가
있었다. 혹시나 대학에 들어가서 다른 남자들을 만나고 그에게
싫증 내지 않을까 불안하게 치솟던 그의 감정을 달래주는 것이
희수의 문자였다.

〈방금 수업 마쳤어요. 오늘도 늦어요?〉

폴더를 열어보고 희수의 문자를 읽으며 민욱은 빙긋 미소 지
었다. 그녀와는 달리 아직 문자를 보내는 데 익숙하지 않아 그
저 확인만 했지만 희수는 그래도 좋은 모양이었다. 최근 들어
회사 일이 바빠 계속 늦게 들어가니 그의 건강이 걱정되는지 희
수가 무리하지 말라고 염려해 주었다. 문득 지금 시간을 확인하
자 그가 집으로 돌아가기까지 꽤 오랜 시간이 지나야 한다는 것
을 알았다. 그 순간 갑자기 그가 없는 시간 동안 그녀의 일상이
불안하게 다가오기 시작했다. 그럴 리 없다며 재빨리 털어냈지
만 스멀스멀 올라오는 의심이 자꾸만 지울 수가 없었다.

한국대 정문에 세워진 검은색 벤츠를 학생들이 의아한 시선
으로 흘끔거리며 지나갔다. 정문을 통과하는 희수의 모습이 보
이자 양복을 단정히 입은 기사가 운전석에서 내려 뒷좌석으로

다가가 그녀를 기다렸다. 기사는 내색은 하지 않았지만 희수의 곁에서 웃으며 이야기를 나누고 있는 젊은 남자의 존재에 깜짝 놀라고 말았다. 기사를 보자 희수는 남자에게 웃으며 인사를 건네고 차 쪽으로 다가왔다. 그러나 그 남자는 차까지 다가와 이 기사 대신에 차 문을 열어주었다.

"괜찮은데……."

희수가 그의 친절에 불편한 기색을 보였지만 남자는 대수롭지 않은 표정으로 어깨를 으쓱였다.

"이 정도쯤이야 별거 아니지. 그럼 오늘은 조심해서 가고 내일 학교에서 보자."

"네, 선배님."

희수가 차에 오르자 남자는 살짝 문을 닫아주고는 의기양양한 태도로 뒤로 물러났다. 이 기사는 표정이 살짝 굳은 채 운전석으로 돌아갔다. 희수를 태운 차가 정문에서 점점 멀어지자 남자의 모습도 사라져 갔다. 이 기사는 룸미러로 뒷좌석의 희수를 슬쩍 훔쳐보고 오늘 일을 보고해야 할지 내심 고민하고 있었다.

"이 기사님, 방금 전의 일 말이에요."

망설이는 그의 마음을 읽었는지 희수가 먼저 말을 꺼냈다.

"아, 예."

"꼭 회장님 귀에 들어가도록 해주세요."

"네에?"

하마터면 도로 한복판에서 브레이크를 밟을 뻔하고는 깜짝 놀라 얼른 운전대를 바짝 잡았다. 방금 자신이 들은 말이 무슨 의도인지 제대로 파악하기가 힘들었다.

"우리 민욱 씨가 아무래도 불안해하는 것 같으니까 한번 터뜨리게 만들어야죠. 후훗, 그러니까 본 대로만 보고하세요. 이 기사님, 제 운전기사이자 보디가드이자 감시역, 아닌가요?"

순간 등줄기를 타고 흐르는 차가운 기운에 이 기사는 저도 모르게 얼굴을 딱딱하게 굳혔다. 희수의 일거수일투족을 모두 보고하게끔 지시는 받았지만 그녀가 알고 있으리라고는 생각해 보지 못해서였다. 그러나 창문 밖으로 시선을 돌리고 있는 희수는 태연하게 미소를 머금고 있었다. 도대체 무슨 생각인지 좀처럼 그녀의 속내를 파악할 수가 없는 데다가 가끔 보이는 서늘한 표정은 섬뜩할 정도로 날이 서 있었다.

희수의 말대로 바로 형주에게 보고를 올리자 형주가 머뭇거리며 민욱에게 오늘 있었던 일을 보고했다. 희수가 하교하고 집으로 무사히 돌아갔다는 보고에 끼워 이 기사가 본 일을 함께 거론하자 민욱의 분위기가 심상치 않게 바뀌었다. 민욱은 형주가 붙잡을 틈도 없이 바로 회사를 뛰쳐나가 아파트로 향했다.

남자라니…… 남자와 웃고 있었다니……. 가슴속에 거친 불길이 걷잡을 수 없이 타오르고 있었다. 학교 다니다 알게 된 동기나 선배이겠지만 그 말을 들은 이후로는 이성적으로 생각할 수가 없었다. 그저 남자, 그가 모르는 남자와 웃고 있다는 말만이 들려 눈앞이 시뻘겋게 타올랐다. 그가 없는 시간에 다른 남자에게 그 사랑스러운 입술로 사랑을 고백하며 열정적으로 안기는 상상이 들자 더욱 불길이 치솟았다.

꽈당!

거칠게 현관문을 열고 집 안으로 들어가니 그의 서재에서 희수가 놀라 달려나왔다.

"민욱 씨! 이 시간에 어쩐 일이에요?"

희수의 목소리는 들리지 않고 그녀의 옷차림이 먼저 눈에 들어왔다. 샤워를 했는지 촉촉하게 목덜미에 들러붙은 머리칼과 흐릿한 윤곽으로 몸을 비추고 있는 하얀 남자 와이셔츠를 입고 허벅지를 고스란히 내놓고 있는 모습에 숨이 모자라 사납게 씩씩거렸다.

"민욱 씨?"

붉으락푸르락 변하는 그의 안색이 걱정스러운지 희수가 황급히 다가와 그의 이마에 손을 짚고 열을 재보았다.

"왜 그래요? 어디 아파요? 무슨 일이에요?"

이마 위에 놓인 희수의 손이 서늘해서 얼굴로 쏠려 있던 열기가 어느 정도 식는 기분이었다. 그러나 민욱은 거칠게 도리질치고 부러질 듯 희수의 어깨를 움켜잡고 뒤흔들었다.

"누구야?"

"네?"

어리둥절한 표정의 희수에게 바짝 얼굴을 가까이 대고 으르렁거렸다.

"감히 날 속이고 딴 놈이랑 붙어먹어?"

"미, 민욱 씨?"

"감히, 감히 날 배신해?"

"누가요?"

이성을 잃다시피 흥분하고 있는 민욱에게 희수는 어처구니없다는 표정으로 피식 웃었다.

"웃어?"

그 웃음에 기가 막히는 듯 민욱의 분노가 더욱 고조되었지만 한번 터진 희수의 웃음은 멈출 줄 몰랐다.

"아하하하하하하."

눈꼬리에 눈물이 맺힐 정도로 유쾌하게 웃어대는 희수의 반응에 민욱의 분노가 잠시 주춤거렸다.

"아하하하, 미치겠네. 이것 보세요, 현민욱 씨."

민욱의 손에서 어깨가 자유로워지자 희수가 허리에 한 손을 얹고 다른 손으로 그의 가슴을 콕 찔렀다.

"그렇게 날 믿지 못해요? 당신만을 사랑한다는 말이 그렇게 가벼워 보여요? 사랑한다고 수도 없이 속삭여 주는데 그 말이 주는 무게가 어느 정도인지 정말 모르는 건가요? 고작 학교 선배랑 잠깐 같이 걸었다는 것만으로도 날 지조없는 여자로 매도하는 건가요? 그렇게 따지면 나도 민욱 씨의 여비서들 맘에 안 들어요."

벙찐 표정으로 자신의 공격을 고스란히 다 받고 있는 민욱을 희수는 어처구니없다는 듯이 노려보았다.

"정말이지 너무하잖아요. 누구는 민욱 씨가 돌아올 동안 당신 체취를 느끼고 싶어서 당신 셔츠까지 입고 그리워하는데 고작 선배랑 같이 하교했다는 이유 하나만으로 이렇게 사람을 몰아세우다니⋯⋯."

입술을 삐죽 내밀며 토라진 표정으로 당황한 기색을 보이는 그를 노려보았다. 희수의 말대로 그녀가 입고 있는 셔츠가 그의 것이자 민욱은 당황한 나머지 얼굴을 붉히며 어찌할 바를 몰라 허둥거렸다. 희수가 다른 남자와 웃고 있다는 상상만으로도 속이 뒤집어지며 불끈 치솟는 살의에 이성이고 뭐고 다 사라지고 말았다.

"흠흠, 미⋯⋯ 미안하다."

민욱의 광대뼈 부근에 살짝 붉은 기가 퍼지자 희수는 냉큼 그의 목에 안겨 매달렸다.

"진짜로요?"

"그, 그래."

"흐음."

미심쩍다는 표정으로 희수가 그를 살피자 민욱은 더욱 민망해져 시선 둘 곳을 찾아 헤맸다. 그러다 그녀가 서재에서 나왔다는 사실을 깨달았다.

"그러고 보니 서재에서 뭘 한 거냐?"

"아!"

서재라는 말에 눈에 띄게 당황하는 희수의 표정에 겨우 꺼진 불씨가 다시 피어오르기 시작했다. 다시 피어오른 의혹의 눈길로 희수를 살피더니 민욱은 그녀의 팔을 풀고는 아무 말 없이 서재로 발걸음을 옮겼다.

"자…… 잠깐만요."

희수가 그의 앞을 가로막아 섰지만 단호한 민욱의 힘에 밀려 서재로 들어가는 그를 막는 데 실패했다.

"음?"

무언가 미심쩍은 것을 숨겨뒀을 거라는 예상과는 달리 신문 조각들로 어지러이 흐트러진 서재의 모습에 걸음을 멈추었다. 그리고 책상 위에 놓인 커다란 스크랩북이 펼쳐져 있어 다가갔다.

"아앗, 안 돼요."

"이건?"

민욱은 앞을 가로막은 희수를 끌어안고 그녀의 어깨 너머로 고개를 내밀어 펼쳐진 부분을 확인했다. 그리고 옆에 놓인 잘린 신문기사를 집어 들었다. 그것은 오늘 날짜 기사의 한영과 그에 대한 기사였다.

"아앗, 보지 마세요."

민욱의 팔에 갇혀 옴짝달싹못하자 희수가 버둥거리며 소리쳤다.

"이건 내 기사들이군. 그런데 왜 보지 말라고 하는 거지?"

스크랩북 안에는 온통 민욱의 기사가 보관되어 있었다. 그러고 보니 서재 한쪽 구석에 놓인 상자 속에서 이런 스크랩북이 가득 들어 있는 것을 본 기억이 났다. 설마 전부 그의 기사란 말인가? 놀라움을 감추지 못한 그의 눈에 희수의 빨갛게 물든 귓불이 사랑스럽게 들어왔다.

"그…… 그야 부끄럽잖아요."

"얼마나 모은 거냐?"

"민욱 씨를 처음 본 순간부터……."

"그게 언젠데?"

"제가…… 여섯 살 때요."

그의 품에 고개를 묻고 웅얼거리는 희수의 수줍은 고백을 듣자 그 어마어마한 시간에 놀라 말을 잃고 말았다. 그리고 그동안 그의 가슴속에 품어둔 어쩌면 하는 의혹의 싹이 사라지자 긴장의 끈이 풀어지면서 다리의 힘이 주욱 하고 빠져 버렸다. 털썩 소리를 내며 의자에 주저앉은 민욱이 양손으로 얼굴을 쓸어 올리자 지친 기색이 역력해 보였다.

한 십여 년은 한꺼번에 늙어버린 기분이었다. 희수의 외도가 그의 오해임이 밝혀지자 바짝 조여 있던 긴장의 실이 느슨하게 풀어지면서 온몸의 힘도 함께 빠져나간 기분이었다. 매번 이렇게 다른 남자와 웃고 이야기하는 모습을 볼 때마다 질투에 몸 달아하는 자신의 모습이 보이는 듯해 가슴이 먹먹해졌다.

의자에 앉아 양손으로 얼굴을 감싸 쥐고 어깨를 힘없이 늘어뜨리는 민욱의 모습은 처음 보았다. 많이 놀란 모양이 안쓰러웠지만 그녀에 대한 의심을 지우지 못한 것이 못내 서운하기도 했다. 하지만 너무 풀이 죽어 있는 그의 모습에 마음이 아파 그의 발치에 앉아 살며시 그의 무릎 위에 손을 얹고 말없이 그를 위로했다. 부드러운 손길이 민욱의 무릎을 가볍게 쓸어 내리자 한숨 같은 말이 저절로 흘러나왔다.

"미안…… 하다."

"그런 말은 하지 마세요. 전 오히려 더 기쁜걸요. 당신의 마음이 내게 쏠리고 있다는 증거 같아서요."

부끄러워 고개를 들지 못하던 민욱은 다정하게 위로하는 희수의 말에 용기를 내어 천천히 얼굴을 가리고 있던 두 손을 내렸다. 이렇게 비참하면서도 허탈한 기분을 맛볼 날이 올 것이라고는 상상한 적도 없어서 마음이 무겁게 내려앉았다. 얼굴에서 양손을 내렸지만 어떤 얼굴로 희수를 봐야 할지 망설여져 시선을 비스듬히 떨어뜨리고 말았다.

"그러지 마요. 절 보세요."

민욱의 얼굴을 자신의 손을 감싸 쥔 희수는 자신을 마주 보게끔 잡아 돌렸다. 찬찬히 희수의 얼굴에 퍼지는 환한 미소가 눈이 아리게 사랑스러웠다. 화사하게 빛이 나고 투명하게 맑은 그 미소가 어둡고 음습한 그의 마음에 한줄기 빛으로 다가왔다.

"당신이 얼마나 아름다운지 알고 계세요?"

"내가?"

"네."

꿈을 꾸는 것처럼 희수의 눈빛은 몽롱하게 피어오르고 있었다. 정말로 아름다운 미술품을 접한 사람처럼 황홀하게 그의 얼굴을 어루만지며 발그레 볼을 붉혔다. 희수의 감탄 어린 시선 아래 민욱은 조금씩 자신감이 살아나기 시작했다. 그러나 아직은 이제 막 피어나기 시작하는 싱그러운 젊음 앞에 늙고 질투에 추해 보이는 자신이 부끄러워 주저하며 물었다.

"넌 정말로 이런 내가 좋니?"

"단지 좋다는 말로는 부족해요."

기다렸다는 듯이 단호하게 외치는 희수의 눈동자 속에는 분명한 그에 대한 애정이 서려 있었다.

"내가 태어난 이유가 당신이에요. 내가 살아가는 이유가 오직 당신 때문이에요. 내 삶의 목적은 당신이니까 단순히 좋아한다, 사랑한다는 말로는 부족해요. 당신이 내 생명이고 미래예요. 내 인생에서 당신만이 유일한 남자예요."

"희수야."

그 열렬한 고백에 민욱은 가슴이 먹먹해져 이상하게도 눈물이 핑 돌았다. 어디선가 새어나오는 불안감이 순식간에 눈 녹듯 사라지고 충만한 기쁨이 가슴에 퍼졌다. 참을 수 없는 격정에 으스러지듯 희수를 끌어안았다.

"제가 당신을 행복하게 만들어 드릴게요. 그러니까 더는 아무 걱정 하지 마세요. 당신이 저를 버려도 제가 당신을 버리지 않아요."

"그 말, 맹세할 수 있니?"

"맹세해요."

"……고맙다."

한 점 흔들림없는 분명한 희수의 맹세에 민욱의 굳게 닫힌 마음이 활짝 열리고 있었다.

"사랑해요."

소리없이 떨어지는 그의 눈물을 어깨 위로 느끼며 희수는 다정하게 그를 안고서 속삭여 주었다.

익애(溺愛)

―몹시 사랑함. 맹목적으로 귀여워함

"**한**국은 아직도 춥군."

공항에 도착해 미란이 처음 한 말이었다. 추운 겨울을 피해 따뜻한 하와이에서 한동안 지내서인지 매서운 한국의 꽃샘추위가 못 견디게 추웠다.

"아직 한국은 춥습니다. 얼른 차 안으로 들어가십시오."

언제나처럼 그녀의 곁에 머무르는 정민이 걱정스럽게 그녀를 바라보고 있었다. 미란의 얼굴을 반 이상 차지하는 커다란 선글라스 너머로 회색 빛 하늘이 을씨년스럽게 그녀를 내려다보는 것 같아.

"성북동으로 가."

그녀의 눈에 비친 하늘은 언제나 무미건조했다. 차에 올라타면서 메마른 어조로 지시했다.

민주댁은 드디어 석 달간 머물던 하와이에서 돌아온 사모님을 맞이하느라 정신이 없었다. 돌아온다는 말에 며칠 전부터 집 안 구석구석 먼지 한 톨 안 나게 쓸고 닦고 밑반찬을 다 새로 하느라 한바탕 전쟁을 치렀다. 하지만 저 까탈스런 여주인의 심사에 거슬리기라도 한다면 그날은 집 안이 난장판이 되는 건 물론이거니와 악독한 비아냥거림 소리마저 감내해야 한다는 사실에 치가 떨리지만 돈이 웬수라며 툴툴거리기만 했다.

"집안에 다른 일은 없었죠?"

민주댁은 빈말이래도 잘 지냈냐는 말을 기대하지 않기로 한 지가 오래되었다. 이미 자신밖에 모르는 여주인의 태도에 익숙해져 버렸다. 이제 꽃피는 춘삼월이 가까이 오는 날씨에도 미란은 호사스러운 밍크코트를 입고 있었다. 훈훈한 집 안으로 들어서자 정민이 슈트케이스를 내려놓고 그녀의 코트를 직접 받았다. 아직 이십대 후반이라 해도 믿을 만큼 탄력있는 피부와 조금의 흐트러짐도 없는 완벽한 몸매가 드러나는 새하얀 원피스를 입은 미란의 모습은 눈부시게 아름다웠다. 민주댁과 같은 나이대의 여자로는 보이지 않아 언제 보아도 새삼스러웠다. 그러나 그녀의 눈동자는 오만하고 공허하기 그지없었다.

"겨울 내내 회장님께서 집에 들르시는 일이 거의 없었습니다."

코트를 벗던 미란의 움직임이 멈추었다.

"겨울 내내? 그동안 아파트에서 머물렀단 말인가요?"

"네? 아, 예."

"알았어요. 정민 씨, 짐을 가지고 와요."

오만한 여왕처럼 사람을 살짝 눈 아래의 시선으로 보는 미란의 행동에 민주댁은 속으로 혀를 찼다. 저렇게 거만하고 자기밖에 모르니 회장님이 밖으로 맴돌지. 오죽하면 아예 아파트에다가 여자를 들어앉혔을까? 저러다 소박이나 맞지. 민주댁은 현 회장이 여자를 들어앉혀도 당연하다며 연신 혀를 찼다. 미란의 그림자처럼 따라붙는 정민 때문이었다. 도대체 저 남자의 정체가 뭔지, 아무리 돌 같은 남편이라 할지라도 오쟁이 짓만큼은 용서 못할 노릇인데······.

얼마 전에 희수의 진심을 확실히 알고 나서는 민욱은 좀 더 너그러운 마음으로 그녀의 학교 생활을 이해하고 있었다.

—**메시지가 도착했습니다.**

책상 위에 올려둔 휴대전화에서 친절한 여자의 음성이 흘러나오며 희수의 문자가 도착했다.

〈히잉~ 수업이 넘 잼없어요. 졸려요. ㅡ.ㅡzz 민욱 씨, 보고 싶어요♥〉

애교 섞인 어리광이 묻어 있는 문자메시지를 보면서 민욱은 이런 자잘한 행복을 느낄 날이 오리란 걸 예전엔 미처 알지 못했다. 희수의 문자를 보며 오랜만에 편안하게 미소 짓고는 다시 일에 몰두하기 시작했다. 희수에게 답장을 보내기 시작하면 두 사람 다 수업과 일은 뒷전이 되리라는 걸 뻔히 알고 있었기 때문이다.

　—메시지가 도착했습니다.

연이어 도착한 문자에 의아한 표정으로 휴대전화를 열었다.

〈사랑해요♥〉

그녀의 음성까지 전달되는 기분이었다. 언제나 수줍게 속삭이는 그 목소리가 너무 간절했다. 참을 수 없어 민욱은 수업 중이라는 생각도 잊고 희수에게 전화를 걸었다.

[민욱 씨이?]

그러나 막상 연결된 희수의 목소리에는 거리낌이 없었다.

"수업 중이 아니었어?"

[아이, 수업 끝난 지가 언젠데요. 헤헤, 민욱 씨가 전화 걸어 줄 줄 알았어요. 나 보고 싶어서 그런 거죠?]

"흠흠."

근래 들어 부쩍 많아진 희수의 애교 덕분에 민욱은 얼굴이 붉어지는 경우가 종종 생겼다. 그 역시 살가운 성격이 아닌 데다 그의 곁에 있는 사람들 중에서도 애교가 많은 사람이 드물었기 때문에 적응이 쉽지 않았다. 민욱과의 생활이 익숙해져 감에 따라 희수는 수줍은 성격 아래 감춰둔 애교를 서서히 드러내기 시작했다. 낯선 사람과는 말도 잘 하지 않을 정도로 성격이 내성적이지만 친한 사람들에게만은 아낌없이 감정을 표현했다. 특히나 가끔 민욱은 정말로 희수가 맞나 싶을 정도로 그녀가 요부처럼 애교 떠는 모습을 발견할 때마다 깜짝 놀라곤 했다.

[나 오늘 수업 일찍 끝났어요. 오늘 새로 사귄 정희라는 친구랑 잠깐 쇼핑 좀 하고 들어갈게요. 늦진 않을 테니까 걱정하지 마세요.]

"그래? 저녁 먹고 들어갈 건가?"

[아뇨, 우리 민욱 씨 맛있는 저녁 해주려면 일찍 들어가 봐야 잖아요.]

언제부턴가 희수의 입에서 '우리 민욱 씨'가 나오기 시작했다. 처음에는 애가 된 기분이라 영 떨떠름한 것이 불만스러웠지만 나중에는 희수가 표현하는 그녀만의 소유욕을 나타내는 말인지라 점점 더 기분 좋게 들렸다.

"3월이긴 하여도 아직 날이 쌀쌀해. 어두워지기 전에 얼른 집으로 들어가."

[그럴게요. 오늘도 늦어요?]

"음, 조금 늦을 것 같군. 저녁은 기다리지 말고 먼저 먹도록 해."

[치이, 혼자 먹기 싫은데…….]

수화기 너머로 새치름하게 입술을 삐죽 내밀고 있을 희수의 모습이 상상이 돼 웃음이 살풋 배어나왔다.

[민욱 씨는 저녁 어떻게 하실 거예요?]

"흠, 글쎄. 비서실에서 알아서 시켜주겠지."

[그럼 제가 도시락 싸들고 갈까요?]

반색하는 희수의 목소리가 들렸다. 하지만 민욱은 쉽게 오라는 말을 할 수가 없었다. 민욱으로서는 전혀 거리낌이 없다면 거짓말이긴 하지만 희수를 곁에 두는 것만큼은 절대 후회하지 않았다. 그들의 나이 차이며, 세상의 잣대로 보면 지탄받아야 할 일이지만 민욱은 남의 시선 따위에 신경 쓰는 사람이 아니었다. 그러나 희수는 달랐다. 이제 세상에 첫걸음을 뗀 갓난아기처럼 여린 아이였다. 사람들의 수군거림을 쉽게 감당할 만큼 모진 성격이 아니라는 것을 알기에 함부로 드러내고 싶지 않았다. 지난번 일로 단단히 결심한 터였다.

[안…… 되겠죠?]

민욱의 침묵이 길어지자 희수의 시무룩한 목소리가 수화기를 통해 흘러나왔다.

[민욱 씨랑 같이 식사한 지도 오래됐는데…… 밤에도 오래 있지 못하고…….]

한동안 그가 처리해야 할 일이 많아서 새벽에 출근했다가 밤늦게 돌아오다 보니 희수를 품은 지도 한참 전이었다. 잘 먹고 잘 지내다 보니 민욱의 바람대로 먹음직스럽게 살이 오른 희수를 떠올리자 입맛이 동했다. 어느새 여인의 향기를 물씬 풍기는 희수의 하얀 육체를 떠올리자 성급한 하체가 먼저 반응했다.

[죄송해요, 제가 투정만 부렸죠? 바쁘신데 방해해서 죄송해요.]

희수를 생각하느라 말이 없어진 민욱의 무언을 오해한 희수가 쩔쩔매며 얼른 전화를 끊으려 했다.

"희수야."

그때 그녀가 필요한 육체를 억누르느라 호흡이 잦아진 민욱의 짙은 목소리가 희수를 붙잡았다.

"와라."

단 한 마디였지만 그것만으로도 희수를 기쁘게 하기는 충분했다.

[정말 가도 돼요?]

"그래. 대신에 부탁 하나만 하자."

[네, 뭐든 말씀하세요.]

민욱의 허락이 떨어지자 희수는 민욱에게 싸줄 도시락 재료에 골몰하느라 그의 목소리에 짙게 깔린 욕망을 알아채지 못했다.

"올 때 그거 입고 와."

[네? 그거라니요?]

"전에…… 밸런타인데이 때 입었던……."

민욱이 말을 다 잇지 못하고 이런 요구를 하게 된 자신에게 어처구니없어하는 동안 희수는 그가 말하는 것이 무엇인지 떠올리고 얼굴을 붉혔다. 밸런타인데이 때 희수는 단것을 좋아하지 않는 민욱에게 초콜릿 대신 실크로 만들어진 하얀 속옷 세트를 입은 자신을 선물했던 것이다. 민욱의 의도가 무엇인지 깨닫자 희수는 누가 그 말을 들었을까 봐 혼자 당황해하며 얼굴을 붉혔다.

[네, 알았어요.]

희수 역시 그때의 일을 떠올리는지 목소리가 부끄러움으로 기어들어 갔다.

"기다리마."

지독한 허기가 느껴지는 그의 목소리에 희수는 마치 직접 그의 숨결을 느낀 양 얼굴을 붉히며 한동안 그 자리에서 벗어나지 못했다.

시간이 어찌나 더디게 흘러가는지 숨이 턱턱 막힐 지경이었다. 그렇지만 희수가 온다는 생각만으로도 의욕이 솟구치는지 민욱은 쌓여 있는 업무들을 일사천리로 해치워 갔다. 미리 형주에게 귀띔을 해놔 가능하면 다른 사람들의 눈에 띄지 않게 들어올 수 있도록 조치를 취해두었다.

[민욱 씨, 저 회사 앞에 와 있어요.]

기다렸던 전화가 울리자 민욱은 자신이 직접 마중 나가고 싶은 것을 꾸욱 눌러 참고 형주를 내보냈다. 그전에 미리 비서실 사람들을 퇴근하라고 내보내는 것을 잊지 않았다. 형주의 호위 아래 조용히 회장실까지 올라온 희수는 다행히 비서실에 아무도 없자 자신도 모르게 안도의 숨을 내쉬었다. 지난번에 나갈 때는 아무렇지 않게 굴었지만 다시 보게 되면 어떤 얼굴을 해야 할지 난감해서였다.

"들어가시죠. 회장님께서 기다리십니다. 한동안 아무도 안 들어올 테니까 안심하시고 두 분이서 오붓하게 보내십시오."

그들의 관계를 세세히 알고 있는 형주의 배려가 낯 뜨거웠지만 고맙기도 했다. 희수가 회장실로 들어가자 형주의 얼굴에도 비밀스러운 웃음이 스며들었다.

"저 왔어요."

기다리던 희수가 고개를 빼꼼이 내밀며 들어서자 그동안 억눌러 왔던 허기가 한꺼번에 터져 나왔다. 책상 위에 쌓인 서류들을 한쪽으로 치우고 희수에게 다가오라고 손짓했다. 민욱의 얼굴 위로 고스란히 드러난 욕망의 물결에 희수는 얼굴을 붉히며 가만히 그에게 다가갔다. 이제는 어깨 위까지 내려오는 길이의 단정한 검은 머리칼과 조금 달라 보이는 얼굴이 그의 시선을 끌었다.

"화장했니?"

매끄러운 피부 위로 조금 더 짙어진 눈썹과 풍성해진 속눈썹, 그리고 촉촉하게 물들어 있는 입술을 보자 어느새 완전히 여인이 되었음을 깨달았다.

"친구가 가르쳐 줬어요. 마음에 드세요?"

손을 들어 뺨 위를 엄지로 쓰윽 훑어보았다. 오만한 남성적 자만심이 채워달라고 아우성쳤다.

"왜 한 거니?"

이미 대답을 알고 있는 민욱의 질문에 희수는 그를 똑바로 쳐다보며 원하는 대답을 해주었다.

"당신에게 예쁘다는 소리가 듣고 싶었어요."

"예쁘군."

그제야 충족된 민욱의 자만심이 만족스럽게 드러나자 희수의 미소도 화사하게 피어올랐다. 희수는 들고 왔던 종이 가방을 한쪽에 얌전히 놓아두고 천천히 책상 위로 올라가 앉았다. 학교 갈 때는 청바지에 늘어진 니트를 입고 갔지만 그가 오란 말에 집에 가서 새로 갈아입고 왔다. 전에 입고 온 미니스커트에 어깨가 훤히 드러나는 빨간 앙고라 니트를 입은 희수는 사랑스러우면서도 요염함을 동시에 품고 있었다.

"오늘은 다행히 방해할 사람이 없군."

넥타이를 거칠게 풀어헤치며 민욱이 위험스러운 미소로 다가와 양손을 그녀의 엉덩이 옆에 내려놓고 자신의 품 안에 희수를 가두었다. 그에게서 뿜어져 나오는 열기가 열사의 태양보다도 더 뜨거울 정도였다.

"그동안 충분히 안아주지 못해서 불만스러웠겠군."

"전 민욱 씨를 충분히 보지 못한 게 더 아쉬워요."

깜찍하게도 그의 턱밑에서 속살거리는 희수의 도발은 불씨를 일으키기에 충분했다. 희수는 대담하게 그의 목에 팔을 감고 고집스러워 보이는 턱 선을 따라 입술을 슬쩍 비비며 귓불로 다가갔다. 짜릿한 숨결을 귓속에 불어넣으며 앙큼하게 속삭였다.

"오늘 재밌는 일이 있었어요."

"음?"

민욱의 왼손은 희수의 치마 안으로 손을 집어넣어 따뜻한 체온의 허벅지를 단단히 움켜잡았다. 오른손은 니트 안으로 파고들어 가 부드러우면서 탄력있는 작은 가슴을 부둥켜 잡았다.

"오늘 학교 선배가 저보고 마음에 든다고 사귀재요."

희수의 피부 감촉을 음미하며 나른하게 그녀의 속삭임을 즐기고 있던 민욱의 움직임이 거짓말처럼 굳어버렸다. 얼마 전이라면 바로 벼락같이 화를 냈겠지만 지금은 그녀의 마음을 확실히 아는 터라 침착할 수가 있었다. 다만 감히 어떤 놈이 그녀를 탐하는지 괘씸하기 짝이 없었다.

"음, 그래서 제가 애인이 있다고 그랬어요. 잘했죠?"

칭찬을 바라는 아이처럼 천진난만하게 구는 희수가 사랑스러웠다.

"흠, 대학에 가니까 어때? 나보다 더 젊고 잘생긴 놈들에게 눈이 가지 않나?"

짓궂은 질문이었다. 희수의 마음을 뻔히 알면서도 민욱은 때때로 그녀의 마음을 확인하고 싶었다.

"민욱 씨 외에 다른 사람들은 그저 사람일 뿐 남자도, 여자도 아니에요. 나에게 있어 남자는 당신이 유일해요."

언제나 변함없는 희수의 열렬한 대답을 듣고 나서야 민욱의 뿔난 마음이 진정되곤 했다. 지금도 그녀의 대답에 자신도 모르게 흐뭇하게 웃고 있었다.

"나 그 선배를 거절했는데 잘했다고 칭찬 안 해줘요?"

"잘했어."

"말로만?"

희수의 커다란 눈동자가 반짝이는 것으로 보아 무슨 속셈이 있는 듯하였다.

"뭐가 필요한 거지?"

희수는 민욱의 왼손을 끌어내 자신의 오른손과 마주 잡았다. 의미없는 결혼반지지만 매번 볼 때마다 거슬리는 것은 어쩔 수가 없었다.

"커플링 해요."

"커플링?"

희수의 시선이 자신의 약지로 향한 것을 보면서 민욱은 어떤 의도로 반지를 요구하는지 알 것만 같았다.

"이 반지가 보기 싫은가 보지?"

"꼭 다른 여자의 남자를 훔치고 있는 듯한 기분이에요."

그의 눈치를 살피며 조심스럽게, 그러나 심통맞게 중얼거렸다. 민욱은 말없이 반지를 빼 쓰레기통에 집어 던졌다.

"아얏, 무슨 짓이에요? 저걸 왜 버려요? 차라리 팔아서 기부라도 하지."

가끔 민욱은 희수의 사고방식이 의심스러웠다. 아무 의미 없는 결혼반지임을 보여주기 위해 기꺼이 내버렸지만 돌아오는 것은 그 반지가 가진 물질적 가치가 아깝다는 말이었다. 아쉬움이 가득한 희수의 시선에 어쩔 수 없이 민욱은 버렸던 반지를 다시 주워 서랍 속에 넣어둘 수밖에 없었다.

"나중에 네가 알아서 처분하도록 해."

"정말로 그래도 돼요?"

"반지, 봐둔 거라도 있어?"

"아직은요."

그녀와의 약속대로 민욱이 때때로 보여주는 행동들은 그녀를 기절할 정도로 행복하게 만들었다. 그녀와의 커플링을 위해 기꺼이 결혼반지를 버리는 과감한 행동에 가슴에서 울컥하고 감동이 샘솟았다. 아무리 정략결혼으로 그저 보이기 위한 결혼일 뿐이라지만 그 반지가 주는 무게가 어떤 것인데, 그녀를 위해 쉽게 벗어 던지는 결단력에 감동을 받은 것이다.

희수는 민욱의 왼손을 얼굴 쪽으로 끌어 올린 후 손바닥으로 자신의 얼굴을 감싸 쥐었다. 그리고 듬직한 그의 손을 양손으로 감싸 쥔 다음 옴폭 들어간 손바닥 안쪽을 혀로 쓸어 올렸다. 맞닿아 있는 그의 몸이 움찔하는 것이 전해졌지만 모른 척 천천히 약지까지 쓸어 올렸다. 비어버린 약지를 대신 채워주려는 듯 혀

로 감아 올리자 반응이 그의 반대쪽 손에서 왔다. 민욱의 오른
손이 성급하게 희수의 속옷 안으로 침범해 민감한 부분을 손가
락으로 긁어대고 있었다. 희수의 허리가 움찔하면서 부르르 떨
었다. 그러면서도 그에게 귀엽게 눈을 흘기는 것은 잊지 않았
다. 민욱의 손가락이 안으로 불쑥 들어서자 온몸으로 반응하기
시작했다. 벌써 희수의 안은 축축하게 젖은 채 그를 뜨겁게 유
혹하고 있었다.

"아, 민욱 씨, 빨리……."

감질나게 내부를 자극하는 손길에 희수는 이미 육체의 통제
를 잃은 상황이었다. 그저 그의 손에 몸을 맡긴 채 그의 처분만
을 기다리는 살아 있는 인형이 되어버렸다. 이미 오희수는 민욱
에게 철저하게 길들여진 몸이 된 것이다. 민욱은 자신의 손길
아래 속절없이 무너지는 희수의 육체적 반응에 만족하며 남은
한 손으로 허리벨트를 푸는데 그것이 마음처럼 쉽지가 않았다.
보다 못한 희수가 나서서 허겁지겁 그의 벨트를 풀어주고 팽팽
하게 솟아 있는 분신을 끌어냈다. 더 이상 말이 필요없었다. 민
욱의 희수의 속옷을 거칠게 찢어버리며 뜨겁게 열려 있는 꽃잎
사이로 맹렬히 돌진했다.

"하악!"

매번 느끼는 것이지만 강건한 그의 분신은 데일 것처럼 뜨겁
고 돌처럼 딱딱했다. 한껏 허리를 휘며 희수는 민욱의 셔츠 자
락을 잡고 양쪽으로 힘껏 잡아당겨 버렸다. 투둑하고 단추가 튕

겨져 나갔지만 아무도 신경 쓰지 않았다. 울퉁불퉁한 근육들은 가지런하면서도 매끈했다. 민욱의 허리에 허공에 늘어진 다리를 감고 그를 힘껏 조이며 끌어안자 거친 숨소리가 민욱의 입술에서 터져 나왔다.

"오…… 희수, 너 나를 죽일 셈이냐?"

몸 안의 모든 피가 중심부로 쏠리면서 반쯤 이탈한 정신마저 그녀에게 빨려 들어가는 기분이 들었다. 희수는 날름 민욱의 목에 팔을 감아 자신 쪽으로 상체를 뉘었다. 그리고는 손바닥을 쫘악 핀 채 그의 목덜미에서부터 천천히, 육감적으로 등 쪽 피부를 어루만졌다. 숨이 억눌린 신음 소리가 민욱에게서 흘러나왔다.

"마…… 망할 것."

"하아, 사랑해요."

희수는 민욱의 거친 움직임을 숨 가쁘게 따라가며 매끄러운 그의 피부에서 손을 떼지 못한 채 민감한 부분을 찾아 헤맸다. 어느새 그를 애무하는 방법을 알게 된 희수의 변화가 두려우면서도 그녀를 이렇게 만든 자신이 자랑스러웠다.

사방이 조용한 사무실 안에서 남녀의 끈적거리는 교성과 열기가 곳곳을 데우더니 한참이 지나서야 잠잠해졌다. 파정(破精)이 끝나고 거친 숨소리만이 두 사람 위에 내려앉았다. 민욱은 다리가 후들거렸지만 자신의 상체가 희수에게 걸쳐져 있자 무거울까 봐 몸을 일으켰다.

"으음, 안 돼요. 조금만 더……."

그러나 희수가 민욱의 어깨를 끌어안으며 칭얼거리자 할 수 없이 팔꿈치를 세우고 몸을 포갰다.

"무겁지 않아?"

"전혀요. 조금만 더 이러고 있어요."

아직도 여운이 가시지 않은 희수의 두 뺨은 복숭앗빛으로 발그레하게 물들어 있었다. 피부도 촉촉하게 빛나며 만족스러웠는지 흐뭇한 미소가 입가에 감돌았다.

"좋았어?"

"좋다는 말로는 충분하지 않아요. 마치…… 마치 내가 공기가 된 기분이니까요."

"공기?"

"민욱 씨와 하나가 되어 이대로 세상 속에 녹아버린 기분이랄까?"

눈꺼풀 속에 감춰둔 희수의 두 눈동자는 밤하늘의 별을 가져가 옮겨둔 것처럼 반짝거리고 있었다. 그 모습에 민욱의 타고난 남성적 우월감이 한껏 높아지고 있었다.

"그러고 보니 민욱 씨, 화이트데이 때 선물 뭐 줄 거예요?"

겨우 풀어준 희수에게서 벗어난 민욱은 의자에 기대 앉아 숨을 돌렸다. 다리가 풀리고 뼛속까지 흐물거리는 나른함에 담배 한 대가 절실하던 민욱은 손으로 서랍 속의 담배를 찾아 헤매다 희수의 말에 그녀를 돌아보았다. 책상 위에서 엉망이 된 옷차림을 매만지던 희수는 잔뜩 기대에 찬 표정으로 그를 응시하고 있었다.

"화이트데이?"

"밸런타인데이 때 저한테서 선물 받았잖아요. 이번엔 남자가 답례를 할 차례라고요."

밸런타인데이를 떠올리자 민욱의 입가가 그때의 만족감을 떠올리며 매끄럽게 올라가고 있었다. 그녀가 원하는 데이트도, 그 밤에 받은 선물도 몹시 흡족스러웠다. 답례를 해야 한다면 기꺼이 해줄 의향이 있었다. 가까스로 찾아낸 담배를 입을 물고 불을 붙였다. 한 모금 길게 빨아들이고는 천천히 음미하며 연기를 내뿜었다.

"뭐가 가지고 싶은 거냐?"

희수는 책상에서 내려와 민욱의 발치 아래 무릎을 꿇고 그의 무릎 위에 팔을 포개고 얼굴을 얹었다.

"당신 아이를 가지고 싶어요."

희수의 말이 끝나기가 무섭게 민욱의 표정이 딱딱하게 굳어 버렸다.

"당신 닮은 잘생긴 아들을 낳고 싶어요. 안 될까요?"

그를 올려다보는 희수의 표정은 간절했다. 그러나 민욱은 무언가로 복부를 심하게 얻어맞은 것처럼 충격을 받았다. 아이라니…… 하필이면 그가 줄 수 없는 아이를 원하다니…….

"저…… 사실은 피임약 같은 거 한 번도 먹지 않았어요. 민욱 씨도 굳이 피임 조치를 하지 않아서 가져도 되는가 싶어서…….
제가 민욱 씨의 아이 엄마로서는 많이 부족한가요? 그래서 안
되는 건가요?"

어느새 희수의 커다란 두 눈동자에는 애처로운 눈물이 맺혀
있었다. 민욱은 굳어버린 손을 가까스로 움직여 그녀의 뺨 위로
흐르는 눈물을 닦아주었다. 그가 정관수술을 받았다는 사실을
말하지 않았다는 것이 생각이 났다. 뭐라고 말해야 하나 한참을
망설이다가 결국은 희수를 기쁘게 해주고 싶다는 욕심이 앞서
버렸다. 사실은 그 역시 보고 싶었다. 태어나지 못한 채 혜수와
함께 사라진 아이의 얼굴이 말이다. 희수가 그의 아이를 가진다
면 어쩌면 혜수가 낳았을 아이와 닮아 있지 않을까 하는 기대감
이 비밀스럽게 피어올랐다.

"앞으로 좀 더 힘을 써야 할 것 같군. 아이…… 아빠가 되려면
말이다."

민욱의 말은 천천히 희수의 귀로 들어가 뇌 전체를 마비시켰
다. 점차 환하게 빛나는 희수의 미소에 눈이 멀어버린 민욱은
조만간 복원수술이 가능한지 알아봐야겠다며 다짐했다.

"민욱 씨, 사랑해요. 정말로 사랑해요. 아아, 하늘에게 너무
감사해요. 당신을 만날 수 있게 해줘서 너무 감사해요. 당신이
나를 사랑해 줘서 너무 기뻐요."

민욱의 품으로 와락 뛰어든 희수는 그의 목을 감싸 안으며 쪽
소리가 나도록 그의 얼굴 전체에 키스를 퍼부었다. 너무나 열렬

한 그녀의 반응에 그저 얌전히 당해주던 민욱은 어느새 혜수가 아닌 희수를 사랑하고 있음을 깨달았다. 혜수의 생김새, 목소리, 몸매와 심지어 그를 감싸 안는 속살의 감촉까지 모두 똑같지만 자신의 감정에 솔직하고 거리낌없이 표현하는 희수에게 마음이 끌리는 건 어쩔 수 없었다.

"사랑해요, 민욱 씨."

그를 똑바로 쳐다보며 흔들림없는 시선으로 희수는 당당하게 고백했다. 그만을 똑바로 쳐다보는 시선에는 그가 온전히 자신의 남자라는 자부심이 묻어 있었다. 그녀가 자신의 대답을 기다리는 것을 알았지만 민욱은 쉽게 그 말이 나오지 않았다. 그러나 희수는 다 이해한다는 미소로 그를 가만히 안아주었다.

"괜찮아요. 나중에 그 말이 하고 싶어서 못 견딜 때가 오면 그때 이야기해 줘도 늦지 않아요. 너무 조급하게 생각하지 마세요."

"……그래."

민욱은 미안한 마음에 쉽게 떨어지지 않은 입술이 원망스러울 정도였다.

"대신에 제가 더 많이 사랑을 표현할게요. 나중에 배로 갚으면 되니까 천천히 해요. 그나저나 민욱 씨, 옷을 갈아 입어야겠어요. 아까 전에 제가 그만 다 찢어놔 버려서……."

너덜너덜해진 민욱의 셔츠를 내려다보며 희수가 미안한 듯 입술을 깨물며 한숨을 내쉬자 그제야 민욱은 자신의 셔츠를 살

필 수가 있었다. 희수의 분홍색 글로스가 여기저기 묻어 있었고 단추들이 온데간데없이 찢겨져 있자 기가 막힌 얼굴이었다. 이 지경이 되어도 몰랐다니 신기할 정도였다.

"이런, 도대체 언제……?"

"입을 만한 새 셔츠가 있나요? 제가 나가서 사 올까요?"

괜히 미안한 마음에 허둥거리는 희수를 끌어안고 장난으로 그녀의 귀를 깨물었다.

"괜찮아. 신경 쓰지 마. 그보다도 샤워가 하고 싶지 않아?"

"네? 샤워요? 여기서 어떻게?"

희수는 자신의 혀를 깨물고 싶었다. 민욱의 눈동자가 음흉하게 빛나는 것으로 보아 괜히 꺼낸 말이 아닌 듯했다.

"아이…… 만드는 일도 할 겸 같이 샤워할까?"

음흉하게 속삭인 민욱은 희수의 손을 잡고 일어나서 안쪽의 문을 열고 들어섰다. 문을 열고 들어서자마자 민욱은 거침없이 희수의 얼굴을 양손으로 잡아 끌어당겨 아직 꺼지지 않은 열정을 담아 입을 맞추었다. 탐욕스러운 민욱의 입술에 희수가 수줍게 반응하며 그의 어깨를 좀 더 가까이 끌어당겼다.

미란은 오랜만에 백화점으로 쇼핑을 나왔다가 저녁 시간이 되자 문득 그가 떠올랐다. 민주댁의 말처럼 며칠을 지켜봐도 집에 들어오지 않는 민욱의 행동이 수상쩍게 느껴졌다. 요즘 일이 많이 바쁘다는 형주의 말에 아직 회사에 있겠거니 싶어 오랜만에 저녁이나 함께할 생각으로 한영그룹 본사로 발걸음을 옮겼다.

아래에서 미란이 올라온다는 소리에 비서실로 돌아와 있던 형주는 크게 당황해 안절부절못하다 단단히 마음 먹고 회장실 문을 열고 들어섰다.

"실례하겠습니다, 회장님."

희수와 오붓한 시간을 보내고 있으리라는 예상과는 달리 두 사람의 모습은 온데간데 보이지 않았다. 사무실 안에는 조용하니 인기척이 느껴지지 않아 의아해하는 형주의 귀에 물소리가 나지막하게 들려왔다. 안쪽 휴식룸이 떠오르자 휴 안도의 숨을 내쉬는 형주였다. 그러다 흐트러진 민욱의 책상이 눈에 들어오자 두 사람이 나눴을 애정 행각이 떠올라 저도 모르게 얼굴을 붉히고 말았다.

얼른 책상 쪽으로 다가가 엉망으로 흐트러진 책상 위를 가지런히 정돈하고 발치 아래 잔뜩 구겨져 있는 민욱의 바지와 찢어진 여성용 팬티 조각을 집어 들었다. 여기저기 떨어진 단추들이 발에 밟히자 둘이 어떤 시간을 보냈는지 충분히 상상이 갔다. 하지만 그 상상에 얼굴을 붉히며 머뭇거릴 시간이 없었다. 미란과 희수를 만나게 해서는 안 되기에 형주는 옷가지를 안아 들고 휴식룸 앞으로 성큼성큼 다가갔다. 막상 문을 두드리려니 혹여 곤란한 상황과 마주칠까 염려가 됐지만 선택의 여지가 없었다. 일부러 힘껏 문을 두드린 후 시간적 여유를 줬다. 하지만 안에서는 아무 반응이 없었다. 다시 한 번 문을 두드려도 반응이 없어 안으로 들어서자 민망한 신음 소리가 그를 맞이했다.

"아흑, 민욱 씨. 그만, 그만!"

짐승처럼 격렬한 두 사람의 행위에 형주는 몸 둘 바를 몰라 눈을 질끈 감은 채 소리를 질렀다.

"회장님!"

그러자 그의 목소리가 주는 파동은 엄청난 것이었다. 자신들만의 세계에 빠져 있던 두 사람이 화들짝 놀라며 소리를 질렀다.

"엄마얏!"

씩씩거리며 방해받아 잔뜩 성이 난 민욱이 짜증스럽게 욕실을 뛰쳐나왔다. 희수와 함께 있는 이상 어지간하면 방해하지 않을 형주라는 것을 알면서도 불쾌한 것은 어쩔 수가 없었다.

"무슨 일입니까?"

형주는 질끈 감은 두 눈을 뜨지도 않은 채 심각한 표정으로 희수에게는 들리지 않게 목소리를 낮추었다.

"로비에서 연락이 왔습니다. 사모님께서 올라오고 계신답니다."

뿔난 망아지마냥 시근덕거리던 민욱의 표정이 차갑게 식어버렸다. 딱딱하게 굳은 얼굴로 살짝 고개를 끄덕거리고는 형주에게서 옷가지를 받아 들고 문을 닫았다.

"민욱 씨, 무슨 일이에요?"

심각한 표정의 민욱을 보고는 희수가 욕실에서 걱정스럽게 고개를 내밀었다. 민욱은 옷장에서 가운을 하나 꺼내 희수에게 덮어주며 가만히 어깨를 어루만졌다. 그 손길에서 느껴지는 불안함에 희수가 그의 손을 붙잡았다.

"왜 그래요? 무슨 일이 생긴 거예요?"

"내가, 내가 돌아올 때까지 이 방 안에서 꼼짝 말고 있어야 돼. 인기척도 내지 말고. 알겠어?"

험악한 표정으로 단단히 이르는 민욱이 낯설어 희수는 영문을 알 수가 없었지만 알았다며 고개를 끄덕거렸다.

"알았어요. 얌전히 기다리고 있을게요. 그런데 왜 그러는 거예요?"

민욱은 옷장에서 새로 꺼낸 속옷과 여러 벌 구비된 바지와 어울리는 셔츠를 꺼내 들고 서둘러 입기 시작했다. 날이 선 그의 행동에 의아했지만 희수는 잠자코 그가 시키는 대로 했다. 민욱이 셔츠의 단추를 다 채우고 넥타이를 고르자 희수가 옆에서 연파랑빛 사선무늬를 집어 들었다.

"이게 더 잘 어울려요."

희수의 선택을 받아들인 민욱은 직접 매주는 그녀의 손길에 얌전히 몸을 맡겼다.

"후후, 이러니까 꼭 민욱 씨 부인이 된 기분이에요."

그 말에 민욱의 어깨가 딱딱하게 굳어졌지만 희수는 온 신경을 넥타이에 다 쏟아 붓느라 알아차리지 못했다. 똑바로 매어진 넥타이를 보며 흐뭇해하며 입을 열다가 바깥에서 들려오는 여자의 목소리에 희수의 안색이 새하얗게 질려 버렸다. 그 모습이 안쓰러워 가만히 뺨을 쓰다듬어 주고는 조용히 하라는 손짓을 보내고 아무 일도 없었다는 듯이 방을 나섰다.

회장실에 도착한 미란은 자신을 바라보는 형주의 시선에서 뭔가 매끄럽지 못한 무언가를 느꼈다. 하지만 그녀가 무어라 묻기도 전에 형주는 그녀를 회장실로 안내하고는 재빠르게 나가 버렸다. 무언가 껄끄러운 느낌이 못마땅했지만 미란은 민욱의 모습이 보이지 않자 그를 불렀다.

"여보? 나 왔어요."

그러자 안쪽 방에서 그가 젖은 머리로 나왔다. 민욱을 안 지 이십 년이 넘게 흘렀지만 그는 그녀를 여전히 매혹시켰다. 어렴풋이 묻어나는 세월의 흔적은 그를 처음 보며 가슴 떨려했을 때보다 훨씬 더 매력적이었다. 그녀를 가슴 아프게 만들어도 그녀의 단 하나뿐인 심장의 주인이었다.

"어쩐 일이지?"

변함없는 차가운 말투. 그는 혜수가 죽고 지난 이십 년이 흐르는 동안 한 번도 그녀를 살갑게 대해준 적이 없었다. 그게 서럽고 원망스러울 때도 있었지만 지금은 그저 그가 자신의 남편이라는 사실만으로도 충분하다고 여겼다. 그가 말한 대로 대외적으로 조미란은 현민욱의 아내니까 그 사실만으로 만족했다. 아니, 만족해야만 했다.

"샤워했어요? 근처에 볼일있어서 나왔다가 당신이 생각나서 들렀어요. 저녁, 아직이죠?"

"미안하지만 약속있어."

민욱은 냉담한 태도로 미란에게 시선조차 주지 않은 채 책상 앞으로 다가가 보다 만 서류들을 다시 펼쳐 들었다. 여전히 쌀쌀맞은, 아니, 전보다 더 차가워진 그의 태도에 미란은 이제는 아무렇지 않을 거라 생각했던 마음에 다시 한 번 상처를 입고 말았다. 애써 담담한 척 표정을 유지하며 아무렇지 않게 대답했다.

"그래요? 알았어요. 그런데 당신, 요새 집에 안 들어온다면서요? 회사에서 밤을 보내는 거예요? 멀쩡한 집 놔두고 왜 그래요?"

"그만 가지."

그때 미란이 느낀 심정은 비참함이었다. 그래도 명색이 그의 아내인데 서류보다 못한 존재가 된 기분에 말도 할 수 없을 만큼 비참했다. 언제나 손 내밀고 해바라기 하는 것은 그녀였지 그가 아니었다. 도대체 언제쯤이면 저 굳게 닫힌 마음이 열려 그녀를 바라볼지 애가 타 미칠 지경이었다. 서류에 몰두하는 그에게서 자신은 방 안의 가구보다 못한 존재라는 느낌이 들었다. 일부러 무시하는 그의 태도에 울분이 치솟았지만 하루 이틀의 문제가 아니었기에 애써 참았다.

"알았어요. 이만 가볼게요."

보이지 않는 벽에 밀려 그의 세계에서 내쫓김당하는 기분이었다. 그런데 기묘하게 돌아서는 그녀의 발걸음을 무언가가 잡고 있었다. 이상하게 발목에 휘감기는 불안이 나가려는 그녀를 붙잡았다. 미란이 발걸음을 멈추고 머뭇거리자 그제야 민욱이 그녀를 쳐다보았다.

"무슨 일이지?"

미란은 머리칼이 쭈뼛 솟는 서늘함을 느끼다 민욱이 자신에게 말을 건네줬다는 사실에 너무 놀랍고 기뻐서 그 기묘한 느낌을 억지로 떨쳐 냈다.

"아, 아무것도 아니에요. 잠깐 딴생각 좀 하느라……."

"흠."

미란이 호들갑스럽게 얼버무리자 못마땅해하는 그의 시선이 날아들었다. 민욱의 시선은 언제나 미란을 주눅 들게 만들었다. 아무리 나이가 들어도 미란은 그 앞에서 말 한 마디도 제대로 못 꺼내는 열다섯 살의 어린 소녀였다. 그를 처음 본 순간 심장이 멎어버릴 것만 같은 충격을 받았었다. 수줍고 어설픈 첫사랑은 그녀의 공부를 봐주던 동갑내기 동급생, 이혜수에 의해 산산이 부서지고 말았다. 아무리 끌어안으려 애를 써도 삐져 나오는 그때의 아픔에 미란은 가슴이 먹먹해졌다. 하지만 혜수는 이미 죽어 없고 비록 빈껍데기일 뿐이더라도 현민욱은 자신의 남자였다. 그것만으로도 충분하다 여긴 미란은 그에게서 떨어지지 않는 시선을 떼며 회장실을 나섰다.

미란이 완전히 가버렸는지 그녀의 기척이 바깥에서 들리지 않자 민욱은 보고 있던 서류를 덮고 안쪽 방으로 조급하게 발걸음을 옮겼다. 미란의 등장으로 희수가 받았을 충격이 심하지 않았으면 하는 바람이었지만 그게 마음 같지 않은 모양이었다. 문 안쪽에서 그가 건네준 목욕 가운을 입은 채 쭈그려 앉아 무릎에 고개를 파묻고 있는 희수의 모습이 애처로웠다. 어깨가 가냘프게 흔들리는 것으로 보아 울고 있는 것 같았다.

"왜 우는 거지?"

그새 눈물로 얼굴이 흥건히 젖은 희수가 고개를 발딱 들고 그의 가슴으로 돌진했다.

"민욱 씨."

"그래, 그래."

그의 가슴에 기대어 울먹이는 희수의 가냘픈 어깨를 안쓰럽게 여기며 토닥거려 주었다. 두 사람은 그의 아파트에서 매일을 함께 보내며 부부나 다름없는 생활을 보냈지만 한 번도 미란의 일을 거론한 적이 없었다. 그래서 아마도 그처럼 희수도 미란이 그의 아내라는 사실을 묵과해 버린 모양이었다. 불시에 당한 공격은 예상치도 못하게 큰 피해를 남기고 말았다.

"많이 놀랐겠구나. 저 사람이 겨울 내내 하와이에 가 있는 동안 나도 미란의 존재를 잊어버리고 말았구나. 미안하다."

"왜 민욱 씨가 미안해해요? 그러지 마세요. 모든 것을 다 알면서도 처음부터 당신을 마음에 품은 건 저란 말이에요. 당신이 다른 여자와 결혼한 남자라는 사실을 알면서도 이 감정을 멈출 수가 없었어요. 사랑해요. 그래도 당신을 사랑해요."

"희수야."

그 커다란 눈에서 눈물만 만들어내는지 굵은 눈물이 하염없이 방울져 뺨을 타고 흘러내렸다. 민욱은 그래도 제 탓이라며, 그를 사랑한다는 말만 되풀이하는 희수를 가만히 안아주었다.

"너를 힘들게 만들어서 미안하다."

조금 전 미란을 대하는 태도와 판이하게 달랐다. 미란과는 같은 공간에서 숨을 쉬는 것만으로도 짜증스러웠지만 희수는 두 눈에 물기가 그렁그렁 매달리기만 해도 그의 가슴이 함께 무너질 정도였다.

"사랑해요."

콧물을 훌쩍이면서 두 주먹으로 흘러넘치는 눈물을 닦고 또 닦아내면서도 희수는 민욱에게 열성적으로 사랑을 고백했다. 올곧은 그녀의 마음에 찔려 민욱은 미안하면서도 가슴이 꽉 차오르는 것처럼 뿌듯했다. 민욱은 희수를 단단히 끌어안으며 절대로 그녀를 놓치는 일은 없을 거라고 마음속 깊이 굳은 맹세를 했다.

16

응보(應報)
─선악의 행위에 따라 받게 되는 길흉화복의 갚음

제법 규모가 큰 개인병원 원장인 박상훈은 이른 아침부터 불쑥 찾아온 친구의 요구에 꽤나 놀란 빛을 감추지 못했다. 오래전 정관수술을 했던 현민욱이 느닷없이 찾아와서는 복원수술의 가능성을 묻자 잘못 들은 것이 아닌가 그저 눈만 끔벅거렸다.

"이봐, 박 원장. 내 말 안 들려? 왜 아무 말도 하지 않아?"

그나마 민욱이 정관수술을 받았다는 사실을 알고 있는 몇 안 되는 사람 중 하나였기에 낯부끄러움을 무릅쓰고 찾아온 것이었다. 문제는 이 상훈이라는 친구가 천성적으로 호기심이 강해 사람을 난처하게 구는 경우가 흔했다는 것이다. 오래전에 아주

절망적인 얼굴로 찾아와 수술을 요구했던 이가 민망한지 얼굴을 붉히며 그의 시선을 피하고 있었지만 마치 살아 있는 사람마냥—그동안 상훈의 눈에 민욱은 그저 숨만 쉴 뿐 시체나 다름없었다—생기 넘치는 얼굴로 찾아와 복원수술의 가능성을 물으니 놀라움 반, 반가움 반이었다.

"아아, 그래, 복원수술. 우선 간단한 검사나 하고 이야기하지. 간호사 불러줄 테니까 따라가서 몇 가지 검사 좀 받고 오게."

"흠흠."

오기만 하면 뱃가죽을 뒤집어 헤쳐서라도 자네의 속내를 듣고야 말겠다는 의지를 상훈의 안경 너머로 반짝이는 두 눈에서 발견한 민욱은 순간 뒷목이 뻐근하니 잘못 왔다는 후회가 밀려들었다. 간호사를 따라 검사를 하고 나서 다시 원장실로 돌아온 민욱은 기다렸다며 그를 환하게 반기는 상훈의 태도에 도망치고 싶은 기분이 들었다.

"자아, 고생했네. 이리로 와 앉지."

접대용 소파에 앉아 히죽히죽 웃으며 자리를 권하는데 순간 민욱의 뇌리를 스치는 생각이 하나 있었다. 그냥 뒤도 안 돌아보고 달아나는 방법이었다. 다만 후환이 두려운지라, 이 친구가 상상외로 발이 넓기에 잘못하면 오늘 일이 새어나갈 수가 있어할 수 없이 권하는 대로 자리에 앉았다.

"그래, 어떤 여자야? 제수씨는 아닐 테고."

"뭐가?"

민욱은 시치미를 뚝 잡아떼며 앞에 놓인 찻잔을 집어 들었다.

"자네 같은 남자의 씨를 품겠다고 나선 간 큰 여자."

"푸훗."

여전히 여과 따위를 하지 않은 말투에 민욱은 마시던 차를 그만 있는 힘껏 내뿜고 말았다. 어떻게 세월이 흘러도 저 말투는 바뀌지 않는지 이해할 수가 없었다.

"왜? 아니야? 그럼 확 애 배게 해서 책임지라고 똥배짱 부리고 싶은 여자인 거야?"

"하아."

민욱의 입술에서 항복의 의미로 나지막한 한숨이 새어나왔다.

"기밀유지 사항이다. 둘 다야."

"둘 다? 호오, 어떤 여자인지 보고 싶은걸? 예전의 그 여자와 비슷한 타입? 나이는 몇이야? 뭐 하는 여자인데? 어떻게 만났어? 누가 먼저 고백한 거야? 설마 자네, 그 무뚝뚝한 성격에 먼저 고백한 건가? 아님 덮쳤어?"

가만히 놔두다간 혼자 결론 낼 인물이었다. 민욱은 호들갑스러운 상훈과 자신이 어떻게 친구 사이가 됐는지 회의적인 생각이 잠시 들었다. 예전에는 천성적인 낙천성이 신기하게 느껴졌지만 지금은 심히 괴롭게 느껴질 뿐이었다.

"내가…… 그 아이를 낚아채 버렸지."

"아이?"

"이제 스무 살이다."

스스로도 희수와의 나이 차이에 어이가 없는지 자조적인 웃음이 피식 흘러나왔다. 민욱과 희수의 나이 차를 계산하던 상훈은 어처구니가 없는지 떠억 입이 벌어졌다.

"이런 도둑놈을 보았나? 도대체 나이 차이가 얼마야? 거기다 임신까지 시키려고? 안 되겠네. 절대 복원수술 못 시켜줘."

"그럼 다른 병원 알아보지."

길길이 날뛰는 상훈의 반응에도 민욱은 태연하게 대꾸할 뿐이었다. 상훈의 청개구리 같은 성격을 잘 아는 그다운 반응이었다. 예상대로 상훈은 안 된다며 펄쩍 뛰었다.

"무슨 그런 섭섭한 소릴……. 우리 병원에서 수술해."

"고맙네."

기다렸다는 듯이 냉큼 대답하고는 뭔가 속은 표정으로 고개를 갸웃거리는 상훈을 내버려 두고 느긋하게 차를 음미했다.

"이상하네. 뭔가 찝찝한 것이……."

아리송한 얼굴로 고개를 갸웃거리는 상훈을 보면서 어떤 기억이 하나 생각나 버렸다.

"그러고 보니 자네도 혜수를 알고 있겠군."

"혜수? 아……."

처음에는 혜수가 누군지 떠올리지 못하다가 불현듯 떠오르는 기억에 손뼉을 쳤다. 오래전 현민욱의 심장을 부숴 버린 여자가 떠오른 것이다. 오랜 시간이 지나 기억에 남은 것이라곤 무척이나 선이 고왔던 여자라는 것뿐이었다. 그리고 그녀를 잃고 나서 생명을 잃어버린 좀비처럼 멍한 눈빛을 보였던 민욱도 함께 떠올랐다.

"그래, 이제 그 여자는 잊은 건가?"

"아니. 내가 혜수를 잊는 건 불가능하지."

"그럼 그 스무 살짜리 아가씨는 뭐야?"

아직도 혜수를 가슴에 품고 있다는 말에 상훈이 인상을 확 찌푸렸다.

"희수는…… 우리 희수는 또 다른 혜수지. 사랑이 사랑임을 몰라 엉망진창으로 만들어 버리고 잃어버린 뒤에 다시 찾은 내 희망이지."

혜수가 죽은 이후 처음으로 사람다운 표정을 짓는 민욱을 보았다. 상훈은 살아가는 것을 무의미하게 여기던 민욱을 다시 살아 있는 사람으로 만들어준 희수라는 아가씨에 대해 무척이나 호기심이 생겼다. 어떤 아가씨이기에 이십 년이란 세월 동안 죽은 여자만을 끔찍이 바라보던 남자의 시선을 잡아끌었는지 궁금해서 미칠 지경이었다.

"그래서 자네 어쩔 생각인가?"

"어쩌다니, 뭘?"

"제수씨와 그 아가씨, 둘 다 쥐고 있을 수는 없잖아. 어쩔 생각이야?"

민욱이 들고 있는 하얀 찻잔 안에는 투명한 옅은 녹색의 녹차가 말갛게 그를 비추고 있었다. 이미 결론은 나 있었다.

"무치(無恥)지. 알고 있었어. 그 아이를 손에 넣는 순간부터 나는 희수를 놓을 수가 없다는 것을 알았네."

"……그렇군."

말은 그러하지만 후회도, 부끄러움도 한 점 보이지 않는 민욱의 담담한 태도에 상훈은 가만히 고개를 끄덕거렸다. 그게 옳은 선택이라고 생각하지는 않지만 그를 행복하게 만들었다는 것은 알 수 있었다.

회사로 돌아와 밀려드는 업무를 하나씩 처리해 가면서도 민욱의 머리 속은 온통 검사 결과로 가득했다. 점심조차도 입으로 들어가는지 코로 들어가는지 모를 정도로 초조했다. 퇴근 시간이 가까워져서야 상훈에게서 연락이 왔다. 아무리 생각해도 민욱은 상훈이 일부러 그를 애태우게 만들 생각이 아니었나 의심스러웠다.

[날세.]

"검사 결과가 나온 건가?"

[음, 그렇지.]

"어떻게 됐어? 무슨 문제라도 있는 건가?"

[수술비 벌 수 있었는데 아깝게 됐군. 가끔 정관수술이 저절로 풀리는 경우가 있는데 자네가 딱 그 경우야.]

"그게 무슨 뜻인가?"

[이미 자네 씨가 그 아가씨 뱃속에서 헤엄치고 있다는 이야길

세. 용케 아직 임신은 안 됐나 보지?]

놀라움에 민욱의 입이 저절로 벌어졌다. 믿을 수가 없는 결과에 기가 막힌 숨결만 터져 나올 뿐이었다.

"그게…… 정말인가? 정말로 복원이 돼 있는 상태란 말이야?"

[이 친구가 의심이 많은 건 여전하구먼. 사실이니까 안심해. 참, 언제 그 아가씨 데리고 병원에 한번 오게. 내가 종합검진 받게 해줄 테니까.]

"아…… 알았네. 언제 데리고 가도록 하지."

전화를 끊고 나서 민욱은 방금 전해 들은 소식에 숨이 막힐 정도로 가슴이 벅차올랐다. 이미 복원된 상태라면 아마도 오래 전부터 희수의 임신이 가능했을 것이다. 그 생각을 하자 뱃속에 수백, 수천 마리의 나비들이 날갯짓을 하는 것처럼 심장이 퍼덕거렸다. 희수가 갑자기 너무 보고 싶어져 견딜 수가 없었다.

"김 실장, 아래 차 대기하라고 하세요."

한껏 부푼 기분으로 민욱은 겉옷을 집어 들고 자리를 박차고 나섰다.

같은 수업을 듣던 정희와 다음 주에 있을 MT 문제로 이야기를 나누던 희수는 자신을 부르는 소리에 몸을 돌렸다.

"이봐, 오희수. 기다렸어."

얼마 전에 희수와 함께 정문을 통과하던 그 남자였다. 그가 희수에게 친근한 척 굴며 다가섰다. 곁에 선 정희가 누군지 알아보고 호들갑을 떨었다.

"어머, 어머, 현성 선배 아니야? 경영학과 킹카 중 하나인⋯⋯."

"바람둥이 중 하나가 아니라?"

희수는 가슴에 품고 있던 책으로 살짝 입술을 가린 채 맞받아쳤다. 정희가 못 말린다는 표정으로 그녀의 옆구리를 슬쩍 꼬집었다.

"무슨 일이신데요, 선배님?"

"전에 내가 했던 얘기, 생각해 봤어?"

남자의 서글서글한 눈매가 부드럽게 휘어지며 시원스럽게 말을 꺼냈다. 희수는 잠시 고개를 갸우뚱하더니 무슨 이야기였는지 기억해 냈다.

"아, 사귀자는 말이요? 죄송하지만 제가 애인 있다고 대답했던 것으로 기억하는데요?"

"아, 그거?"

"아, 그거?"

남자의 말투에서 고작 그런 이유냐는 무시를 느낀 희수가 불쾌한 듯 얼굴을 찌푸리고 똑같은 어조로 따라 말했다. 남자는 어지간히 자신이 있는지 태연하게 굴었다.

"원래 아리따운 꽃에는 나비가 몰려기 마련이지. 하지만 나 정도의 나비라면 너 같은 꽃을 차지하는 데 별 무리가 없을 거라 생각되는데."

자신만만한 남자의 태도에 희수는 기가 찼는지 헛웃음을 터뜨렸다. 곁에서 듣고 있던 정희도 어이가 없는지 제정신이냐는 표정으로 남자를 쳐다보았다.

"제가 좋아하는 꽃이 뭔 줄 아십니까, 선배님? 바로 일편단심 민들레지요. 쓸데없는 소리는 그만 하시죠."

그에게 어처구니없다는 표정으로 고개를 절레절레 흔들며 그 자리를 벗어나려던 희수는 앞으로 가로막고 비켜주지 않는 현성 때문에 나아갈 수가 없었다.

"비키시죠?"

"너 진짜 귀엽다. 그 일편단심, 나한테 쏟지 그래?"

끝까지 유들유들한 태도를 버리지 않는 현성 때문에 희수는 어이가 없다는 시선으로 그를 노려보았다. 그 순간 현성은 움찔했다. 눈을 바짝 치켜뜬 희수의 눈동자 속에서 번득이는 칼날이 보인 듯한 느낌 때문이었다.

"까불지 마라. 너 따위를 만나기 위해 다시 태어난 것이 아니니까."

주위에 들리지 않을 만큼 낮은 목소리로 현성에게 속삭인 희수는 주춤한 그를 밀치고 아무 일 없었다는 듯이 씩씩하게 정희의 팔짱을 끼고 걸음을 옮겼다.

"뭐니, 저 선배? 집이 꽤 잘산다나 봐. 인물도 받쳐 주고 하니까 어지간한 애들은 한 번씩 다 거쳐 갔대. 너도 조심해. 오늘은 웬일로 얌전히 물러나지만 혹시 안 좋은 일 생기면 어떻게 해. 알았지? 절대로 학교 내에서 혼자 다니지 마. 특히 저 뒤쪽 공대 같이 으슥한 곳은 절대로 가지 말고."

옆에서 정희가 깜짝 놀랐다며 연신 그녀더러 몸조심하라고 충고를 아끼지 않았다. 희수는 걱정하지 말라고 웃어 보이는데 전화가 왔다. 민욱이었다.

"어멋, 우리 민욱 씨다."

"얼씨구, 낭군이시냐? 열녀 났네."

옆에서 정희가 입술을 삐죽 내밀며 투덜거려도 못 들은 척, 희수는 그의 전화를 반갑게 받았다.

"민욱 씨, 어쩐 일이에요? 내 목소리 듣고 싶어서 전화했어요? 나도 민욱 씨 보고 싶은데……."

"어휴, 닭살."

옆에서 희수의 말을 듣고 있던 정희가 잔뜩 얼굴을 찌푸리며 오스스 소름 돋은 팔을 내밀어도 희수는 꿋꿋했다.

[그래, 보고 싶어서 왔어. 여기 학교 정문이야. 수업 끝날 때 됐지?]

"정문요? 진짜로요? 금방 갈게요. 기다려요."

정문이냐며 반색을 하며 전화를 끊자 옆에서 정희가 수선을 떨었다.

"왜? 남친이 데리러 왔어? 응? 야, 얼굴 좀 보여주지 그러냐? 얼마나 잘생겼는지 내 친히 봐주마."

"헹, 닳아서 안 되올시다. 미안하지만 먼저 간다."

"뭐? 야, 거기 안 서?"

민욱의 얼굴이 궁금한 정희가 그를 보여달라고 떼를 쓰자 희수는 그녀를 떼놓을 작정으로 정문을 향해 힘껏 달음박질을 쳤다. 눈 깜짝할 새에 희수가 자신을 떼어놓자 오기가 생긴 정희가 씩씩거리며 그녀의 뒤를 따라 달렸다. 숨이 목 위까지 차 올랐지만 희수는 민욱이 기다린다는 사실로 다리에 날개가 달린 것처럼 펄펄 뛸 수가 있었다.

"망…… 망할…… 무슨…… 날아다니나? 허억, 가시나."

희수의 뒤를 따르던 정희는 금세 바닥난 체력을 못 이겨 헉헉거리며 그 자리에서 멈춰 버렸다. 옆구리도 아려오고 숨도 목구멍 위로 차 오를락 말락 하는 것이 까딱하다간 호흡곤란으로 병원에 실려갈 것만 같았다. 정문은 저 멀리 있지만 희수의 모습은 어느새 사라져 버려 아쉬움만 가득했다.

"망할 년, 얼굴 구경 좀 시켜주면 어디가 덧나나?"

이미 사라진 희수의 그림자를 쫓으며 정희는 입을 삐죽 내밀었다. 아려왔던 옆구리의 통증이 사라지자 천천히 숨을 고르며 버스정류장을 향해 걸어갔다. 연신 희수의 욕을 중얼거리면서 말이다.

"하악, 하악, 하악, 많이…… 기다렸…… 어요?"

금방이라도 숨이 넘어갈 것처럼 헐레벌떡 뛰어온 희수의 열렬한 환대에 민욱의 가슴이 더욱 뿌듯해졌다. 이마 위로 흐르는 땀방울을 손수 닦아주며 환하게 웃는 희수에게 그 역시 티끌 한 점 없는 미소로 화답했다.

"어쩐…… 일이에요? 오늘 일찍 끝났어요?"

"모처럼 만에 외식이나 할까 해서. 맛있는 거 먹으러 갈까?"

"정말요? 저야 민욱 씨랑 함께라면 어디를 가도 다 좋죠."

신이 나서 환호성을 지르며 민욱은 팔에 매달린 희수의 팔을 풀고 그녀를 가슴 쪽으로 끌어당겨 안았다. 새삼스러운 그의 친절과 편해 보이는 입매가 무슨 일이 있음을 알게 해주었다.

"무슨 좋은 일이 있었어요?"

"음? 티가 나나?"

"입매가 부드러워졌어요."

희수는 민욱의 가슴에 안겨 그의 입가를 손가락으로 부드럽게 쓸어냈다. 민욱이 그녀의 손가락을 붙잡아 다정하게 손가락 하나하나씩 입을 맞추었다.

"그냥, 좋은 일이 있었어."

"알면 안 돼요?"

"음, 숨기고 싶은 일인데……."

"숨기고 싶은 일? 흠, 그럼 할 수 없죠. 좋은 일이라니까 눈감아줄게요."

"희수한테도 좋은 일일 테니 그냥 그렇게만 알아둬."

그녀와도 관계가 있다는 말에 궁금증이 더욱 커졌지만 민욱은 끝내 말을 해주지 않았다. 하지만 간간이 그녀를 돌아보며 미소 짓는 모습이 모처럼 편안해 보여 희수 또한 굳이 캐물을 생각이 없어졌다.

호기심이 가득한 표정이었지만 더 이상 그에게 캐묻지 않고 사랑스럽게 미소만 짓는 희수가 너무 소중해서 가슴이 떨려왔다. 심장이 벅찰 만큼 희수가 사랑스러운 반면에 미란의 존재가 거슬리기 시작했다. 아무래도 이제는 깊이 묻어두었던 일을 해야 할 시기가 다가온 것 같다고 느끼는 민욱의 시선이 매섭게 가라앉아 있었다.

오랜만에 봄 기운을 느낄 수 있는 날이었다. 모처럼 새 옷이나 장만하고자 단골 의상실을 찾은 미란은 그다지 달갑지 않은 상대를 만나 버렸다.

"어머! 정 여사님, 오랜만이에요. 그동안 왜 그렇게 안 보이셨어요?"

"한동안 외국에 나가 있었어요. 한국은 많이 춥잖아요."

요사스럽게 엉덩이를 실룩이며 다가오는 세진그룹의 둘째 며느리, 수연은 알 만하다는 표정으로 미란을 훑어 내렸다. 말이 겨울이 추워서라지만 미란과 민욱의 냉랭한 분위기는 알 만한 사람들은 다 아는 이야기였다. 미란은 아닌 척 지그시 입술을 깨물며 당당하게 고개를 들고 그 자리를 벗어나려 했는데 수연의 말에 발걸음을 멈추었다.

"그나저나 걱정이 많으시겠어요. 현 회장님도 참, 이렇게 미인이신 아내를 두고 어쩜 그렇게 어린 아가씨를……. 어머, 호호호. 하긴 남자들이 원래 젊은 여자들을 좋아하잖아요. 현 회장님도 아직 연치가 있으시니까 혈기에 한번 있는 일이겠지요."

"뭐…… 라고요?"

"어머, 모르셨나 보다."

일부러 미란의 속을 뒤집을 요량을 말을 꺼낸 주제에 수연은 짐짓 걱정하는 투로 그녀를 위로하고 나섰다.

"원래 부부라는 게 다 그렇잖아요. 너무 오래 살다 보니 가끔 지겨울 때 외도도 하곤 하니까 그런 일로 너무 몰아세우면 오히려 역효과예요. 그나저나 현 회장님도 참, 어떻게 그런 새파란 아가씨를 데리고 다닐 수 있는지……. 세상에, 어제 명진호텔 스카이라운지에 그 아가씨를 품에 끼고 나타났다지 뭐예요? 얼마 전부터 여자가 있다는 소리가 심심찮게 흘러나왔지만 그렇게까지 어린 아가씨일 줄은 꿈에도 몰랐다니까요. 잠시간의 바람이겠거니 하고 너무 염려치 마세요, 정 여사님."

미란의 속을 있는 대로 다 뒤집어놓고는 수연은 아무 일도 없었다는 듯이 태연하게 자리를 옮겼다. 눈앞이 아찔하고 속이 다 뒤집힐 것 같은 기분인데도 다리는 멀쩡하게 밖으로 걸어나가고 있었다.

정민은 귀신처럼 얼굴이 새하얗게 질려 다가오는 미란을 걱정스러운 손길로 재빨리 부축하며 차 안으로 조심스럽게 앉혔다.

"무슨 일이 있으신 겁니까?"

"그…… 사람한테 여자가 생겼대. 허참. 어디서 그런 말도 안 되는 소리들을 하는지. 내가 직접 확인해야겠어. 회사로 가."

"네."

미란은 분한 마음에 잘 다듬은 손톱을 자근자근 깨물었다. 이십 년 동안 그 어떤 여자도 쳐다보지 않았기에 빈껍데기뿐인 아내 자리라도 만족하며 살아왔는데 이제 와서 여자라니? 그가 이렇게 자신을 모욕할 수는 없었다. 그토록 찬란하게 아름다웠던 자신의 젊은 시절에는 쳐다도 보지 않다가 갑자기 젊다고 하기에는 너무 어린 계집아이에게 빠져들다니. 그래도 언젠가는 곁에 있는 자신을 봐주겠지 싶어 몸매도 가꾸고 조금이나마 나이든 티를 안 내려고 주름살 제거 수술까지 받고 얼마나 노력했는가? 그가 더 이상 자신에게 이토록 잔인해서는 안 되는데…….

치미는 절망감과 분노에 미란은 눈에 핏발을 세우며 그를 원망했다. 그러나 문득 묵묵히 운전하는 정민의 뒷모습이 눈에 들어왔다. 어린 시절부터 자신을 지켜온 남자. 만약 자신이 현민욱이란 남자를 만나지 않았다면 저 남자와 사랑에 빠질 수도 있었을 것이다. 언제나 헌신적이고 자신에게 절대적인 남자. 자신이 외로울 때 기꺼이 그 자리를 메워준 남자. 이제 와서야 미란은 정민과 민욱 두 남자 사이에서 갈등이 생겼지만 언제나 선택은 하나였다. 현민욱. 그가 가진 재력과 권력. 그러나 정민이 가진 것이라고는 마음뿐. 아무리 끌리고 안타까워도 미란의 선택은 언제나 현민욱, 그 사람뿐이었다. 정민에게는 언제나 미안한 마음일 뿐. 언젠가는 그 마음을 되돌려 주지는 못하더라도 보상할 방법은 있을 것이라 믿었다.

미란이 회사 안으로 들어간 사이 정민은 차를 지하주차장으로 옮겼다. 특별지정석에 주차를 하고 품 안에서 담배를 꺼냈다. 미란이 차 안에 담배 냄새가 배는 것을 싫어해서 불을 붙이지는 않고 그냥 담배갑을 흔들 뿐이었다.

벌써 이십 년이 넘도록 미란을 사랑해 왔다. 건방진 말투에 세상 물정 모르는 아가씨였지만 그녀의 환한 미소를 아버지의 손에 이끌려 미란의 집에 들어간 어린 시절부터 사랑해 왔었다. 차마 손댈 수 없는 소중한 아가씨였지만 그녀가 돌아봐 주지 않는 외사랑에 아파할 때면 자신도 모르게 민욱을 죽이고픈 살기를 가졌었다.

문득 이십 년 전 그때가 떠올랐다. 자신도 이제 나이가 들어서인지 자꾸만 그때 일이 마음에 걸렸다. 치기 어린 마음에 미란을 위한답시고 그녀를 죽음으로 내몰았지만 지금 생각하면 가슴 한구석에 묵직한 돌을 달고 사는 기분이었다. 다행히 그날 혜수가 자신들을 만난다는 사실을 아무에게도 말하지 않았고 사고로 판명이 되는 바람에 모든 일은 그렇게 묻혀 버렸다.

"하아."

무거운 한숨이 정민의 입술에서 흘러나왔다. 이제는 자신도 나이가 들었는지 쉽게 피곤함을 느꼈다. 요즘 들어 그때의 일이 자꾸 꿈에 나타나 더욱 심란했다. 미란의 연락이 올 때까지 한숨 자두자며 좌석 시트를 뒤로 눕혔다. 멀찌감치 떨어진 구석의 기둥 뒤에서 어두운 그림자가 유심히 차 안의 동태를 살피고 있다는 걸 조금도 눈치채지 못하고 있었다.

"어? 이게 왜 이래?"

보안실의 보안 책임자들이 눈치채지 못할 만큼 눈 깜짝할 사이에 지하주차장의 특별지정석을 비추는 보안 카메라의 구석으로 검은 그림자가 스쳐 지나갔다. 그리고 잠시 후에 지하주차장의 특별지정석을 감시하던 보안 카메라가 갑자기 지직거리며 화면이 사라졌다. 그러자 느긋하게 카메라를 지켜보던 보안요원이 당황해하며 여기저기 만져 보더니 작동이 안 된다는 것을 깨닫고는 얼른 다른 카메라들을 움직여 그곳을 바라보게 했다. 그 짧은 시간에 특별지정석에 주차된 차에서 검은 연기와 함께 시뻘건 불꽃이 뿜어져 나오는 것을 발견하고 다급한 손길로 무전기를 집어 들고 소리쳤다.

"이거 이상한데? 얼른 주차장으로 가봐. 여기는 보안실. 여기는 보안실. A—1 구역에 화재 발생. A—1 구역에 화재 발생. 가까운 요원은 신속 진압에 나서기 바란다."

대기 중이던 보안팀이 무전기를 들고 재빨리 주차장으로 뛰쳐나갔다. 느긋하기만 하던 보안실의 분위기가 순식간에 급박하게 돌변하기 시작했다.

연락도 없이 불시에 들이닥친 미란이 회장실로 향하자 형주가 얼른 그녀를 막아섰다.

"죄송합니다만 지금은 곤란합니다. 잠시만 앉아서 기다리시죠."

"아니, 지금 당장 그 사람을 만나야겠어."

가슴속에서 치솟는 원망과 서러움에 그동안 몸에 익혀온 예의는 모두 잊은 듯 미란은 자신의 앞을 막아서는 형주를 거칠게 밀어내며 요란하게 문을 열고 들어섰다. 회의 중이었는지 몇몇 이사들과 함께 논의 중이던 민욱이 불쾌한 듯 얼굴을 찌푸렸다.

"무슨 일이야? 지금 일하는 중인 거 안 보여?"

"얘기 좀 해요."

미란이 분기 어린 시선으로 회장실에 들이닥치자 민욱의 표정이 못마땅하게 찌푸려지며 혀를 찼다. 미란은 민욱의 표정에 내심 움찔했지만 물러설 수 없다고 스스로 위로하며 당당하게 고개를 치켜들었다.

"나중에 계속하도록 하지."

이사들을 내보낸 뒤 담배를 꺼내 물며 짜증스럽게 말을 던졌다.

"무슨 일이야?"

"당신, 여자 생겼어요?"

눈을 치켜뜨고 앙칼지게 묻는 미란에게 어처구니없다는 시선을 던지고는 그답지 않은 비아냥거림으로 맞받아쳤다.

"그건 당신이 내게 다그칠 문제는 아닌 것 같은데?"

"뭐라고요?"

"시집오기 전부터 끼고 놀았던 남자를 내 집에 끌고 온 것만
으로도 모자라 내 집에서 아주 질펀하게 놀아난 사람이 누군데
지금 나한테 여자가 생겼냐고 추궁하는 거지?"

"뭐…… 당신!!"

"마침 잘됐어, 나도 할 말 있었는데. 우리 이혼하지."

물고 있던 담배 연기를 길게 내뱉으면서 민욱은 태연하게 이
혼하자는 말을 꺼냈다. 그러나 미란의 안색은 새파랗게 질려 버
렸다. 자신은 다리에서 힘이 빠지고 심장이 다 오그라들 지경인
데 민욱은 너무나 태연한 것이 억울했다.

"다…… 당신, 너무한 거 아니에요? 평생 날 그렇게 소박맞혀
놓고 이제 와서 여자 생겼다고 이혼하자고요? 난 못해요. 절대
그렇게는 못해요."

"굳이 내가 아니어도 네 침대를 달궈줄 남자는 충분했던 것
같은데?"

차가운 조소를 보내는 민욱의 싸늘한 목소리에 미란은 정말
너무하다고 생각했다.

"당신이…… 어떻게 나한테 이래요? 평생 당신만 바라보던
나를 이렇게 헌신짝처럼 내던져야 속이 시원해요?"

"걱정 마. 위자료는 충분히 줄 테니까. 그럼 헌신짝처럼 내던

지는 건 아니잖아."

"여보!!"

자신이 서럽게 말을 꺼내는데 농으로 받아치는 민욱의 태도가 소름 끼치도록 잔인했다. 미란은 입 안이 깔깔해져 뭐라 말을 이을 수가 없었다.

"그만 헤어지지. 어차피 당신은 한영의 안주인 자리가 탐났던 것뿐이잖아."

"난 당신을 사랑했어요."

"난 혜수를 사랑했어. 그건 누구보다 당신이 더 잘 아는 사실이잖아. 평생 혜수만 사랑했고, 이제는 다른 여자를 사랑하게 됐어. 미안하지만 당신에게는 더 이상 내 곁을 줄 수가 없게 됐어."

미란은 자신의 뺨에 흐르는 것이 눈물이라고 생각하지 않았다. 언젠가는 그가 자신을 돌아봐 줄 거라고 그렇게 믿었는데 무너지니 헛웃음밖에 나오지 않았고 그 사실을 믿을 수가 없었다.

"어떤…… 여자예요?"

"날 행복하게 만들어주는 여자야."

그때 미란은 민욱의 눈가까지 퍼진 부드러운 미소의 흔적을 발견할 수가 있었다. 그녀가 아무리 애를 써도 보여주지 않던 그 미소가 그 여자 때문에 생기다니 어처구니가 없었다.

"잔인한 남자. 나에겐 그렇게 감정 한 조각도 주지 않더니 그 얼굴도 모르는 여자에겐 당신을 몽땅 준 건가요?"

"그래, 다 줬어. 이젠 재도 남아 있지 않아."

"……그래도 난 못 헤어져요. 내가 어떻게 당신과 결혼했는데……. 차라리 그 여자 정부로 삼고 그냥 살아요. 그것만은 봐줄게요. 하지만 이혼은 안 돼요."

문득 미란은 이런 상황이 낯설지 않다는 것을 느꼈다. 언젠가 그에게 이렇게 짐짓 관대한 척 넘어가 주겠다고 했던 것이 떠올랐다. 그러나 그때 그는 거절했다. 혜수를 사랑하기 때문에 그녀와 결혼한다고.

"미안하지만 난 법정까지 가서라도 이혼하고 말겠어. 그녀를 내 유일한 여자로 인정받게 할 테니까."

"당신!!"

그때와 똑같았다. 똑같이 잔인한 대답을 돌리는 그의 눈빛은 단호하게 빛나고 있었다. 미란은 바닥이 무너지는 것 같았지만 꿋꿋이 버티고 서 있었다.

"난 이혼하지 않아요."

그러나 이미 자신은 그의 아내였다. 법정까지 가겠다면 얼마든지 가주겠다고 결심했다. 겨우 손에 넣은 남자를 눈뜨고 다시 빼앗길 수가 없었기 때문이다.

"난 당신과 이혼하겠어."

그러나 단호한 민욱의 대답이 미란을 절망의 구렁텅이로 잔인하게 내몰았다.

"당신이란 남자……."

삐이.

내신 전화에 불이 들어오며 스피커에서 형주의 초조한 목소리가 흘러나왔다.

[회장님, 방금 보안실에서 지하에 주차된 사모님의 차가 원인 모를 화제로 폭발했다고 알려왔습니다. 다행히 불길은 잡았는데 차 안에서 시체 한 구가 발견됐다고 합니다.]

팽팽한 회장실의 분위기를 깨는 연락에 민욱은 놀라기보다는 방해받아 짜증스러워했고, 미란은 자신의 차가 폭발했다는 소리에 경기를 일으킬 듯한 표정이었다. 그러나 차 안에서 시체가 발견됐다는 소리에 정민을 떠올렸고 그일지도 모른다는 생각이 들자 까마득하게 숨이 막혀오며 눈앞이 어두워지면서 그대로 정신을 잃고 말았다.

미란은 천천히 눈을 떴다. 코를 찌르는 소독약 냄새와 하얀 천장이 병원임을 짐작케 해주었다.

"여기는?"

"정신이 드십니까?"

형주가 깨어나는 미란의 부축했다. 미란은 멍하니 그를 올려다보며 물었다. 입 안이 깔깔해서인지 목소리가 갈라져서 나왔다.

"그는?"

"회장님께서는 보안팀의 연락을 받으시고 경찰 조사 중이십니다."

미란이 묻는 '그'가 민욱이라고 생각한 형주는 그의 행방을 알려주었지만 미란은 그런 그를 이상하게 바라보았다.

"그…… 사람은 원래 그렇게 나한테 관심이 없는 사람이니까, 놀랄 일도 아니지. 내가 묻고자 한 건 그이가 아니라 차 안에 있다고 한……."

"아……."

그제야 형주도 미란이 말한 그가 누군지 알아차리고 불편한 표정을 지었다. 그 역시 미란과 정민의 오랜 사이를 짐작하고 있었기 때문이다.

"정말로 그였나?"

"……네."

넋이라도 나간 듯한 미란의 얼굴이 자신의 실제 나이보다 십 년은 더 늙어 보였다. 그만큼 정민의 죽음이 큰 충격이었다는 말이겠지. 형주는 민욱이 전하라는 서류를 떠올리며 정말 이런 상황에 전해야 하는지 많이 망설였다. 그러나 그의 상사가 그렇게 하기를 원했고 그는 그저 따르기만 하면 되는 일이었다. 실제로 미란과 약혼 기간을 포함한 이십 년 동안보다 희수와 함께 산 지난 두 달 동안의 민욱이 훨씬 생기있고 행복해 보였다. 형주 역시 미란보다는 나이 차이가 좀 나더라도 희수 쪽이 민욱의 남은 일생을 함께 사는 동반자로서 손색이 없다고 생각하며 품 안에서 이혼 서류를 조심스럽게 꺼냈다.

"회장님께서 보내신 겁니다."

미란은 커다란 서류 봉투를 멍하니 바라보다 그것이 이혼 서류라는 것을 알아차리고 머리끝까지 노기가 치밀어 올랐다. 이제 자신은 마음을 기댈 수 있는 존재마저 잃었는데 남편이라고 십삼 년을 함께 살아온 그가 어린 여자가 좋다고 이런 상황에서 이혼을 청구한다는 것이 믿을 수가 없었다. 참을 수가 없었다. 미란은 형주가 건넨 서류를 신경질적으로 갈기갈기 찢어발겼다. 그리고 그런 그녀를 놀란 시선으로 바라보는 형주에게 앙칼지게 소리쳤다.

"그 여자 어디 있어?"

"네?"

"남편의 그 여자 말이야!"

형주는 날카로운 미란의 반응에 움찔거렸지만 심상치 않은 그녀의 표정에 위험을 감지했다. 딱딱하게 표정을 굳히고 고개를 저었다.

"죄송합니다. 알려 드릴 수가 없습니다."

"왜? 난 아직 현민욱이란 남자의 아내야. 아내가 남편의 정부를 찾는다는데 왜 못 알려줘?"

"사모님."

"듣기 싫어. 그 남자, 혜수만큼 그 여자를 애지중지하겠지? 성북동으로 안 들어왔다면 그 잘난 은신처에 숨겨두었단 말이겠지?"

혼자 중얼거리던 미란은 형주가 말리는 것도 뿌리치고 병실을 뛰쳐나갔다. 견딜 수 없는 분노와 질투가 미란의 머리 속을 잠식해 갔다. 평생을 바라봤지만 사랑해 주지 않은 차가운 남자한테서 어린 계집 때문에 물러나란 소리를 들어야 한다는 것이 자존심 상하고 분했다. 자신은 미치도록 탐했건만 왜 자신이 아닌 다른 이들은 그의 마음을 그토록 쉽게 훔쳐 낼 수 있는지 자존심이 상했다. 그리고 자신에게 마음을 주지 않은 그가 원망스러웠다.

대기 중이던 택시를 타고 민욱의 아파트로 달려간 미란은 결혼 이후 그가 자신에게 등을 돌리고 지내온 저주스러운 장소를 올려다보았다. 그곳은 민욱의 할아버지인 전 현 회장이 작고한 이후 구입한 곳이었다. 아파트를 구입한 이후 민욱은 성북동의 저택으로 발길을 옮기는 일이 드물어졌다. 그 때문에 왜 떨어져서 사냐고, 아파트가 왜 필요하냐고 소리치는 그녀에게 상관하지 말라며 차갑게 등 돌리던 그가 원망스러워서 단 한 번도 이 근처를 지나본 적이 없었었다.

미란은 자신이 알고 있는 주소를 눈앞에서 확인하자 뭔가 현실감을 느낄 수가 없었다. 그래서인지 흥분에 휩싸여 그녀의 이성이 붙잡기도 전에 먼저 손가락이 초인종을 누르고 말았다.

"민욱 씨? 오늘은 일찍 오셨네요?"

젊은 여자의 상큼한 목소리가 들리자 미란은 불쾌감보다는 등 뒤로 올라오는 기분 나쁜 불길함을 먼저 느꼈다. 낯설지 않은 목소리였기 때문이다. 그리고 활짝 열린 문 너머로 보이는 여자의 얼굴을 본 순간 미란의 눈동자가 커지며 입을 다물 수가 없어졌다. 자신도 모르게 힘이 빠져 툭 하니 손에서 핸드백을 놓치고 말았다.

이십 년 전 그때처럼 거실에는 두 여자와 그 사이에 차가 두 잔 놓여 있었다. 다만 달라진 건 그 차가 아직 식지 않았다는 사실과 서로를 바라보는 시선들.

"아…… 아가씨는 그녀를 많이 닮았어. 그래서 아마도 내 남편이 한때의 불장난을 벌이는 거겠지."

미란은 태연한 척 말을 꺼내며 찻잔을 집어 들었지만 떨리는 손은 어쩌지 못했다. 희수는 그런 그녀의 손을 바라보고는 살짝 비웃었다.

"그래서요?"

찻잔을 입가에서 떼던 미란의 시선이 당황스럽게 일그러졌다.

"그래서라니? 아가씨는 어차피 대용물에 불과하단 말이야. 결국 잠시 데리고 노는 여자일 뿐이라고. 그이는 아가씨와 결혼한다는 말 같은 것을 할 사람이 아니고, 그렇게 되지도……."

"대용물이라면 사모님도 마찬가지일 텐데요. 어차피 아내 자리에 앉혀놓은 인형에 불과하시지 않으신가요?"

장황하게 이어지는 미란의 말을 끊고 희수는 냉소적으로 대꾸했다.

"뭐, 뭐라고?"

"어차피 대용물이라면 좀 더 애착이 가는 쪽을 선택하는 게 당연하겠죠. 민욱 씨는 이미 나를 선택했고, 또 나라면 얼마든지 그를 행복하게 만들 수 있어요."

"이런 건방진!"

미란이 저도 모르게 벌떡 일어나 희수의 뺨을 거칠게 후려갈겼다. 짜악 하고 공기를 가로지르는 날카로운 소리가 거실에 울렸다. 희수를 마주 앉아 있으면서 그동안 더욱 커져 갔던 혜수에 대한 미움까지 겹쳐 보여 반사적으로 나온 행동이었다.

"너무 자신만만해하는군, 어린 아가씨가."

자신이 한 거친 행동에 놀라 애써 태연한 척 마음을 가라앉히며 차분하게 말했다.

"후훗. 아니라면 그가 제게 아이를 낳으라고는 안 했겠죠."

매서운 힘에 힘껏 고개가 돌아간 희수는 천천히 고개를 똑바로 돌리며 미란을 쏘아보면서 의미심장하게 웃었다. 희수가 자신의 배에 손을 갖다 대자 찻잔을 들고 있던 미란의 손이 급격히 떨리더니 급기야 그대로 찻잔을 놓치고 말았다. 쨍그랑 하고 부서지는 날카로운 소리가 찻잔이 깨어지는 소리인지 미란의 심장이 부서지는 소리인지 분간 지을 수 없었다.

"이…… 임신했단 말인가? 아…… 가씨마저? 하…… 하하. 기가…… 기가 막혀서. 기어이 혜수여야 한단 말인가? 그 남자는 기어이 혜수여야만 해? 왜 나는 안 되느냔 말이야!!"

아직 임신이 확실한 것은 아니지만 희수는 굳이 그 사실을 알려줄 이유는 없다며 어깨를 으쓱이며 의기양양한 표정으로 미란을 비웃었다. 눈물 범벅이 된 미란의 시야로 살짝 입꼬리를 올리는 희수의 섬뜩한 미소가 들어왔다. 그리고는 악마의 속삭임처럼 사특한 말이 미란의 귓속으로 파고들었다.

형주가 자신의 차로 서둘러 미란의 뒤를 따라왔지만 이미 미란은 아파트에서 뛰쳐나오고 있었다. 누군가가 쫓아오는 듯이 잔뜩 겁에 질린 표정으로 아파트에서 뛰쳐나오더니 그가 차에서 내리자 허둥지둥 차를 빼앗아 달아나 버렸다.

"앗! 사모님!"

형주가 말릴 틈도 없이 미란은 뭔가 두려운 듯 겁에 잔뜩 질린 표정으로 차를 몰고 가버렸다. 무슨 일인지 형주는 미란이 뛰쳐나온 아파트와 거칠게 차를 몰고 가버린 미란을 번갈아 쳐다보고는 어느 쪽을 더 걱정해야 하는지 잠시 고민하다 어쩔 수 없이 아파트 쪽으로 발걸음을 옮겼다.

"작은 사모님, 김 실장입니다."

민욱이 희수와의 관계를 어찌할 것인지 알고 있기에 희수에 대한 형주의 호칭이 자연스럽게 바뀌었다. 조용한 안의 분위기가 더 걱정스러워 형주는 문을 쿵쿵 두드렸다.

"작은 사모님."

울었는지 퉁퉁 부은 젖은 눈으로 희수가 그의 얼굴을 똑바로 쳐다보지 못하고 한쪽 손으로 뺨을 가린 채 문을 열어주었다. 입가에 마른 핏기가 묻어 있자 안쓰러워 견딜 수가 없었다.

"오셨어요?"

고개를 돌리며 어수선한 내부를 서둘러 치우려는 몸짓에 엉망이 된 내부에 충격을 받아 그 자리에 굳어버렸던 형주가 정신을 차리고 그녀를 막아섰다.

"그냥 두십시오. 제가 치우겠습니다."

미란의 제멋대로인 성정을 아는 터라 부서진 탁자며 화분이며 엉망으로 흐트러진 가구들로 보아 한바탕 난리가 일어났다고 여겼다. 예상은 하고 있었지만 이렇게까지 사태가 심각해질 줄은 몰랐다.

"어디, 다치신 데는 없으십니까?"

형주의 시선이 뺨에 고정되자 희수는 난처한 표정으로 고개를 내저었다.

"네, 저는 괜찮아요. 저, 김 실장님. 그 사람한테는……."

민욱이 알까 봐 염려돼 말끝을 흐리는 희수의 부탁을 알아차린 형주는 그런 그녀가 안쓰러웠다.

"네, 회장님께는 말씀드리지 않겠습니다. 여긴 제가 치울 테니까 사모님께서는 안에 들어가 좀 쉬시죠. 많이 놀라셨겠습니다."

"아, 아니에요. 전 괜찮아요. 제가 치울 테니까 실장님은 그만 가보세요."

쓰레기통을 찾아와 부서진 찻잔이랑 유리들을 주워 담는 형주를 말리며 자신이 하겠다고 나섰지만 단호한 형주의 몸짓에 막혀 멀찌감치 뒤로 물러나야만 했다.

"다치십니다. 제가 할 테니까 물러서십시오."

"하, 하지만……."

"사모님이 다치시면 회장님께서 노하십니다. 그러니 가만히 앉아 계세요."

결국 단호하게 막아서는 형주 때문에 희수는 뒤로 물러나 바삐 움직이는 형주의 모습을 바라보며 미안한 표정으로 안절부절못한 채 서 있을 수밖에 없었다. 하지만 미안해하는 모습 속에 살짝 드러난 간교한 미소를, 등을 돌리고 있던 형주는 알아차리지 못했다. 미란이 뛰어나가는 것을 지켜보기 위해 베란다 위에서 내려다보던 희수는 형주의 도착을 보았었다. 희수가 베란다 안으로 모습을 감춘 뒤에 무언가가 부서지는 요란한 소리들이 터져 나온 것은 순식간이었다.

"이…… 이런……."

미란의 입술이 덜덜 떨리고 있었다. 아직도 그녀의 목소리가 귓가에 맴도는 것만 같아 소름이 끼치도록 두려웠다. 절로 식은 땀이 이마에 흐르며 심장이 멋대로 쿵쾅거렸다. 숨결도 진정이 되지 않은 듯 거칠게 흘러나왔다.

"아냐, 그럴 리가 없어. 어떻게 이런 일이……."

스스로도 아니라고 중얼거렸지만 그러기에는 이미 지은 죄가 너무나 큰 것이었다.

"이런 일이 어떻게 있어? 안 그래, 정민 씨?"

미란은 뭔가에 크게 두려워하며 혼자 중얼거리다가 무심코 옆을 바라보며 소리쳤다. 그러나 옆 자리는 텅 비어 있었다. 한참을 그렇게 텅 빈 자리를 이상하게 바라보던 그녀의 눈에 눈물이 고이기 시작했다. 그가 죽었다는 사실이 떠올라서였다.

"그래, 이제 당신도 없구나."

미란은 아무 생각 없이 계속 옆을 바라보다 천천히 정면을 바라보았다. 그리고 마주 오는 버스를 발견하고는 놀란 나머지 핸들을 급하게 꺾어버렸다. 미란이 운전하던 차는 요란하게 회전하면서 보도블록에 미끄러져 그대로 뒤집혀져 버렸다.

순식간에 벌어진 일이라서 한동안 그 광경을 목격한 사람들도, 차를 운전하던 사람들도 멍하니 바라만 보았다. 조금씩 스며들듯 흘러나오는 엄청난 피에 누군가의 비명이 들리자 다들 황급히 정신을 차린 듯 구조대를 부른다며 야단법석을 떨었다.

미란은 흐릿한 정신을 깨워 가까스로 눈을 뜰 수 있었다. 눈앞이 불그스름한 액체로 뿌옇게 변해 잘 보이지가 않았다. 앞도 안 보일뿐더러 마치 줄 끊어진 꼭두각시라도 된 것처럼 몸에 힘이 들어가지 않았다. 손가락 하나 까딱이는 것조차 힘이 들고 숨이 턱까지 차 올랐다.

고통스러운 숨을 토해내는 그녀의 시선 끝에 있어서는 안 될 여자가 서 있었다. 하얀 원피스를 입고 있는 그녀는 활짝 웃고 있었다. 사고를 당해 손 하나 까딱할 수 없는 그녀가 우스운지 시원하게 웃고 있었다. 미란은 그때서야 깨달을 수 있었다. 지금의 이 상황이 이십 년 전과 똑같다는 것을 말이다. 그때와 다른 것이라곤 혜수와 자신의 위치뿐이었다. 미란은 그때 폭발로 화염에 휩싸인 혜수의 차를 떠올리며 자신도 그리 죽겠구나 깨닫자 두려워졌다. 아직 죽고 싶지가 않았던 것이다. 그러나 사지에 물먹은 솜이라도 매달은 양 몸은 점점 무거워지고 눈꺼풀은 자꾸만 감겨들었다. 자면 안 되는데, 자면 안…… 되는…….

천천히 미란의 눈이 감겨지고 멀어져 가는 의식 사이로 사람들의 목소리가 아득하게 느껴지고 희수의, 아니, 혜수의 요사스러운 말만이 미란의 뇌리에 분명하게 맴돌았다.

"알고 있잖아, 그 사람 내가 아니면 안 된다는 것을 말이야. 내가 돌아왔으니까 내 남자, 당연히 돌려받아야 하잖아?"

인과(因果)
―원인과 결과

미란의 사고 소식을 접한 민욱은 담담한 표정으로 고개를 끄덕거렸다.

"그리고 그 친구 사고에 대해선 언론에 잘 설명해 두도록 해. 보안팀 쪽에도 입단속시키고."

"네, 다행히 일본총리의 문제 발언이 있고 나서 일본 지사 문제로 그쪽 영사와 긴밀한 만남을 가졌다는 보도 이후에 홍보팀 쪽에서 불순한 내용의 문서들을 발견해 모아둔 것이 다행이었습니다. 덕분에 회장님을 노린 범행이지만 운 나쁘게 생긴 피해자로 둔갑시킬 수 있었습니다. 때마침 회장님 전용 주차장에 차를 주차한 덕에 다들 그렇게 생각할 것입니다. 한데 사모님의 사고는 어떻게 될지…….”

“그 여자 일은 과실치사로 알아서 설명해 줘. 자업자득이지.
무슨 생각으로 운전을 그렇게 한 건지……. 이런 식으로 결론이
날 줄은 몰랐지만 어쨌든 인과응보이니 마땅한 결말일지도. 그
리고 희수 일은 드러나지 않게 조심하고. 미란이 때문에 많이
놀란 것 같던가?”

“이제 많이 진정되신 것 같았습니다. 회장님께서 나중에 잘
다독거려 주십시오.”

“흠, 그러지. 수고했네. 그만 나가봐.”

모든 일의 보고를 끝내고 형주가 나가자 민욱은 피곤한 듯 관
자놀이를 짚으며 길게 한숨을 내쉬었다. 아득한 눈빛으로 무언
가를 깊이 생각하던 그는 맨 아래 서랍 깊숙이 보관해 둔 서류
를 끄집어냈다. 그 안에 들어 있는 보고서를 다시 한 번 되새기
며 라이터로 한 장씩 불태워 허공으로 날려 재를 만들었다. 우
연히 일어난 미란의 사고 덕에 일이 수월하게 마무리 지을 수
있었다. 민욱의 손에 재가 되어 사라지는 보고서는 이십 년 전
혜수의 사고가 벌어진 경위에 대한 것이었다. 사고사로 처리된
경찰 보고와는 달리 그녀가 누굴 만났는지, 어떻게 된 일이지
상세하게 보고된 서류를 한 장씩 불태우며 기나긴 기다림의 종
지부를 찍었다.

“정미란, 정말 내가 아무것도 모른 채 너와 결혼했다고 생각
했어? 단지 내 여자라는 이유만으로 혜수가 고통받았던 방식 그

대로 너희 둘에게 다 되갚아주고 싶었지만 넌 운이 좋은 것 같군. 하지만 네가 눈을 뜬다면 깨어난 것을 후회할 삶을 기필코 선사해 주지."

아주 깊은 곳에 숨겨둔 채 오래도록 갈아둔 복수의 칼날을 갈무리하며 민욱은 무심한 눈동자 속으로 천천히 그것을 밀어두었다. 그리고 눈을 감고는 천천히 그 여운을 음미하기로 했다.

육 개월 뒤.

탁 소리가 시원하게 흘러나왔다. 빨간색 마티즈의 운전석이 닫히는 소리였다. 어느덧 9월의 중반에 다다른 날짜지만 여름 내내 이어졌던 지독한 더위는 아직 꺾일 기세를 보이지 않고 있었다. 경희는 이마에 흐르는 땀을 닦아내고는 안경을 고쳐 쓰고 웅장한 분위기의 대문을 질린 시선으로 올려다보았다.

"으리으리하네."

"그러게요. 이런 집에서 살면 어떤 생각이 들까요?"

조수석에서 내린 주영이 말을 받았다.

"뭐, 그것도 질문에 포함시킬까?"

어깨 너머로 주영에게 농담을 던지자 알아서하라는 듯 어깨를 으쓱거렸다. 들고 있던 인터뷰용 수첩으로 몇 번 부채질하고는 인터폰을 길게 눌렀다.

[네, 누구십니까?]

"아, 안녕하세요? 저희는 오늘 인터뷰 약속을 잡은 〈여성한국〉

의 이경희, 박주영 기자입니다."

[아, 네. 기다리고 있었습니다. 잠시만요.]

인터폰 안에서 여자의 모습이 사라지더니 띠이 하고 육중한 문이 슬쩍 틈새를 열어주었다. 들어오라고 문까지 열어주었지만 이상하게도 발이 얼어붙은 모양인지 쉽게 안으로 들어서기가 힘들었다. 쭈뼛거리는 태도로 조심스럽게 대문 안으로 들어선 그들의 눈앞에서는 기다란 돌계단이 먼저 눈에 들어왔고 그 계단을 쫓아 끝에 이르자 베이지색 치마 정장을 입고 있는 여성의 모습이 들어왔다.

"아."

힘겹게 올라온 그들을 맞이한 것은 이십대 후반으로 보이는, 조금 차가운 인상의 여자였다.

"어서 오십시오. 사모님께서 아까부터 기다리고 계십니다."

여자의 딱딱한 인사에 얼떨결에 고개를 숙이던 경희와 주영은 여자의 안내를 따라 집 안으로 향했다. 마치 외국의 별장이라도 온 것처럼 푸르른 잔디가 깔린 정원을 신기한 듯 쳐다보던 주영은 소리없는 경희의 재촉에 허둥지둥 뒤를 쫓아갔다.

"어서 오세요. 오시느라 고생하셨네요. 아직 밖이 많이 덥죠?"

현관에 들어서자 서늘한 공기가 기분 좋게 그들을 맞이했다. 그리고는 현관에서 조금 떨어진 곳에 살짝 부른 배를 드러내고 있는 희수가 그들을 웃으며 맞이했다.

"아, 안녕하십니까? 〈여성한국〉의 이경희 기자입니다."

"안녕하세요, 박주영 기자입니다."

"호호, 우선 안으로 들어와 시원한 음료부터 드시고 시작하죠."

익숙한 태도로 그들을 안으로 이끄는 희수에게는 아직 스무 살밖에 안 된 새내기의 풋풋함과 한영의 안주인이라는 근엄한 자리에 앉은 사람의 자연스러운 위엄이 동시에 배어나왔다. 생각보다 더 어린 외모와 당당한 태도에 경희와 주영은 예상했던 모습이 아니어서 서로 당황한 시선을 나눴다.

"아직 여름인가 봐요. 9월인데도 이렇게 날이 더우니 말이죠."

한쪽 벽면이 모두 유리창이어서 마당이 훤히 보였다. 아직 푸른 여름빛으로 반짝이는 정원에 해맑은 시선을 던지는 희수의 모습은 무척이나 깨끗해 보였다. 일간의 무성한 소문처럼 뒤에서 수작을 부릴 만한 그런 사람으로는 보이지 않았다.

'뭐, 겉모습이 속과 똑같으리라는 법은 없으니까.'

경희는 조금 난감한 표정으로 중얼거렸다.

"먼저 인터뷰를 시작하기 전에 질문 리스트를 확인하겠습니다."

"아, 예."

결혼식 이후 철저히 외부로부터 보호된 사람답게 인터뷰의 내용은 먼저 비서관으로 보이는 여자에게 검토되어졌다. 마치

시험 받는 기분이 들어 앉은 자리가 가시방석처럼 불편한 두 사람이었다.

"편하게 앉으세요."

어색해하는 둘의 표정을 오해했는지 희수가 부드럽게 말을 건넸지만 질문 리스트를 꼼꼼히 살피는 비서관의 표정이 너무 냉랭해 쉽게 긴장을 풀 수가 없었다.

"여기 5번과 17번의 질문은 삭제해 주십시오."

"에? 하지만……."

경희가 한마디 반박하려 들자 비서관이 날카로운 눈빛으로 단호하게 말을 잘랐다.

"허용할 수 없는 내용입니다."

"아…… 예."

찔러보지도 못할 만큼 딱딱한 태도에 경희는 기가 질려 더 이상 아무 말도 하지 못한 채 요청대로 그 질문들을 리스트에서 삭제했다.

"그럼 인터뷰를 시작할까요?"

분위기를 바꾼 것은 생긋 웃으며 부드럽게 말을 꺼낸 희수였다.

「본지는 스무 살의 어린 나이에 한영그룹의 안주인이 된 오희수 씨를 어렵사리 인터뷰했다. 성북동의 저택에서 만난 그녀는 이번에 한국대에 입학한 새내기답게 풋풋한 인상을 주었다. 길을 가다 지나치

면 한 번쯤 뒤돌아볼 만한 미녀지만 이미 한영그룹의 현민욱 회장님
과 조촐하게 결혼식을 올린 유부녀임을 상기하지 않을 수가 없었다.
사생활 노출을 극도로 피했지만 본지의 집요한 요청에 두손두발 다
들었다며 수줍게 웃는 모습은 여느 새댁과 다름없어 보였다.

"안녕하세요?"

"네, 어서 오세요. 날이 더운데 여기까지 오시느라 수고하셨습니
다."

오희수 씨는 부른 배로 자랑스럽게 내미는 예비 엄마의 모습으로
본지 기자들을 맞이했다.

"지금이 몇 개월이시죠?"

"이제 오 개월이에요."

수줍게 웃으며 자랑스레 배를 어루만지는 그녀의 손길은 뿌듯해
보였다.

"이제 스무 살인 어린 나이에 한영그룹의 회장님과 결혼한 오희수
씨를 항간에서는 신데렐라라고 부르는데 어떻게 생각하시는지?"

"호호호, 남들이 뭐라고 불러도 상관하지 않아요. 제가 신경 쓰는
것은 단 한 가지뿐이니까요. 제 남편, 현민욱 씨가 하는 말 외에는 듣
지 않아요. 그 사람이 제겐 전부니까요."

"두 분의 나이 차가 굉장히 많이 나서 그로 인해 안 좋은 소문들도
많이 들으실 텐데요?"

그녀는 잠시 곤혹스러운 듯 이마를 살짝 찡그렸다.

"음, 글쎄요. 남들이 뭐라고 해도 전 제 남편에게 만족하고 살아요.

그분도 그렇구요."

"두 분이 어떻게 만나셨는지요?"

"음, 사실은 제가 대학교가 너무 가고 싶어서 직접 회장님을 찾아가 후원해 달라고 부탁드렸죠. 그랬는데 직접 만나보니 너무 멋지신 거예요. 한눈에 반해 버렸죠."

"그때 당시 회장님께서는 이미 아내가 계신 걸로 알고 있는데요?"

"음, 그랬죠. 덕분에 가슴앓이를 많이 했어요. 제가 어린 것도 있고, 턱없이 부족한 점도 많고…… 하지만 사모님의 사고 이후에 그분이 많이 힘들어하셨어요. 그러다가 정들었죠(웃음)."

"학교는 휴학하셨다고요?"

"네, 어렵게 들어가긴 했지만 아이가 생겨 버려서 다니기가 힘들 것 같아서요. 학교야 언제든지 다시 다닐 수 있는 문제니까 지금은 아이에게 집중하려고 해요."

"대외 활동은 기피하면서도 남몰래 선행을 많이 한다고 들었는데……."

"어머, 아니에요. 전 별로 한 게 없어요."

얼굴을 붉히며 손사래 치는 그녀는 무척이나 부끄러워했다. 신혼여행을 가는 대신 그 비용으로 장애우를 위한 기금으로 선뜻 내놓고 미혼모를 위한 복지시설을 남편 이름으로 설립하기도 했다. 특히나 고아들에 대한 후원을 아끼지 않았다.

"아직까진 대외 활동을 많이 안 하시고 계신데, 특별한 계획이라도 있는지?"

"아직은 아이 때문이라도 밖에 잘 안 나가려고 해요. 특히나 입덧 때문에 그분께서도 걱정을 너무 많이 하셔서 될 수 있음 실내에서 생활합니다."

"아, 입덧이 많이 심하셨나 보죠?"

"조금, 덕분에 석류만 끼고 살았어요(웃음)."

"석류요?"

"네, 남들은 임신하면 귤이나 오렌지 등을 가장 많이 찾던데 전 이상하게 석류가 그렇게 먹고 싶더라니까요. 지금은 입덧이 많이 가라앉아서 그다지 힘들지는 않아요."

중략.

"두분 금슬이 좋다고 소문이 자자하던데?"

"호호호, 사실은 제가 그분께 죽고 못살아요. 바라보는 것만으로도 행복해서 어쩔 때는 하루 종일 바라만 보고 있을 때도 있어요. 말이 별로 없는 분이라서 어떤 날은 하루 종일 말 한마디 못 들을 때가 있어요. 그래도 마냥 행복해서 저도 아무 말 없이 곁에 가만히 있곤 해요."」

한창 인터뷰 중일 때 초인종이 울리더니 민욱이 이른 퇴근을 하고 돌아왔다. 마치 어미새가 아기새를 보호하는 것처럼 희수에게서 한 발짝도 떨어지지 않고 날카로운 눈빛으로 경희와 주영을 바라보는 비서관 대신에 민주댁이 현관으로 나가 민욱임을 확인했다.

"회장님이세요."

민주댁이 민욱이라고 전하자 희수의 얼굴에서 광채가 나며 부른 몸으로 힘겨워하는 모습은 온데간데없이 날렵하게 현관으로 달려가 그를 기다렸다.

"다녀오셨어요?"

들어오는 민욱에게 매달려 양볼에 요란스럽게 입을 맞추며 안겨들었다. 그런 행동이 익숙한 듯 민욱은 태연히 뒤따르는 비서에게 가방을 맡기고는 희수에게 진한 입맞춤을 되돌렸다. 다른 고용인들은 그런 장면이 익숙한지 태연하게 각자 할 일에 몰두했지만 경희와 주영은 당황해서 몸 둘 바를 몰라 허둥거렸다. 한참 만에 기자들을 발견한 민욱은 당황하는 기색 하나 없이 차분하게 자리를 권했다.

"아직 인터뷰 중인 거야?"

"네, 곧 끝날 거예요. 피곤하세요?"

"아니, 난 괜찮아."

경희와 주영은 언제나 근엄한 표정으로 언론을 대하는 민욱의 미소를 처음 보자 신기한 듯 그에게서 시선을 떼지 못했다. 그러자 희수의 비서관이 헛기침을 하며 주의를 환기시키자 자신들이 너무 무례하게 그를 쳐다봤다는 것을 깨닫고 얼른 시선을 돌렸다. 그런데 거기서 끝난 것이 아니라 희수가 그의 목에 팔을 감자 당연하다는 듯이 그녀를 안아 올리고 그대로 기자들과 마주 앉았다.

"얼마나 남았습니까?"

희수를 무릎 위에 앉히는 것이 자연스러운 일인 듯 두 사람은 불편한 기색 없이 태연하게 그 자세로 기자들을 바라보았다. 주영이 당황했지만 얼른 정신을 차리고 두 사람의 사진을 요구하자 민욱은 단호하게 거절했다. 사생활이라는 이유에서였다. 경희는 칼칼한 목을 가다듬을 겸 당혹감을 감추기 위해 가볍게 헛기침을 한 다음 마지막 질문을 던졌다.

『마침 퇴근하고 돌아온 현민욱 회장님과 함께 앉은 두 분에게 마지막 질문을 던졌다.

"그럼 마지막 질문을 드리겠습니다. 두 분께서 현재 상대방에게 가장 바라시는 것이 있다면 무엇입니까?"

두 사람은 곰곰이 생각하더니 서로의 눈을 바라보았다.

"사람으로 태어난 이상 수명이 있는 법이니, 언젠가 때가 된다면 당신과 한날한시에 함께 가고 싶어요."

"고맙군."

다정하게 속삭이는 이 부부의 모습에서 사랑 앞에는 나이 차도 없다는 것을 알 수 있었다. 기자들이 자리를 정리하고 난 뒤 두 사람은 무슨 이야기를 하는지 서로에게 소곤거리며 간간이 웃음을 터뜨리고 있었다. 그 모습을 뒤로하면서 참으로 부러운 부부라는 부러움을 한껏 안고 나왔다.』

"세상, 참."

간병인은 잡지 기사를 읽으며 혀를 쯧쯧 찼다. 가습기의 슉슉 소리와 기계의 일정한 소음 외에는 아무 소리도 없는 적막한 병실에 앉아 침대에 누워 있는 여인을 불쌍하다는 듯이 쳐다보았다.

"남편이라는 작자는 딸뻘 되는 어린 처녀와 알콩달콩 재미나게 사는데, 당신 인생이 참 불쌍하우."

침대에 누워 있는 사람은 아무런 대꾸도 하지 않았다. 사고로 인해 의식불명에 빠진 미란은 뇌를 심하게 다쳐 식물인간 판정을 받았던 것이다. 대기업의 회장 부인이었다지만 평소의 성품이 어땠는지 지난 팔 개월간 찾아온 사람이라곤 손에 꼽을 만큼 드물었다. 게다가 남편이라는 자도 대리인으로 자신을 고용만 하고는 젊은 여자에게 빠져 병원을 찾지도 않았다. 친정 식구들도 나 몰라라 등을 돌렸기에 누워 있는 여인만 불쌍할 지경이었다.

똑똑.

노크 소리와 함께 여자 하나가 부른 배를 끌어안고 들어섰다.

"누구신지?"

간병인은 젊은 임산부가 들어서자 경계 어린 표정으로 그녀를 살폈다. 여자는 살갑게 웃으며 그녀에게 들고 왔던 꽃다발을 내밀었다. 여자의 웃는 모습이 묘하게 낯이 익다고 생각하는 찰나 떠오르는 사진이 있었다.

"아!"

누군지 알 것 같다는 표정의 간병인에게 살포시 웃어주었다.

"수고 많으시네요. 이건 사모님이 좋아하시는 장미예요. 꽃병에 좀 꽂아주시겠어요?"

간병인은 건네주는 꽃다발을 받아 들며 병실을 찾아온 희수를 미심쩍은 표정을 살폈다. 하지만 희수가 빙긋 웃으며 그녀를 바라보자 얼떨결에 마주 웃어 보이며 얼른 자리를 비켰다. 저렇게 선하게 웃는 여자가 설마 무슨 짓을 하려나 싶기도 하고 왠지 거북하기도 해서였다.

간병인이 허둥지둥 병실을 나가자 희수는 무거운 몸을 천천히 이끌어 침대 쪽으로 다가가 앉았다. 사고 때 입은 상처는 이미 아물어 미란은 몸 여기저기에 붙은 의료기구들만 아니라며 그저 깊은 잠을 자고 있는 것처럼 보였다.

"장미, 좋아했지? 넌 손질된 장미를 좋아했잖아, 예쁘다고. 그런데 그거 아니? 원래 장미는 가시가 있는 꽃이란 걸 말이야. 넌 네 손으로 가시를 제거하지 않고 누군가가 손질한 장미만을 좋아했지. 하지만 난 아니었다. 가지고 싶은 것이 있다면 아무리 날카로운 가시가 달려 있더라도 기필코 내 손으로 움켜잡았지. 그게 너랑 내가 다른 점이라는 거야, 정미란."

돌아오지 않는 대답은 신경 쓰지 않았다. 그녀 혼자만의 대화로도 충분했다.

"오늘 병원에 다녀오는 길에 잠시 들렀어. 아이가 생겼다는 사실을 알자마자 그 사람이 결혼하자고 얼마나 난리를 치는지 두손두발 다 들었다니까. 뭐, 주위에서 달갑지 않게 바라보기는 하지만 신경 안 써. 우리가 좋다는데 지들이 어쩌려고? 배가 불러오는 바람에 학교도 한 학기만 다니고 휴학해 버렸다니까. 아무래도 난 대학과 인연이 길지 않은가 봐. 그래도 그 사람이 밀어준다고 했으니까 아이 낳고 열심히 공부해야겠지? 후훗."

희수는 부른 배 위에 천천히 손을 얹었다. 뱃속의 아이가 씩씩하게 움직이는 것이 느껴지자 그녀의 입가에 경이로운 미소가 피어올랐다.

"어머나, 이것 좀 봐. 우리 아이가 얼마나 씩씩한지 몰라. 정말이지 이 아이는 제 아버지 뒤를 잇기보단 축구 선수가 될 것 같아. 하지만 이 아이, 그의 뒤를 이을 후계자가 될 거야. 후후후. 그뿐만 아니다. 둘째도 아들을 낳을 거고, 셋째는 그가 애지중지할 게 눈에 선한 여자 아이야. 배 아프지? 그래도 할 수 없어. 이건 내 몫의 행복이니까. 넌 거기서 구경만 하고 있어. 그게 네 죄의 대가니까."

아무 말도 없이 누워 있는 미란의 얼굴 쪽으로 바짝 다가가 희수는 잔인하게 속삭였다.

"억울하니? 네가 나를 죽이면서까지도 그토록 가지고자 했던 그의 사랑도, 그의 후계자도 모두 내가 되찾아 버렸으니까 말이야. 하지만 어쩔 수 없잖아. 그는 처음부터 내 남자였고, 내 운명이었으니까. 죽는다고 변하는 건 아니더라고. 왜? 그렇게 잠들어 있는 게 싫증나? 그래도 할 수 없어. 네 수명은 아직 끝나지 않았으니까. 넌 나랑 민욱 씨가 죽은 다음에야 이 세상을 떠날 수 있어. 너마저 다시 태어나서 귀찮게 구는 건 환영하지 않거든."

아무런 대답조차 할 수 없는 미란에게 득의양양한 미소를 보내며 희수는 천천히 몸을 일으켰다. 창밖으로 눈부신 햇살이 아름다워 저도 모르게 희미하게 미소 지으며 천천히 몸을 돌려 병실을 빠져나갔다. 그 뒤로 잠든 것처럼 누워 있는 미란의 창백한 얼굴에서 한줄기 눈물이 그녀의 뺨을 타고 흘러내렸다.

작가후기

마지막 수정본을 넘기면 홀가분할 것이라 여겼는데 왜 이렇게 자잘한 미련들이 떠오르는지……. 못내 아쉽기만 하네요.

처음에 연락이 왔을 때 반신반의하면서도 기쁘고 설레기보다는 마냥 걱정만 앞섰습니다. 미흡한 글솜씨와 단편 정도의 글을 장편으로 늘이는 과정 때문에 눈앞이 캄캄했으니까요. 그러나 길다면 긴, 짧다면 짧은 수정 기간이 지나고 드디어 제 첫 종이책이 나오는군요. 믿어도 될는지…….^^; 책이 나오고도 못 믿을 것만 같네요.

사랑이란 것은 참으로 신기하죠? 어떨 때는 강한 힘을 발휘하기도 하고, 누군가를 아프게 하기도 하고, 기적을 일으키기도 하죠. 어쩜 혜수가 다시 민욱을 만나게 된 것은 일종의 사랑의 기적이라고도 할 수 있지 않을까요? 부부란 것은 평생 열정적인 사랑만으로 이루어지는 것이 아니겠지만 로맨스란 이름하에 그런 상상도 감히 할 수 있지 않을까요? 아직은 혼자인 것이 편하고 익숙해서 사랑이란 것이 두렵기도 한 저입니다. 그러나 때때로는 가슴속에 정열이 남아 혜수와 민욱처럼 서로밖에 모르는 사랑을 꿈꾸기도 하지요. 한눈에 반한다는 말처럼 위험한 말도, 가슴 뛰게 만드는 말도 없겠죠. 언젠가는 그런 상대를 만나기를 꿈꾸며 오늘도 달콤한 상상 속에 빠져들까 합니다.

현재의 제가 있게끔 절 지탱해 준 사랑하는 티파니 식구들, 수정한답시고 다시 잠수해 버린 이 불성실 구슬을 용서해 주실는지요? 다시 성실 모드로 돌아가려고 갖은 애를 쓰고 있답니다. 조금만 기다려 주세요. 그리고 희경 언니, 언니도 수정 중이면서 가끔 뼈아픈 조언을 던져 주신 것 정말 감사드려요. 그러니 저도 언니를 위해 아낌없이 장미 채찍을 날려 드리겠습니다. 내가 언젠가 반드시 소재로 삼고 말 엽기마녀 지희 양, 언제나 내 편이 되어준 사랑스러운 주형 양, 로맨스의 '로' 자도 안 좋아하지만 연애는 잘만 해 염장을 지르는 정희 양, 벌써 애엄마가 되어 남다른 분위기의 진희 양(어째 내 친구들은 전부 이니셜이 J. H. 일까?). 항상 날 믿어주고 응원해 줘서 고마워. 사랑하는 거 알쥐?

물론 저로서는 상당히 힘든 글을 선택해 주신 규진 씨께도 항상 감사드리죠(분량을 늘인다고 울면서 글을 썼던 일, 마감일 앞두고 오랜만에 외출했다가 딱 걸렸던 일, 수정 안 하고 늘어지게 자고 있다가 안 잔 척

전화를 받았던 일… 떠오르는 기억들이 참으로 아련합니다). 아직 지면 상으로만 뵌 종민 씨, 지윤 씨도 언젠가 직접 만날 날이 있겠죠? 그리고 북토피아의 정원 씨, 언제나 기운날 말만 해주셔서 쑥스럽지만 항상 감사드리죠.

언제나 친구 같은 어머니, 늘 듬직한 산 같으신 아버지, 두 분의 어린 딸이 책을 냈어요. 쑥스러워서 아직 말은 못 드렸지만 기뻐해 주실 거라 믿어요. 자주 말씀드리지는 못하지만 언제나 사랑하고 있습니다. 마지막으로 우리집 곰탱이, 오래전부터 누나가 글을 쓴다는 사실을 자랑스러워해 준 동생아. 부디 태클은 사양한다.

모든 분들, 항상 행복하세요~

―류은수.